Buch

Der Verrat am königlichen Hof zwingt Marla und ihre Gefährten, aus der Hauptstadt Eskjillrod an einen sicheren Ort zu fliehen. Allerdings dauert es nicht lange, bis das Schicksal sie erneut einholt. Unruhen zerrütten das Land und das albische Volk rüstet zum Krieg. Um weiteres Unheil zu verhindern, muss sich Marla sowohl ihren Feinden als auch ihrer Verantwortung stellen. Wird sie rechtzeitig erkennen, welche Bedrohung aus der Vergangenheit noch immer auf sie lauert?
Unerwartete Wendungen und rasante Entwicklungen halten die Gefährten in Atem. Und plötzlich steht Marla vor der wohl größten Entscheidung ihres Lebens.

Autorin

SIMONE WOLFE, geboren 1982 in Stadthagen, siedelt nach dem Abitur und einer Ausbildung für 14 Jahre nach Georgia, USA um. 2018 zieht sie nach einer erfolgreichen Karriere im Hotelwesen nach Deutschland zurück.

Heute lebt sie gemeinsam mit ihrem amerikanischen Mann, ihren zwei Kindern und dem Familienhund in Bayern.

Die Grundidee für die Abenteuer der Romanfigur Marla hatte sie bereits in ihrer Jugend. Nach der Rückkehr in die Heimat findet sie ihre handgeschriebenen Manuskriptseiten wieder und stürzt sich erneut auf diese Idee.

SIMONE
WOLFE

MARLA

BAND 4

DIE ENTSCHEIDUNG

FANTASY-ROMAN

1. Auflage 2024

Umschlaggestaltung: Mark Freier, München
Korrektorat: Katja Ullmann, Puchheim

Simone Wolfe
c/o WirFinden.Es
Naß und Hellie GbR
Kirchgasse 19
65817 Eppstein

ISBN 979-8-327-01273-8

To Brad. Dreams can soar high, but they will fall fast if there is no room for wings to spread.

Thank you for believing in me, for supporting me and for making it all possible. I love you! ♡

Inhaltsverzeichnis

Kapitel 1 – Revolte

Es klopfte. Als Rorek öffnete, stand Sorin vor ihnen, der Anführer der königlichen Garde, der sie ein paar Wochen zuvor im Wald zu stellen versucht hatte. Sein Gesichtsausdruck wirkte gehetzt.

„Ich grüße euch. Eyvindir schickt mich. Ich soll euch in Sicherheit bringen. Der königliche Hof ist angegriffen worden!"

„Angegriffen? Wie soll das möglich sein?", fragte Rorek misstrauisch. „Wie sollten Menschen so plötzlich hierher gelangen?"

„Ich rede nicht von den Menschen. Wie es scheint, ist es zu einer Revolte aus den eigenen Reihen gekommen. Bitte folgt mir."

„Warum sollten wir ausgerechnet dir trauen?", spuckte Rorek ihm entgegen.

„Weil euch keine andere Wahl bleibt, wenn ihr lebend hier herauskommen wollt! Der Hof ist umzingelt und immer mehr Feinde dringen in das Gebäude ein."

„Bringt uns zu Eyvindir! Sofort!", forderte Rorek.

„Das dürfte schwierig werden … Ich fürchte, Eyvindir ist tot!" Marla zuckte heftig zusammen, Sorins Worte fuhren ihr wie eiskalte Klingen ins Herz. Ihr Großvater war *tot*? Aber sie hatten doch eben gerade noch mit ihm gesprochen! Völlig unmöglich, es durfte einfach nicht wahr sein! Ihr Blick traf auf Philipe. Auch ihm stand das Entsetzen geradezu ins Gesicht geschrieben, doch erholte er sich wesentlich schneller davon.

„Ich möchte, dass du uns zu ihm führst!“, wiederholte er Roreks Befehl. „Ich will ihn sehen, möchte mich mit eigenen Augen davon überzeugen, dass er wirklich tot ist! Jetzt sofort!“ Ehe Sorin zu einer Antwort ansetzen konnte, drang das rhythmische Klirren eines Schwertkampfes von irgendwoher im Palast an ihre Ohren. Roreks und Tjarvens Hände zuckten alarmiert zu ihren Schwertgurten, die sie seit dem Gespräch mit Eyvindir noch nicht abgelegt hatten.

„Die Zeit drängt!“, zischte Sorin. „Mein Auftrag lautet, euch in Sicherheit zu bringen, aber wenn wir noch länger zögern, kann ich für nichts garantieren! Folgt mir!“ Wie um die Dringlichkeit seiner Aufforderung zu unterstreichen, wurden auf dem Hof Rufe und Schreie laut. Weitere Klingen prallten aufeinander. Mit wenigen langen Schritten hatte Rorek das Fenster erreicht und spähte hinaus.

„Verdammt!“, entfuhr es ihm. „Die Krieger der königlichen Garde kämpfen gegen ihre eigenen Leute?“

„Wie ich bereits sagte – eine Revolte“, erklärte Sorin gehetzt.

In diesem Moment erschien Jahvis im Türrahmen des Nebenzimmers. „Alles in Ordnung? Was ist denn passiert?“

„Bitte folgt mir!“ Sorins Stimme hatte mittlerweile einen beinahe flehentlichen Ton angenommen. „Eyvindir hat mir strikte Anweisungen gegeben – wir müssen fliehen, bevor es zu spät ist!“ Ohne noch einen weiteren

Widerspruch einzulegen, hasteten Kjell und Philipe durch den Raum, um ihre Waffen und ein paar persönliche Gegenstände aufzuklauben. Auch Jahvis hatte die Situation sofort erfasst und verschwand im Schlafzimmer, um kurz darauf mit dem Bogen über seiner Schulter und seinem Einhänder an der Hüfte wieder aufzutauchen.

Wie gelähmt starrte Marla auf ihr Schwert sowie ihren Umhängebeutel und ihren Mantel hinab, die Philipe ihr in die Hand gedrückt hatte. Ihr Gespür hatte sie also nicht getäuscht und dennoch konnte sie es kaum fassen. Der königliche Hof, eine gut bewachte Festung, war angegriffen worden. *Eyvindir war tot.*

„Marla, wir müssen gehen." Beim Anblick des Seelenschmerzes, der sich in Philipes tiefgrünen Augen widerspiegelte wie in einem kristallklaren Bergsee, zog sich eine unsichtbare Fessel noch enger um ihren Brustkorb. *Oh Philipe, du hast gerade deinen Vater verloren!*, fuhr es ihr durch den Kopf. Sie verspürte den Drang, ihn tröstend in die Arme zu schließen, aber als sich seine Hand in ihre schob und sie auffordernd drückte, wurde sie jäh in die Realität zurückgerissen. Jetzt war nicht die Zeit zu trauern – sie mussten fliehen!

Hastig nickte sie und schluckte den dicken Kloß in ihrem Hals hinunter. Sie hatte gerade noch genug Zeit, sich mit fahrigen Fingern den Schwertgurt umzuschnallen, den Umhang überzuziehen und die Tasche über die Schulter zu hängen, bis Philipe sie vorwärtsdrängte.

Mit klopfendem Herzen huschte sie hinter dem Krieger der Königsgarde her die Gänge des Palastes hinab. Die Kampfgeräusche nahmen stetig zu und erklangen überall um sie herum. Mehrfach drängte Sorin die Gruppe in kleine Räume oder in die Schatten abzweigender Seitengänge, kurz bevor schwere Schritte an ihrem Versteck vorüberhallten.

Marla konnte ihre Gedanken kaum ordnen. Was war nur geschehen, was war der Grund, warum sich die Alben gegenseitig bekämpften? War es reiner Zufall, dass Marla und ihre Gefährten direkt vor dem Angriff hier aufgetaucht waren oder stand die Aufdeckung des Frevels am Drachenvolk irgendwie damit in Verbindung? Wer war für diese Revolte verantwortlich? Und noch eine ganz andere Frage drängte sich ihr auf – konnten sie Sorin wirklich trauen, stand er auf ihrer Seite? Nicht zuletzt hatte er schon im Wald vor ein paar Wochen gegen sie gekämpft. Was, wenn er sich nach der Demütigung, die er durch Rorek erfahren hatte, lediglich nach Vergeltung sehnte? Wenn er sie in Wahrheit zu täuschen versuchte und sie nun in einen Hinterhalt führte? *Aber nein* ... dann hätte er sie wohl gleich mit seinen Kriegern in ihren Gemächern überwältigt, dazu musste er sich nicht allein der Übermacht der Gefährten ausliefern und sich erst die Mühe machen, sie irgendwo anders hinzulocken. *Oder etwa doch?*

Marla konzentrierte sich auf das mulmige Gefühl in ihrer Magengegend. Warnte sie ihr Gespür vor Sorin oder vor der Gefahr im Allgemeinen? Frustriert musste sie feststellen, dass sie nicht in der Lage war, ihre Eingebung genauer zu interpretieren. Ach, wenn sie doch nur früher erfahren hätte, dass es sich dabei nicht um irgendwelche zufälligen Vorahnungen handelte, sondern um eine echte Gabe, vielleicht hätte es ja eine Möglichkeit gegeben, dieses Talent besser zu entfalten. Und nun war die einzige

Person, die ihr vielleicht mehr darüber erzählen konnte, tot.

Eyvindir. Erneut krampfte sich bei dem Gedanken an ihren Großvater ihr Herz zusammen. Wie genau war er gestorben, wer hatte ihn ermordet? Hatte er lange leiden müssen? Dutzende Fragen brannten ihr auf der Zunge, aber sie schluckte sie allesamt hinunter. Nun war nicht der richtige Zeitpunkt sie zu stellen, erst mussten sie sich in Sicherheit bringen.

Ihre Flucht führte die Gruppe quer durch den weitläufigen Königspalast, mal hell erleuchtete Gänge entlang, mal durch abgedunkelte Passagen, diverse Stufen nach unten, dann wieder eine schmale Marmortreppe nach oben. Sie verständigten sich mit Handzeichen, um sich nicht womöglich mit unbedachten Lauten zu verraten, doch Marlas Anspannung wuchs mit jedem Schritt. Wie lautete ihr Plan, wohin liefen sie? Sie war es gewohnt, der Führung ihrer Gefährten blind zu folgen, aber Sorin war schließlich ein Fremder und in diesem Fall fühlte sie sich in ihrem Unwissen unwohl.

Eines jedoch stand fest: Wenngleich Marla in ihrem aufgewühlten Zustand alles andere als konzentriert auf den Weg geachtet und sie längst die Orientierung verloren hatte, wurde es immer deutlicher, dass Sorin sie sehr zielgerichtet lenkte. Wurde ihnen der Durchgang von vorbeimarschierenden Wächtern versperrt, so suchte er nicht etwa nach einer anderen Route, sondern wartete geduldig ab, bis die Gefahr vorüber war und er seinen ursprünglichen Kurs wieder aufnehmen konnte. Gerade wollte sie eine dementsprechende Frage stellen, als sie an einer Abzweigung beinahe mit drei Kriegern der Königsgarde zusammenstießen. Die beiden Männer und die Frau starrten ein paar lange Sekunden zwischen Sorin und den Gefährten hin und her, als wüssten sie nicht so recht, was sie von der Situation halten sollten.

„Sorin? Ich dachte, die Kämpfer der Manantena hätten sich aus dem Staub gemacht und du hättest ihre Spur aufgenommen? Warum bist du hier?“, fragte einer der Männer misstrauisch. Marlas Gedanken überschlugen sich. Was hatte das zu bedeuten? *Aus dem Staub gemacht?* Die Formulierung kam ihr seltsam vor.

„Wie du siehst, habe ich sie gefunden. Ich bringe sie gerade ins Quartier der Garde und –“

„Du lügst!“, unterbrach ihn der andere barsch und baute sich bedrohlich vor Sorin auf. „Wir wissen beide, dass du dafür in die falsche Richtung läufst! Ich glaube dir kein Wort!“

Sorin wollte sich an dem Mann vorbeischieben, doch sein Gegenüber verstellte ihm den Weg. „Balvar, gib sofort den Weg frei!“

„Sonst? Willst du mir etwa drohen?“ Nicht nur Balvars Ton, seine gesamte Körperhaltung strotzte geradezu vor Angriffslust. Sorin fixierte ihn mit lauerndem Blick, die Stimmung war zum Zerreißen gespannt.

Und plötzlich ging alles so schnell, dass Marla nicht zu sagen vermocht hätte, in wessen Hand zuerst eine Klinge aufblitzte. Binnen Sekunden waren Balvar und Sorin in ein wildes Gerangel verstrickt, dessen Bewegungen sie kaum folgen konnte. Eben noch hatte Sorin den Dolch seines Gegners zur Seite geschlagen und dessen Rücken hart gegen die Mauer gerammt, da drehte Balvar den Spieß auch schon um. Er drückte Sorin von sich, wirbelte ihn herum und stieß Sorins Kopf hart gegen die Steinwand, sodass diesem ein schmerzerfüllter Grunzlaut entwich.

Fassungslos registrierte Marla, wie Balvar mit der Stichwaffe ausholte. Sie sog scharf die Luft ein, als die hektischen Bewegungen unversehens erstarrten und Balvar mit einem leisen Stöhnen gegen Sorin sackte. Beinahe als wäre er eingeschlafen. *Oder als ob* – schon schlug Balvars Körper auf dem Boden auf. Aus seinem Bauch ragte der Griff von Sorins Dolch, der feuchte Fleck auf seinem dunklen Hemd wuchs rasant an.

Behände sprang Sorin über den Toten hinweg und zog in der gleichen Bewegung sein Schwert aus der Scheide, um im letzten Moment den Schlag seines zweiten Gegners zu parieren. *Aber das war so falsch!*, schoss es Marla entsetzt durch den Kopf. Diese Männer und Frauen trugen doch alle die gleichen Uniformen in denselben Farben der Königsgarde – sie waren Verbündete, keine Feinde, warum bekämpften sie sich?

Als der dritte Angreifer, eine Kriegerin, nur Sekunden später mit der Waffe ausholte und Sorin von hinten niederstechen wollte, zögerte Rorek nicht länger und griff fluchend ein. Er fing den Schwertarm der Albe ab, verdrehte ihr blitzschnell das Handgelenk, sodass sie ächzend die Waffe fallen ließ, und stieß sie derb zurück. Die Kriegerin zerrte sofort einen Dolch aus dem Gürtel, doch bevor sie sich richtig in Kampfposition gebracht hatte, flog eine weitere kleine Klinge durch die Luft und traf sie seitlich in die Kehle. Marla keuchte erschrocken auf und wirbelte herum.

Der zweite Angreifer lag leblos in einer Lache Blut auf dem Boden und Sorin ließ gerade seinen Wurfarm sinken. Mit weit aufgerissenen Augen tastete die Kriegerin nach dem Messer und zog die Klinge ohne zu zögern heraus. Ungläubig wiegte sie die Waffe in ihren Händen, während ihr Blut dick aus der Wunde pulsierte und erbarmungslos ihren Hals hinablief. Bei dem gurgelnden Ton, der über ihre Lippen kam, kurz bevor sie in sich zusammensackte, lief Marla ein kalter Schauer über den Rücken.

„Warum hast du das gemacht?“, fuhr Rorek Sorin an. „Ich hatte sie unter Kontrolle – sie musste nicht sterben!“

Dieser schaute ausdruckslos auf die Tote hinab. „Sie hätte bei der nächsten Gelegenheit wieder versucht, dir ihr Schwert zwischen die Rippen zu jagen. Oder mir. Außerdem wusste sie zu viel.“ Sorin blickte zu Rorek auf. „Danke, dass du mir zu Hilfe gekommen bist. Gegen alle drei hätte ich keine Chance gehabt.“

„Darauf brauchst du dir nichts einzubilden“, knurrte Rorek wütend. „Eure internen Machtspielchen gehen mich einen Dreck an! Ich möchte lediglich meine Freunde und mich in Sicherheit bringen und bin leider derzeit auf deine Führung angewiesen.“ Marla erinnerte sich nur allzu genau an den Tag zurück, an dem Philipe und Rorek in eine handgreifliche Auseinandersetzung geraten waren, und Jahvis sie darüber aufgeklärt hatte, dass sich die albische Tradition gegen das Einmischen eines Dritten ausspräche.

Sorin presste kurz die Lippen aufeinander und nickte knapp. „Folgt mir.“ Mit seiner Linken zerrte er eine Öllampe aus der Wandhalterung und verschwand dann um die nächste Biegung. Auch Rorek zog nun sein Schwert und schlich alarmbereit hinter Sorin her. Tjarven tat es seinem Bruder gleich und selbst Philipe zückte seine Waffe, griff aber mit der Linken nach Marlas Hand und drückte sie tröstend. Diese konnte ihren Blick kaum von den drei Toten losreißen – für sie war es beängstigend, wie plötzlich diese Leben direkt vor ihren Augen erloschen waren! Dann aber ließ sie sich von Philipe mitziehen, während Jahvis und Kjell die Nachhut bildeten.

Erneut fingen Marlas Gedanken an zu rasen und sie versuchte, sich den genauen Wortwechsel der Krieger noch einmal in Erinnerung zu rufen. Balvar hatte vermutet, sie und ihre Gefährten wären auf der Flucht. Wurden sie etwa verdächtigt, etwas mit dieser Revolte zu tun zu haben? Oder sogar mit dem Mord an Eyvindir? Das alles ergab doch keinen Sinn! Vielleicht gehörten die drei Krieger aber auch zu der Gruppe der revoltierenden Wachen und hatten den Auftrag erhalten, Marla und ihre Gefährten gefangen zu nehmen. Und Sorin? Machte es ihm gar nichts aus, dass er soeben drei seiner Kameraden getötet hatte? Selbst wenn diese zur anderen Seite übergelaufen waren, hatte er doch jahrelang mit ihnen Schulter an Schulter gekämpft. Wie kaltblütig konnte man sein?

Endlich schien der Krieger der Garde den Zielort erreicht zu haben, denn er bedeutete ihnen mit hochgehaltener Hand zurückzubleiben, während er sich vorsichtig an eine vergleichsweise unscheinbare Zimmertür heranschlich, lauschte und dann einen Schlüssel aus seiner Tasche zog. Lautlos ließ sich das Schloss entriegeln und auch das Scharnier verursachte keinerlei Geräusch, als er die Tür aufdrückte und in dem dahinterliegenden Raum verschwand.

Einen kurzen Augenblick darauf tauchte sein Kopf wieder im Türspalt auf. „Die Luft ist rein. Kommt!" Die Gefährten kamen der Aufforderung nach, doch blieb Marla nicht verborgen, wie Philipe, Tjarven und Rorek einen vielsagenden Blick tauschten. Rechneten sie mit einem Hinterhalt?

Nachdem Sorin das Schloss von innen wieder fest verriegelt hatte, lief er mit ausladenden Schritten zum rechten hinteren Eck des Zimmers. Wäre nicht eine Klinke gewesen, hätte Marla die rahmenlose Tür gar nicht bemerkt, die da so perfekt in die Wand eingelassen war. Der Krieger rüttelte am Türgriff und nickte den anderen dann grimmig zu, als sich herausstellte, dass auch dieser Zugang versperrt war.

„Normalerweise stehen auf dem Gang Wachen, aber die wurden abgezogen, als der Tumult losging", informierte er sie unaufgefordert.

Marla schaute sich interessiert um. Gegenüber der Tür erblickte sie einen breiten Kamin, eingerahmt von einer prunkvollen Verkleidung mit reliefartigen Verzierungen. Rechts davon befand sich ein eleganter Schreibschrank sowie eine ähnlich aufwendig gefertigte Holzkommode mit einer Waschschüssel, einem Krug und einem hübsch gestalteten Standspiegel. Und zu ihrer Linken vor einem der beiden Fenster stand ein ausladendes Bett mit einem geschmackvollen Baldachin. Marla stutzte. Weder bot der Raum ausreichende Versteckmöglichkeiten für sie alle noch gab es eine Außentreppe, über die sie nach unten hätten gelangen können.

„Ein Schlafraum?", fragte sie ungläubig. „Warum hast du uns hierhergeführt?" Aus dieser Höhe aus dem Fenster zu springen, konnte kaum Sorins Fluchtplan sein!

„Ich kenne dieses Zimmer, ich habe als Kind oft hier drinnen gespielt", meldete sich Philipe zu Wort, ehe Sorin etwas erwidern konnte. „Dort drüben hinter der Tür befindet sich eine Treppe nach oben direkt in das königliche Schlafgemach."

Marla runzelte die Stirn. „Warum brauchte Eyvindir zwei Schlafzimmer? Falls er mal nicht schlafen konnte und einen Tapetenwechsel benötigte, oder wie?"

„Nun, zuweilen hat er hier Besuch empfangen", gab Sorin knapp zur Antwort.

„Besuch? Welchen Besuch empfängt man denn bitte im – *oh!*" Marlas Wangen wurden heiß.

„Und jetzt? Danke, dass du uns in diese Sackgasse geführt hast!", knurrte Rorek ungehalten. „Der einzig andere Weg hier raus führt nach oben, aber warum sollten wir noch weiter nach *oben* flüchten, wenn wir doch einen Weg nach *draußen* brauchen?"

„Wir werden nicht die Treppe benutzen", erklärte Sorin leise und stellte die Öllampe auf dem Sekretär ab. „Es ist wohl kein Geheimnis, dass es überall in den Wänden des Königspalastes versteckte Gänge gibt, aber –"

„Natürlich weiß ich von den Geheimgängen", unterbrach Philipe ihn ungewohnt barsch. „Auch dort habe ich als Kind viel Zeit verbracht, aber hier in diesem Raum gibt es keinen Zugang, das wüsste ich, Eyvindir hätte es mir erzählt! Ganz davon abgesehen, dass die Gänge garantiert ebenfalls patrouilliert werden, wir würden ihnen direkt in die Arme laufen!"

Sorin nickte Philipe ernst zu. „Ich wusste bis vorhin selbst nichts von diesem Zugang. Es gibt jene bekannten Tunnel, die auch viel von den Bediensteten oder von uns Kriegern der Garde genutzt werden, weil sie diverse Abkürzungen bieten. Außerdem war es Eyvindir stets wichtig, die Palastgänge für königliche Besucher möglichst frei und ruhig zu halten.“ Marla erinnerte sich jetzt daran, dass ihnen weder nach ihrer Ankunft noch nach dem Gespräch mit ihrem Großvater sehr viele Alben in den Gängen begegnet waren, was ihr für die Größe dieses Gebäudes mit seinen unzähligen Bewohnern eigentlich seltsam hätte vorkommen sollen. „Vorhin hat er mir aber von diesem Zugang erzählt. Ich glaube, das ganze Tunnelsystem ist viel weitläufiger und verzweigter, als die meisten denken“, fuhr Sorin fort. „Wenn jeder dahergelaufene Narr davon wüsste, wären die Geheimgänge kaum noch *geheim* und dann hätten sie den König in einem Notfall auch nicht mehr zu schützen vermocht.“ Philipe öffnete den Mund, um vermutlich abermals zu widersprechen, klappte ihn dann jedoch wieder zu. Marla konnte sich gut vorstellen, wie verletzt er sich darüber fühlte, dass ihn sein Ziehvater nicht in dieses Geheimnis eingeweiht hatte. Sorins Augen weiteten sich erschrocken. „Bitte entschuldige, Philipe, ich wollte dich keineswegs mit einem dahergelaufenen Narren vergleichen!“ Philipe presste nur stumm die Lippen aufeinander.

„So wie ich die Sache sehe, haben dem König die geheimen Fluchtwege heute trotzdem nichts genutzt“, brummte Rorek und durchbrach damit den unangenehmen Moment der Stille.

Sorin nickte betroffen. „Damit hast du leider Recht. Jedenfalls hat er mir auf die Schnelle nur verraten, dass sich der Zugang zu einem kaum gekannten Nebengang in diesem Schlafgemach irgendwo am Kamin befindet. Bitte helft mir, ihn zu finden.“ Sofort sprangen Kjell und Jahvis vor. Zunächst assistierten sie dem Krieger dabei, die Wände links und rechts des Kamins abzuklopfen, tasteten danach die verschnörkelte Kaminverkleidung ab und untersuchten schließlich die weißen Ziegel an der Wand und den ordentlich ausgefegten Boden innerhalb des Feuerraumes.

„Verdammt, hier ist nichts“, schimpfte Kjell leise. „Bist du sicher, dass er von *diesem* Kamin gesprochen hat?“

„Ja, er hat ganz eindeutig von diesem Raum gesprochen. Er sagte –“ Sorin schloss kurz die Augen, wohl um sich das Gespräch noch einmal genau ins Gedächtnis zu rufen. „Nein, ihr habt Recht, so genau hat er es nicht formuliert“, murmelte er. „Dort, wo das Licht aufgeht, hat er gesagt. Es klang wie ein auswendig gelernter Spruch, den er aufsagte, ohne lange zu überlegen. Daher dachte ich, er hätte sich versprochen und meinte, wo das Licht *an*geht, weswegen ich sofort ein Bild von dieser ausladenden Feuerstelle im Kopf hatte. Aber vielleicht hat er ja etwas ganz anderes gemeint … eine Öllampe vielleicht?“ Abermals hasteten die Gefährten durch den Raum und untersuchten sorgfältig jede Lampe und Fackelvorrichtung – erneut ohne Erfolg. Enttäuschung machte sich in Marla breit.

Philipe war der Einzige, der sich nicht an der Suche beteiligt hatte, sondern in der Mitte des Raumes stehen geblieben war, die Hände in die Hüften gestemmt und gedankenverloren vor sich hin grübelnd. Ab und zu wischte er sich mit zittrigen Fingern über die Stirn oder massierte kurz seine Nasenwurzel. Plötzlich hob er den Kopf und schaute vielsagend von einem zum anderen. „Nein, Eyvindir hat sich nicht versprochen. 'Wo das Licht aufgeht' … *die Sonne!*“ Mit ausladenden Schritten lief er zum Fenster und lugte dort vorsichtig nach draußen. Marla trat neben ihn. Bei dem grausigen Anblick, der sich ihr auf dem Innenhof darbot, breitete sich unmittelbar Übelkeit in ihrem Magen aus und ein kalter Schauer lief ihr über den Rücken. Noch immer lieferten sich die Krieger der Königsgarde ein unerbittliches Gefecht, nicht wenige leblose Körper lagen in dunkelroten Pfützen auf dem Boden. Sie kniff die Augen zusammen und versuchte vergeblich zu verhindern, dass sich das Bild der Toten in ihr Gedächtnis brannte. Verdammt, dies waren nicht die ersten Leichen, die sie in ihrem Leben gesehen hatte und es würden auch nicht die letzten sein. Sollte sie sich nicht mittlerweile an derartige Schlachtfelder gewöhnt haben? Doch dann musste sie über sich selbst den Kopf schütteln – *nein*, an Krieg und Verrat, an Blut und Tod würde und *wollte* sie sich niemals gewöhnen!

„Dieses Fenster zeigt Richtung Westen“, riss Philipe sie aus ihren düsteren Gedanken. „Die Sonne geht im Osten auf, das heißt …“ Er drehte sich herum zu der genau gegenüberliegenden Seite des Raumes, in dessen linken Ecke sich die Tür zum Obergeschoss verbarg. Die weißgemauerte Wand wurde lediglich von ein paar mittelgroßen Gemälden geschmückt, die die Hauptstadt Eskjillrod in ihrer ganzen Schönheit präsentierten und die in prunkvollen goldenen Holzrahmen steckten.

„Vielleicht ist hinter einem der Bilder eine Öffnung versteckt!“, rief Jahvis enthusiastisch. Mit Tjarvens Hilfe untersuchte er einen Rahmen nach dem anderen und hob sie von der Wand ab, nur um dann enttäuscht die Luft auszustoßen. „Nein … nichts.“

„Verdammt!“, fluchte Rorek leise und auch Marla spürte immense Frustration in sich aufsteigen. Warum hatte ihr Großvater seinen Leibwächter damit beauftragt, sie in dieses Zimmer zu führen, wenn es von hier keinen Ausgang gab? Vorausgesetzt Sorin hatte nicht gelogen, dass er vom Albenkönig geschickt worden war. Ach, wenn sie doch nur wüssten, was sich Eyvindir dabei gedacht hatte!

Missmutig starrte sie auf die Tür, hinter der sich der Aufgang zu seinem Schlafzimmer im Obergeschoss befand. Etwas in ihrem Augenwinkel erregte ihre Aufmerksamkeit, doch als sie den Kopf wendete, wurde ihr Blick sofort wieder auf die prunkvollen Gemälde gelenkt. Verwirrt schaute sie wieder zur Tür und konzentrierte sich dann auf das, was sie am Rande ihres Blickfeldes sehen konnte, ohne tatsächlich die Augen zu bewegen. Da war eine horizontale Linie … eine Fuge zwischen den Ziegelsteinen vielleicht? Ganz langsam, um die seltsame Erscheinung nicht wieder aus den Augen zu verlieren, drehte sie erneut den Kopf. Sehen konnte sie nichts Auffälliges mehr, doch als sie die Finger in der richtigen Höhe über die Fuge gleiten ließ, stellte sich heraus, dass eine der waagrechten Reihen der weiß gestrichenen Ziegel um ein oder zwei Millimeter weiter hervorstand als die anderen. Während die Maurer im gesamten restlichen Raum einwandfrei gearbeitet hatten, ergab sich hier eine eindeutige – wenn auch bei flüchtiger Betrachtung kaum ersichtliche – Kante.

„Aber irgendwo muss dieser verdammte Eingang doch sein! Gibt es nicht doch einen versteckten Mechanismus an diesen Gemälden?“ Tjarven klang ungeduldig, wenn nicht gar entmutigt.

Marlas Finger folgten dem winzigen Vorsprung der Länge von drei Ziegelsteinen nach links, wo die horizontale Kante plötzlich abbrach, sich aber für die Höhe eines Bausteines nach unten fortsetzte. Jetzt, wo Marla einmal das Muster erkannt hatte, konnte sie den irregulären Fugen mit den Augen folgen.

„Ich glaube, hier ist eine Tür verborgen." Ihre Feststellung glich beinahe einer Frage.

„Was? Wo denn?", rief Jahvis begeistert aus.

„Na, hier!" Marla blinzelte. Tatsächlich konnte sie die Geheimtür im ersten Moment selbst nicht mehr ausmachen, erst als sie sich wieder auf die Tür zum Treppenaufgang konzentrierte, erkannte sie aus dem Augenwinkel auch wieder die Auffälligkeiten auf der Steinwand. Auch Philipe schien mittlerweile darauf aufmerksam geworden zu sein, denn seine Finger strichen gezielt über die Ziegel.

„Es handelt sich um eine milde Form der Sinnestäuschung", erklärte er. „Im Vergleich zu den prachtvollen Bilderrahmen, ist der Durchgang so unscheinbar, dass das Auge für gewöhnlich einfach darüber hinwegsieht." Er pochte ober- und unterhalb der Kante gegen die Wand, ein Unterschied im Klopfton war allerdings nicht festzustellen. Doch als er weiter über die Ziegel fühlte, erklang plötzlich ein schabendes Geräusch und eine perfekt in die Steinwand eingelassene Abdeckung gab einen dahinterliegenden Gang frei. „Ich muss einen versteckten Mechanismus ausgelöst haben", keuchte Philipe aufgeregt.

„Schnell jetzt! Wir haben genug Zeit verloren!" Sorin drängte einen nach dem anderen durch die Öffnung, als letztes Kjell, der sich geistesgegenwärtig die Öllampe vom Schreibtisch schnappte. „Ihr müsst unbedingt vorsichtig sein. Laute Geräusche könnten von angrenzenden Zimmern aus gehört werden, wenn jemand genau lauscht.

Eyvindir hat mir weitere Anweisungen gegeben, welchen Weg ich nutzen soll."

Der Lichtkegel, der durch den Spalt zu ihnen hereinfiel, wurde immer schmaler, wandelte sich zu einer dünnen Linie und verschwand dann ganz, als der Krieger den Zugang wieder fest verschloss. Lediglich die Laterne erhellte den schmalen Gang mehrere Schritte weit in beide Richtungen. Sorin hatte sich gerade herumgedreht, da rammte Rorek ihn rücklings gegen die Steinwand. Schmerzerfüllt keuchte er auf, als ihm schlagartig die Luft aus den Lungen gepresst wurde.

„So und nun ist Schluss mit den Lügen!", knurrte Rorek bedrohlich. Sein Unterarm presste unbarmherzig gegen Sorins Kehle und hinderte ihn daran, einen tiefen Atemzug zu machen.

„Wie … meinst … du … das?", brachte Sorin röchelnd hervor und Marla sog scharf die Luft ein. Was war nur in Rorek gefahren?

„Stell dich nicht dümmer als du bist!", erwiderte Rorek böse. „Deine ganze Geschichte strotzt geradezu von Widersprüchen! Erst lernen wir dich als treuen Anhänger Bresturs kennen, dann wiederum soll Eyvindir ausgerechnet dich als seinen Vertrauten auserkoren haben. Zwar soll der König überfallen worden sein, hatte aber angeblich ausreichend Zeit, dir detaillierte Instruktionen zu geben und den Zugang zu diesem Geheimgang zu beschreiben. Und obwohl ich die Kriegerin der Königsgarde unter Kontrolle hatte, hast du deine eigene Kameradin ohne zu zögern für immer zum Schweigen gebracht. Und *dir* sollen wir vertrauen?" Der Angeklagte schien kaum noch Luft zu bekommen und krallte seine Finger in Roreks Arm, doch er leistete weniger Widerstand, als Marla erwartet hätte. In ihren Augen ließ das nur zwei Möglichkeiten zu: Entweder er stand Roreks Griff tatsächlich völlig hilflos gegenüber, was Marla angesichts seiner guten Ausbildung zum Krieger der Königsgarde eher bezweifelte, oder er wollte ganz einfach nicht gegen Rorek kämpfen und appellierte an dessen Vernunft.

Sie knuffte ihrem Gefährten mit dem Ellenbogen in die Rippen. „Lass ihn doch antworten!“ Rorek gab ein widerwilliges Grunzen von sich, lockerte aber den Druck auf Sorins Hals hinreichend, sodass dieser zumindest besser atmen konnte.

„Ich sage die Wahrheit“, keuchte Sorin. „Ich werde euch alles erklären, das verspreche ich, aber vielleicht sollten wir zuerst von hier –“

„Du erklärst es jetzt oder ich schlitze dir eigenhändig die Kehle auf!“, unterbrach der Widerstandskämpfer ihn unsanft. Im schwachen Licht der Öllampe sah Marla plötzlich ein Messer in der Hand ihres Gefährten aufblitzen.

„Rorek!“, rief sie erschrocken aus. „Er hat uns doch geholfen!“

„Hat er das wirklich? Ich kann es nicht beurteilen!“, gab Rorek kalt zurück. „Ich weiß nur, dass er seine eigenen Kameraden erschlagen und uns zu diesem Geheimgang geführt hat. Dabei weiß ich aber nicht, was er damit bezweckt und wessen Befehle er ausführt. Oder ob er vielleicht gänzlich eigene Ziele verfolgt.“

„Eyvindir wusste längst, dass eine Gefahr drohte“, setzte Sorin zu einer Erklärung an. „Auch wenn vielleicht nicht in diesem Ausmaß … und nicht ganz so bald. Für den Notfall hatte er sich einen ausgeklügelten Fluchtplan zurechtgelegt, nur dass euer Auftauchen diese Pläne durcheinandergebracht hat. Im letzten Moment hat er uns die Anweisung gegeben, euch in Sicherheit zu bringen, statt ihn zu begleiten. Er hat uns vertraut und ich hoffe, dass ihr es auch tun werdet."

„Ich wiederhole mich nur ungern –", knurrte Rorek. „Ausgerechnet *dir* soll er vertraut haben? Ausgerechnet dem Mann, den Brestur um seinen kleinen Finger gewickelt hat und der blind dessen Befehle ausführt, sobald Eyvindir anderweitig beschäftigt ist? Und wer ist überhaupt *wir*?", drängte er weiter.

„Das *wer* tut jetzt wirklich nichts zur Sache. Und ja, *mir*. Es war so ausgemacht, dass ich mir Bresturs Vertrauen erschleichen sollte, damit ich erfahre, was er vorhat. Wie ich schon sagte, Eyvindir ahnte, dass eine Gefahr drohte."

Rorek gab ein abfälliges Schnauben von sich. „Du lügst! Willst du wirklich behaupten, dass dein kleiner Auftritt vor ein paar Wochen im Wald nur geschauspielert war? Lächerlich, ich glaube dir kein Wort! Du hast nicht gewusst, wer Philipe ist!"

„Das stimmt ja auch", gab Sorin betreten zu. „Ich habe ihn nicht sofort erkannt. Aber ja, es war insofern nur gespielt, dass ich vorgeben musste, ich wäre Brestur gegenüber loyal eingestellt und würde seine Anordnungen befolgen. Hinterher habe ich Eyvindir sofort Bericht erstattet."

„Uns gegenüber hat er vorhin aber durchblicken lassen, dass er dich als zu gutgläubig empfand", mischte sich Philipe in die Vernehmung ein.

„Gutgläubig? Aber nein, vermutlich hat er euch das nur gesagt, weil er noch nicht bereit war, meine Rolle zu enthüllen. Mir war sehr wohl bewusst, wie irrwitzig und falsch Bresturs Plan war, die Bauern und Händler vom Reisen in ihrem eigenen Land abzuhalten. Eyvindir hat es natürlich ganz und gar nicht gefallen, dass ausgerechnet ihr mir bei unserem Streifzug über den Weg gelaufen seid und ich euch beinahe festgenommen hätte, er war sehr ungehalten. Aber ich durfte meine Tarnung nicht aufgeben."

„Das klingt ja beinahe so, als wärest du froh darum gewesen, dass ich dich überwältigt und bloßgestellt habe", spottete Rorek böse.

„So ungefähr. Sagen wir mal so, ich habe mich bei unserem Kampf absichtlich zurückgehalten." Sorins Augen blitzten amüsiert auf und ein kurzes Lächeln umspielte seine Mundwinkel, was Rorek ein ungehaltenes Knurren entlockte. *Na großartig, gleich gehen sie sich an die Gurgel*, fürchtete Marla, aber dann mischte Philipe sich erneut in die Diskussion ein.

„Und was hatte das vorhin zu bedeuten, als dieser Balvar meinte, wir wären geflohen und du hättest unsere Spur aufgenommen?"

„Das war Teil unseres Planes. Eyvindir wollte unter allen Umständen verhindern, dass Marla in Bresturs Hände gerät. Während ich losgerannt bin, um euch zu holen und in Sicherheit zu bringen, hat Sinha das Gerücht verbreitet, dass ihr längst fort wäret und ich euch folgen würde. Das sollte Bresturs Leute sowohl davon abhalten, euch in euren Gemächern zu suchen, bevor ich euch erreichen konnte, als auch meine Abwesenheit erklären."

„Dann ist Brestur also für diesen Aufstand verantwortlich?“, wollte Philipe weiter wissen.

„Ja, so macht es den Anschein. Wir sollten mit unserer Vermutung Recht behalten und dennoch konnten wir seinen Plan nicht vereiteln“, gab Sorin zerknirscht zurück.

„Und deswegen mussten die drei Krieger der Königsgarde sterben, nicht wahr?“, fragte Marla leise. „Sie durften die Nachricht, dass du mit uns gemeinsam fliehst, unter keinen Umständen zurück zu Brestur tragen …“ Sorin zögerte kurz, dann nickte er fast unmerklich. Einen Moment lang sagte niemand etwas, jeder schien für sich zu verarbeiten, was sie gerade gehört hatten.

„Wenn es sonst keine dringlichen Fragen mehr gibt, dann würde ich vorschlagen, dass wir jetzt endlich von hier verschwinden. Eyvindir soll nicht völlig umsonst gestorben sein!“ Sorins Worte versetzten Marla einen heftigen Stich ins Herz. *Nicht umsonst gestorben* ... das klang beinahe so, als ob Eyvindir nur ihretwegen getötet worden war. Sie musste hart schlucken. Nein, Schuld daran trug sie keine, das hatten allein ihre Feinde zu verantworten … *nicht wahr?*

Rorek starrte Sorin noch einen Atemzug lang missmutig an, dann gab er ihn endlich frei, woraufhin dieser sich erleichtert über die Kehle rieb. „Folgt mir.“

Kapitel 2 – Gänge über Gängen

Endlich setzte sich der kleine Trupp wieder in Bewegung. Der Gang, durch den sie liefen, war so schmal, dass Marla beide Wände zugleich berühren konnte, ohne ihre Arme komplett auszubreiten. Die Mauern bestanden aus dem gleichen Ziegel wie in dem Schlafgemach mit dem versteckten Zugang, allerdings hier nicht strahlend weiß getüncht, sondern von einer graubraunen Farbe. Die abgestandene Luft und der Staub, den sie beim Gehen vom Boden aufwirbelten, kitzelten Marla im Hals, aber sie tat ihr Bestes, dem Hustenreiz nicht nachzugeben.

Dieser Geheimgang war vermutlich sehr lange Zeit nicht mehr genutzt worden und zum ersten Mal war Marla froh darum, wesentlich kleiner zu sein als ihre Gefährten. So wischten diese sich abwechselnd leise fluchend die Spinnweben aus dem Gesicht, während sie geschützt hinter deren breiten Rücken davon verschont blieb.

Sorin hatte abermals die Führung übernommen. Das schwache Licht der Öllampe, mit der Kjell ihnen an zweiter Position den Weg leuchtete, wurde zum Großteil von den vor ihr laufenden Gefährten verdeckt, doch das machte Marla nichts aus – ganz im Gegenteil. In diesem Dämmerlicht machten die hohen Wände zumindest nicht mehr den bedrohlichen Eindruck, als würden sie jeden Moment über ihren Köpfen zusammenstürzen.

Gelegentlich konnten sie gedämpfte Rufe hören und einmal fuhr Marla erschrocken zusammen, als direkt neben ihnen Kampfgeräusche erklangen, lediglich abgetrennt durch die Gangwand. Sie erhaschte einen Blick auf Sorin, der mit verkrampften Kiefern einen Moment lauschte, bevor er sie weiterwinkte. Ganz kalt zu lassen schien es den Krieger definitiv nicht, dass einige seiner Kameraden, an deren Seite er vermutlich jahrelang gekämpft hatte, plötzlich zu seinen Gegnern geworden waren. Er hatte ihnen vertraut, doch jetzt hatten sie sich gegen die eine Sache gewendet, der sie alle mit einem Schwur ihr Leben gewidmet hatten: dem Albenkönig zu dienen und ihn zu schützen. Waren die drei Wachen der Garde, deren Blut nun an seiner Klinge klebte, womöglich einst sogar seine Freunde gewesen? Mit einem Schaudern schüttelte sie den Gedanken ab.

Nach einigen Minuten gelangten sie an eine schmale Holztreppe, die sie ein gutes Dutzend Schritte nach oben führte. *Noch höher*, fuhr es Marla durch den Kopf. Sollten sie nicht eher versuchen, irgendwie das Erdgeschoss zu erreichen? Sie folgten einem weiteren Gang und gerade, als Marla sich fragte, ob tatsächlich die Wände des gesamten Palastes mit Geheimgängen durchzogen waren, gelangten sie augenscheinlich in eine Sackgasse.

„Eyvindir hat mir für diese Stelle weitere Anweisungen gegeben“, flüsterte Sorin, während er in die Hocke ging und die Wand vor sich sorgfältig abtastete. „Dieser nächste Abschnitt ist der Garde wohl bekannt. Wir müssen uns besonders vorsehen, niemandem über den Weg zu laufen.

Lasst mich vorausgehen, wenn die Luft rein ist, gebe ich euch ein Zeichen.“ Marlas Blick fiel auf ihre Gefährten. Es war ihnen deutlich anzusehen, dass sie Sorin noch immer nicht vorbehaltlos trauten und nur äußerst widerwillig seinen Anordnungen nachkamen. Allerdings blieb ihnen wohl auch keine andere Wahl.

Der Krieger schien gefunden zu haben, wonach er suchte, denn er hielt in seinen Bewegungen inne, warf ihnen einen vielsagenden Blick zu und löste dann einen versteckten Mechanismus aus, der einen niedrigen Durchgang in der Mauer enthüllte. Sie würden auf allen vieren kriechen müssen, um hindurchzugelangen. Durch einen winzigen Spalt spähte Sorin hinaus, ganz offenbar zufrieden mit seiner Observierung, denn kurz darauf zog er die kleine Geheimtür weiter auf. Die Öffnung reichte ihnen gerade mal bis zum Knie und als Marla ebenfalls in die Hocke ging, um einen Blick zu riskieren, schwindelte es sie für einen Moment. Der Untergrund auf der anderen Mauerseite lag keineswegs ebenerdig vor ihnen, sondern stattdessen schauten sie aus der Höhe knapp unterhalb der Decke auf einen erleuchteten Quergang hinab. *Wie raffiniert* – die geheimen Stollen befanden sich also höhenversetzt in den Wänden.

Sorin kniete sich hin und schob sich dann rückwärts mit den Füßen zuerst durch die Öffnung. Sowohl mit seinen angewinkelten Armen als auch mit seinem Kopf im Durchgang Halt suchend, stabilisierte er kurz seinen Körper, drückte sich dann nach hinten ab und sprang die verbleibende Distanz in die Tiefe.

Obwohl die Wände hier, wie auch im restlichen Königspalast, ungewöhnlich hoch waren, hatte Sorin bei seiner

Landung kaum einen Laut verursacht. Trotzdem wagte Marla kaum zu atmen. Was würde passieren, wenn sie im letzten Moment doch noch entdeckt wurden? Oder wenn Sorin jetzt überwältigt werden würde und sie und ihre Gefährten dann hier feststeckten, ohne zu wissen, wie sie aus diesen Tunneln entkommen konnten? Rorek drückte die Pforte wieder ran und lugte gebannt durch einen Spalt nach draußen, während Marla innerlich fast tausend Tode starb. Allein Philipes warme, vertraute Hand in ihrer vermochte ihren rasenden Herzschlag ein wenig zu beruhigen, wobei sie nicht sicher war, ob er sie zu trösten versuchte oder selbst Trost aus der Berührung zog.

„Da – Sorin winkt uns zu sich hinab“, raunte Rorek endlich. Auf ähnliche Weise, wie der Krieger der Königsgarde zuvor, ließen sich nun erst Rorek und dann Philipe hinabgleiten.

„Marla, du bist dran“, flüsterte Tjarven. Ihr Schwertkampflehrer stützte ihren rechten Arm und Jahvis ihren linken, während sie rücklings durch die Öffnung kletterte. Kräftige Hände umfassten ihre Taille und bevor Philipe sie sanft vor sich absetzte, reichte Kjell ihr von oben die Öllampe.

Dieser neuerliche Quergang war etwas breiter und zudem ausreichend beleuchtet, in regelmäßigen Abständen flackerten Fackeln an den Wänden. Allein die Tatsache, dass die Wände im Gegensatz zum Rest des Palastes noch immer äußerst schlicht und grau wirkten, verriet Marla, dass sie sich weiterhin in einem der Geheimgänge befinden mussten.

Als Letztes war Jahvis durch die kleine Öffnung geklettert und während Tjarven ihn von unten stützte, verschloss er die Luke wieder, sodass nicht mehr ersichtlich war, wo genau sich der geheime Durchgang befand. Marla war fasziniert.

„Es ist jetzt nicht mehr weit“, wisperte Sorin. „Wir müssen einen letzten geheimen Durchgang finden, dann haben wir es geschafft.“ In zügigem Tempo lief er voran. Abermals blieb den Freunden kaum eine andere Wahl, als ihm zu folgen. Marla tat es ihren Gefährten gleich und zog ihr Schwert, gleichzeitig hoffte sie aber, dass sie die Waffe nicht würde gebrauchen müssen.

Auf jedes Geräusch bedacht, schlichen sie hinter Sorin her – gar keine leichte Aufgabe, denn jeder Laut hallte deutlich von der Gangwand wider. Sonst war es fast unheimlich still. Hier waren keine Kampfgeräusche mehr zu vernehmen, keine Stimmen oder fremden Schritte. Lediglich ein undefinierbares leises Dröhnen drang an ihre Ohren, das Marla nicht einzuordnen wusste, das aber stetig lauter wurde.

Als sie an eine Abzweigung gelangten, gab Sorin ihnen ein Zeichen, zurückzubleiben und wagte einen Blick um die Ecke. Geschwind zog er den Kopf zurück und schaute die Gefährten vielsagend an. *Wachen*, formten seine Lippen lautlos. Marlas Magen krampfte sich zusammen. Würde es nun abermals zu einem Kampf kommen? In geduckter Haltung und dennoch eindeutig in Kampfposition spähte Sorin erneut in den Quergang. Plötzlich lösten sich jedoch seine verkrampften Schultern. Er richtete sich auf, trat einen Schritt in den Gang hinaus und machte mit einem Zischgeräusch auf sich aufmerksam. *Was tat er denn da, verdammt nochmal?* Marla trat unruhig von einem Bein aufs andere. Und wie sollte sie denn mit dieser bescheuerten Öllampe in der linken Hand kämpfen? Als sowohl Rorek und Tjarven als auch Philipe entschlossen hinter Sorin her um die Ecke traten, holte sie noch einmal tief Luft und gab sich ebenfalls einen Ruck. Zwei Krieger der Königsgarde kamen mit ausladenden Schritten auf sie zu, steckten aber noch im Laufen ihre Waffen ein. Marla verstand überhaupt nichts mehr.

„Sorin, du bist noch hier?“, fragte der ältere von beiden, ein eher gedrungener Alb mit buschigen Augenbrauen, verwundert. „Wir dachten, ihr seid längst weg!“

„Gut, so sollte es aussehen! Igjor, sag, werden wir gesucht?“

„Nein, ganz bestimmt nicht! Brestur hatte ganz andere Sorgen … es gab wesentlich mehr Widerstand, als er sich das gedacht hatte.“ Der Mann zog verschlagen einen Mundwinkel nach oben und schnaubte dabei zufrieden. „Jedenfalls war er froh zu hören, dass du die Verfolgung aufgenommen hast und damit war das Thema für ihn erledigt. Irgendwann sind immer mehr Kämpfer zur Vernunft gekommen und haben sich wenigstens auf einen Waffenstillstand geeinigt, bis es zu Verhandlungen kommen wird.“

„Wurdet ihr enttarnt?“

„Nein, ich denke nicht! Auch in deinem Fall geht er davon aus, dass du ihm ganz und gar treu ergeben bist. Und er hat noch einmal betont, dass er Marla unbedingt lebend möchte!“

„Ich möchte ungern euren kleinen Plausch unterbrechen, aber mit Gebäck und Kräutertee würde es irgendwie mehr Spaß machen“, knurrte Rorek ungehalten. „Können wir jetzt gehen?“

Igjor nickte Rorek ernst zu. „Leider werdet ihr dort vorne nicht weiterkommen, am Ausgang hat sich eine ganze Gruppe Wachen versammelt."

„Wir kennen noch einen anderen Weg hinaus", erwiderte Sorin knapp und ignorierte dabei den fragenden Blick seines Kameraden. „Lenkt sie ab. Sorgt einfach nur dafür, dass sie in den nächsten Minuten nicht den Gang entlangkommen."

Igjor zögerte keine Sekunde und nahm dienstbeflissen Haltung an. „Wir werden euch so viel Zeit wie möglich verschaffen. Aber bitte beeilt euch, ich kann für nichts garantieren!"

„Das werden wir! Passt auf euch auf! Ich werde eine Nachricht senden, sobald ich kann!" Die beiden schlugen zum Abschied freundschaftlich vor der Brust ein und zogen sich dann seitwärts in eine flüchtige, aber durchaus herzliche Umarmung. Dann drehten sich die zwei Krieger der Königsgarde um, liefen hastig den Gang hinab und verschwanden kurz darauf um die nächste Ecke.

„Und ihnen vertraust du? Woher willst du wissen, dass sie nicht sofort Alarm schlagen und es hier jeden Moment nur so von Wachen wimmelt?", wollte Philipe wissen.

„Selbstverständlich traue ich Igjor und Fjelte! Nicht alle Mitglieder der Königsgarde haben sich gegen ihren König gewendet, das ist nur ein kleiner Teil! Und die anderen nehmen blind Befehle entgegen oder haben leider ihr Hirn ausgeschaltet. Und nun seid bitte still, ich muss mich konzentrieren."

Rorek stieß abfällig die Luft aus und auch Philipe sah aus, als hätte er das Thema gerne vertieft, aber sie verkniffen sich ihre weiteren Kommentare. Gebannt beobachtete

Marla, wie Sorin mit ausgestrecktem Zeigefinger die oberste Reihe der Ziegelsteine abzählte. Etwa ein Drittel des Ganges hinab hielt er inne und winkte hektisch Hilfe herbei, ohne den Blick von der Mauer abzuwenden. Tjarven verstand sofort, steckte sein Schwert in die Scheide zurück und faltete vor dem Bauch seine Hände, sodass Sorin sich an ihm hochziehen konnte. Dieser machte sich einen Augenblick unbeholfen an dem Ziegelstein zu schaffen und stemmte sich dann gegen die Decke darüber. Die Steindecke gab mit einem leisen Knirschen nach und Sorin legte Stück für Stück eine gut schulterbreite Öffnung frei. *Tatsächlich, ein weiterer Durchgang!*

Ächzend hob Tjarven seine Arme noch ein wenig höher, sodass Sorin leichter nach oben klettern konnte. Sofort folgten ihm Rorek und Philipe auf die gleiche Weise und Marla fühlte sich in die Berge zurückversetzt, als sie die Steilwand zu den Drachenhöhlen überwinden mussten. Tjarven lupfte sie mit Leichtigkeit bis auf Schulterhöhe, von wo aus ihre Gefährten sie in Empfang nehmen und durch die Deckenluke ziehen konnten. Das gleichmäßige Rauschen und Dröhnen war hier oben noch wesentlich lauter zu vernehmen als unten im Gang, doch konnte sie noch immer nicht einordnen, was das Geräusch verursachen mochte.

Auch Kjell und Tjarven erreichten sicher den Stollen oberhalb des Ganges und streckten dann ihre Hände aus, um als letztes Jahvis eine Hilfestellung zu geben. Plötzlich hallten Stimmen von den kahlen Steinwänden wider. Jahvis' Augen weiteten sich erschrocken, Panik machte sich auf seinen Zügen breit und auch Marlas Herz machte einen unangenehmen Satz – wie viele Sekunden würden dem Freund bleiben, um sich den Blicken der Feinde noch rechtzeitig zu entziehen?

Jahvis musste ziemlich hoch springen, wenn er die wartenden Hände der Gefährten erreichen wollte, doch angesichts des zusätzlichen Gewichtes seiner Waffen ging sein erster Sprung ins Leere. Die Stimmen kamen näher. *Schneller Jahvis!* Wenn die Feinde ihn dabei erwischten, wie er in den Geheimgang kletterte, war alles aus! Ihre Gefährten reckten ihre Arme noch weiter nach unten und Jahvis konzentrierte sich auf den Sprung. Kraftvoll drückte er sich ab. Sie bekamen den jungen Alb an den Handgelenken zu fassen und zogen ihn in einer flüssigen Bewegung herauf. Kaum hatte sein Körper den Durchgang erreicht, packten ihn Philipe und Rorek an seinem Gewand, um ihn mit einem kräftigen Ruck komplett durch die Öffnung zu katapultieren. Die drei Männer stolperten rückwärts und landeten unsanft zusammen auf dem Boden. Gelegenheit aufzustehen fanden sie keine mehr.

Die Gesprächsfetzen hallten nun deutlich von den Wänden wider. Marla war sicher, dass die Personen gerade in den Gang unterhalb ihres Verstecks eingebogen waren und die Stelle jeden Moment passieren würden. Dabei war es Sorin und Kjell noch nicht ganz gelungen, die Abdeckung zurück an ihren Platz zu schieben, eine etwa fingerbreite Ritze war verblieben. *Zu spät.* Marla hielt gebannt die Luft an, auch ihre Gefährten wagten es nicht, sich zu bewegen. Durch den Spalt beobachtete sie eine Gruppe Krieger, die in die gleiche Richtung marschierten, in der zuvor Igjor und sein Kamerad verschwunden waren. Innerlich machte sie sich darauf gefasst, dass die Luke von einem von ihnen entdeckt werden würde. Doch nichts dergleichen geschah. Die Personen waren zu vertieft in ihr Gespräch und entfernten sich wieder, ohne auch nur ins Stocken zu geraten. Dennoch atmete Marla erst erleichtert aus, als die Schritte und Stimmen gänzlich verklungen waren.

Rorek, Philipe und Jahvis lösten sich aus dem Knäuel aus Armen und Beinen und kamen ungestüm wieder auf die Füße.

„Das war verdammt knapp“, murmelte Philipe, während er sich den Staub aus dem Umhang klopfte. Jahvis schenkte Marla ein schiefes Grinsen, woraufhin diese nur mit den Augen rollte. Vermutlich hatte er den Nervenkitzel im Nachhinein sogar noch genossen!

Sobald die Steinplatte die Öffnung wieder komplett verdeckte, bot ihnen lediglich die Flamme der Öllampe eine kleine Lichtquelle in der sonst abermals undurchdringlichen Schwärze.

„Darf ich?“ Sorin streckte bittend die Hand nach der Lampe aus und Marla war mehr als froh, sich endlich des sperrigen Gegenstandes entledigen zu können. Erneut setzte sich der Krieger an die Spitze ihres kleinen Trupps.

Ein unangenehm feuchter Luftzug schlug ihnen entgegen und kroch Marla bis in die Knochen. Auch das dröhnende Geräusch nahm stetig an Intensität zu, je weiter sie durch den Geheimgang vordrangen.

Fröstelnd schlang sie die Arme um ihren Körper und stapfte missmutig vor sich hin, bis sie plötzlich verblüfft feststellte, dass die Wände nicht mehr aus Ziegeln erbaut waren, sondern aus naturbelassenem Felsen bestanden. Der Stollen war in einen natürlichen Tunnel übergegangen. Sie hatten also den königlichen Palast verlassen und bewegten sich nun innerhalb des angrenzenden Berges. Wie viele Stunden würden sie noch durch diese Finsternis laufen müssen und wohin führte dieser Gang?

Gerne hätte Marla eine dementsprechende Frage gestellt, aber mittlerweile war es so laut, dass sie hätten schreien müssen, um sich zu verständigen. Die Felswände glitzerten feucht, Wassertropfen sammelten sich zu kleinen Pfützen und die moosigen Flecken auf dem Boden machten deutlich, dass diese Witterung keineswegs ein Ausnahmezustand war.

Als sie um eine Biegung traten, blieb Marla wie angewurzelt stehen. Kalte Gischt sprühte ihr ins Gesicht, die Wand zu ihrer Linken schien zu leben, sich zu bewegen … oder *zu fließen*! Aber ja, sie befanden sich direkt zwischen einem Wasserfall und der Felswand dahinter! Dies musste der Wasserfall sein, den sie bei ihrer Ankunft in der Stadt gesehen hatten und der sich wie ein gigantischer Vorhang über den weißen Felsen erstreckte!

Wohl um sicherzugehen, dass die auf und ab tänzelnde Flamme von außen nicht gesehen werden würde, verdeckte Sorin die Laterne mit seinem Umhang. Lediglich ein gespenstisch flimmerndes Licht drang durch den Wasservorhang zu ihnen herein, gerade mal hell genug, um zu erkennen, in welche Richtung der Weg führte. Innerhalb weniger Augenblicke fühlte sich Marlas Kleidung klamm an, aber der schmale Absatz erlaubte es nicht, einen größeren Abstand zu halten. Als sie sich einmal an der Felswand zu ihrer Rechten abstützte, griff ihre Hand in schleimige Algen und wenngleich sie dieser Ort absolut faszinierte, war sie dennoch froh, als sie das andere Ende des Wasserfalls erreichten, wo sie in einen weiteren Tunnel eindrangen.

Marlas Zähne klapperten leise aufeinander und Erschöpfung machte sich in ihren Gliedern breit. Während sie dem langsam verklingenden Geräusch der rauschenden Wassermengen lauschte, versuchte sie die Distanz zu schätzen, die sie nun stetig bergabwärts laufend zurücklegten, verzählte sich aber nach mehreren hundert Schritten und gab es auf.

Nach einer gefühlten Ewigkeit erreichten sie das Ende des Ganges. Sorin öffnete eine kleine Pforte, die ihm gerade mal bis zur Hüfte reichte. Kalte Nachtluft strömte ihnen entgegen. Sie hatten es geschafft!

Nur wenige Schritte vom Ausgang entfernt schlugen die kleinen, hüpfenden Wellen eines Flusses leise an die Böschung. Höchstwahrscheinlich war dies der gleiche Strom, der flussaufwärts donnernd über die Felsen in die Tiefe stürzte und den malerischen Wasserfall bildete, nur plätscherten die Wassermassen hier wesentlich friedvoller dahin.

Der Uferstreifen bot gerade so allen Gefährten gleichzeitig Platz. Während Philipe und Kjell das wuchernde Schilfgras wieder sorgfältig vor dem Durchgang drapierten, schaute Marla sich besorgt um. Hinter ihnen erhob sich der schroffe Felsen und verlor sich hoch oben in der Dunkelheit – nein, auf diesem Wege würden sie kaum weiterkommen. Vorsichtig streckte sie die Hand aus und stellte bestürzt fest, dass das Wasser eiskalt war. Außerdem war der Fluss garantiert zu tief, um hindurchzuwaten und die Strömung wesentlich schneller, als es auf den ersten Blick den Anschein machte. Wie sollten sie auf die andere Seite gelangen? Mit ihren miserablen Schwimmkenntnissen wäre sie in diesem Gewässer hoffnungslos verloren!

„Hier, tatsächlich!“, triumphierte Sorin kurz darauf, als er die hohen Gräser an der Böschung auseinanderdrückte und ein kleines Ruderboot freilegte. Tjarven und Jahvis halfen ihm, den Kahn umzudrehen und zu Wasser zu lassen. Sonderlich vertrauenerweckend wirkte das raue Holz auf Marla nicht, wie es so unruhig von der Strömung hin- und hergeschaukelt wurde und besonders viel Platz bot es auch nicht. Vermutlich war das Boot vor langer Zeit eigens für den Zweck angefertigt worden, hier versteckt auf seinen Einsatz zu warten.

Marla war froh, dass zunächst ein paar der Krieger auf die andere Flussseite gebracht werden würden, so hatte sie noch eine kleine Schonfrist, bevor sie sich selbst dem Wagnis aussetzen musste. Da das Heck des Kahns unter dem Gewicht der Männer jedoch bedrohlich tief ins Wasser sank, beschlossen sie, zusätzlich zum Ruderer nicht mehr als zwei Passagiere auf einmal zu transportieren. Sorin steuerte das Boot gekonnt auf die andere Uferseite, wenngleich die Strömung es unmöglich machte, in gerader Linie überzusetzen und sie ein Stück flussabwärts trug.

Als Kjell, der Sorin für die nächste beschwerliche Überfahrt abgelöst hatte, einige Minuten später bei ihnen ankam, stand ihm vor Anstrengung der Schweiß auf der Stirn. Rorek stabilisierte das Boot, um Marla und Philipe den Einstieg zu erleichtern und sie wünschte, es hätte bereits eine Gelegenheit gegeben, Jahvis' Angebot anzunehmen, ihr Schwimmunterricht zu geben.

Um sich abzulenken, konzentrierte sie sich auf ihre Umgebung. In der Ferne konnte Marla die Stadt Eskjillrod sehen, die sich trotz der späten Stunde hell gegen den Nachthimmel abhob. Überraschend viele Fackeln erleuchteten die Stadtmauern und die Gebäude, die sich darüber abzeichneten. Ob sich mittlerweile bei allen Einwohnern herumgesprochen hatte, was sich im Königspalast abgespielt hatte? Ob sie bereits wussten, dass ihr König heute Abend ermordet worden war?

Ein unsanfter Ruck kündigte ihre Landung am anderen Ufer an und Marla kletterte erleichtert aus dem Boot. Zu guter Letzt ruderte Tjarven noch einmal zurück, um seinen Bruder Rorek und Jahvis herüberzutransportieren.

Anschließend banden sie die Festmacherleine an einen Busch direkt neben dem Fluss an und ließen den Kahn unter die weit überhängenden Schilfgräser gleiten. Marla blinzelte ein paar Mal. *Welch großartiges Versteck!* Hätte sie nicht genau gesehen, wohin das kleine Boot soeben spurlos verschwunden war, sie hätte nie vermutet, dass es sich nur wenige Schritte von ihnen entfernt befand.

Kapitel 3 – Der Zweck heiligt die Mittel

„Und jetzt? Was machen wir jetzt?“, wollte Marla wissen.

„Ich möchte so schnell wie möglich aus dieser Gegend verschwinden. Wir müssen uns sammeln, überlegen, wie wir weiter vorgehen“, antwortete Rorek mit grimmigem Gesichtsausdruck. „Aber zu Fuß kommen wir nicht schnell genug voran, wir brauchen unbedingt Reittiere!“

„Unsere Pferde befinden sich innerhalb Eskjillrods Stadtmauern in einem Stall, da kommen wir jetzt nicht mehr ungesehen hin. Oder sollen wir bis morgen Früh warten und es dann wagen, noch einmal in die Stadt zurückzukehren?“, fragte Jahvis.

Rorek schüttelte vehement den Kopf. „Auf keinen Fall, das Risiko dürfen wir nicht eingehen! Wir haben es bis nach draußen geschafft und müssen die Gelegenheit nutzen, jetzt von hier zu fliehen.“

„Ich gebe dir Recht, es wäre besser, wenn wir noch heute Nacht Distanz aufbauen könnten“, pflichtete Philipe bei. „Bis zum Morgengrauen wird sich auch Brestur neu gesammelt haben und dann womöglich doch die Verfolgung aufnehmen.“

„Daher schlage ich vor, dass wir uns andere Pferde besorgen“, bestimmte Rorek.

Kjell sah ihn fragend an. „*Besorgen?* Was soll das heißen, wo sollen wir denn jetzt zu dieser Stunde genügend Reittiere auftreiben können? Außerdem haben wir dafür kaum die benötigten Münzen bei uns.“

„Von kaufen habe ich auch nicht gesprochen.“ Roreks Augen blitzten gefährlich auf. Marla kannte diesen Gesichtsausdruck bereits, er erinnerte sie an den Tag, als sie in Amburon in den Laden des alten Erlendur eingebrochen waren, um nach dem Pflanzenbuch mit dem Hinweis auf das Pfeilgift zu suchen.

Empört stemmte sie die rechte Hand in ihre Hüfte. „Du … du willst uns doch nicht etwa Pferde *stehlen*?“

Rorek grinste diabolisch. „Sagen wir *ausleihen*.“

„Wem willst du denn die Pferde wegnehmen?“, entrüstete sie sich, indem sie seinen Einwurf einfach überging. „Einem Bauern etwa, direkt von der Weide? Aus seinem Stall?“

„Wie wäre es mit einem Gasthof?“, warf Sorin ein, bevor Rorek etwas erwidern konnte. „Nicht weit von hier befindet sich eine Siedlung mit einem ansehnlichen Gasthaus. Ich bin mir sicher, dass wir dort im Stall fündig werden und dann trifft es nicht einen einzelnen Bauern.“

„Ich kann das nicht, das geht nicht!“, widersprach Kjell leise. Seine Gefährten verstummten und musterten ihn betroffen. „Es ist … gegen meine Prinzipien! Vielleicht könnt ihr das nicht verstehen … aber meine Herkunft – ich habe mir geschworen, dass ich niemals stehlen werde, was ich benötige, sondern dass ich für alles, was ich besitze, stets ehrliche Arbeit leisten will!“

Marla schenkte dem Krieger ein ermutigendes Lächeln. „Ich gebe dir Recht, Kjell! Wenn wir irgendwelche Bauern oder Händler in den Ruin stürzen, weil wir ihnen ihre kostbaren Transportmittel und Arbeitstiere nehmen, würde ich mir das niemals verzeihen! Es fühlt sich einfach nicht richtig an!“ Abermals schwiegen die Gefährten einen Moment betreten.

„Also gut. Direkt außerhalb der Stadt befindet sich ein Stützpunkt der Ordnungshüter Eskjillrods“, mischte sich Sorin erneut ein. „Das erlaubt ihnen, wesentlich schneller auf Meldungen von Übergriffen und Delikten im Umland zu reagieren und sie müssen dafür nicht jedes Mal das Burgtor öffnen, was wiederum unter Umständen eine Gefährdung für die Stadt bedeuten würde. Ich schlage vor, wir beschaffen – ähm … *leihen* uns Pferde von dort. Die Ordnungshüter der Stadt unterstehen dem König, genau wie die Krieger der Garde. Damit würden wir also keine unschuldigen Bürger bestehlen, sondern Eyvindir selbst – und der hätte ganz gewiss nichts dagegen einzuwenden gehabt, wenn wir uns ein paar Pferde ausborgen, um Marla in Sicherheit zu bringen.“

„So müsste es gehen“, stimmte Philipe zu. „Ist das ein guter Kompromiss für euch?“ Er schaute fragend zwischen Marla und Kjell hin und her.

Marla blickte zu Kjell auf und nickte dann. „Ja, für mich ist das in Ordnung. Aus Sicht der Gesetzeshüter handelt es sich dabei immer noch um Diebstahl, aber Eyvindir hätte uns die Pferde selbstverständlich gegeben. Nur erwischen lassen sollten wir uns dabei nicht …“ Kjell antwortete nicht, nickte aber zustimmend.

Als sich Sorin bereits in Bewegung gesetzt hatte und Marla ihm folgen wollte, hielt Philipe sie zurück. „Wäre es nicht sicherer, wenn du dich hier versteckt hieltest, während ein paar von uns die Pferde –"

„Auf gar keinen Fall", widersprach sie heftig. „Ich komme mit! Ich bin ein Teil dieser Gruppe und ich kann auch kämpfen!"

„Das wollte ich dir auch nicht absprechen", erwiderte Philipe kleinlaut.

„Ich weiß. Du willst mich schützen und das weiß ich sehr zu schätzen. Aber ich möchte gerne mitkommen und helfen. Außerdem hätte ich Angst um jeden Einzelnen von euch. Es ist schlimm genug, dass wir von den anderen getrennt wurden und nicht wissen, wie es ihnen ergangen ist. Ich wünsche mir, dass wir alle zusammenbleiben!" Zu ihrer Überraschung widersprach Philipe nicht mehr, sondern nickte ihr nur ernst zu.

„Dann wollen wir mal hoffen, dass es gar nicht erst zu einem Kampf kommen wird! Los jetzt!", brummte Rorek.

Einerseits war es völlig verrückt, jetzt wieder in Richtung Stadt und der Unruhen zu schleichen, andererseits wusste Marla auch keinen anderen Weg, um noch heute Nacht an Reittiere zu kommen. Sie seufzte leise. Außerdem würde wohl niemand damit rechnen, dass sie ausgerechnet auf die Feinde zuliefen, statt vor ihnen zu fliehen.

Eine ganze Weile hielten sie sich dicht am Flussufer, aber als sie der Stadtmauer immer näher kamen, schwenkten sie schließlich nach rechts in Richtung Stadttor. Hin und wieder wehten aufgebrachte Rufe aus der Stadt bis zu ihnen herüber, aber sie begegneten niemandem.

Schon bald kam ein langgestrecktes Bauwerk in Sicht, das auf den ersten Blick den Eindruck eines typischen

Gasthofes erweckte, wenn auch eines besonders großen mit einem abzweigenden Nebentrakt. Im Obergeschoss befanden sich etliche Fenster zu Schlafkammern, wie Sorin flüsternd erklärte, für jene Ordnungshüter, die zwar zum Dienst eingeteilt waren, aber gerade keine Wachschicht übernehmen mussten.

Es war geradezu gespenstisch ruhig, kein einziger Laut war zu hören und sämtliche Fenster starrten ihnen leer und dunkel entgegen. Dabei bezweifelte Marla, dass sich die Bewohner während des Aufstands im Königspalast einfach zum Schlafen niedergelegt hatten, und vermutete eher, dass die Ordnungshüter gerade innerhalb der Stadtmauern alle Hände voll zu tun hatten. *Ein Glück*, dachte sie bei sich, umso leichter sollte es ihnen fallen, in die Stallungen einzudringen – vorausgesetzt, die Pferde waren hier und nicht bei ihren Reitern.

Im schwachen Mondlicht schlichen sie zur Rückseite des Gebäudes, von wo aus eine Hintertür vom Haupt- zum Stallgebäude führte. Auch der Stall lag völlig ruhig vor ihnen, aber Marlas empfindliche Ohren konnten das gelegentliche Schnauben mehrerer Reittiere ausmachen. Vorsichtig pirschten sie sich näher heran.

Wie auch damals, kurz vor ihrem Einbruch in Erlendurs Laden, beschlich Marla eine verwirrende Mischung aus Nervosität, der das Wissen, etwas Verbotenes zu tun, zugrunde lag, sowie befremdlicher Euphorie. Sie schüttelte sich. Nein, an dieses Gefühl wollte sie sich ganz gewiss nicht gewöhnen, egal wie berauschend es sein mochte – für sie handelte es sich nach wie vor um Diebstahl! Aber zumindest tröstete sie das Wissen, dass ihren Gefährten Recht und Ehre genauso viel bedeuteten wie ihr. Außerdem ging es hier womöglich um Leben und Tod, da heiligte der Zweck eben die Mittel.

Sorin hatte mittlerweile das Stalltor erreicht, dicht gefolgt von Tjarven und Rorek, die ihm Rückendeckung gaben. Philipe, Kjell und Jahvis bildeten mit Marla die Nachhut. Nach einem letzten prüfenden Blick über den Hof, zog Sorin entschlossen am Griff des breiten Schiebetores. Das kreischende Geräusch, das die Rollen auf der Laufschiene verursachten, ließ Marla das Blut in den Adern gefrieren. Es hätte sie nicht gewundert, wenn ganz Eskjillrod erschrocken aufhorchte. Kalter Schweiß trat ihr auf die Stirn. Jeden Moment würden die Ordnungshüter hier auftauchen, sie würden erwischt werden, würden des Diebstahls bezichtigt, eingesperrt und hingerichtet werden, sie würden – ehe sie die Panik gänzlich übermannen konnte, atmete sie zittrig ein und dann langsam und kontrolliert wieder aus. *Reiß dich zusammen, Marla!*

Keine Alarmglocken erklangen, keine Rufe wurden laut. Die Silhouetten der Krieger verschwanden unbehelligt eine nach der anderen im Inneren des Stalls, also wagten auch Marla und ihre drei Begleiter, ihnen zu folgen. Ein vertrauter Stallduft hüllte sie ein und Marla fühlte sich unwillkürlich in die Zeit im Schloss ihres Vaters zurückversetzt, wo sie sich jahrelang Seite an Seite mit dem alten Stallknecht Gustav um die Pferde und Ponys gekümmert hatte.

Das Mondlicht vermochte das Innere des Stalls kaum zu erhellen, also tastete sich Marla mehr voran, als dass sie wirklich etwas erkennen konnte. Teilweise standen die aneinandergereihten Verschläge offen da und warteten geduldig auf die Rückkehr ihrer Bewohner. Das verschlafene Schnauben eines Pferdes ertönte, als sich eine Silhouette, von der Marla mutmaßte, dass sie zu Tjarven gehörte, etwa ein Dutzend Schritte vor ihnen in eine Box schob.

Plötzlich fiel ein Lichtschimmer vom Hof zu ihnen herein. Marlas Herz machte einen kräftigen Satz. Gemeinsam mit Philipe, Jahvis und Kjell drängte sie sich in den verwaisten Verschlag zu ihrer Rechten und drückte sich in die dunkelste Ecke. Das vage Licht von draußen kam tanzend näher und mit einem Mal hörte sie schlurfende Schritte. Verdammt, vermutlich handelte es sich um eine Wache mit einer Öllampe.

„Wer zum Teufel ist da?“, verlangte eine raue Stimme zu wissen. „Ich zähle bis drei und entweder du kommst freiwillig mit erhobenen Händen heraus oder ich jage dir höchstpersönlich einen Bolzen zwischen die Augen! Eins …“ Wäre Marla allein hier gewesen, hätte sie der Aufforderung gewiss Folge geleistet und laut um Vergebung gebeten, aber ihre Gefährten machten keinerlei Anstalten sich zu ergeben und tauschten nur vielsagende Blicke. „Zwei …“ Der Wärter musste seine Laterne abgestellt haben und ohne sie weitergelaufen sein, denn auf dem Gangboden zeichnete sich nun ein bedrohlich langer Schatten ab, den Marla durch das offene Tor des Verschlages sehen konnte. Die schleppenden Fußtritte wurden immer lauter und blieben dann direkt neben ihrer Pferdebox stehen. Marla wagte kaum zu atmen, während der Mann wohl auf verräterische Geräusche lauschte. Zwei entschlossene Schritte und die Silhouette des Wächters erschien in ihrer Box. *„Drei!“* Marlas Herz sprang ihr beinahe aus der Brust.

In diesem Moment tauchte Rorek hinter dem Mann auf, schlang ihm den Arm um den Hals und zwang dessen Kopf in einen unnatürlichen Winkel. Der Bolzen einer kleinen Armbrust sirrte ziellos durch die Luft und blieb zitternd in einem Holzbalken stecken.

„Keinen Mucks oder ich breche dir das Genick!“, raunte Rorek dem Wächter zu. „Ich rate dir, mir jetzt gut zuzuhören, ich bin nicht gerade für meine Geduld bekannt und werde mich nicht wiederholen! Wir haben mit dem Aufstand nichts zu tun, wir waren rein zufällig in der Stadt und möchten auch in nichts hineingezogen werden. Allerdings habe ich auch kein Problem damit, dich zum Schweigen zu bringen, solltest du es wagen, dich uns entgegenzustellen. Alles, was wir wollen, ist, unbehelligt zurück in den Süden zu reiten und dafür benötigen wir Pferde. Die Manantena sind keine Diebe, uns bleibt nur keine andere Wahl. Wir werden uns gut um die Tiere kümmern und sie alsbald zurückbringen. Verstanden?“ Der Mann nickte schwach, mehr ließ Roreks eiserner Griff vermutlich nicht zu.

Als Marla sich erheben wollte, hielt Philipe sie am Ärmel zurück. Ganz offensichtlich wollte er nicht, dass der Ordnungshüter sie zu Gesicht bekam. „Sicher wirst du verstehen, dass wir kein Risiko eingehen können, indem du uns womöglich Verfolger auf den Hals hetzt“, fuhr Rorek fort und machte mit seiner freien Hand eine auffordernde Geste, woraufhin sein Bruder mit einem Messer einige lange Stoffstreifen aus dem Umhang des Ordnungshüters schnitt. Einen davon rollte er zu einem Knäuel zusammen und reichte ihn Rorek, der ihn dem Mann in den Mund stopfte. „Ich kann mich doch darauf verlassen, dass wir unseren Stützpunkt im Süden sicher erreichen, oder?“

Abermals nickte der Gefangene. Einen weiteren Stoffstreifen knotete Rorek ihm um den Kopf, um zu verhindern, dass er seinen Knebel einfach wieder ausspuckte, und verband ihm anschließend die Augen.

Marla kaute angespannt auf ihrer Unterlippe herum. Ihr gefiel die grobe Art nicht, mit der ihr Gefährte den Wächter behandelte, wusste es aber gleichzeitig zu schätzen, dass er ihn nicht einfach niederschlug … oder gar Schlimmeres. Mit einem Strick, den Tjarven vermutlich im Stall gefunden hatte, band er dem Mann die Hände hinter dem Rücken zusammen und fesselte dann sogar seine Beine. So verschnürt, wie er war, trugen die beiden Brüder ihn in die leerstehende Box, legten ihn in der Ecke ab, wo sich bis eben noch Marla und die anderen versteckt gehalten hatten, und verriegelten dann hinter ihnen das Tor.

Sich das Laternenlicht des Wächters zunutze machend, eilten sie nun alle von einem Verschlag zum nächsten und streiften den Tieren die Halfter über. Zu Marlas Überraschung holten sie aber nicht nur sieben Pferde aus ihren Boxen, eines für jeden von ihnen, sondern gleich alle, zwölf an der Zahl.

Auf ihren fragenden Blick hin beugte sich Philipe zu ihr herab. „Wir werden die anderen nachher laufen lassen. Aber das könnte uns wertvolle Zeit erkaufen, wenn doch jemand die Verfolgung aufnehmen möchte“, flüsterte er ihr ins Ohr und hielt ihr dann die Zügel eines hochgewachsenen Rappen entgegen. Marla legte instinktiv ihre Hand auf den Hals des Tieres, um es zu beruhigen, registrierte aber erleichtert, dass es sich weder durch die unbekannten Besucher noch die späte Stunde aus der Ruhe bringen ließ.

Wahrscheinlich waren wechselnde Reiter und nächtliche Ausritte für die Pferde der Ordnungshüter nicht unüblich.

Keiner sprach, sie verständigten sich lediglich mit Gesten, wohl um dem Wachmann keine Anhaltspunkte zu geben, wer und wie viele von ihnen sich hier aufhielten. Sieben der Tiere statteten sie notdürftig mit Reitdecken und Zaumzeug aus, während sie bei den anderen lediglich Führstricke an den Halftern befestigten.

„Das war verdammt knapp!“, blaffte Philipe Rorek an, sobald sie endlich mit den Tieren ins Freie getreten waren. „Wie wär’s, wenn du dir das nächste Mal nicht so viel Zeit lassen würdest, das hätte wirklich schiefgehen können!“

„Aber ja, so ein Einschussloch eines Armbrustbolzens hätte sich bestimmt gut in meiner Narbensammlung gemacht! Nächstes Mal werde ich mir überlegen, mich –“

Marla legte dem Krieger beruhigend die Hand auf den Arm und brachte ihn damit augenblicklich zum Verstummen. „Danke, dass du den Schützen aufgehalten hast!“

Rorek schluckte hart. „Jederzeit wieder, Marla, dafür bin ich hier!“ Sein eindringlicher Blick und die Bedeutsamkeit seiner Worte ließen ihr eine Gänsehaut den Rücken hinablaufen.

„Kannst du denn ohne Sattel reiten?“, fragte Sorin an Marla gewandt und lenkte damit die Aufmerksamkeit der Gefährten auf sich.

„Selbstverständlich kann sie das!“, gab Rorek an ihrer Stelle barsch zur Antwort. Philipe nickte bekräftigend und verschränkte neben dem Hengst seine Finger als Steigbügelersatz. Trotz der Schwere der Situation konnte Marla sich ein Schmunzeln nur schwer verkneifen, als sie sich auf den Pferderücken zog. Ihre Gefährten machten es

Sorin nicht gerade leicht, so viel stand fest, aber der Stolz auf Marla, der stets in ihren Worten mitschwang, sowie ihr Beschützerinstinkt und ihre Fürsorglichkeit wärmten ihr das Herz. Auch die anderen schwangen sich auf ihre Pferde, zuletzt Jahvis, der mit einem triumphierenden Grinsen auf den Lippen und einem Stapel Decken auf dem Arm aus dem Stall getreten war.

Zunächst machten die Reiter einen weiten Bogen um das Stadttor Eskjillrods, hielten dann eine Weile gen Süden und entließen irgendwann die zusätzlichen Pferde, die sie am Strick mitgeführt hatten. Bei nächster Gelegenheit lenkten sie ihre Reittiere für ein paar hundert Schritte in einen Bach und ritten anschließend in strengem Tempo Richtung Nordwesten davon.

„Du hast dem Wachmann im Stall absichtlich verraten, wohin wir uns wenden werden, nicht wahr?“, fragte Marla an Rorek gerichtet, als sie schließlich ihre Geschwindigkeit zu einem gemütlicheren Schritt reduziert hatten.

Rorek nickte. „Ich wollte sichergehen, dass sie ihre Suchtrupps in eine bestimmte Richtung schicken werden. Denn dass wir uns nicht auf sein Versprechen verlassen können, ist sowieso klar.“

„Ja, das verstehe ich. Aber warum hast du ihm ausgerechnet auf die Nase gebunden, dass wir zum Tal der Manantena reiten würden? Wie sollen wir denn jetzt nach Hause gelangen, wenn uns Bresturs Leute womöglich verfolgen?“

„Wir schlagen hier das Nachtlager auf!“, rief der Krieger ganz unvermittelt den anderen zu und schwang sich auch schon vom Rücken seiner Stute. „Ein Rückzug zu den Manantena ist momentan völlig undenkbar, Marla."

„Aber warum?" Obwohl ihr Sprung auf den weichen Waldboden gut abgefedert wurde, fühlten sich Marlas Beine nach dem langen Ritt steif und verkrampft an. „Sie sind auf unserer Seite, sie sind unsere Verbündeten, dort wären wir sicher! Vater hält sich in der Siedlung auf und Aywed – sie müssen unbedingt erfahren, was sich wirklich zugetragen hat. Wer weiß, was für Lügen Brestur ihnen sonst auftischen lässt!"

„Ich glaube nicht, dass wir momentan bei den Manantena sicher wären! Sie sind unsere Verbündeten, ja, aber Bresturs Häscher würden so oder so dort zuerst nach dir suchen. Unsere Freunde könnten uns nicht dauerhaft verstecken und einen Kampf zwischen den Manantena und den Kriegern der Königsgarde möchte ich unter allen Umständen verhindern. Brestur mag befohlen haben, dich lebend zu ihm zu bringen, aber das bezieht deine Verbündeten noch lange nicht mit ein." Wütend schob er den Unterkiefer nach vorne. „Und unnötiges Blutvergießen hat es ohnehin schon viel zu viel gegeben." Marla erwiderte nichts. Ihre Gedanken wanderten ganz unweigerlich zu ihrem Vater. Er würde sich große Sorgen machen, wenn er erfuhr, dass Eyvindir ermordet worden und seine Tochter spurlos verschwunden war. Womöglich würde er sogar vom Schlimmsten ausgehen und vermuten, sie sei ebenfalls tot. Bei dieser Überlegung zog sich ihr Herz schmerhaft zusammen.

„Ich denke, wir können es riskieren, ein Lagerfeuer zu entzünden, wir sind weit genug von Eskjillrod entfernt. Wie seht ihr das?", fragte Philipe in die Runde. Kjell,

Sorin und Tjarven nickten zustimmend, Jahvis zuckte unentschlossen mit den Schultern und Rorek drehte nur stumm den Kopf weg, was wohl so zu interpretieren war, dass er zwar nicht begeistert, aber auch nicht wirklich dagegen war. Während Jahvis die Pferde versorgte, schichteten die restlichen Gefährten gemeinsam trockene Äste und Holzstücke auf und entfachten dann ein Feuer.

„Hier, für dich." Jahvis hielt Marla eine der Decken entgegen. Der grobe Stoff starrte zwar vor Schmutz und hatte den Geruch des Pferdestalls angenommen, aber wen kümmerte das schon – Hauptsache nicht frieren.

„Deine Decken werden auch immer gewöhnungsbedürftiger", neckte sie den Freund mit der Erinnerung an ihre letzte gemeinsame Flucht in Skrindjavikh, als er ihr den muffigen Leinensack angeboten hatte, schwang den wärmenden Stoff aber dankbar um ihre Schultern. „Und wie soll es jetzt weitergehen?", knüpfte Marla eine kleine Weile später an das Gespräch mit Rorek an, als alle in einer Runde um das Feuer saßen. „Wohin sollen wir dann gehen, wenn wir nicht in den Süden fliehen können?"

Einen Moment lang sagte niemand etwas, aber dann räusperte sich Sorin. „Eine letzte Anordnung hat Eyvindir mir noch gegeben."

„Und die wäre?", fragte Philipe.

„Er hat mir aufgetragen, euch, Philipe und Marla, auszurichten, dass ihr euch an Svala wenden sollt."

„Um was zu tun?", wollte Tjarven wissen, als Sorin nicht weitersprach.

„Das weiß ich nicht."

„Na, was hat Eyvindir denn gesagt? Wer oder was ist Svala?"

„Das entzieht sich meiner Kenntnis. Ganz offensichtlich wollte er diese Information nicht mit mir teilen und dann steht es mir auch nicht zu, ihn auszufragen. Meine Aufgabe als Gardist ist es zu gehorchen, nicht, neugierige Fragen zu stellen."

Rorek schnaubte abfällig. „Prima. Ein Kämpfer, der ohne nachzudenken Befehle ausführt und im Namen seines Herrn das Schwert schwingt. Dabei würde es dir ab und an mal ganz gut zu Gesicht stehen, dein Hirn einzuschalten, dann hättest du vielleicht eher erkannt, dass du Brestur nicht trauen kannst!"

„Wie ich bereits mehrfach erklärte, habe ich Brestur keineswegs vertraut! Ich habe im Auftrag des Königs gehandelt. Und ja, ich habe geschworen, Eyvindirs Leben mit meinem zu beschützen, ohne zu hinterfragen –"

„Und trotzdem bist *du* am Leben und er nicht!"

„Hört auf, euch zu streiten!", fuhr Marla dazwischen. „Das bringt uns jetzt auch nicht weiter und vor allem macht es Eyvindir nicht wieder lebendig! Viel wichtiger ist doch jetzt, was er uns mitteilen wollte." Die beiden Krieger starrten schuldbewusst in die Flammen. „Sorin, kannst du dich wirklich an nichts weiter erinnern? Irgendein versteckter Hinweis, den er dir vielleicht gegeben haben könnte?"

Der Krieger schüttelte den Kopf. „Ich weiß wirklich nicht mehr. Nur, dass ihr euch an Svala wenden sollt, um Hilfe zu bekommen. Philipe wüsste schon, um was es gehe, hat Eyvindir gemeint, mehr kann ich nicht sagen. Wir hatten auch nicht sonderlich viel Zeit, versteht ihr? Ich habe keine Ahnung, wovon er gesprochen hat." Marla hingegen konnte sich sehr wohl denken, auf welche Art von

Hilfe ihr Großvater angespielt hatte. Entweder ging es um ihre Begabung als Auserwählte oder aber, und das war wohl die wahrscheinlichere Variante, da Eyvindir ganz offensichtlich auch Philipe in seine Botschaft miteinbezogen hatte, um die seltenen Gaben, die mit ihren kräftig grünen Augen verknüpft waren.

Sie wechselte einen schnellen Blick mit Philipe sowie mit Rorek und Tjarven, die als einzige Gefährten dabei gewesen waren, als Eyvindir ihnen am frühen Abend erklärt hatte, was es damit auf sich hatte. Mit einem fast unmerklichen Nicken gaben ihr die anderen zu verstehen, dass auch sie den Zusammenhang verstanden hatten.

Eyvindir hatte ihnen offenbart, dass er in der Lage war, eine Lüge zu erkennen, solange er seinen Gesprächspartner berührte, während dieser die Unwahrheit sagte. Philipe hingegen konnte bei Berührung ganz allgemein jegliche Stimmungslage eines anderen fühlen, so als wären es seine eigenen Empfindungen. Und bei Marla selbst, so hatte Eyvindir erläutert, hatte es sich nicht um Zufälle gehandelt, dass sie immer häufiger ein ungutes Gefühl bekam, kurz bevor sie in eine gefährliche Situation gerieten, es war nur eine andere Variation der Gabe. Allerdings waren ihre Begabungen ein gut behütetes Geheimnis, nur die wenigstens wussten davon oder vermochten das Indiz ihrer grünen Augen richtig einzuordnen. Kein Wunder also, dass der Albenkönig Sorin gegenüber vorhin in Rätseln gesprochen hatte. *Vorhin* ... Marla musste schlucken. Lag jenes Gespräch wirklich erst ein paar Stunden zurück? Es kam ihr vor, als wären seither Tage vergangen, so schnell hatten sich die darauffolgenden Ereignisse überschlagen.

Nach ihrer Unterredung musste Eyvindir klar gewesen sein, dass sowohl Philipe als auch Marla Hilfe dabei benötigten, ihre Gaben besser zu entfalten. Ob er wohl gewusst hatte, dass er sterben und selbst nicht mehr in der Lage sein würde, sie zu unterrichten?

Mittlerweile lagen alle Blicke der Gefährten erwartungsvoll auf Philipe und auch Marla interessierte brennend, um wen es sich bei der Person Svala handelte. Dieser rieb sich angespannt über die Stirn, schloss einen Moment die Augen und zuckte schließlich hilflos mit den Schultern. „Ich habe keine Ahnung, wer das ist. Hat Eyvindir denn gar nichts weiter dazu gesagt?"

Sorin schüttelte den Kopf. „Nichts. Bitte entschuldige, ich bin davon ausgegangen, dass du wüsstest, was es mit diesem Namen auf sich hat und wohin wir uns wenden müssten." Eine betretene Stille trat ein.

So sehr Philipe auch nachdachte, er kam ganz offensichtlich zu keinem Ergebnis, denn er fuhr sich nur immer wieder ratlos durchs Haar und blies schließlich genervt die Luft aus. „Also gut, ich kann es nicht ändern. Wohin wollen wir dann gehen? Ich halte es für keine gute Idee, auf Dauer hier in den Wäldern herumzugeistern, bis ich zu einer Erkenntnis gelange. Früher oder später werden wir Bresturs Leuten in die Arme laufen."

Rorek nickte gedankenverloren. „Wir brauchen dringend ein geeignetes Versteck. Verbündete, denen wir vertrauen können und bei denen wir Zuflucht finden." Stolz durchflutete Marlas Brust bei Roreks Worten. Nur wenige Wochen zuvor hätte der Krieger sich lieber die Zunge abgebissen, ehe er eingesehen hätte, dass es keineswegs ein Zeichen der Schwäche war, die Hilfe ihrer Verbündeten anzunehmen.

„Wie wäre es, wenn wir auf den Hof meiner Familie zurückkehren?“, schlug Jahvis leise vor. „Niemand kennt ihn oder weiß, wo er liegt, es wäre ein sicherer Ort, wo wir uns sammeln könnten. Meine Eltern hätten ganz gewiss nichts dagegen. Es hat sich schließlich schon einmal als weise entpuppt, bei ihnen Unterschlupf zu suchen und –“

„Du hattest mich schon bei den Worten *der Hof meiner Familie*, du kannst dir den Rest sparen“, knurrte Rorek. „Wer hat etwas dagegen einzuwenden?“ Die Gefährten nickten zustimmend und so war es beschlossene Sache. „Dann reiten wir morgen bei Sonnenaufgang weiter“, ordnete Rorek an. „Wir benötigen ein paar Vorräte und wahrscheinlich wäre es besser, wenn wir die Umhänge der Manantena ablegen und uns stattdessen … weniger auffällige Kleidung der Stadtleute besorgen.“ Die Art und Weise, wie Rorek die Worte hervorstieß, machte mehr als deutlich, was er davon hielt, sich zu verkleiden. Marla musste ihm im Stillen Recht geben, dass eigentlich eher die feinen, bunten Stoffe der Stadtbewohner *auffällig* waren, aber in einer Menge derer würden sie ihre praktischen und schlichten Umhänge der Widerstandsgruppe wohl als Außenseiter enttarnen.

„Im nächsten Dorf werde ich uns ein paar Kleidungsstücke erstehen“, bot Kjell an. „Ein paar restliche Münzen haben wir ja noch.“

Rorek nickte. „Dann wäre es jetzt wohl das Beste, wenn wir uns erst einmal zur Ruhe legen. Vor uns liegen ein paar anstrengende Tage, ich möchte zügig vorankommen. Kjell und Sorin, übernehmt ihr die erste Wache?“ Die beiden Krieger stimmten zu. Alle anderen schnappten sich bald darauf eine Decke und streckten sich neben dem Lagerfeuer aus. Marla bezweifelte, dass sie nach den aufregenden Erlebnissen in den Schlaf finden würde, aber als sich Philipe von hinten an sie kuschelte und seinen Arm über ihre Hüfte legte, machte sich eine bleierne Müdigkeit in ihren Gliedern breit.

Marla erwachte. Sie vermisste Philipes wärmenden Körper in ihrem Rücken. Verschlafen setzte sie sich auf, zog sich die Decke enger um ihre Schultern und schaute sich suchend um. Die Nacht war klamm und ein Frösteln fuhr durch ihre Glieder.

Kjell saß ihr gegenüber am Lagerfeuer und wärmte seine Hände über den Flammen, die restlichen Gefährten lagen in ihre Decken zusammengerollt und atmeten ruhig und gleichmäßig.

„Philipe konnte wohl nicht einschlafen und hat darauf bestanden, Sorins Wachschicht abzulösen", erklärte Kjell mit einem Kopfnicken in Richtung Wald. Marlas Blick folgte der Bewegung und entdeckte Philipe, der am Rande der kleinen Lichtung seitlich gegen einen Baumstamm gelehnt dastand und in die Nacht hinausspähte. Marla ließ ihre Decke von den Schultern gleiten, erhob sich und ging langsam auf ihn zu. Die gesamte Situation erinnerte sie unwillkürlich an einen ähnlichen Moment im letzten Herbst. Auch zu jenem Zeitpunkt befanden sie sich nach dem Überfall auf das Schloss ihres Vaters auf der Flucht und auch damals hatte sie geliebte Personen verloren. Seit sie ihrem Elternhaus auf solch grausame Weise entrissen worden war, hatte sich so viel verändert, so viel war geschehen, dass es ihr vorkam, als stammten die Erinnerungen an ihre Kindheit aus einem gänzlich anderen Leben. Und nun hatte sich die Vergangenheit wiederholt und sie befanden sich abermals in Gefahr.

Langsam ging sie auf Philipe zu. Gewiss hatte er sie längst bemerkt oder vielleicht sogar eben das kurze Gespräch mit Kjell gehört, doch er rührte sich nicht und stand nur weiterhin mit dem Rücken zu ihr da. In jener Nacht vor einigen Monaten hatte sie den ungeahnten Mut aufgebracht, ihn das erste Mal zu berühren – *so* zu berühren, so voller Verlangen – und ihn zu küssen, nur dass er sie zurückgewiesen hatte, wenngleich sie sich sicher gewesen war, dass er ihre Gefühle insgeheim erwiderte. Damals hatte sie sich furchtbar gedemütigt gefühlt, doch heute konnte sie den Grund seines Zögerns zumindest nachvollziehen.

Als sie sich dieses Mal von hinten an seinen Rücken schmiegte, hatte es allerdings rein gar nichts mit körperlichem Verlangen zu tun, sondern lediglich mit dem Wunsch, in der Wärme ihres Geliebten Trost zu finden. Er griff nach ihrer Hand, die sie unter seinem Arm hindurchgeschoben hatte und auf seinem Oberkörper ruhen ließ, doch er drehte sich noch immer nicht zu ihr um.

„Kjell sagte, du konntest nicht schlafen. Du hättest mich sehr gerne wecken können, dann wärest du nicht allein wachgelegen.“ Bei ihren Worten lief ein Beben durch seinen Körper und sein Atem klang irgendwie holprig. *Weinte er etwa? Oh Philipe!* Sie wusste doch selbst, was es hieß, einen Elternteil zu verlieren. Warum sollte es sich für ihn anders anfühlen, nur weil er älter war als sie? Und dennoch war sie so furchtbar unsensibel gewesen! Die letzten

Jahre zwischen ihm und Eyvindir mochten zugegebenermaßen schwierig gewesen sein, aber das besagte noch lange nicht, dass sich die beiden im tiefsten Innern ihres Herzens nicht unendlich viel bedeutet hatten. Tränen schossen Marla in die Augen. „Oh Philipe, komm her! Es tut mir so leid!“ Mit einem unterdrückten Schluchzer drehte er sich um und wenngleich er viel größer war als Marla, versank er geradezu in ihrer Umarmung. Er schlang seine Arme um ihre zarte Gestalt, sein Gesicht vergrub sich in ihrer Halsbeuge. Ein regelmäßiges, lautloses Beben fuhr durch seine Brust. „Lass es ruhig raus. Ich weiß, es tut so weh. Lass es raus.“ Sie strich ihm behutsam über Rücken und Haar und gab ihm Halt, während er sich ganz seinem Schmerz hingab.

Wie lange sie so dastanden, hätte Marla nicht zu sagen vermocht. Irgendwann aber beruhigte Philipe sich zusehends, sein Körper erschauerte nicht mehr unter den Wellen seiner Trauer, seine Atmung ging gleichmäßig. Sanft löste sie sich von ihm, legte ihre Hände um sein Gesicht und wischte ihm behutsam mit den Daumen die letzten Tränen weg. Im ersten Moment wollte er ihrem Blick beschämt ausweichen, schaute ihr dann aber doch in die Augen.

„Ich bin da, Philipe, ich bleibe bei dir!“, flüsterte sie.

Der Hauch eines Lächelns huschte über sein Antlitz. „Das weiß ich sehr zu schätzen, Marla!“ Er seufzte leise. „Ich hatte das Gefühl, dass wir gerade dabei waren, wieder einen Weg zueinander zu finden, Eyvindir und ich. Vielleicht täusche ich mich auch …“

„Du täuschst dich nicht“, bestätigte Marla, als er nicht weitersprach. „Ich glaube, ihr hattet irgendwie verlernt, miteinander zu sprechen, aber während eurer letzten Begegnungen hat sich, so scheint es mir, diese unsichtbare Barriere zwischen euch langsam aufgelöst."

„Und nun werde ich es niemals erfahren …"

„Was meinst du? *Was* wirst du niemals erfahren?"

„Was seine Pläne waren, seine Beweggründe. Was er sich dabei gedacht hat, die Drachen aufzusuchen. Wie er den Unruhen in seinem Land begegnen wollte." Philipe schluckte hart. „Was er für mich empfunden hat." Er flüsterte nur noch.

„Oh Philipe! Eyvindir hat dich sehr geliebt, das weiß ich! Als wir dachten, wir würden dich nach dem Anschlag verlieren, da habe ich ihm seine Sorge und seine tiefe Zuneigung für dich angesehen. Er mochte es gewohnt sein, seine wahren Gefühle hinter einer Maske zu verstecken, aber in jenem Moment habe ich ihm bis in die Seele schauen können."

Dieses Mal hielt das Lächeln um Philipes Mundwinkel schon etwas länger an. „Ich danke dir, Marla!"

„Wofür? Ich habe nur die Wahrheit gesagt!"

„Für alles. Für deinen Trost, deine Ehrlichkeit, deine Stärke. Für dich." Er beugte sich zu ihr hinab und ihre Lippen berührten sich sacht. Marla legte all ihre Liebe für ihn in diesen Kuss und sie hoffte, ihm damit Kraft spenden zu können.

Das Paar stand noch eine ganze Weile zusammen und unterhielt sich leise, aber als sich die erste Wachschicht dem Ende zuneigte und Kjell die Brüder Rorek und Tjarven weckte, konnte Marla Philipe überzeugen, sich noch ein wenig hinzulegen.

Wenn sich die Gefährten darüber wunderten, dass Marla und Philipe wach waren, so ließen sie sich das zumindest nicht anmerken. Rorek nickte ihr zum Gruß zu. Obwohl mehrere Stunden vergangen waren, machten die dunklen Ringe unter seinen Augen und die Sorgenfalte zwischen seinen Brauen deutlich, dass der Krieger vermutlich kaum erholsamen Schlaf gefunden hatte.

Kurz darauf kuschelte sie sich an Philipes Brust und noch bevor sie die Erschöpfung übermannen konnte, stellte sie erleichtert fest, dass er längst tief und fest schlief.

Kapitel 4 – Die Ruhe vor dem Sturm

Der je nach Lichteinfall mal grünlich und mal golden schimmernde Umhang, den Kjell ihr auf dem Markt erstanden hatte, flatterte im Wind um Marlas Gestalt. Die letzten Tage waren anstrengend gewesen. Wie schon bei ihrer letzten Reise in die entgegengesetzte Richtung, hatten sie sich von Dörfern und Siedlungen ferngehalten, doch da sie dieses Mal keine Rücksicht auf die massigen Drachen nehmen mussten, hatten sie sich bevorzugt durch dicht bewaldete Gegenden bewegt. Je weniger Alben sie zu Gesicht bekamen, desto besser. Die Landschaft war äußerst entzückend gewesen – eine flauschig grüne Moosdecke sorgte für weich anmutende Konturen, die an Malereien erinnerten, und zauberhafte Lichtungen mit Findlingen aus weinrotem Gestein luden zum Verweilen ein.

Doch während ihnen der einsetzende Frühling längere Tage und mehr Sonnenlicht bescherte, waren die Nächte noch immer ungemütlich kalt und mehr als einmal waren sie von Regenschauern überrascht und bis auf die Knochen durchnässt worden. Umso mehr löste das Auftauchen des Anwesens von Jahvis' Familie in der Ferne Glücksgefühle in Marla aus.

Für sie symbolisierte der Hof eine Insel des Friedens im tosenden Sturm des Krieges, eine kleine Auszeit von all dem Leid und Tod, denen sie und ihre Gefährten in den letzten Monaten begegnet waren. Je näher sie kamen, umso mehr Details konnte Marla erkennen: die Obstbäume, auf die Jahvis schon als Kind geklettert war, die Schaukelstühle auf der breiten Veranda vor dem Haus, die Stelle, wo sich Rorek ihr geöffnet und seine Ängste offenbart hatte, die Scheune, vor der einst die Drachen gelandet waren.

Mit einem wehmütigen Ziehen in der Brust dachte Marla an ihren jungen Drachenbullen Bleykh und seine Mutter Fjolta, aber auch an den mürrischen Rhoyd und natürlich den einäugigen Drachenbullen Sjarth, der so viele Jahre seines Lebens in der Gefangenschaft der Evantheos verbracht hatte. Sie alle mussten längst die Höhlen in den Bergen erreicht haben und sie fragte sich, wie sich die befreiten Drachen erholten und ob sie sich gut in Fjoltas Sippe eingefügt hatten. Und ob sie vielleicht auch mal an sie, Marla, dachten, ob sie auch nur ahnten, was sich in der Zwischenzeit bei den Alben ereignet hatte.

Wie schon bei ihrem ersten Besuch flog plötzlich die Vordertür auf und Jahvis' Schwester Lijan stürmte hinaus, dicht gefolgt von ihren Eltern. Der junge Gefährte sprang vom Rücken seiner Stute und lief ihnen entgegen. Ein Lächeln stahl sich auf Marlas Lippen bei der herzerwärmenden Wiedersehensszene – natürlich, seine Familie wusste bis jetzt ja nicht einmal, dass ihr Sohn die Befreiungsaktion der Drachen in der Schlucht der Giganten heil überstanden hatte.

„Marla, wie schön dich wohlauf zu sehen", wendete sich Jahvis' Mutter Ylvie nun mit einem gütigen Lächeln ihr zu. „Euch alle!" Als ihr Blick über die restlichen Reiter schweifte, wich plötzlich jegliche Farbe aus ihrem Gesicht. „Aber … aber wo sind die anderen? Freydis, Njola, Fridtjof, Nharvik und Matej – sind sie etwa … *tot*?“

„Nein, sind sie nicht!“, beeilte sich Jahvis zu erklären. „Also glaube ich zumindest … Wir kommen nicht direkt aus der Schlucht der Giganten, wir kommen aus der Hauptstadt. Es gibt viel zu erzählen, Mutter!“ Seine Eltern mussten den ernsten Klang in seiner Stimme richtig interpretiert haben, denn sie tauschten einen schnellen Blick.

„Lijan, sei bitte so nett und kümmere dich um die Pferde“, forderte Jahvis’ Vater Lennet seine Tochter auf. „Ihr anderen, kommt doch herein und berichtet!“

„Ernsthaft? Das ist gemein, ich will auch wissen, was passiert ist! Hört auf, mich wie ein kleines Kind zu behandeln, ich bin volljährig!“, schimpfte Lijan, fügte sich aber schließlich in ihr Schicksal, als Kjell und Sorin anboten, ihr im Stall zur Hand zu gehen.

Die restlichen Gefährten folgten ihren Gastgebern in die Stube, wo Ylvie in ihrer fürsorglichen Art sofort einen großen Kessel Wasser für frischen Kräutertee aufsetzte und dann Platz nahm, um Jahvis’ Erzählung zu lauschen. Bei seinen Ausführungen darüber, was sich in der Schlucht der Giganten zugetragen hatte, von den armen, geschundenen Drachenseelen und deren Befreiung bis hin zu Cirdins Verrat und deren Tod, riss sie sich vor Entsetzen ihre Hand an den Mund. Anschließend berichtete er von ihrer Reise in die Hauptstadt, von der Revolte der Königsgarde noch am Abend ihrer Ankunft im königlichen Palast, von der Ermordung Eyvindirs und ihrer Flucht aus dem Schloss. Ylvie hing so gebannt an den Lippen ihres Sohnes, dass sie nicht einmal bemerkte, dass das Wasser anfing, wild brodelnd zu kochen. Philipe erhob sich und goss den Tee auf. Als die Tür aufging und Lijan mit den beiden Kriegern zu ihnen stieß, rückten alle näher zusammen, um den Neuankömmlingen Platz zu machen.

„Und nun, was habt ihr jetzt vor?“, fragte Lennet in die entstandene Stille.

„Das genau ist die Frage“, erwiderte Philipe, während er die ersten dampfenden Tassen Tee auf dem Tisch abstellte. „Wir wissen es noch nicht, hatten aber gehofft, dass wir bei euch Unterschlupf finden könnten, während wir unsere nächsten Schritte überdenken?“

„Aber selbstverständlich, immer und jederzeit, so lange ihr wollt!“, rief Ylvie und verkniff sich ein Lächeln, vermutlich um nicht allzu begeistert zu klingen, schließlich waren die äußeren Umstände des Besuches alles andere als erfreulich.

„Natürlich bin auch ich damit einverstanden, versteht mich nicht falsch“, warf Lennet grüblerisch ein. „Aber warum haltet ihr es denn überhaupt für nötig, dass ihr euch verstecken müsst? Meint ihr, Brestur hat es auf unsere junge Auserwähl–“ Er biss sich erschrocken auf die Lippe, sein Blick zuckte kurz zu Sorin und dann beinahe hilfesuchend zurück zu Philipe. „Meint ihr, Marla … oder ihr anderen natürlich … also meint ihr, ihr seid in Gefahr?“

„Ihr müsst euch vor mir nicht verstellen“, sagte Sorin geradeheraus. „Ich weiß, dass Marla eine Auserwählte ist.“

Rorek kniff lauernd die Augen zusammen. „Ach ja? Und woher willst du das wissen? Willst du mir etwa weismachen, dass Eyvindir dir ausgerechnet dieses brisante Detail anvertraut hat, während er dich sonst gerne mal im Unwissen hielt?“

„Ich weiß es nicht von Eyvindir“, erwiderte Sorin ruhig. „Brestur hat es mir verraten, direkt nachdem er den Befehl zum Angriff gab. Aber ich hätte es mir so oder so gedacht, ich bin nicht völlig auf den Kopf gefallen, auch wenn manche von euch das vielleicht glauben.“ Er schenkte Rorek einen zynischen Blick. „Es musste einen Grund haben, warum Eyvindir so bereitwillig sein eigenes Leben riskiert, sein eigenes Leben *gegeben* hat, um Marla die Flucht zu ermöglichen. Bei allem Respekt, aber es musste einen triftigeren Anlass geben als nur den, dass er seine Enkelin über alles liebte, denn das allein hätte wohl kaum Bresturs Interesse geweckt. Außerdem sind auch mir längst die Gerüchte zu Ohren gekommen, dass vor ein paar Wochen plötzlich vielerorts Drachen gesichtet wurden und die Tatsache, dass Marlas Mutter eine der bekanntesten Auserwählten unserer Zeit war, ist wohl kein Geheimnis.“

„Gut kombiniert.“ Philipe nickte Sorin unwillig, wenn auch anerkennend zu.

„Danke. Aber wie gesagt, Brestur hatte es mir sowieso erzählt. Er war so erzürnt darüber, dass Eyvindir über ihre Begabung Bescheid wusste, ihn als seine Rechte Hand aber nicht eingeweiht hatte. Ich glaube, wenn Marla ihm ihre Zusammenarbeit angeboten hätte, dann hätte er es sich noch einmal anders überlegt und hätte den königlichen Hof nicht eingenommen. Nach seinem Gespräch mit Eyvindir war er aber so wütend, dass er sofort zu den Schwertern gerufen hat, obwohl sein Aufstand eigentlich noch längst nicht genau durchgeplant war. Sonst wäre Eyvindir ja auch viel besser vorbereitet gewesen.“

„Wenn Eyvindir doch wusste, dass Brestur eine Intrige gegen ihn plant, warum hat er ihn nicht sofort einsperren lassen, warum ist es überhaupt so weit gekommen?", wollte Kjell wissen.

„Er wusste es eben nicht, es war lediglich eine Vermutung. Deswegen hat er mich gebeten, mir dessen Vertrauen zu erschleichen. Und als ihm klar wurde, dass Brestur tatsächlich seine eigenen Pläne verfolgt, wollte er genau in Erfahrung bringen, was dieser im Schilde führt. Aber es war zu spät – anscheinend hat er Brestur einfach viel zu lange blind vertraut, warum auch immer." Marla konnte sich sehr wohl denken, warum der Albenkönig seiner Rechten Hand gegenüber so unvorsichtig gehandelt hatte. Vermutlich hatte er sich darauf verlassen, dass ihn seine Gabe, Lügen zu entlarven, uneingeschränkt schützen würde. Am Abend seines Todes hatte er ihnen jedoch erklärt, dass Brestur, der seit Jahren von Eyvindirs Veranlagung wusste, gelernt haben musste, wie er seine Beweggründe durch geschickt eingestreute Halbwahrheiten verschleiern konnte.

Eine andere Sache beschäftigte Marla in diesem Moment allerdings viel mehr. „Hast du gerade gesagt, dass Brestur vielleicht anders gehandelt hätte, wenn er sich meiner Zusammenarbeit sicher gewesen wäre? Der Aufstand hätte abgewendet werden können?"

Sorin nickte zerknirscht. „Hätte ich früher davon erfahren, dann hätte sich Eyvindir besser vorbereiten können und dann wäre mit Sicherheit alles anders gekommen. Aber so blieb mir und Sinha lediglich die Zeit, Eyvindir vor dem bevorstehenden Angriff zu warnen. Statt selbst zu fliehen, hat er uns Anweisungen gegeben, dich, Marla, in Sicherheit zu bringen und kaum waren wir außer

Sicht, drangen die Kampfgeräusche an unsere Ohren … und dann wurde alles still, es ging so schnell."

„Das meinte ich nicht", erwiderte Marla heiser. Sie fühlte sich ein wenig schwummrig. „Du sagtest, dass ich ihm nur meine Dienste anbieten hätte müssen und es wäre nicht zu dem Übergriff gekommen. Ich hätte Eyvindirs Tod verhindern können … ich bin schuld daran, dass er ermordet wurde!" Jetzt, wo sie den Gedanken laut aussprach, krachte die Erkenntnis nur noch überwältigender über sie herein. Ihre Eingeweide verknoteten sich schmerzlich, das Atmen fiel ihr schwer.

„Nein, Marla!" Philipes vehementer Einspruch ließ sie aufhorchen. „Das darfst du nicht denken, niemals! Erstens konnte keiner von uns wissen, was Brestur plant. Zweitens wäre es einer Erpressung gleichgekommen – entweder du hilfst oder er reißt die Kontrolle des königlichen Heeres an sich." Er stieß abfällig die Luft aus, aber bevor er sich noch mehr in Rage reden konnte, ließ er sich wieder neben Marla auf seinen Stuhl sinken und schaute sie eindringlich an. „Drittens hätte er so oder so nicht das Recht gehabt, irgendwelche Forderungen an dich zu stellen und sich deine Begabung zunutze zu machen, mit oder ohne Druckmittel, *er* ist schließlich nicht der König der Alben!" Er legte liebevoll seine Hand an ihre Wange. „Und viertens hat Eyvindir mehr als deutlich gesagt, dass du dir von niemandem vorschreiben lassen solltest, wie und ob du deine Gabe einsetzt. Also *nein*, du hättest Brestur nicht deine Dienste anbieten sollen und du bist auch nicht daran schuld, dass Eyvindir ermordet wurde." Marla schluckte hart und schaute Philipe ganz tief in die Augen. „Bitte versprich mir, dass du dir deswegen niemals Vorwürfe machen wirst, es ist nicht deine Schuld! Bitte?“

Marla atmete tief durch. Ihr Herz fühlte sich noch immer schwer an, doch hatten Philipes Worte ihren Seelenschmerz zumindest zu lindern vermocht. Sie nickte sacht. „Ich werde es versuchen. Vielleicht hast du Recht.“

„Philipe *hat* Recht!“, meldete sich Rorek zu Wort. „Wenn nicht einmal Eyvindir die Gefahr erkannt hat, dann hätten wir das erst recht nicht tun können. Viel wichtiger ist es jetzt, herauszufinden, was diese hinterhältige Ratte Brestur überhaupt im Schilde führt, was er mit der Revolte bezweckt hat. Wir müssen Erkundigungen einholen und überlegen, ob und wie du ihm gegenübertreten willst. Aber vor allem müssen wir erst einmal zur Ruhe kommen – und genau deswegen sind wir ja hier.“

Die nächsten Tage gingen die Gefährten den Bauersleuten zur Hand. Es war noch zu früh für die Aussaat, aber es gab genügend andere Arbeiten, die sie auf Trab hielten: Der Stall musste repariert, der Pflug ausgebessert, Feuerholz gehackt, Bäume mussten beschnitten und alle zusammen bekocht werden. Außerdem ritten Kjell und Sorin jeden Tag ins nächste Dorf oder in die etwas entfernter gelegenere Stadt Hjarstron, um sich umzuhören, aber noch schien die Nachricht von den schlimmen Ereignissen in der Hauptstadt nicht bis hierher vorgedrungen zu sein. Marla hasste es, dass sie bezüglich Brestur und seiner Machenschaften zum Nichtstun verurteilt waren, aber wenn sie ihre Deckung nicht aufgeben wollten, blieb ihnen wohl nichts anderes übrig als abzuwarten, was als Nächstes geschehen würde.

Abends saßen sie meist alle zusammen um ein Lagerfeuer hinterm Haus und lauschten den Klängen von Lennets Fidel oder erzählten sich abwechselnd Geschichten. Dabei vermieden sie es absichtlich, über ernstere Themen zu sprechen und wenngleich sie wussten, dass es bloß die Ruhe vor dem Sturm war, tat ihnen allen die Zerstreuung gut. Sogar Sorin blühte nach ein paar Tagen sichtlich auf, löste sein weizenblondes, schulterlanges Haar aus dem stets streng nach hinten gebundenen Pferdeschwanz, der bei der Königsgarde als Haartracht üblich war, und ließ sich immer häufiger zu einem Lächeln hinreißen, bei dem sich entzückende Grübchen auf seinen Wangen zeigten.

Wie schon in der Vergangenheit schliefen die Gefährten in der Scheune und stellten für alle Fälle immer zwei Wachen auf. Lijan, ihr Vater Lennet und auch Marla hatten darauf bestanden, ebenfalls in die Rotation der Wachschichten aufgenommen zu werden, und solange es sich zumindest bei einer der beiden Wachen um einen ausgebildeten und erfahrenen Krieger handelte, hatte Rorek auch nichts dagegen einzuwenden.

„Vermisst du Linnea sehr?“, fragte Marla eines Nachts ihren Wachpartner Tjarven gegen Ende ihrer Schicht.

Der Krieger nickte. „Und wie! Ich verabscheue den Gedanken daran, welche Sorgen sie sich um uns macht. Sehr gerne würde ich ihr und Aywed eine Nachricht zukommen lassen, dass es uns gut geht, aber ich möchte nicht riskieren, dass man den Brief irgendwie zu uns zurückverfolgen kann.“ Er seufzte leise. „Aber auch diese Zeiten werden vorbeigehen. Es ist ja nicht das erste Mal, dass sie auf mich warten muss.“ Marla blickte den Freund traurig an. „Schau nicht so, alles wird gut!“ Er lächelte schief. „Außerdem hat unsere Liebe schon viel schlimmere Härtetests überstanden. Und nun lass uns die anderen wecken, ich bin todmüde." Marla lief ins Haus, um Lijan aus dem Bett zu holen, während Tjarven Sorin in der Scheune Bescheid gab.

Kurz darauf kroch sie neben Philipe auf ihr Lager aus Decken und Stroh. Er erwachte gerade lange genug, um seine Arme um sie zu schlingen und sie näher an sich heranzuziehen, bevor er schon wieder in den Schlaf entglitten war. Marlas Körper hingegen reagierte sofort auf seine Nähe, seinen Duft, seine Wärme und es fiel ihr unglaublich schwer, das heiße Verlangen, das ihren gesamten Körper erfasst hatte, zu ignorieren. Wie lange waren sie schon nicht mehr ungestört allein gewesen? Sie wollte ihn spüren, mit ihm verschmelzen, gänzlich eins mit ihm werden. Mühevoll unterdrückte sie den Impuls, ihre Hände wandern zu lassen und ihn mit feuchten Küssen zu wecken – nicht, dass er sich darüber beschwert hätte, ganz gewiss nicht, aber es war ihr noch immer unangenehm, im Beisein ihrer Gefährten intim zu werden. Um nicht doch auf dumme Ideen zu kommen, schob sie ihre gefalteten Hände unter ihre Wange und konzentrierte sich auf Philipes gleichmäßigen Atemzüge, musste jedoch noch einige Zeit darauf warten, bis die Erschöpfung sie endlich erlöste.

Marla öffnete verschlafen die Augen, sie war allein. Wohlig räkelte sie sich unter ihrer Decke und beobachtete eine kleine Weile, wie die winzigen Staubkörnchen vergnüglich im Sonnenlicht tanzten, das durch die Ritzen ins Innere der Scheune drang. Stimmen konnte sie keine ausmachen, wohl aber die gleichmäßigen, abgehackten Hiebe auf Holz, die darauf hinwiesen, dass einer ihrer Gefährten Holzscheite spaltete. Schließlich meldete sich knurrend ihr Magen und sie entschied, dass es an der Zeit war aufzustehen.

Kleine Dampfwölkchen bildeten sich noch vor ihrem Mund, als sie durch das Scheunentor ins Freie trat, doch die Sonnenstrahlen waren angenehm warm. Rorek platzierte gerade ein neues Stück eines Baumstammes auf dem Hackklotz, hielt aber inne und nickte ihr zum Gruß zu. Ihr blieb nicht verborgen, dass sich der Krieger so positioniert hatte, dass er den Eingang der Scheune genau im Auge behalten konnte. Was sie vielleicht früher als aufdringlich, nervig und unnötig abgetan hätte, bescherte ihr jetzt das Gefühl von Sicherheit sowie die Gewissheit, geliebt zu werden. Sie schenkte ihm ein dankbares Lächeln.

Links vom Haus entdeckte sie Jahvis' Mutter, die damit beschäftigt war, Wäsche auf die Leine zu hängen, also entschied sie, nicht direkt durch die Hintertür in die Küche zu treten, sondern erst ihrer Gastgeberin einen guten Morgen zu wünschen.

„Marla, Liebes, hast du gut geschlafen?"

„Guten Morgen, Ylvie. Danke, ja, habe ich. Kann ich dir zur Hand gehen?"

„Nicht doch, Liebes, ich bin sowieso fast fertig."

„Wo sind denn die anderen alle?"

Ylvie nahm ein nasses Leinentuch aus dem Weidenkorb, schüttelte es ein paar Mal kräftig aus und warf es dann über die Wäscheleine. Marla half ihr, die Falten aus dem Stoff zu ziehen. „Lennet, Kjell, Sorin und Tjarven sind ins Dorf geritten", erklärte die Gastgeberin bereitwillig. „Und Philipe ist in der Küche, falls du ihn suchst.“ Marlas Blick suchte den Sonnenstand. Himmel, es musste beinahe Mittag sein! Während sie seelenruhig vor sich hingeschlummert hatte, waren ihre Gefährten längst fleißig bei der Arbeit – das war völlig inakzeptabel!

„Hast du eine Aufgabe für mich? Vielleicht hast du Wäsche zu stopfen? Meine Amme hat mir beigebracht, wie das –“

Ylvie lachte. „Mädchen, nun mach mal halblang, du hattest doch letzte Nacht Wachschicht. Vielleicht möchtest du dich zu Lijan gesellen? Sie sitzt vorne auf der Veranda.“

Wie angekündigt fand Marla Jahvis’ Schwester auf der Veranda in einem der Schaukelstühle vor. In eine Decke eingekuschelt und die Füße auf die Sitzfläche gezogen, träumte sie mit offenen Augen vor sich hin. Marla mochte Lijan sehr, doch obwohl es sie brennend interessiert hätte, welche Träumereien der jungen Frau gerade im Kopf herumgeisterten, entschied sie sich dafür, diese nicht zu stören und durch die Vordertür ins Haus zu gehen. Während sie die Wohnstube durchquerte, sog sie den herrlichen Duft nach frisch gebackenem Brot und würzigem Eintopf ein. Auf der Schwelle zur Küche hielt sie überrascht inne, um das Bild, das sich ihr darbot, gebührenvoll in sich aufzunehmen.

Auf dem Abkühlrost lag ein herrlich duftender Laib Brot und daneben schon eine Reihe kleiner Fladenbrote, gerade mal ein bis zwei Bissen groß. Marla hatte diese kleinen Brote schon einmal gegessen, sie wurden traditionell in Suppen und Eintöpfe getaucht. Tatsächlich stand auch ein großer Topf auf dem Herd daneben, Dampf drängte durch die Ritze zwischen Topfrand und Deckel. Philipe hatte sich die Schürze ihrer Gastgeberin umgebunden und knetete eine weitere Portion Brotteig, während Jahvis zu seinen Füßen gerade den letzten Holzscheit aus einem Korb auf das Kaminholzregal schichtete.

„Jahvis, würde es dir etwas ausmachen, von der Suppe zu probieren?“, fragte Philipe, der seine Teig verklebten Hände in die Höhe hielt.

„Natürlich, kein Problem.“ Der junge Alb streckte die Hand nach dem Topfdeckel aus.

„Vorsicht, der ist wahrscheinlich heiß!“, warnte der Ältere.

„Stimmt, danke …“ Jahvis schnappte sich ein Trockentuch, um seine Finger zu schützen. Als er den Deckel hob, entwich ein wahrer Dampfschwall, den er mit einer Hand zur Seite wedelte. Nachdem er einmal kräftig umgerührt hatte, pustete er auf den hölzernen Kochlöffel und kostete dann schlürfend von der dampfenden Brühe. „Mmh, das ist gut.“

„Fehlt noch etwas? Salz, Kräuter?“

Jahvis probierte noch einmal. „Ich bin mir nicht sicher … ich glaube nicht. Probier du mal.“ Er schöpfte erneut einen Löffel voll aus dem Topf und hielt ihn direkt vor Philipes Lippen. Der pustete ein paar Mal und öffnete dann den Mund. Marla stand noch immer im Türrahmen und beobachtete die gesamte Szene gebannt. Ihren Geliebten Philipe und ihren besten Freund Jahvis, von dem sie wusste, dass er einst tiefergehende Gefühle für sie gehegt hatte, so vertraut und harmonisch miteinander agieren zu sehen, erwärmte ihr das Herz. „Und, was denkst du?“, wollte der Jüngere wissen.

„Hm, ja, ich glaube, so geht es, oder?“

„Ja, schmeckt gut!“, bestätigte Jahvis noch einmal. Marla konnte sich ein Kichern nicht länger verkneifen.

Die beiden Männer fuhren überrascht herum, Philipe schenkte ihr ein herzliches Lächeln. „Guten Morgen! Ausgeschlafen?“

Auch Jahvis’ Gesicht zierte ein breites Grinsen. Er zeigte mit dem Daumen über seine Schulter. „Ich geh’ dann mal noch mehr Feuerholz holen.“ Mit diesen Worten verschwand er durch die Hintertür in den Hof und ließ sie allein.

Marla kam lässig näher geschlendert, bis sie einen neugierigen Blick auf Philipes Werk richten konnte und hauchte ihm einen Kuss auf die Wange. „Du kannst backen und kochen?“

„Selbstverständlich!“

„Hm, für mich hast du aber noch nie gekocht.“ Marla schob in einer gespielt schmollenden Geste die Unterlippe nach vorne.

„Aber natürlich habe ich das. Erinnerst du dich nicht?“

Sie überlegte einen Moment. „Warte, meinst du etwa die Lehmkartoffeln, die du damals auf der Flucht im Wald zubereitet hast?“

Er grinste schelmisch. „Kochen ist kochen!“

„Oh, nein!“, widersprach Marla lachend und senkte dann ihre Stimme zu einem betörenden Wispern. „Aber vielleicht macht diese hinreißende Schürze ja den Unterschied aus!“

„Ach ja?“ Philipe klang plötzlich ein wenig heiser. Mit angewinkelten Armen, die er links und rechts auf Schulterhöhe hielt, um mit seinen teigigen Händen nichts zu berühren, kam er ein paar Schritte näher, bis seine kräftige Gestalt sie überragte und ihr den Atem raubte. Einen Moment lang hielt sie seinem intensiven Blick stand, dann stibitzte sie sich eines der kleinen gebackenen Brotfladen und tauchte unter seinen klebrigen Händen hindurch.

„Hey, Finger weg! Die sind fürs Mittagessen gedacht!"

Schon hatte sie sich den Happen in den Mund geschoben. „Ich habe aber noch nichts gefrühstückt, ich habe Hunger!", erklärte sie kauend.

„Dann musst du eben früher aufstehen!"

„Oder einfach schneller sein!" Lachend wirbelte sie einmal um ihn herum und klaute sich ein weiteres der kleinen Gebäckstücke.

„Pass bloß auf! Ich werde kein Erbarmen walten lassen!", drohte er augenzwinkernd.

„Hm, vor dir habe ich keine Angst, alter Mann", neckte sie. „Du hast ja nicht mal Hände, mit denen du dich zur Wehr setzen könntest!" Ihre Beute fest umklammert, ließ sie sich mit einem schwungvollen Hüpfer auf der Tischplatte nieder, schluckte den restlichen Happen hinunter und grinste ihn frech an.

„Glaube bloß nicht, dass du damit durchkommst." Philipes Stimme klang rau, seine Pupillen waren geweitet. Abermals trat er näher und beugte sich mit einem anzüglichen Grinsen über sie.

„Wie willst du mich denn aufhalten?", hauchte sie. Ganz unversehens griff er unter ihre Knie und zog ihren Hintern mit einem Ruck bis zur Tischkante, wo er ihren Körper mit seinem abfing. Marla japste vor Erregung nach Luft. Seine großen warmen Hände legten sich um ihre Wangen und plötzlich machte es ihr gar nichts mehr aus, dass er sie dabei mit Teig beschmierte. Ihre Lippen fanden gierig zueinander, ein helles Seufzen entfuhr Marlas Kehle. Sie überkreuzte hinter Philipes Rücken ihre Beine und drängte ihn näher, während die Finger ihrer linken Hand genießerisch über seine Bauchmuskeln strichen, die sich deutlich durch den Stoff seines Hemdes erfühlen ließen.

Für einen Moment ließ ihre aufgestaute Lust sie gänzlich vergessen, wo sie sich befanden. Erst die Stimmen ihrer Gefährten, die aus der Wohnstube zu ihnen hereindrangen und eindeutig näher kamen, rissen sie aus ihrer Leidenschaft zurück ins Hier und Jetzt. Philipe löste sich von ihr, verharrte aber wenige Fingerbreit vor ihrem Gesicht und schaute ihr tief in die Augen. Dann trat er zurück und wischte gelassen seine Teigfinger am Trockentuch ab. Als Kjell, Sorin und Lennet die Küche betraten, rubbelte sich Marla noch mit einer Hand die Teigreste von der Wange und knabberte nebenbei verlegen an dem kleinen Brotfladen, den sie die ganze Zeit über mit ihrer Rechten festgehalten hatte. Hoffentlich sah man ihren erhitzten Wangen nicht an, was sich eben gerade noch in der Familienküche abgespielt hatte.

Kjell schaute angespannt zwischen den beiden hin und her, sein ernster Gesichtsausdruck verhieß nichts Gutes. „Wir kommen aus dem Dorf. Es hat begonnen!“

Kapitel 5 – Hass und Hetze

„Was hat begonnen?“, fragte Marla erschrocken und ließ sich vom Tisch hinuntergleiten.

„Im Dorf wimmelt es nur so von diversen Gerüchten, es gibt kein anderes Gesprächsthema mehr als den Krieg“, erklärte Kjell.

Marla runzelte verwirrt die Stirn. „Krieg? Was für ein Krieg denn?“

„Das haben wir uns auch gefragt“, erwiderte Sorin. „Lennet hat mit einigen von ihnen gesprochen, aber jeder erzählt etwas anderes.“ Jahvis’ Vater nickte grimmig zur Bestätigung. Hinter ihm schoben sich nun auch Tjarven, Rorek, Jahvis und Lijan in die Küche. „Die einen munkeln, dass der Albenkönig von den Menschen überrumpelt und ermordet worden sei und nun gerächt werden müsse. Die anderen behaupten wiederum, Eyvindir selbst hätte zum Kriegszug gegen die Menschen aufgerufen. Und wieder andere gehen davon aus, dass die Feinde die Manantena auf ihre Seite gezogen und daraufhin bereits die gesamte Hauptstadt eingenommen hätten.“

„Wie bitte? Das ist doch haarsträubender Unsinn!“, begehrte Marla auf. „Wir hätten ihnen niemals Zugang in unser Reich gewährt!“

„Natürlich nicht“, pflichtete Kjell ihr bei. „Aber die Gemüter sind erhitzt, da braucht es nicht viel, um Angst und Schrecken zu verbreiten – der perfekte Nährboden für Misstrauen und Hass.“ Marlas Magen zog sich zu einem unangenehmen Klumpen zusammen. Der Gedanke, dass irgendjemand die Widerstandsgruppe für Verräter hielt, bereitete ihr Bauchschmerzen.

Jahvis drängte sich ein wenig weiter in den Raum. „Aber was passiert denn gerade wirklich in Eskjillrod?“

„Wenn wir das wüssten!“ Sorin blies frustriert die Luft aus. „Verdammt, ich wünschte, ich könnte Sinha oder Igjor einen Brief schreiben. Oder vielleicht sollte ich zurückgehen und mir selbst ein Bild machen? So kommen wir nicht weiter!“

„Erst mal sollten wir in die Stadt reiten. Vielleicht gibt es dort brauchbarere Informationen für uns, an denen wir uns orientieren können!“, mischte sich Rorek ein.

Philipe nickte. „Wann wollt ihr aufbrechen?“

„Am besten jetzt sofort“, bestimmte Rorek. „Wir haben lange genug heile Welt gespielt, jetzt ist es an der Zeit, dass wir uns wieder unseren Aufgaben stellen.“ Ein Teil von Marla fühlte sich bei diesen Worten gekränkt. Sie hatten nicht *heile Welt gespielt*, hier auf dem Hof von Jahvis’ Familie war die Welt tatsächlich noch in Ordnung! Aber sie verstand, was ihr Gefährte meinte, sie mussten jetzt handeln.

„Ich komme mit!“, rief sie und befürchtete schon, dass sie sich wieder mit ihren Gefährten anlegen müsste, um auf ihr Recht zu bestehen. Doch zu ihrer Überraschung widersprach niemand.

Philipe drehte sich um, griff eine großzügige Handvoll von den kleinen Fladenbroten, die eigentlich für das Mittagsmahl bestimmt gewesen waren, und hielt sie ihr hin. „Hier, du solltest dich ein wenig stärken. Hol dir deinen Mantel, ich mache in der Zwischenzeit unsere Pferde bereit.“ Eigentlich hatte Marla mit einem Mal sämtlichen Appetit verloren, sie war viel zu aufgeregt, wusste aber gleichzeitig, dass Philipe Recht hatte. Sie würden den ganzen restlichen Tag unterwegs sein und wer wusste schon genau, was sie in Hjarstron erwartete.

Grimmig schnallte sie sich in der Scheune ihren Schwertgurt um und schwang sich ihren neuen Mantel über die Schultern. Auf dem Weg zum Stall stopfte sie sich nacheinander die restlichen Brote in den Mund.

Wie versprochen hatten sich ihre Gefährten in der Zwischenzeit um die Pferde gekümmert. Gesattelt war ihr Hengst zwar nicht, denn in neue Sättel wollten sie ungern investieren, da sie im Moment erstens begrenzte geldliche Mittel hatten und zweitens nicht vorhatten, die Tiere der Ordnungshüter zu behalten. Aber das machte Marla nichts aus, in den Tagen ihrer Reise von Eskjillrod hierher hatten der Hengst und sie sich hinlänglich miteinander vertraut gemacht.

Sobald sämtliche Pferde mit Zaumzeug und Reitdecken versehen waren, konnte es losgehen. Zurück blieben lediglich Ylvie, Lennet und Jahvis’ Schwester Lijan, die erneut erfolglos versuchte, sich gegen die Anordnung ihrer Eltern zu sperren. Abermals war sie dazu verdammt, tatenlos herumsitzen zu müssen.

Marla hatte Hjarstron bislang noch keinen Besuch abgestattet, wusste aber, dass der Ritt ein paar Stunden in

Anspruch nehmen würde und dass die Stadt in etwa mit der Größe Amburons vergleichbar war, der Stadt, die sich in der Nähe der Siedlung der Manantena befand. Während ihre Gefährten lebhaft darüber diskutierten, wo Bauern in einem Krieg am besten aufgehoben waren – an vorderster Front mit Schwertern in der Hand oder zuhause auf ihren Höfen, von wo aus sie ihre Landsleute mit Lebensmitteln versorgen konnten – beteiligte sich Marla nicht an dieser Debatte und hörte auch nur mit einem Ohr zu. Stattdessen ließ sie sich noch einmal durch den Kopf gehen, was sie zuvor von Kjell und den anderen erfahren hatte: Ein Gerücht hatte es wohl so an sich, dass es sich verbreitete wie ein Lauffeuer und zig Varianten davon in Umlauf waren, es war von Natur aus vage, überlieferte nur einen winzigen Teil Wahrheit und wurde, je häufiger es von Mund zu Mund weitergegeben wurde, immer ungenauer. Aber war es normal, dass die Alben derart schnell von Krieg und Rache sprachen? Wo war der Moment des Schocks, der Moment der Trauer geblieben? Einige von Eyvindirs Entscheidungen hatten Unzufriedenheit hervorgerufen, ja, aber dennoch war er im Großen und Ganzen als König sehr beliebt gewesen. Waren die Alben ein solch kriegerisches Volk, dass ihre Bestürzung sofort in den Wunsch nach Vergeltung umschlug?

Unterwegs kamen ihnen mehrfach voll beladene Pferdewagen entgegen, die schaukelnd über die unebenen Straßen ruckelten. Zunächst war Marla davon ausgegangen, dass es sich hierbei um Krämer handelte, die von einer Stadt zur nächsten zogen, um ihre Waren anzupreisen, doch dann fielen ihr die grimmig dreinblickenden Alben auf, die zwischen diversen Kisten und Körben saßen.

Einige wenige von ihnen trugen Schwerter an ihren Hüften oder Jagdbögen über den Schultern, die meisten hatten sich lediglich mit Heugabeln bewaffnet, die sie demonstrativ mit den Zinken nach oben vor sich abstützten.

„Bauern, die Richtung Südosten ziehen, um dem königlichen Hof ihre Waffen anzubieten“, bestätigte Philipe kurz darauf ihre Beobachtung.

Bestürzt sah Marla dem letzten Karren nach. „Sie wollen sich einfach so dem Heer anschließen? Aber einige von ihnen sehen so jung aus, noch halbe Kinder! Wissen die denn überhaupt, auf was sie sich einlassen?“

„Vermutlich nicht.“ Philipes Kiefer mahlten aufeinander. „Manchen von ihnen geht es allein um Ruhm und Anerkennung, für andere ist dies die Art und Weise, wie sie ihrem König die letzte Ehre erweisen, wie sie seiner gedenken können: indem sie seinen Tod mit eigenen Händen vergelten. Was es wirklich bedeutet, in einer Schlacht um das eigene Leben zu kämpfen oder auch das Leben eines anderen zu beenden, wissen die wenigsten.“

„Und das ist ja auch gut so …“, murmelte Tjarven und Marla musste sich alle Mühe geben, die aufkommenden Bilder der jungen Bauern auf einem blutigen Schlachtfeld zurückzudrängen.

Lange bevor die ersten Häuser Hjarstrons in Sicht kamen, herrschte bereits reger Betrieb auf den Straßen und je weiter sie sich dem Stadttor näherten, desto dichter wurde der Strom hin- und hereilender Alben. Nicht wenige derer, die die Stadt verließen, zogen schwer bepackte Karren hinter sich her, auf denen sich Säcke mit Mehl, kleine Fässer und allerhand Kisten geradezu türmten.

Bald war für die Reiter kaum noch ein Durchkommen. Sie stiegen ab und führten die Pferde an den Zügeln zum Gasthof gleich innerhalb der Stadtmauer. Dort angekommen mussten sie jedoch enttäuscht feststellen, dass der Stall bereits heillos überfüllt war, weswegen sie von den Knechten weggeschickt wurden. Also blieb ihnen nichts anderes übrig, als die Stadt wieder zu verlassen und die Pferde zu einer freien Wiese zu führen, wo sie die Tiere an einer Baumgruppe anbinden konnten. Zwei ihrer Krieger hier zurückzulassen war keinem von ihnen recht, aber angesichts der angespannten Situation, die um sie herum herrschte, war es wohl das Beste, niemanden in Versuchung zu führen – das Letzte, was sie jetzt gebrauchen konnten, waren Diebe, die ihnen die geklauten Pferde vor der Nase wegstahlen. Nachdem Tjarven sich angeboten hatte, erklärte sich auch sein Schwertkampfschüler Jahvis widerwillig bereit zurückzubleiben.

Marla und ihre restlichen Gefährten reihten sich abermals in den Strom von Alben ein, die sich durch das Stadttor drängten. Hjarstron bot einen hübschen Anblick, wie Marla fand, überaus grün. Zwischen den Pflastersteinen wuchs Moos und an den Säulen und den vielen Rundbögen vor den Häusern rankte sich Efeu empor. Auf dem Weg zum Marktplatz mussten sie eine kleine Brücke überqueren und wenn Marla die Massen an Alben um sich herum ausblendete, konnte sie sich bildhaft vorstellen, welch herrlich schattigen Erholungsort die Weidenbäume am Bachufer an einem heißen Sommertag bieten mochten. Jetzt spiegelten sich allerdings dicke Wolkenberge auf dem gemächlich dahinfließenden Bachlauf.

Anders als bei bisherigen Stadtbesuchen würdigte sie dieses Mal dank ihrer vornehmen Mäntel kaum jemand eines Blickes. Wenngleich sich Marla auf gewisse Weise fühlte, als hätte sie sich kostümiert und eingeschlichen, war sie heilfroh, nicht die verräterischen Umhänge der Manantena zu tragen – besonders, wenn manche Bauern die Widerstandskämpfer tatsächlich verdächtigten, den Feinden Zutritt ins Reich der Alben verschafft zu haben.

Je mehr sie sich dem Stadtkern näherten, umso aggressiver wurde die allgemeine Stimmung auf den Straßen und Marlas Gefährten nahmen sie schützend in ihre Mitte. Ein paar Mal wurden sie Zeugen von lautstarken Auseinandersetzungen und sogar handfesten Rangeleien. Soweit Marla das auf die Schnelle beurteilen konnte, handelte es sich bei den Gründen für die Streitigkeiten einerseits um Uneinigkeit über die kürzlichen Ereignisse im Reich und andererseits um Neid und Missgunst über die erstandenen Waren, die sich beim Streitpartner im Handkarren befanden.

Als ihr Blick auf eine ältere Frau fiel, die sich mit ihrem voll beladenen Bollerwagen abmühte, runzelte Marla verwirrt die Stirn. „Nicht all diese Alben haben vor, sich in Eskjillrod dem Heer anzuschließen, oder? Für was brauchen sie dann so viel Proviant?“

„Einige schon, aber längst nicht alle“, bestätigte Philipe. „Die anderen haben Angst, dass bald einige Lebensmittel knapp werden und versuchen daher, möglichst viel zu horten, so lange das noch möglich ist.“

„Warum sollten denn die Waren knapp werden, wir befinden uns doch schließlich nicht wirklich im Krieg mit den Menschen! Das ist doch Unsinn – oder nicht?“ Ein nervöses Kribbeln breitete sich in ihrem Magen aus, das sich nur noch verstärkte, da Philipe nicht sofort antwortete.

„Nun, nicht sofort, aber …"

„Aber?"

Philipe räusperte sich. „Zunächst wird das nicht passieren, nein. Aber je länger die Bauern … anderweitig *beschäftigt* sind, desto mehr ihrer Arbeit wird liegenbleiben. Bald ist Zeit für die Aussaat – wer soll die übernehmen? Und wenn viele Felder brachliegen, wird dementsprechend die Ernte im nächsten Herbst mager ausfallen." Er seufzte leise. „Langfristig würden Güter also in der Tat knapp werden. Und auch kurzfristig, wenn die Leute weiterhin so kopflose Anschaffungen machen. Die Alte zum Beispiel, die wir eben gesehen haben, wird vermutlich niemals all das Mehl verbrauchen können, das sie gerade erstanden hat, bevor es von Mehlwürmern befallen wird, während womöglich so manche Familie zu spät kommen und leer ausgehen wird. Die Preise der Lebensmittel werden ebenso rasant ansteigen wie die Missgunst und so manch einer wird Hunger leiden"

„Aber das ist furchtbar!" Philipes trostlose Prophezeiung schickte Marla unwillkürlich eine Gänsehaut über den Rücken. „Was, wenn deswegen unschuldige Kinder verhungern müssen? Das dürfen wir nicht zulassen!"

Statt einer Antwort zog er sie beim Gehen in eine einseitige Umarmung und küsste sie hingebungsvoll auf den Scheitel. „Dafür liebe ich dich umso mehr, weißt du das?"

„Für was, was meinst du?"

„Dafür, dass du niemals wegsiehst, wenn ein Unrecht geschieht." Mittlerweile hatten sie das Stadtzentrum erreicht. Die typischen Marktschreier, die sonst auf jedem

Markt lautstark ihre Waren anpriesen, waren heute viel zu beschäftigt, die Münzen einzusammeln, die ihnen von ihrer Kundschaft entgegengestreckt wurden. An einem der Stände nahm der Händler sogar schon Gebote für den höchsten Preis entgegen, um seine letzten Säcke Getreide so gewinnbringend wie möglich zu verkaufen. Marla wurde schlecht bei dem Gedanken daran, was das für den ärmeren Teil der Bevölkerung bedeuten würde.

Den ohnehin schon beachtlichen Geräuschpegel noch übertreffend, drangen immer wieder wütende Wortfetzen an Marlas Ohr. Auf Zehenspitzen stehend konnte sie auch die Quelle ausmachen, nämlich einen Alben mittleren Alters, der sich wohl auf ein Podest gestellt haben musste, denn er überragte die Zuhörer, die in einem Halbkreis vor ihm standen und ihm gebannt an den Lippen hingen, um gut zwei Köpfe. Interessiert bahnten sich die Gefährten einen Weg durch die Menge.

„… Hat ihnen das gereicht? Oh nein, natürlich nicht!“ Der Mann gestikulierte beim Sprechen wild in der Luft herum, als könne er seine vor Sarkasmus triefenden Worte damit in die Welt hinaus fächern. „Sie haben uns das Ackerland gestohlen und uns von unserem eigenen Grund und Boden vertrieben! Aber das war ihnen noch immer nicht genug!“ Die Köpfe der Umstehenden wippten wie in Trance auf und ab. „Wie viele Seelen musste unser Volk schon beklagen, Seelen, die durch Menschenhand erloschen sind? Wie viele, frage ich euch?“

„Viel zu viele!“, zeterte eine Frau aus der Zuhörermenge und erntete dafür kräftigen Beifall und bestätigende Zurufe.

„Die Menschen sind allesamt grausame, seelenlose Monster! Es gibt keine Ausnahmen, glaubt mir!“, fuhr der Redner fort. Marla presste ihre Lippen zusammen. Die Alben hatten durch die Menschen viel Unrecht erfahren, daran bestand kein Zweifel. Dennoch fand sie die Formulierung des Fremden sowohl ungerecht als auch unberechtigt. *Allesamt, ohne Ausnahmen?* Marla und Philipe waren schließlich selbst von halbmenschlicher Abstammung. Und was war mit Frederik, Marlas Vater? Dem konnte wohl wahrlich niemand vorwerfen, dass er das albische Volk jemals schlecht behandelt hätte. Seit jungen Jahren opferte dieser sich auf und riskierte mit seinen Handelsgeschäften jeden Tag aufs Neue sein Leben, um gegen die Ungerechtigkeiten anzukämpfen. Dann musste sie an Gustav denken und an ihre Amme und an all die anderen guten Geister, mit denen sie in ihrer Kindheit umgeben gewesen war. Von ihnen hätte keiner den Titel *Monster* verdient! „Und nun sind die Menschen in unser Reich eingedrungen. *Sie haben unseren König ermordet!*“ Aufgebrachte Rufe brandeten auf. „Wann wird das endlich aufhören, frage ich euch? Was muss noch geschehen, bis wir diesen Monstern endlich Einhalt gebieten? Bis wir endlich für unser Recht aufstehen?“ Abermals erklang tosender Beifall. Marla konnte gar nicht glauben, wie leicht sich die Menge aufschaukeln ließ. „Ich sage, das dürfen wir uns einfach nicht länger gefallen lassen! Lasst uns gemeinsam gegen die Unterdrückung vorgehen!“ Jubelrufe. „Wir holen uns zurück, was uns gehört!“ Ein wahrer Chor der Zustimmung brandete auf, Fäuste hoben sich begeistert in die Luft. Und Marla platzte endgültig der

Kragen. Wie konnten sich die Alben nur derart leicht von diesem aufgeblasenen Wichtigtuer beeinflussen lassen?

Ehe ihre Gefährten sie zurückhalten konnten, war Marla ebenfalls auf eine leere Kiste gestiegen, die neben der Auslage eines Krämers auf dem Boden stand und darauf wartete, entsorgt zu werden.

„Hört mir zu! Die Menschen haben Eyvindir nicht getötet, sie sind nicht in unser Reich eingedrungen! Der König wurde von seinen eigenen Leuten verraten!“ Marlas Blick flog hin und her. Hatte irgendjemand sie gehört, sie auch nur *wahrgenommen*? Der allgegenwärtige Lärm, der seit ihrer Ankunft in Hjarstron auf ihr lastete – die Rufe der Händler, die Auseinandersetzungen der Käufer, die Jubelrufe der Umstehenden – all das kam ihr plötzlich noch viel lauter und intensiver vor. Kaum jemand schenkte ihr Beachtung und die Wenigen, die zu ihr aufschauten, bedachten sie mit grimmigen Blicken. „Ein Krieg gegen die Menschen hilft uns hier nicht weiter, er würde nur noch mehr Tod und Leid über uns bringen. Bitte hört mir zu, *bitte*!“

„Mach dich nicht so wichtig!“, schimpfte eine Frau mit erhobener Faust. „Was weißt du schon?“

„Zumindest weiß ich, dass wir uns nicht blind unseren Rachegelüsten hingeben dürfen!“ Die Frau starrte sie noch einen Moment kopfschüttelnd an, bevor sie wieder in der Menge verschwand, aber Marla ließ sich nicht beirren und sprach einfach weiter in der Hoffnung, dass sie zu irgendjemandem durchdringen konnte. „Die Menschen haben unserem Volk schon oft Unrecht getan, das stimmt. Sie haben uns vertrieben, haben uns unterdrückt und überfallen. Viele Seelen sind ihretwegen erloschen. Aber jetzt einen Krieg anzuzetteln, für eine Tat, die die Menschen nicht zu verantworten haben, würde nur abermals viele unschuldige Opfer fordern – auf beiden Seiten!“

„Du verschwendest deinen Atem, Mädchen!“ Ein älterer Alb mit stechendem Blick und ausgeprägter Hakennase machte eine wegscheuchende Handbewegung, als sei sie nicht mehr als eine lästige Fliege. „Deine Erdichtungen interessieren hier niemanden. Du junges Ding solltest erst einmal selbst deine Erfahrungen sammeln, bevor du uns vorschreibst, was wir zu tun haben!“ Gerade wollte der Mann Marla von ihrem Podest herunterziehen, doch bevor seine knochigen Finger auch nur in Marlas Nähe kamen, schloss sich Roreks Hand um dessen Kehle und schob den Fremden wütend ein paar Schritte vor sich her.

„Wenn du sie anrührst, bist du tot!“, knurrte Rorek ungehalten. „Außerdem hat sie vermutlich in ihrem kurzen Leben schon mehr gesehen und erlebt, als manch einer von euch. Überlege dir also gut, ob du noch einmal voreilig über jemand anderen urteilen möchtest!“ Der Alb hob abwehrend links und rechts die Hände in die Luft, um zu zeigen, dass er nichts Böses im Schilde geführt hatte. Rorek gab ihm noch einen kräftigen Schubs, der ihn rückwärts in die Menge taumeln ließ, dann suchte der Mann das Weite.

„Marla, ich glaube, das hat wirklich keinen Sinn“, sagte Philipe leise. „Die Leute sind zu aufgebracht, sie sind im Moment einfach nicht für eine vernünftige Argumentation empfänglich.“

„Aber es ist doch falsch! Sie müssen die Wahrheit erfahren!“ Ihr Blick suchte den Redner, der so viel Hass verbreitet hatte, doch sein Podest war plötzlich leer, von dem Mann war keine Spur mehr zu sehen. Auch die Ansammlung begann sich langsam aufzulösen.

Philipe sah sie eindringlich an. „Natürlich ist es das, ich gebe dir Recht! Aber wir sollten einen anderen Weg finden, um die Wahrheit an das Volk heranzutragen. Sie wissen weder, wer du bist, noch wissen sie, dass du sehr wohl eine Ahnung hast, wovon du sprichst. Sie werden nicht auf dich hören."

Marla stieg widerwillig von der Kiste herunter. „Was, wenn ich ihnen sage, dass ich Eyvindirs Enkelin bin und dass wir an jenem Tag im Palast waren? Vielleicht glauben sie mir dann?"

„Vermutlich würden sie uns jetzt und hier auch dann keinen Glauben schenken. Das bringt nichts."

„Was schlägst du dann vor?", wollte Marla wissen. Ihre Gefährten hatten alle Mühe, die vorbeidrängenden Stadtbewohner auf Distanz zu halten.

„Lass uns erst einmal aus diesem Gewühle verschwinden", brummte Philipe und ergriff ihre Hand. Dagegen hatte sie tatsächlich nichts einzuwenden, sie fühlte sich ohnehin immer unwohler in diesem Gedränge und der Lautstärkepegel begann ihr zusehends zuzusetzen. Die steile Sorgenfalte zwischen Roreks Brauen verriet, wie angespannt auch er war, vermutlich, weil er Marlas Sicherheit hier nicht gewährleisten konnte.

Die Gefährten bahnten sich einen Weg vom Marktplatz in eine der Seitengassen. Zwar hatten selbst hier einige Händler ihre Stände aufgebaut, aber im Vergleich zu den länger haltbaren Lebensmitteln und den anderen Gütern, um die sich die Alben drüben noch beinahe geprügelt hatten, bestand an den frischen Gebäckstücken, den grünen

Salatköpfen, den Blumensamen und den modischen Frühjahrskleidern, die hier am Rande des Geschehens angeboten wurden, nur wenig Interesse.

Um sich nicht abermals dem Gedränge auszusetzen, suchten sie sich über abgelegene Gassen und schmalere Nebenstraßen einen Weg zurück zum Stadttor. Dunkle Wolken türmten sich bedrohlich am Himmel auf und ließen Marla fröstelnd den Umhang enger um ihre Schultern ziehen.

Schon von Weitem erkannte sie Jahvis neben den Pferden. Der Freund winkte ihnen freudig zu, hielt dann aber besorgt inne. „Alles in Ordnung, Marla? Ihr seht alle so ernst aus."

„Also habt ihr wohl keine guten Nachrichten, hm?", schlussfolgerte Tjarven.

Rorek stieß wütend die Luft aus. „Das kannst du laut sagen!"

„Angst und Ungewissheit bieten ein ausgezeichnetes Fundament für Hass und Hetze", erklärte Philipe. „Und so manch einer versteht sich anscheinend ganz hervorragend darin, das gezielt für seine Zwecke auszunutzen."

„Und welche Zwecke sind das genau?", wollte Jahvis wissen.

Philipe winkte ab. „Lasst uns erst zurückreiten, hier können wir doch nichts ausrichten. Ich habe keine Lust, schon wieder in den Regen zu geraten. Zuhause können wir weiterreden." Die anderen waren einverstanden.

„Oh, das hätte ich jetzt beinahe vergessen", rief Jahvis und öffnete seine Umhängetasche. „Hier, möchtest du?" Er hielt Marla ein längliches Gebäckstück entgegen. „Ich habe vorhin für jeden von uns eines bei einem Händler erstanden, der mit seinem Karren hier durchgekommen ist. Sie sind sogar noch warm."

Kjell seufzte erleichtert. „Da sage ich tatsächlich nicht nein, ich habe heute noch nichts gegessen."

Eigentlich hatte Marla überhaupt keinen Appetit, aber ihr Magen beschwerte sich längst über das karge Frühstück von vor einigen Stunden und außerdem wollte sie den Freund nicht enttäuschen. Beim ersten Bissen hoben sich ihre Augenbrauen überrascht nach oben. Sie hatte mit einem süßen Gebäck gerechnet, stattdessen handelte es sich um eine Teigtasche mit ungewöhnlicher Füllung: Zwar war der Geschmack zunächst leicht süßlich, gleichzeitig aber von einer kräftigen Würze, die nach einem Augenblick ihre Mundhöhle in Brand zu setzen schien.

„Das ist so scharf! Was ist das?" Sie fächelte sich mit der Hand hektisch Luft an ihre brennende Zunge.

„Keine Ahnung. Irgendetwas mit Maroni, hat der Händler gesagt. Ich fand's lecker", erklärte Jahvis kleinlaut.

„Lecker schon … aber ich spucke gleich Feuer!"

„Nein … was ist das?", wiederholte Philipe ihre Frage. Sein verwunderter Ton und die Art und Weise, wie er die Worte aussprach, ließen Marla aufhorchen. Er starrte gedankenverloren auf das Gebäck in seiner Hand. „Ich … ich habe das schon einmal gegessen, glaube ich. Was *ist* das?"

Sorin wischte sich die Krümel von den Mundwinkeln und schluckte seinen Happen hinunter. „Ich kenne es unter dem altalbischen Namen Sjethabrodt. Die Füllung besteht aus Maroni, Pilzen und Kräutern, man bekommt das Gebäck also nur in den kalten Monaten. Meine Großmutter hat diese Teigtaschen früher sehr oft zubereitet, aber für mich waren sie als Kind auch viel zu scharf."

„Als Kind …", murmelte Philipe geistesabwesend und nahm einen weiteren Bissen, als der erste dicke Regentropfen fiel und die Gefährten plötzlich zur Eile antrieb.

Kapitel 6 – Alte Traditionen, neue Perspektiven

Keiner von ihnen hatte Lust, sich in Hjarstron unterzustellen und das Ende des Regens abzuwarten. Ganz davon abgesehen, war die Stadt ohnehin hoffnungslos überfüllt und sie hätten vermutlich in keinem der Gasthöfe einen Tisch bekommen. Also entschieden sie sich, trotz des Unwetters den Heimweg anzutreten und trieben ihre Pferde nur umso mehr zur Eile an. Die ersten Tropfen wuchsen schnell zu einem unerbittlichen Starkregen an, der geradlinig wie Bindfäden vom Himmel prasselte. Selbst Marlas Mantel vermochte sie nicht lange vor der Nässe zu schützen und sie war in kürzester Zeit durchgefroren bis auf die Knochen.

Bis die Gefährten endlich wieder auf dem Hof von Jahvis' Familie eintrafen, war es längst dunkel geworden. Marlas kalte Finger waren so verkrampft, dass sie die Zügel kaum noch halten konnte und ihre Zehen fühlten sich an wie Eisblöcke. Lennet und Lijan kamen aus dem Haus und liefen ihnen entgegen.

„Wir versorgen die Pferde, geht ihr nur schon in die warme Stube", bot Lennet an. Erleichtert und dankbar übergab Marla Jahvis die Zügel, der sich, ebenso wie

Sorin, bereiterklärte, Vater und Tochter zur Hand zu gehen.

Jahvis' Mutter Ylvie empfing die Rückkehrer an der Vordertür mit Tüchern, sodass sie sich notdürftig trocken rubbeln konnten. Außerdem hatte sie einen großen Weidenkorb für die nassen Sachen aufgestellt sowie frische Hemden und Hosen besorgt. Während die Gastgeberin die Männer dazu anhielt, an Ort und Stelle ihre triefenden Kleidungsstücke abzulegen und sich umzuziehen, winkte sie Marla in Lijans Zimmer, wo bereits eine grünbunte Tunika und eine bequeme Stoffhose auf sie warteten. So schnell es ihre steif gefrorenen Finger erlaubten, kleidete Marla sich um und fuhr sich mit der Hand ein paar Mal notdürftig durch die verzottelten Haare, bevor sie aus der kalten Schlafkammer zurück in die Wohnstube flüchtete, wo bereits ein Feuer im Kamin loderte.

Ylvie versicherte, dass es nicht nötig wäre, die nassen Kleider jetzt sofort aufzuhängen und dass sie sich später selbst darum kümmern würde. Dann verabschiedete sie sich in die Küche, um die Suppe, die Philipe am Morgen vorbereitet hatte, erneut aufzuwärmen. Marla machte es sich mit einer Wolldecke zwischen Philipe und Rorek auf dem Familiensofa bequem, wo sie ihre Beine zwischen sich und Rorek auf die Sitzfläche zog. Den Rücken lehnte sie an Philipe, der liebevoll einen Arm um ihren Oberkörper schlang und sie mit einem Kuss auf den Scheitel empfing. Ihnen gegenüber auf den zwei Sesseln hatten Kjell und Tjarven Platz genommen.

Die Kombination aus knisterndem Kaminfeuer, der Wolldecke und Philipes Nähe bewirkte nach und nach, dass das Leben in Marlas steif gefrorene Glieder zurückkehrte – wenn nur ihre eiskalten Zehen nicht wären. Als ihre Füße versehentlich nach vorne rutschten und gegen Roreks Oberschenkel stießen, genoss sie die Wärme, die von seinem Körper ausging. Verstohlen schielte sie zu ihm herüber. Wenn er die Berührung überhaupt wahrgenommen hatte, so zuckte er zumindest nicht mal mit der Wimper.

„Was haben wir heute in Erfahrung gebracht? Lasst uns doch einmal zusammenfassen“, begann Philipe das Gespräch. „Es gibt eine Menge Gerüchte, die besagen, dass die Menschen für Eyvindirs Tod verantwortlich sind, obwohl wir es besser wissen – seine eigenen Leute haben ihn verraten.“

Kjell schnaubte abfällig. „Nicht zu vergessen die Gerüchte, dass die Manantena mit den Menschen zusammenarbeiten würden und die Feinde bereits einen Teil des Reiches eingenommen hätten.“

„Ich habe beinahe das Gefühl, dass absichtlich Angst und Hass bei der Bevölkerung geschürt werden“, bemerkte Marla, unsicher, ob ihre Gefährten diesen Gedanken womöglich für völlig abwegig halten würden.

„So macht es tatsächlich den Eindruck“, bestätigte Rorek jedoch sogleich grimmig. „Schlechte Nachrichten verbreiten sich grundsätzlich schnell, aber die Bereitwilligkeit, selbst in einen Krieg einzugreifen, kam doch überraschend.“ Unversehens nahm er Marlas rechten Fuß und hob ihn auf seinen Schoß. Gerade wollte sie ihr Bein erschrocken zurückziehen, aber als er seine warmen Hände um ihre eiskalten Zehen legte, musste sie ein wohliges Seufzen unterdrücken. Dann begann er auch noch gänzlich ungeheißen damit, ihren Fuß mit geübten Handgriffen zu massieren und Marla schloss genießerisch die Augen. Wer hätte gedacht, dass der Krieger zu solch Zärtlichkeiten überhaupt in der Lage war? Und noch wichtiger: dass sich eine Fußmassage so verdammt gut anfühlen konnte?

„Nun stellt sich die Frage, was genau Brestur mit der Verbreitung der Gerüchte und der Aufhetzung der Bevölkerung bezweckt“, griff Philipe den Gedanken auf. Es dauerte einen Moment, bis sein genauer Wortlaut zu Marlas Geist durchdrang.

Überrascht schlug sie die Augen auf. „Warum glaubst du, dass Brestur dahintersteckt?“

„Es wäre schließlich nicht das erste Mal, dass er versucht hat, Unruhen im Land zu stiften, oder nicht?“

„Hm“, machte Marla nur. Sie war nicht sicher, worauf Philipe hinauswollte.

„Ich habe viel nachgedacht, seit wir Sorin vor einigen Wochen im Wald begegnet sind“, fuhr dieser glücklicherweise fort. „Bresturs Erklärung, dass er mit seinem erlassenen Gesetz das Volk daran hindern wollte zu reisen, weil er zwielichtige Vereinigungen befürchte und Eyvindir schützen wolle, halte ich für Unsinn. Viel mehr glaube ich, dass er die Bevölkerung beeinflussen und für seine Zwecke manipulieren wollte.“

„Und was genau bezweckt er damit, die Alben gegen die Menschen aufzuhetzen?“, fragte sie weiter.

„Nun, überlege selbst. Den Tod des Königs hätte er nicht sehr lange geheim halten können, diese Information wäre ohnehin sofort nach außen gedrungen. Wenn er aber verhindern möchte, dass er wegen seines Vergehens auf offener Straße für Hochverrat gelyncht wird, bleiben ihm nur zwei Möglichkeiten: Entweder er versucht zu vertuschen, dass er damit im Zusammenhang steht – was sich als äußerst schwierig gestalten dürfte, denn das albische Volk würde nicht eher zur Ruhe kommen, bis ein Schuldiger gestellt ist und es gibt zu viele Zeugen aus den Reihen der Königsgarde. Oder aber, er geht in die Offensive und liefert den Alben die Verantwortlichen auf dem Silbertablett.“

„Das wären dann die Menschen“, schlussfolgerte Marla.

„Richtig. Und hat er erst einmal die Mehrheit gegen die Menschen aufgebracht, würde es am Ende auch keine Rolle mehr spielen, wenn einzelne Alben der Wahrheit auf die Spur kämen, dafür wäre das gemeine Volk dann nicht mehr empfänglich.“

„Und was war deiner Meinung nach der Grund, warum er den Alben das Reisen verboten hat?“, wollte Tjarven wissen, der bislang nur schweigend zugehört hatte.

„Nun, rückblickend betrachtet, wollte er damals vermutlich das Volk gegen ihren König aufbringen“, erklärte Philipe geduldig.

„Ich kann mir gut vorstellen, wie erzürnt manche Händler darüber waren, dass ihnen plötzlich verboten wurde, uneingeschränkt zu reisen, ihre Existenz hängt schließlich davon ab“, brachte Kjell sich erneut in das Gespräch ein. „Andere konnten plötzlich nicht mehr ihre Familien besuchen oder aus anderen Gründen in entfernte Städte reisen. Dabei ist dies ein freies Land!“ Marla konnte spüren, wie Philipe hinter ihr zustimmend nickte.

„Meint ihr, Brestur hatte sich erhofft, das Volk würde aus Unzufriedenheit ihren eigenen König stürzen?“, fragte sie.

„Das ist gut möglich“, antwortete Philipe. „Aber zumindest wollte er die Alben gegen ihn aufbringen und Unruhe stiften.“

Marla kaute nachdenklich auf ihrer Unterlippe. „Gestürzt hat das Volk Eyvindir nicht und dennoch ist es Brestur gelungen, sich seiner zu entledigen. Und was genau hat er jetzt vor?“

Rorek lachte humorlos auf. „Ja, das bringt uns zu der alles entscheidenden Frage: Warum das alles?“ Er platzierte Marlas rechten Fuß wieder behutsam direkt neben seinem Bein unter der Decke und fuhr dann bei ihrem linken mit seiner magischen Behandlung fort. Die Tür ging auf und ein völlig durchnässter Jahvis kam herein, dicht gefolgt von seinem Vater.

Jahvis ließ seinen Blick durch die Stube schweifen. „Gemütlich habt ihr’s. Ich gehe mir etwas Trockenes anziehen, dann bin ich bei euch. Vielleicht möchtest du dir als nächstes meine Füße vornehmen, Rorek?“ Dieser knurrte bedrohlich und Marla musste sich ein Grinsen verkneifen. Jahvis zwinkerte ihr amüsiert zu und verließ den Raum.

„Du lebst wohl gern gefährlich, mein lieber Sohn, was?“, scherzte auch Lennet, bevor er sich entschuldigte, um seiner Frau in der Küche zur Hand zu gehen. Dem Klappern von Geschirr und dem guten Duft nach zu urteilen, würde es nicht mehr lange bis zum Abendmahl dauern, doch Marlas Gedanken kreisten noch immer um Brestur und seine Beweggründe.

„Vielleicht möchte sich Brestur selbst als Eyvindirs Nachfolger wählen lassen?“

„Theoretisch wäre das denkbar, ja“, antwortete Philipe. „Aber zu seinem Leidwesen und unser aller Glück wäre das nicht möglich.“

„Warum nicht?“

„Das albische Gesetz besagt, dass das Amt der Rechten Hand auf Lebzeiten gilt, außer der König selbst entbindet die Person von seiner oder ihrer Eidespflicht. Das gleiche gilt übrigens auch für die Krieger und Kriegerinnen der Königsgarde.“

Es dauerte einen Moment, bis Marla diese Information verarbeitet hatte. „Brestur kann also nicht selbst zum König gewählt werden, weil er bereits das Amt der Rechten Hand innehat und er nur vom König von dieser Pflicht entbunden werden kann?“

„Richtig.“

„Ganz davon abgesehen scheint Brestur sowieso von jener Sorte Alb zu sein, die sich gerne im Hintergrund hält und von dort aus die Fäden zieht“, fügte Tjarven hinzu.

Rorek schnaufte wütend. „Zumindest immer dann, wenn es gerade schwierig wird. Wenn es darum geht, sich wichtig zu machen und die Lorbeeren einzuheimsen, tritt er auch gerne mal in Erscheinung.“ Seine Stimme troff geradezu vor Sarkasmus. Marla erinnerte sich daran, wie er und Brestur damals in der Ratssitzung nach Eyvindirs erfolgloser Mission bei den Drachen aneinandergeraten waren und wie sehr Brestur es bei seinen Ausführungen augenscheinlich genossen hatte, im Mittelpunkt zu stehen.

„Wenn er nicht König werden kann, geht es ihm also nicht um Macht …“, murmelte sie nach einem Augenblick nachdenklich.

„Das habe ich nicht gesagt!“, widersprach Philipe sofort. „Ich habe nur gesagt, dass er nicht selbst gewählt werden kann. Das heißt aber nicht, dass er nicht strategisch ambitioniert ist.“ Sein Oberkörper hob und senkte sich aufgebracht gegen Marlas Rücken. „Vielleicht konnte er Eyvindir nach all den Jahren nicht mehr so beeinflussen, wie er das gerne gehabt hätte.“ Marla blieb Philipes bitterer Unterton nicht verborgen und auch die Trauer um seinen Ziehvater schwang deutlich in seinen Worten mit. Sie drückte tröstend seine Hand und kuschelte sich noch enger an ihn.

„Damit habt ihr wohl Recht“, brummte Kjell. „Er braucht eine neue und willigere Marionette, die alte hat nicht so für ihn getanzt, wie er das gerne gehabt hätte.“

Abermals brauchte Marla einen Moment, um das Gehörte zu verdauen. „Dann wird also bald ein neuer Albenkönig gewählt werden und Brestur wird versuchen, darauf Einfluss zu nehmen. Kann sich eigentlich jeder für diese Wahl aufstellen lassen, jeder Bauer oder Händler, jeder?“

„Theoretisch schon, ja“, bestätigte Philipe. „Aber die Geschichte hat gezeigt, wie anspruchsvoll das albische Volk bei der Wahl ist. Sie wollen nicht irgendeinen Wichtigtuer, der nichts als schöne Worte vorzuweisen hat. Sie wollen einen Anführer, zu dem sie aufschauen und bei dem sie sich sicher fühlen können. Und auch auf Tradition legen sie viel Wert.“

„Auf Tradition?“

„Eyvindirs Blutlinie hat mehr Könige hervorgebracht als sonst eine Familie“, erklärte Kjell an Philipes Stelle. „Die Bevölkerung legt sehr viel Vertrauen in diesen

Stammbaum. Trotz mancher Unzufriedenheit in seine Herrschaft, hat er uns in der Vergangenheit doch zumeist weise geführt, ebenso wie vor ihm einige seiner Vorfahren."

„Tatsache ist,", ergriff Tjarven nun wieder das Wort, „dass sich das Land seit Jahrhunderten in Aufruhr befindet. Die meisten Alben wünschen sich nichts sehnlicher, als endlich zur Ruhe zu kommen und das wird erst möglich sein, wenn die Menschen, die Alben und die Drachen friedvoll nebeneinander leben können. Dazu bräuchte das Reich einen König, der in der Lage wäre, eine Brücke zwischen den Völkern zu schlagen und selbst eine Art Verbindungsglied darstellen könnte."

Marla rieb sich über die Stirn. „Puh, sonst nichts? Es wird verdammt schwer werden, jemanden zu finden, der diesen Ansprüchen gerecht wird!" Für einen Augenblick war nichts weiter zu hören als das Knacken der Holzscheite im Kamin. Da niemand weitersprach, schaute sie verwundert auf. Eine unangenehme Vorahnung begann, sich in ihrem Magen zu regen. „Was?" Roreks Blick war konzentriert auf Marlas Fuß gerichtet, sein Unterkiefer angespannt nach vorne geschoben. Tjarven und Kjell betrachteten Marla mit einer Intensität, die sie prompt nervös auf ihrem Platz herumrutschen ließ. „Was?", wiederholte sie. „Habe ich etwas Falsches gesagt? Wer soll eurer Meinung nach der neue König werden, wer könnte diese Erwartungen auch nur annähernd erfüllen?"

Kjell räusperte sich. „Ein Nachfahre der Blutlinie Eyvindirs mit bedeutsamer Verbindung zu den Menschen, der gleichzeitig die Fähigkeit besitzt, das alte Bündnis zu den Drachen neu aufleben zu lassen … Marla, niemand hat behauptet, dass es ein König sein muss. Es könnte auch eine König*in* sein." Marlas Herz machte einen gewaltigen Satz. Sie holte Luft und öffnete den Mund, klappte ihn jedoch kurz darauf wieder zu. Was hätte sie auch sagen sollen? Glaubten ihre Freunde im Ernst, dass *sie* …? Nun zog sie doch ihren Fuß von Roreks Schoß, löste sich von Philipe und drehte sich so, dass sie allen ihren Gefährten ins Gesicht sehen konnte.

„*Ich?*", brachte sie schließlich krächzend hervor. „Ich habe doch überhaupt keine Erfahrung, wie man ein Land führt."

„Dafür gäbe es Berater, die einen König – oder eine Königin – bei seinen Entscheidungen unterstützen könnten", gab Kjell sachlich zurück.

„Aber … aber …" Marlas Gedanken fingen an zu rasen. *Sie* könnte Königin werden? Das war doch lächerlich! Bis vor gar nicht so langer Zeit, wurde ihr Alltag noch von einer Amme bestimmt und jetzt sollte sie über ein ganzes Land herrschen?

„Marla, hey!", drang Philipes Stimme beruhigend zu ihr durch. „Niemand hier möchte dich zu irgendetwas drängen – ganz im Gegenteil! Kjell wollte lediglich aufzeigen, dass du genau die richtigen Voraussetzungen mitbringst, den langersehnten Frieden zwischen den Völkern herzustellen. Die Bevölkerung würde sich bestimmt von dir beschwichtigen lassen."

„Hast du heute Nachmittag nicht selbst gesagt, dass man nicht auf mich hören würde?"

„Nicht redeschwingend von einer Kiste herab mitten auf einem Marktplatz, nein."

Da kam ihr mit einem Mal ein ungeheuerlicher Gedanke. „Sag mal, habt ihr euch abgesprochen? Mich gemeinsam zu überzeugen?“

„*Was?* Nein, Marla, natürlich nicht!“, gab Philipe erschüttert zurück und sogleich tat ihr die Verdächtigung schon wieder leid. „Du warst doch eben selbst dabei, als wir zu dieser Erkenntnis gelangt sind.“

Rorek schaute sie durchdringend an. Er sah ungewöhnlich blass aus, seine Stimme klang rau. „Marla, ich glaube uns allen wäre lieber, wenn du dich nicht wählen lassen würdest. Es ist ohnehin schon schwer genug, deine Sicherheit zu gewährleisten. Also … außer du *möchtest* gerne diese Rolle einnehmen … dann unterstützen wir dich natürlich!“

Marlas Blick fuhr von Rorek zurück zu Philipe. Die Anspannung, ja gar *Angst* in den Augen ihres Geliebten war nicht zu übersehen. Sie musste hart schlucken, während es in ihrer Magengegend noch immer unheilvoll rumorte. „Ihr meint also, *ich* könnte das albische Volk von der Idee abbringen, gegen die Menschen in den Krieg zu ziehen?“

Philipe schloss für einen kurzen Moment die Lider und nickte dann. „Vermutlich. In deiner offiziellen Rolle als Auserwählte und noch dazu als Eyvindirs Enkeltochter würdest du wahrscheinlich zu ihnen durchdringen können.“ Er sah elend aus. „Aber dafür wäre es wie gesagt nötig, dass du deine Begabung öffentlich kundgibst.“

Sie überlegte einen Moment. „Und dazu müssten wir nach Eskjillrod reisen, richtig?“

Philipe nickte. „Das würde Sinn machen.“

„Habt ihr denn gar keine Angst, dass Brestur mir etwas antun würde?“

„Nein. Du kontrollierst die Drachen. Er braucht dich“, gab Rorek knapp zurück.

„*Kontrollieren?*“, stieß sie abfällig hervor. „Ich kontrolliere die Drachen nicht, niemand tut das und das ist auch gut so! Ich kann lediglich mit ihnen kommunizieren, das ist ein riesiger Unterschied!“

Rorek zuckte gleichgültig mit den Achseln. „In Bresturs Augen kommt das aber aufs Gleiche hinaus.“

Marla war plötzlich schwindelig, sie rieb sich angespannt über die Augen. In den vergangenen Wochen war sie gejagt worden, war das Ziel von Attacken gewesen. Und nun sollte sie plötzlich zu einem begehrten Objekt geworden sein, zu jemandem, um dessen Gunst man buhlte? „Wir sind also erst mühevoll aus Eskjillrod geflohen, nur um uns jetzt freiwillig wieder in die Höhle des Löwen zu begeben?“

„Nun, zu dem Zeitpunkt wussten wir schließlich nicht, was überhaupt geschehen war“, erklärte Kjell. „Wir mussten dich in Sicherheit bringen, mussten erst die Zusammenhänge verstehen. Dieses Mal würden wir aus freien Stücken zurückkehren, das sind ganz andere Voraussetzungen.“

„Auch wenn es mir wesentlich lieber wäre, wir könnten dich gänzlich vor Brestur und seinesgleichen abschirmen …“, fügte Philipe leise hinzu. „Aber nicht umsonst haben seine Männer mehrfach betont, dass er dich lebend will.“ Marla musste abermals hart schlucken, sie fühlte sich völlig überfordert und das ungute Gefühl in ihrer Magengegend nahm an Intensität nur noch mehr zu. *Sie* sollte diejenige sein, die einen Krieg verhindern konnte? Unzählige unschuldige Leben schützen? Frieden bringen? Ausgerechnet *sie*?

In diesem Moment flog die Tür auf. Sorin stürmte herein, dicht gefolgt von Jahvis' Schwester Lijan. „Fünf Reiter! Sie sind gleich hier!“

Kapitel 7 – Fremde Reiter

In einem Sekundenbruchteil waren alle von den Sofas aufgesprungen. Lennet und seine Frau Ylvie tauchten im Türrahmen der Küche auf und auch Jahvis erschien mit verstrubbelten Haaren in der Stube. Ihnen allen stand die Panik geradezu ins Gesicht geschrieben.

„Seid ihr sicher, dass es keine benachbarten Bauern sind?“, wollte Philipe wissen.

„Sind es nicht!“, bestätigte Lijan ernst. „Sie sind alle in die Mäntel der Königsgarde gehüllt.“

Rorek sog scharf die Luft ein und schaute Sorin an. „Freunde von dir?“

„Das kann ich auf die Entfernung nicht genau erkennen“, gab dieser zurück. „Aber ich glaube nicht.“

„Verdammt nochmal!“, fluchte Rorek ungehalten. Marla lief zum Fenster und spähte vorsichtig hinaus. Der Regen hatte mittlerweile nachgelassen, es nieselte nur noch leicht. Umso deutlicher zeichneten sich die Silhouetten der fünf Reiter im auf- und abtanzenden Licht zweier Laternen gegen die Dunkelheit ab. Die typisch silbrig blauen Umhänge der Königsgarde warfen bei jeder ihrer Bewegungen unverkennbare Lichtreflexe zurück. Wie es aussah, würden ihnen nur noch wenige Augenblicke bleiben, bis die Fremden das Haus erreicht hatten.

Philipe ergriff sie am Arm und zog sie vom Fenster weg. „Marla, du musst dich verstecken!“

„Was? Warum das denn? Ich dachte, wir hätten eben gerade beschlossen, dass ich Brestur nicht zu fürchten hätte, dass er mir nichts antun würde.“

„Ja. Aber wir haben auch gesagt, dass wir aus freien Stücken nach Eskjillrod reisen möchten, nicht womöglich als Gefangene. Fremde Reiter nach Einbruch der Nacht verheißen selten etwas Gutes, Umhänge der königlichen Garde hin oder her.“

„Ein Kampf ist zu vermeiden – sie würden nur noch mehr Krieger schicken!“, zischte Rorek. „Besser, wenn sie gar nicht erst wissen, dass wir hier sind oder waren!“

„Verdammt, unsere Schlaflager in der Scheune!“, stieß Tjarven hervor und stürzte aus der Hintertür hinaus in den Hof. Sorin stürmte hinterher.

„Jahvis, stelle den Korb mit euren nassen Mänteln in den Trockenraum und breite eines der Tücher darüber aus“, rief seine Mutter aufgeregt. „Und du Marla, schnell, hier hinein.“ Ylvie winkte sie hektisch herbei und klappte die Truhe an der Wand neben dem Kamin auf, in der die Familie einige Felle und Decken aufbewahrte. Sie nahm ein paar der Decken heraus, sodass Marla darin Platz fand, solange sie sich klein zusammenkauerte. Im letzten Moment riss Marla ihren Arm nach oben und hielt Ylvie davon ab, den Deckel zu schließen.

„Aber was ist mit euch? Wo versteckt ihr euch?“, fragte sie an ihre restlichen Gefährten gewandt.

„Mach dir um uns keine Sorgen“, gab Rorek knapp zurück, dann senkte sich endgültig der Truhendeckel und hüllte Marla in Dunkelheit. Der dumpfe Schlag über ihrem

Kopf ließ Marla erahnen, dass Ylvie den Stapel Decken auf das Möbelstück hatte fallen lassen.

Sie drehte den Kopf der Truhenwand zu, wo sie durch einen winzigen Ritz in die Stube lugen konnte. Lennet lief gerade zur Vordertür, zögerte ganz offensichtlich aber noch, hinauszutreten. Das entfernte Klappern von Geschirr drang an Marlas Ohr. Vermutlich räumte die Gastgeberin in aller Eile die Schüsseln wieder fort, die sie schon für das späte Abendmahl bereitgestellt hatte. Es war wirklich beeindruckend, wie gut Ylvie mitdachte!

Das Klirren verstummte und Marla konnte durch den Spalt beobachten, wie Lennet jemandem zunickte, der sich außerhalb ihres Sichtfeldes befand – vermutlich Jahvis, der gerade in die Wohnstube zurückgekehrt war – noch einmal tief Luft holte und anschließend durch die Tür hinaustrat.

Marlas Herz begann heftig zu pochen. Was ging da draußen wohl vor? Wie waren die fremden Krieger ausgerechnet auf den Hof von Jahvis' Familie aufmerksam geworden? Waren sie etwa verraten worden und wenn ja – von wem? Und würde es Lennet gelingen, die fremden Krieger wegzuschicken, ohne dass diese Verdacht schöpften?

Unruhig rutschte sie in der Truhe hin und her. Inmitten des Versuches, eine bequemere Position zu finden, erstarrte sie in der Bewegung – die Tür ging auf und Lennet trat ein, dicht gefolgt von drei Kriegern. *Drei ... warum drei?* Wo waren die anderen beiden Reiter geblieben? Warteten sie lediglich bei den Pferden oder schnüffelten sie womöglich auf dem Hof herum? Marla hoffte inständig, dass es Tjarven und Sorin gelungen war, die

Spuren ihrer Schlafstätten in der Scheune rechtzeitig zu beseitigen und sich zu verstecken.

„Wie ich bereits sagte, hier ist nur meine Familie“, versicherte Lennet. „Wollt ihr mir bitte endlich verraten, nach was ihr sucht?“ Die silbrig blauen Umhänge und die streng nach hinten gebundenen Haare der drei Männer wiesen sie tatsächlich als Krieger der Königsgarde aus.

„Nicht was … sondern *wen*. Wie heißt ihr?“ Der Mann, der gesprochen hatte, überragte den Hausherrn um fast eine Kopflänge. Sein Blick wanderte lauernd zwischen Jahvis, Ylvie und Lijan hin und her. Eine wulstige Narbe verlief quer über seine Wange vom Mundwinkel bis zum rechten Ohr.

„Ich grüße euch. Mein Name ist Ylvie, dies sind mein Mann Lennet und unsere Kinder Jahvis und Lijan. Darf ich denn auch erfahren, wie ihr heißt?“ Bislang war Marla immer davon ausgegangen, dass Jahvis seinen Mut allein von seinem Vater vererbt bekommen hatte, aber bei Ylvies selbstbewusstem Auftreten gegenüber den Fremden kam sie nicht umhin, seine Mutter abermals zu bewundern.

Der Hüne zog missbilligend die Augenbrauen nach oben, ließ sich dann aber doch zu einer Antwort herab. „Ich heiße Maltje. Wir reiten im Auftrag des königlichen Hofes. Vielleicht ist euch bereits zu Ohren gekommen, was sich dort vor einigen Tagen zugetragen hat? Wir sind auf der Suche nach einer Person, die diesbezüglich für die Rechte Hand von großer Bedeutung ist.“

„Und wer soll das sein?“, fragte Ylvie. „Wir sind einfache Bauersleute, was haben wir mit den Ereignissen in Eskjillrod zu tun?“

„Uns ist ein Schreiben in die Hände gefallen, das uns direkt hierhergeführt hat.“

„Ein Schreiben? Das muss ein Missverständnis sein, wir haben damit nichts zu tun!“, bestätigte nun auch Lennet, aber Marla konnte seiner Stimme anhören, dass er sich durch die Aussage des Fremden verunsichert fühlte. *Von was für einem Schreiben redete der Mann?*

Der Alb mit der Narbe spitzte kurz die Lippen und gab dann ein schnalzendes Geräusch von sich. „So, so, nichts damit zu tun …“ Er starrte die beiden Frauen so durchdringend an, dass Ylvie unwillkürlich einen Schritt zurücktrat. Lijan legte bestärkend den Arm um die Schulter ihrer Mutter und Jahvis, der mittlerweile wieder in Marlas Sichtfeld getreten war, ballte eine Hand zur Faust. Sie konnte sein Gesicht nicht sehen, aber gewiss missfiel ihm das flegelhafte Auftreten des Fremden.

Dieser lenkte seine Aufmerksamkeit nun auf die Stube. Sein Blick glitt über das Sofa, wo Marla bis vor wenigen Minuten noch mit Philipe und Rorek gesessen hatte, fokussierte sich augenscheinlich kurz auf das Gemälde, das über dem Kamin hing, schweifte über das Feuer – und blieb direkt an Marla hängen. Oder viel mehr an der Truhe, in der sie sich versteckt hielt. Ihr Herz machte einen gewaltigen Satz. Hatte er sie etwa durch den Ritz gesehen? Oder sie vielleicht gehört, hatte sie ein unbedachtes Geräusch gemacht?

Ihr erster Impuls war, vor Maltje zurückzuweichen, aber da das nun mal nicht möglich war, blieb ihr nichts anderes übrig, als panisch durch den schmalen Spalt zu beobachten, wie der Mann mit ausladenden Schritten geradewegs auf sie zuhielt. Kalter Schweiß trat ihr auf die Stirn. Gleich würde er sie erreicht haben. Seine Augen leuchteten triumphierend auf, seine Hand streckte sich nach vorne. Jeden Moment würde er den Deckel aufklappen – es war umsonst gewesen, sie war entdeckt worden! Ihre Gedanken überschlugen sich. Wie sollte sie nur reagieren? Darauf vertrauen, dass man ihr nichts antun würde? Aufspringen und fliehen? Oder lieber gleich angreifen? Nur trug sie keine Waffe bei sich, ihr Schwert lag noch in Lijans Schlafkammer, wo sie sich vorhin umgekleidet hatte. Ihr Körper spannte sich.

„Und was ist das hier?“, fragte Maltje böse. Marla war verwirrt. Sie hatte fest damit gerechnet, dass er die Truhe öffnen und sie herauszerren würde, aber nichts dergleichen geschah. Angestrengt schaute sie durch die Ritze, doch der Krieger der Königsgarde stand ihrem Versteck so nahe, dass sie nichts erkennen konnte als das Blau seines Mantels. „Was ist dann das?“, wiederholte er in drohendem Unterton.

„Das ist ein Umhang“, antwortete Lennet mit belegter Stimme.

„Das sehe ich!“, donnerte der Narbige ungehalten. Er trat ein paar Schritte vorwärts, sodass Marla an seiner Gestalt vorbei einen Blick auf den entsetzten Gesichtsausdruck Lennets werfen konnten. „Wem gehört der?“

Jahvis trat unruhig von einem Bein aufs andere und wischte mit den Handflächen über sein Hosenbein. „Der Mantel gehört mir“, gab er leise zu.

„Aha! Willst du also noch länger leugnen, dass du zu den Manantena gehörst und dich vor einigen Tagen im Palast des Königs aufgehalten hast, du Lügner?“ Mit wenigen langen Sätzen hatte Maltje den völlig verdatterten

Jahvis erreicht, packte ihn am Kragen seines Hemdes und schob ihn gewaltsam vor sich her. Ylvie sog erschrocken die Luft ein und klammerte sich an Lijan, wobei es für Marla nicht ersichtlich war, ob die Mutter bei ihrer Tochter Schutz suchte, oder aber, ob sie Lijan davon abhalten wollte, einzugreifen. Auch Lennet wollte seinem Sohn zu Hilfe eilen, doch einer der beiden anderen Krieger versperrte ihm den Weg. „Ich frage dich nur ein einziges Mal: Wo ist sie?“

„Ich weiß nicht, von wem du sprichst.“ Kaum hatte das letzte Wort Jahvis’ Lippen verlassen, da holte Maltje schon aus und schlug Jahvis ohne weitere Vorwarnung mit der Faust ins Gesicht. Ylvie entfuhr ein spitzer Aufschrei und auch Marla riss sich vor Schreck die Hand an den Mund. Beinahe wäre Jahvis rücklings über die Rückenlehne einer der Sessel gestürzt, doch schon hatte der fremde Krieger ihn abermals gepackt.

„Hör auf! Bitte!“, schrie Lijan. Als der Mann erneut ausholte, ballten sich auch Marlas Hände unwillkürlich zu Fäusten. *Armer Jahvis, ihm durfte nichts geschehen!* Was hatte dieser Maltje gesagt? *Wo ist sie?* Damit musste er *sie*, Marla, meinen! Sie sollte sich zeigen! Es würde schon nicht so schlimm werden, allemal besser, als tatenlos mit ansehen zu müssen, wie –

„Haltet ein!“, erklang plötzlich Kjells Stimme. „Was geht hier vor?“ Alarmiert fuhren die Eindringlinge herum. Der dritte der drei Krieger riss sogar zur Hälfte sein Schwert aus der Scheide. Die Blicke aller Anwesenden waren Richtung Schlafkammern gerichtet und da erschien ihr Gefährte auch schon in Marlas Sichtfeld.

Maltje gab Jahvis einen kräftigen Stoß, sodass dieser nun doch stolperte und zwischen den beiden Sesseln zu Boden ging, wirbelte herum und stürzte sich stattdessen auf Kjell. Anders als Jahvis vor wenigen Augenblicken schien Kjell jedoch mit dem Angriff gerechnet zu haben und fing die vorschnellende Hand seines Angreifers ab.

„Es ist alles in Ordnung!“, rief Kjell laut. „Alles in Ordnung! Es gibt keinen Grund, handgreiflich zu werden, lasst uns reden!“ Marla war sich sicher, dass sein Ausruf in Wahrheit Rorek und Philipe gegolten hatte, die gewiss kurz davor standen, ebenfalls in das Geschehen einzugreifen. Ganz offensichtlich war Kjell der Meinung, er hätte die Situation auch ohne ihre Unterstützung unter Kontrolle.

Marla hingegen wurde sich plötzlich allzu deutlich bewusst, in welch engem Raum sie sich befand. Sie fühlte sich bedrängt, wie gefangen. Die Wände der Holztruhe schienen immer näher zu kommen und nahmen ihr schier die Luft zum Atmen. Ihr eigener Puls dröhnte so laut in ihren Ohren, dass sie Schwierigkeiten hatte, darüber hinweg zu hören, was in der Stube gesprochen wurde. Vielleicht konnte man von außen sogar ihren hämmernden Herzschlag hören? *Marla, so ein Unsinn, reiß dich zusammen!* Mühevoll drängte sie die aufkommende Panikattacke zurück, indem sie sich auf das Geschehen in der Stube konzentrierte und dabei leise, aber tief durch die Nase ein- und dann kontrolliert und langsam durch den Mund wieder ausatmete.

„Natürlich gehören wir zu den Manantena“, erklärte Kjell keuchend und drückte den Angreifer bestimmt von sich, ohne dabei aber einen aggressiven Eindruck zu erwecken. „Das war doch nie eure Frage gewesen, niemand hat das bestritten!“ Marla war froh, dass Kjell derjenige war, der dazwischengegangen war und nicht etwa Rorek. Diesem wäre solch ein beherrschter Tonfall gewiss niemals geglückt, vermutlich wäre die Situation nur noch mehr eskaliert. „Seit wann ist das ein Verbrechen?“

Maltje überging Kjells Frage einfach und stand noch immer in bedrohlicher Haltung vor ihm. „Ihr bestreitet also nicht, euch vor einigen Tagen im Palast des Königs aufgehalten zu haben?“

„Nein, tun wir nicht, wir waren dort.“ *Was?* Warum gab Kjell diese Information so einfach preis, was hatte er vor? „Sobald der Tumult zwischen den Kriegern der Königsgarde losbrach, haben wir uns aus dem Staub gemacht, meine Gefährten und ich.“

Der Narbige trat einen Schritt zurück. „Wie heißt du?“

„Maltje, ich grüße dich. Mein Name ist Kjell.“

„Ich dachte, hier hält sich außer der Familie angeblich niemand auf?“, presste Maltje zwischen zusammengebissenen Zähne hervor, offenbar nur mühsam beherrscht. So wie Marla diesen Mann bislang einschätzte, machte er einen äußerst brutalen Eindruck auf sie. Besser, man provozierte ihn nicht zu sehr.

„Ich bin seit Jahren ein Freund der Familie“, log Kjell. „Ich gehöre praktisch dazu. Außer uns befindet sich sonst niemand mehr auf dem Hof, nur die Familie und ich.“ Marla bewunderte, wie ruhig Kjell blieb, wenngleich ihn der argwöhnische Blick seines Gegenübers geradezu aufzuspießen schien.

„Askott!“ Der strenge Ton und das befehlende Nicken Richtung Schlafkammern seines Anführers reichte aus, dass sich der angesprochene Krieger sogleich in Bewegung setzte, wohl um Kjells Aussage zu überprüfen. Mit langen Schritten durchquerte der Alb Marlas Sichtfeld und verschwand im hinteren Teil des Hauses. In ihrem Magen bildete sich ein schwerer Klumpen – hoffentlich blieben Philipes und Roreks Verstecke bei der Suche unentdeckt!

„Ihr gehört also zu der Gruppe der Manantena, die die Albe Marla begleitet haben?“, fuhr Maltje nach der kurzen Unterbrechung fort. Bei der Erwähnung ihres Namens durchfuhr sie ein heißkalter Blitz.

„Ja, das stimmt“, gab Kjell ruhig zurück. „Wir alle sind durch eine Hintertür entflohen und im letzten Moment durch die Stadt entkommen, kurz bevor die Tore abgeriegelt wurden.“

„Und wo befindet sich Marla jetzt?“, fragte der Narbige scharf. Marla brach abermals der Schweiß aus und sie wagte kaum zu atmen. Gebannt lauschte sie, was Kjell dem fremden Krieger preisgeben würde.

„Wir haben uns gestritten. Unsere Gefährten und wir sind aneinandergeraten, kurz nachdem wir Eskjillrod verlassen hatten“, erläuterte Kjell in einem erschreckend überzeugenden Tonfall. „Die anderen wollten daraufhin Richtung Süden reiten, zum Stützpunkt der Manantena, aber wir waren dagegen, Jahvis und ich. Also haben wir uns getrennt.“

„Und worüber genau habt ihr euch gestritten?“

„Nun, sagen wir so, wir waren mit ihren … *Methoden* nicht ganz einverstanden.“

„Ich verstehe … wie Pferdediebstahl zum Beispiel?“ Maltjes Augen funkelten böse.

„Ja.“ Kjell seufzte leise. „Stehlen ist gegen meine Prinzipien, aber die anderen wollten nicht auf mich hören. Daher haben wir sie ziehen lassen und sind stattdessen hierhergekommen.“ Maltje beäugte ihn weiterhin misstrauisch, schaute dann aber fragend auf.

„Nichts, die Schlafräume sind leer“, erklang eine Stimme direkt neben Marlas Versteck, so nah, dass sie vor Schreck zusammenzuckte. Der Krieger Askott hatte Philipe und Rorek also nicht entdeckt. Erleichtert atmete sie aus.

In diesem Moment ging die Vordertür auf und die beiden verbleibenden Krieger betraten das Haus.

„Und, was habt ihr gefunden?“, wollte der Narbige wissen.

„Nichts, Maltje, alles ist ruhig. Wir haben auch die Scheune abgesucht – keine Hinweise!“

„Und im Stall? Befinden sich dort die vermissten Reittiere der Stadtgarde?“ Marla hielt angsterfüllt die Luft an. Die Anwesenheit der gestohlenen Pferde würde Kjells Worte Lüge strafen, wie wollte er das erklären?

„Nein, Maltje. Die Pferde im Stall scheinen alle der Familie zu gehören.“ *Was? Aber wie war das möglich?*

Der Anführer nickte, ohne Kjell aus den Augen zu lassen. „Gut. Steckt die Scheune in Brand, dann werden wir ja sehen, ob sich nicht doch noch ein paar Ratten aus ihren Löchern locken lassen.“ Marla fuhr heftig zusammen, ihr Herz pochte wie wild gegen ihre Brust. *In Brand stecken?* Warum waren diese Männer so grausam? Für die Familie würde die zerstörte Scheune einen immensen geldlichen Verlust darstellen! Und dann kam Marla ein schrecklicher Gedanke – was, wenn sich Tjarven und Sorin noch in der Scheune versteckt hielten?

„Verdammt, das dürft ihr nicht tun!“, rief Jahvis aufgebracht. „Meine Familie hat nichts mit dieser Sache zu tun! Sie sind unschuldig!“ Bevor Jahvis einen weiteren Schritt auf Maltje zugehen konnte, war Askott bei ihm. In dessen Hand blitzte das Metall eines Messers auf, doch dann versperrte sein Körper Marlas Sicht auf das Geschehen. Alles in ihr schrie danach, aus der Truhe zu springen, um ihrem Freund zu Hilfe zu eilen. Sie durften ihm einfach nichts zuleide tun! Gerade wollte sie den Deckel aufstemmen, da sah sie, wie Jahvis in ergebender Geste seine Arme von sich streckte und der Alb von ihm abließ.

„Was ich darf und nicht darf, hast du nicht zu entscheiden, junger Kämpfer!“ Maltjes Mundwinkel zuckten hämisch, seine lässige, selbstgefällige Haltung strotzte geradezu vor Übermut und Boshaftigkeit. „Hast du vergessen, dass ich im Auftrag des königlichen Hofes reite? Ich darf *alles* tun, wenn es zum Schutz des Reiches beiträgt!“ Wut stieg in Marla auf. *Zum Schutz des Reiches?* Welchen Zweck sollte es haben, unschuldigen Bauersleuten den halben Hof abzufackeln? Vor Zorn rauschte ihr das Blut in den Ohren. „Zündet die Scheune an!“, wiederholte der Narbige seinen Befehl. Die anderen vier Krieger der Königsgarde traten nervös von einem Bein aufs andere, fühlten sich sichtlich unwohl in ihrer Haut.

Der Alb, der eben berichtet hatte, dass draußen keinerlei Spuren der Gesuchten ausfindig zu machen waren, räusperte sich leise. „Maltje, ich denke nicht, dass –“

„Niemand hat gesagt, dass du *denken* sollst, Esben!“, fuhr Maltje den Alben an. „Tut, was ich euch befohlen habe! *Jetzt!*“ Stockend setzten sich die vier Krieger der Königsgarde in Bewegung. Kjell und Lennet stürmten sofort hinterher.

„Bitte tut das nicht, ich flehe euch an!“ Ylvie schluchzte leise auf, doch Maltje schienen die Tränen völlig kaltzulassen. Ohne der Albe auch nur die geringste Beachtung zu schenken, trat er auf die Tür zu.

„Ihr seid grausame Monster! Warum tut ihr das?“, stieß Lijan aufgebracht hervor und schloss ihre Mutter tröstend in die Arme. In Marlas Kehle bildete sich ein dicker Knoten. Das hatte die Familie nicht verdient! Warum bot den Fremden niemand die Stirn?

Lijans anklagenden Worte ließen Maltje nun doch noch einmal innehalten. „*Monster?* Nicht doch …“ Langsam drehte er sich um. „Ich hätte auch das Haus oder den Stall mit euren Reittieren anzünden lassen können. Oder gleich den gesamten Hof. Eigentlich bin ich doch furchtbar gnädig.“ Lijan machte den Eindruck, als würde sie jeden Moment auf den Mann losgehen wollen, aber ihr Bruder verstellte ihr den Weg. „Ich muss einfach sicher gehen, dass ich nichts übersehen habe, das verstehst du doch sicher?“ Bei diesem süffisanten Tonfall, so als würde er mit einem kleinen Kind sprechen, wurde Marla fast schlecht vor Wut und Jahvis schaffte es gerade noch rechtzeitig, den Arm um die Taille seiner Schwester schlingen, bevor sie Maltje an die Gurgel gehen konnte. Dabei hatte er Marlas Meinung nach nichts anderes verdient! „Und wenn ihr die Wahrheit gesagt habt, dann haben wir damit zumindest ein Zeichen gesetzt, dass es niemand wagen sollte, sich gegen die Königsgarde zu stellen. Vergesst nicht, von eurer Erfahrung zu berichten, vielleicht wird es der Bevölkerung eine Lehre sein!“ Mit diesen Worten drehte sich Maltje endgültig um und verließ das Haus.

„Elendiger Mistkerl!“, schrie Lijan ihm hinterher und gebärdete sich wie wild.

Jahvis gab sich alle Mühe, seine Schwester zu beruhigen. „Lijan, bleib hier! Das hat doch keinen Zweck!“ Als sie sich losriss und hinausstürmte, lief er fluchend hinterher. „Lijan, mach keine Dummheiten –“ Lediglich Ylvie blieb im Haus zurück. Mit langsamen Schritten kam sie auf Marlas Versteck zu, doch anstatt dieser dabei zu helfen, den Deckel zu öffnen, setzte sich Jahvis’ Mutter kurzerhand auf die Truhe. *Was zum Teufel sollte das?* Marla musste einfach wissen, was draußen vor sich ging! Waren ihre Gefährten in Sicherheit? Wütend hieb sie mit der Faust gegen die Truhenwand. Der Gedanke, noch länger untätig in dieser Kiste sitzen zu müssen, trieb sie schier in den Wahnsinn! Sie und ihre Gefährten waren doch in der Überzahl, es wäre ihnen ein leichtes, die fünf Männer zu überwältigen und ihnen Einhalt zu gebieten!

Doch Ylvie ließ sich nicht erweichen, wodurch Marla dazu verflucht war, weiterhin in dieser äußerst unbequemen Position auszuharren. Leise Schluchzer ihrer Gastgeberin drangen an ihr Ohr. Von Jahvis wusste sie, dass seine Eltern vor vielen Jahren schon einmal auf ihrem eigenen Hof angegriffen worden waren, als die Menschen sie von ihrem Grund und Boden südlich der Berge vertrieben hatten. Sie konnte sich zu gut vorstellen, welche furchtbaren Erinnerungen der heutige Tag in Ylvie wachrief – was Marlas Empörung nur noch mehr entfachte. Die Männer, von denen sie heute attackiert worden waren, sollten nicht ihre Feinde sein, sie sollten eigentlich für Recht und Gerechtigkeit einstehen! Entschlossen ballte sie ihre Hände zu Fäusten, Tränen der Wut brannten in ihren Augen.

„Sie sind weg, du kannst rauskommen."

Marla ignorierte Philipes hilfsbereit ausgestreckte Hand ebenso wie ihren eingeschlafenen linken Fuß, stieg über den Rand der Truhe und humpelte durch die Küche zur Hintertür. Kaum hatte sie die Tür zum Hof aufgestoßen, schlug ihr eine wahre Hitzewelle entgegen: Die Scheune brannte lichterloh. Ihre Gefährten hatten sich zwar mit Eimern voll Wasser bewaffnet, allerdings war Marla auf den ersten Blick klar, dass diese lediglich dazu dienten, das Feuer einzudämmen, sollten die Flammen drohen, auf eines der anderen Gebäude überzutreten. Für die Scheune selbst war es längst zu spät!

Erleichtert registrierte sie, dass sowohl Tjarven als auch Sorin wohlauf waren. Trotzdem wollte sich kein Triumph in ihr breitmachen.

„Marla." Philipe trat von hinten an sie heran und legte ihr liebevoll die Hand auf die Schulter, doch sie ignorierte die Geste abermals.

Und dann konnte sie einfach nicht länger an sich halten. „Verdammt nochmal, was sollte das? Warum habt ihr sie nicht aufgehalten?" Die Tatsache, dass ihre umstehenden Gefährten unter ihren erbosten Worten zusammenzuckten, hielt sie nicht davon ab, ihrem aufgestauten Frust endlich Ausdruck zu verleihen. „Warum habt ihr zugelassen, dass sie die Scheune anstecken? Dieser Maltje hat sich aufgeführt wie ein Tyrann. Wieso habt ihr ihn nicht in seine Schranken gewiesen?"

Philipe trat vor sie und schaute sie mitfühlend an. „Marla, hey! Ich verstehe, dass du wütend bist!“

„Nichts verstehst du, gar nichts!“, sprudelte es nur so aus ihr hervor. „Was, wenn Tjarven und Sorin in den Flammen umgekommen wären, weil wir zu feige waren, Maltje die Stirn zu bieten?“

„Ich wusste aber, dass die beiden in Sicherheit waren“, mischte Kjell sich ein. „Meinst du wirklich, ich hätte seelenruhig dabei zugesehen, wie meine Freunde bei lebendigem Leibe verbrennen?“

„Woher willst du das gewusst haben? Du warst bei uns im Haus! Es hätte doch sein können, dass sie sich in der Scheune versteckt hielten!“

„Ja, das wäre durchaus denkbar gewesen. Aber wie ich schon sagte, hätten wir dann selbstverständlich nicht tatenlos daneben gestanden. Zum Glück wussten wir aber, dass dem nicht der Fall war.“

„Und woher, bitteschön?“ Eigentlich wollte Marla gar keine Antwort auf ihre Frage, sie war noch immer so unglaublich wütend, sie brauchte ein Ventil. Zwar galt ihr Groll eigentlich Maltje und seinen Männern, aber in deren Abwesenheit waren es Marlas Gefährten, die als Sündenbock herhalten mussten.

„Weil Esben es mir gesagt hat“, gab Kjell unbeeindruckt zurück. „Er und Sorin hatten sich kurz zuvor miteinander ausgetauscht. Von ihm wusste ich, dass Tjarven und er nie in Gefahr waren.“ Marla starrte ihn mit offenem Mund an. Einer der Feinde sollte angeblich mit Sorin kommuniziert haben? Ihr Blick suchte den Krieger der Königsgarde, der Kjells Aussage mit einem grimmigen Nicken bestätigte.

„Marla, nun schau nicht so!“, versuchte Philipe erneut, sie zu beruhigen. „Es wäre einfach zu riskant gewesen, sich gegen sie aufzulehnen.“

„Wir waren in der Überzahl! Zumindest wären wir das gewesen, wenn wir uns nicht wie die Karnickel vor ihnen verkrochen hätten!“ Es war Marla bewusst, wie verletzend ihre Worte klingen mussten, aber das war ihr egal. „*Ich* hätte gerne gekämpft!“

„Wie wärest du denn stattdessen vorgegangen?“, fragte Rorek ruhig. „Hättest du die fünf zum Schweigen gebracht, indem du sie alle tötest?“ Bei dieser Frage stockte ihr der Atem – selbstverständlich wäre ihr das niemals in den Sinn gekommen! – doch ehe sie die Gelegenheit bekam, zu antworten, fuhr der Krieger auch schon fort. „Bestimmt nicht. Sie überwältigen und einsperren? Langfristig auch keine Option. Also lediglich im Kampf besiegen und fortschicken? Aber wie lange hätte es gedauert, bis sie mit Verstärkung zurückgekehrt wären? Und dann wäre es nicht bei einer abgefackelten Scheune geblieben, dann hätten sie Ylvie und Lennet womöglich als Hochverräter mit nach Eskjillrod genommen.“ Roreks Stimme fehlte der vertraut grimmige Tonfall und auch jeglicher Sarkasmus … stattdessen klang der Krieger ungewohnt traurig – eine Tatsache, die Marla zutiefst verunsicherte und beinahe dafür sorgte, ihre Wut verpuffen zu lassen. Aber nur beinahe, sie *wollte* sich noch nicht beruhigen, sie war noch lange nicht fertig.

„Das heißt, wir lassen uns einschüchtern und sehen zu, wie vor unseren Nasen ein Unrecht, ein *Verbrechen* begangen wird? Aus Angst vor einer noch größeren Strafe, lassen wir die Täter einfach gewähren?“

„Wir mussten dich doch schützen, Marla!“, warf Tjarven ein. „Das war das Allerwichtigste!“

„*Mich schützen?* Du sagst also, dass abermals jemandem ein Leid zugefügt wurde, allein meinetwegen?“ Sie schrie nun beinahe. „Dann möchte ich nicht mehr geschützt werden! Ich möchte kämpfen! Es ist mir völlig gleich, ob es gefährlich ist, ich möchte einfach nicht länger schuld sein an dem Unglück anderer! Lasst uns nach Eskjillrod reiten, ich werde mich Brestur stellen! Ich habe keine Angst vor ihm! Ich werde ihm die Meinung sagen, ihm endlich die Stirn bieten! Ich werde seinen Machenschaften nicht länger untätig zusehen, *es reicht*!“ Ihre Hände zitterten, ihr Atem ging schwer, aber es tat unheimlich gut, ihren Entschluss in Worte zu fassen. Sie hatte es satt, im großen Spiel um Macht immer nur die Gejagte zu sein, die Hilflose und Schutzbedürftige. Es musste doch eine Möglichkeit geben, diesem Wahnsinn Einhalt zu gebieten!

Völlig unversehens ließ Kjell sich vor ihr auf ein Knie herabsinken. „Marla, Auserwählte, ich habe dir längst meine Dienste angeboten, aber hiermit möchte ich noch einmal betonen, dass ich dich stets auf deinen Wegen begleiten und beschützen werde, soweit es in meiner Macht steht!“

Auch Tjarven verbeugte sich ehrerbietig. „Du hast mein Schwert, Auserwählte!“ Marla fühlte sich nicht in der Lage, auch nur irgendetwas auf diese eindrucksvollen Gesten zu erwidern. Verunsichert schaute sie sich um: Philipe lächelte ihr bestärkend zu, seine rechte Hand ruhte dabei wie bei einem Eid auf seinem Herzen. Rorek senkte ergeben sein Haupt. Jahvis löste sich aus der Umarmung seiner Schwester, die sich über die verweinten Wangen wischte, und kniete direkt vor Marla nieder. Selbst Sorin, der unweit der Geschwister gestanden hatte, kam respektvoll nickend näher, um deutlich zu machen, dass er ihr den Rücken stärken würde. Marlas Zorn war plötzlich wie weggeblasen, eine unendliche Dankbarkeit machte sich in ihr breit.

„Das bedeutet mir so viel!“ Sie wischte sich verlegen über den Nacken. „Bitte, steht doch auf. Jahvis, du auch.“ Als Marla den Freund bei den Schultern ergriff, um ihn in die Höhe zu ziehen, bemerkte sie die Platzwunde auf seinem linken Wangenknochen. „Oh Jahvis, es tut mir so leid, dass er dich geschlagen hat! Tut es sehr weh?“

„Es geht schon …“, murmelte er.

„Ich habe eine Heilsalbe, die ich dir –“ Ihr Blick fiel auf die brennende Scheune, wo sich die Medizintasche mit ihren Tinkturen und Salben befand. *Oh!*

„Wie es aussieht, werden wir neue Decken benötigen“, erklärte Tjarven. „Aber zumindest unsere persönlichen Gegenstände konnten wir in Sicherheit bringen, noch bevor die Männer hier aufgetaucht sind. Wir haben die Taschen im Gebüsch versteckt.“

„Apropos *Männer, die hier auftauchten*“, mischte sich Rorek ein. „Gibt es da vielleicht etwas, das du uns beichten möchtest?“ Marla brauchte einen Moment, um zu verstehen, an wen der Krieger seine Frage gerichtet hatte.

„Was meinst du damit?“, fragte Sorin lauernd.

„Willst du etwa bestreiten, dass du sie mit einem Brief auf unsere Spur gelockt hast? Du hast doch ständig davon gesprochen, dass du mit deinen Verbündeten in Kontakt treten wolltest. Und wie sonst hätten sie wissen können, wo sie überhaupt nach uns suchen sollten?“

„Du traust mir noch immer nicht?“ Sorin stemmte entrüstet die Hände in die Hüften. „Das ist unglaublich! Was muss ich tun, damit du mir vertraust?“

Rorek trat ein paar Schritte auf den Krieger der Königsgarde zu. „Wenn ich glauben würde, dass du die Feinde absichtlich hierhergeführt hättest, wärest du längst nicht mehr am Leben! Aber deine Aufrichtigkeit hätten wir durchaus verdient, finde ich!“

„Ich habe keinen Brief geschrieben!“, versicherte Sorin bitter. „Hinter eurem Rücken? Niemals!“ Angriffslustig baute er sich vor Rorek auf.

„Verdammt – muss das sein, dass ihr euch schon wieder streitet?“, fuhr Marla dazwischen.

„Ich glaube, ich weiß, von welchem Schreiben die Männer gesprochen haben“, murmelte Jahvis kaum hörbar.

„Hat Sorin nicht längst bewiesen, auf wessen Seite er steht?“ Marla schenkte Rorek einen strengen Blick. „Wir müssen jetzt zusammenhalten!“

Ganz unversehens sank Jahvis vor ihr zurück auf die Knie. „Marla … bitte verzeih mir!“

„Was?“, fragte sie verdattert. „Wovon redest du, Jahvis?“

„Der Brief …“, erwiderte er tonlos. „An jenem Abend … also, von … von Eyvindirs Tod … während die anderen in die Speisehalle gegangen waren, da bin ich auf dem Zimmer geblieben, um meiner Familie einen Brief zu schreiben. Ich wollte ihnen doch nur mitteilen, dass es uns gutgeht, dass wir die Schlucht der Giganten überlebt hatten. Und als dann plötzlich Sorin vor der Tür stand und meinte, wir müssen fliehen, da … da habe ich einfach nicht mehr an den Brief gedacht. *Ich* habe die Männer hierhergeführt. Es tut mir so leid!“

„Oh Jahvis! Bitte steh auf, du kannst nichts dafür!“ Abermals zog sie den Freund in die Höhe. Tränen schimmerten in seinen Augen, er sah elend aus. „Du konntest doch nicht ahnen, was passieren würde! Niemand von uns hätte in jenem Moment an den Brief gedacht!“ Jahvis warf seiner Mutter einen schuldbewussten Blick zu, doch sie streckte nur ihre Hände nach ihm aus und empfing ihn mit einer innigen Umarmung.

Eine Weile sagte niemand mehr etwas, alle starrten nur gedankenverloren in die alles vernichtenden Flammen. Jetzt, da der erste Schrecken vorüber war und Marla ihrem Ärger Luft hatte verschaffen können, drängten sich ihr mit aller Wucht die schrecklichsten Erinnerungen auf. Intensive Bilder ihres früheren Zuhauses stahlen sich vor ihr inneres Auge, die sich nicht wegblinzeln ließen, so sehr sie es auch versuchte: der brennende Stall, die sengende Hitze, das Krachen zerberstender Balken … hungrige Flammen, die sich durch das Gebälk fraßen … die leeren Augen des Küchenjungen Kaspar in einer Lache aus Blut. Der Verlust der geliebten Menschen, die ihr an jenem verhängnisvollen Tag genommen worden waren, schmerzte immer noch so sehr. Angestrengt versuchte sie, ihre Tränen zurückzukämpfen, wobei das leise Schluchzen Ylvies und Lijans an ihrem Ohr wenig dazu beitrug, ihrer Gefühle Herr werden zu können. Bevor sie jedoch endgültig in der Flutwelle der Trauer, die über sie hereingeschwappt war, ertrinken konnte, fand sie sich in Philipes tröstender Umarmung wieder.

Kapitel 8 – Kindheitserinnerungen

Marla führte ihren Hengst aus dem Stall. Die wenigen Stunden unruhigen Schlafes in der letzten Nacht hatten bei weitem nicht ausgereicht, die Müdigkeit aus ihren Gliedern zu vertreiben, doch fühlte sie dennoch eine wilde Entschlossenheit und einen ungeahnten Tatendrang.

Auf der Veranda vor der Tür spielte sich eine regelrechte Familientragödie ab. Schon den ganzen Morgen hatte Lijan vergeblich versucht, ihre Eltern umzustimmen, doch so sehr sie auch flehte, forderte und zeterte, waren diese strikt dagegen, ihre Tochter mit den Gefährten ziehen zu lassen.

Marla plagten noch immer Gewissensbisse, da sie den dreien nach dem Brand mit den Aufräumarbeiten nicht beistehen würden, aber Lennet und Ylvie hatten geradezu darauf bestanden, dass sie sich davon nicht aufhalten lassen sollten.

„Ich bin stolz auf dich Marla, auf euch alle!“, hatte Ylvie noch in der Nacht erklärt, nachdem sie sich entschlossen die Tränen getrocknet hatte. „Wir lassen uns nicht unterkriegen! Diese Drohungen können uns nichts anhaben!“ Sie würden sich Hilfe von befreundeten Bauern holen, hatte sie versichert, nachdem sie für alle erneut die Suppe aufgewärmt hatte. Gehorsam, wenn auch ohne jeglichen Appetit, hatte Marla ihre Schüssel leergelöffelt, während ihre Gefährten die Pläne für die bevorstehende Reise erörterten.

Nun stiegen Jahvis' Eltern die Stufen vom Haus herab und verabschiedeten sich nacheinander von ihren Besuchern. „Passt gut auf euch auf. Und vergesst nicht – ihr alle seid hier jederzeit herzlich willkommen!“ Marla war die Letzte, die sich auf den Rücken ihres Hengstes zog, die restlichen Pferde trugen ihre Reiter bereits langsam über den Hof. Noch ein letztes Mal schaute sie zu Lijan, die noch immer auf der Veranda stand und dem Anschein nach mit den Tränen kämpfte. Marla hob zum Abschied die Hand und lenkte ihr Pferd ebenfalls herum.

„Warte!“, ertönte Lijans Stimme. Mit einem einzigen langen Satz hatte sie die Treppenstufen überwunden und stürmte an Marla und ihren verdutzten Eltern vorbei. Gewiss wollte sie ihrem Bruder noch einmal Lebewohl sagen, vermutete Marla, schließlich konnte niemand sagen, wann genau sich die Geschwister wiedersehen würden. Allerdings war es nicht Jahvis, auf den sie zuhielt.

Sorin sprang von seinem Pferd und lief ihr ein paar Schritte entgegen, schon landete Lijan in seinen Armen. Marla blieb der Mund offen stehen. Ganz offensichtlich war sie auch nicht die Einzige, die sich von dieser Entwicklung völlig überrumpelt fühlte, denn ein Blick in die Gesichter ihrer Gefährten zeigte die gleiche Verblüffung, die sich auch auf ihrem eigenen Antlitz widerspiegeln musste – lediglich Kjell machte nicht den Eindruck, sonderlich überrascht zu sein.

Der Krieger der Königsgarde legte seine kräftigen Hände um Lijans zarte Wangen und beugte sich zu ihr hinab. „Ich werde dich nicht vergessen, ich verspreche dir, dass ich zurückkehre, sobald es mir möglich ist!" Seine Lippen senkten sich zu einem einzelnen süßen Kuss auf Lijans, dann löste er sich von ihr, verbeugte sich in Richtung ihrer Eltern und saß wieder auf. Ohne ein weiteres Wort setzte sich die Gruppe endgültig in Bewegung.

„Das war eine verdammte Machtdemonstration!“, knurrte Kjell an jenem Abend grimmig, als sie ihr Nachtlager aufgeschlagen hatten und das Gesprächsthema zum wiederholten Male zu den Ereignissen des Vortages zurückkehrte. „Dieser Maltje wollte nicht nur uns einschüchtern, sondern auch seinen Kriegern gegenüber seine Autorität verdeutlichen. Keiner von denen schien sich wirklich wohlgefühlt zu haben bei dem Gedanken, die Scheune einer unschuldigen Bauernfamilie anzuzünden.“

„Das passt zu Maltje“, murmelte Sorin. „Er hat es schon immer genossen, seine Machtposition gegenüber den rangniedrigeren Kriegern geltend zu machen.“

„Was weißt du über ihn?“, wollte Philipe wissen.

„Wie ich gerade sagte, so ist er schon immer gewesen, seit wir damals im selben Jahr der Königsgarde beigetreten sind“, erklärte Sorin. „Er war von Anfang an sehr ehrgeizig, ist dabei aber oft rücksichtslos vorgegangen und hat sich Mittel und Wege bedient, die anderen geschadet haben – Hauptsache er konnte sich in gutem Licht präsentieren. Habt ihr die Narbe in seinem Gesicht gesehen? Die habe ich ihm verpasst.“

„*Was?* Aber warum denn das?“, fragte Marla erschüttert.

„Sagen wir so, unser Schwertkampftraining ist etwas aus dem Ruder gelaufen. Er wurde zunehmend ungehaltener darüber, dass ich ihm an jenem Tag überlegen war und hat daraufhin sein Übungsschwert fallenlassen und eine echte Klinge gezückt. Aus einer Übung wurde plötzlich bitterer Ernst, ich musste mein Leben verteidigen. Und dieser *kleine Ausrutscher* sowie seine brutale Art waren letztendlich auch ausschlaggebend dafür, dass mir irgendwann die Führung der Königsgarde übertragen wurde und nicht ihm.“

„Aber dann verstehe ich noch viel weniger, warum ihm die anderen Krieger so bedingungslos gehorchen!“, entfuhr es Tjarven. „Warum haben sie sich nicht einfach geweigert, seinen Befehl auszuführen?“

Rorek schnaubte herablassend. „Befehl ist Befehl. Selbst das Hirn einzuschalten ist ausdrücklich unerwünscht!“

„Nun hör schon auf!“, begehrte Sorin auf. „Ja, absoluter Gehorsam wird von Anfang an in die Krieger der Königsgarde indoktriniert und die Angst vor Bestrafung bei Befehlsverweigerung sitzt tief. Auch wenn Maltje nicht besonders beliebt ist, haben die anderen Krieger der Königsgarde gehörigen Respekt vor ihm. Vermutlich wurde ihm in meiner Abwesenheit vorübergehend die Führung der Garde übertragen.“ Sorin ballte wütend die Fäuste. „Gleichzeitig kann aber niemand von euch leugnen, dass mindestens drei der vier Krieger, die Maltje gestern Abend begleitet haben, auf unserer Seite standen. Lediglich bei Askott bin ich mir nicht sicher, wem er die Treue halten würde. Aber ohne Esben hätten wir ganz schön schlecht dagestanden, das müsst ihr zugeben!“

Tjarven hatte ihnen bereits am Nachmittag während ihrer Reise erzählt, dass sich Esben und der andere Krieger nach Überprüfung des Stalles, wo sie die zusätzlichen Reittiere sofort anhand deren Brandzeichen als die gestohlenen Pferde der Stadtgarde identifizieren konnten, den Gefährten gegenüber offen zu erkennen gegeben hatten.

„Esben wusste anfangs ja nicht einmal, dass ich mich ebenfalls auf dem Hof aufhalte und dennoch hat er Kopf und Kragen riskiert, um euch zu helfen“, fuhr Sorin fort. „Es wäre ebenso denkbar gewesen, dass er hinterrücks von euch niedergestochen wird oder dass Maltje dessen Aussage anzweifelt und bei der Überprüfung derer feststellt, dass Esben nicht die Wahrheit gesagt hat. Und dennoch ist er meinen Anweisungen treu geblieben, die Enkeltochter Eyvindirs unbedingt und um jeden Preis zu schützen. Dafür hat er sogar seinen Befehlshaber angelogen – unter normalen Umständen würde das an Hochverrat grenzen!“

„Verdammt, wie sehr ich es verabscheue zu lügen!“, platzte es aus Kjell hervor.

„Dafür, dass du es hasst, warst du aber wirklich sehr überzeugend“, murmelte Marla kleinlaut.

Kjell kniff kurz die Lippen aufeinander. „Das mag durchaus sein. Meine Eltern haben mir vom jüngsten Kindesalter an beigebracht, glaubhaft zu lügen. Das Wichtigste dabei sei, so nah wie möglich bei der Wahrheit zu bleiben, um den Schwindel plausibel erscheinen zu lassen, haben sie immer gesagt. Dadurch würde die verräterische Körpersprache weniger leicht durchschaut werden.“ Er lachte humorlos auf. „Wer hätte gedacht, dass ich ihnen für diese Lektion noch einmal dankbar sein würde …“

Marla schaute ihn entsetzt an. „Welche Eltern tun denn so etwas? Meine Amme hat mich schon bei der kleinsten Flunkerei gescholten.“

Die Kiefer des Kriegers mahlten aufeinander, sein Blick war starr in die Flammen des Lagerfeuers gerichtet. Gerade als Marla fürchtete, der Freund würde nichts weiter über seine Vergangenheit preisgeben, atmete er einmal tief durch. „Meine Sippe hat ein unehrenhaftes Dasein geführt. Sie haben gelogen, betrogen und gestohlen, um ihren Lebensunterhalt zu bestreiten. Mich haben sie jahrelang ausgenutzt und gezwungen, bei ihren Machenschaften mitzuspielen. Als es mir dann endlich gelang, mich von ihnen zu trennen, habe ich mir geschworen, niemals wieder zu lügen oder zu stehlen!“

Marla schaute den Krieger mitfühlend an. Welch furchtbare Kindheit er durchgestanden haben musste! Und dann wurde ihr die gesamte Tragweite seiner Worte bewusst, Dankbarkeit strömte warm durch ihre Brust. Wie oft schon, seit sie ihrem behüteten Zuhause im Reich der Menschen entrissen worden war, hatten die Alben deutlich gemacht, welche Bedeutsamkeit einem Schwur in der albischen Tradition zugeschrieben wurde? Den Eid, niemals zu lügen oder zu stehlen, für sie und für ihre Sicherheit zu brechen, war eine mehr als eindrucksvolle Geste.

Sie erhob sich von ihrem Platz und schaute dem Gefährten eindringlich in die Augen. „Kjell, ich danke dir für deine Treue! Ich kann mich sehr glücklich schätzen, dich – *euch alle* –“ Sie deutete in einer alle mit einbeziehenden Geste in die Runde, „an meiner Seite zu wissen!“ Von dem makellosen höfischen Knicks, den sie folgen ließ, wäre sogar ihre Amme beeindruckt gewesen. Kjells Mundwinkel zuckten amüsiert, doch sie ließ sich nicht beirren. Gut, diese damenhafte Gebärde galt eigentlich als eine Höflichkeitsfloskel der Menschen, aber Marla war es noch immer nicht gewohnt, sich zu verneigen, wie es die Männer taten, und wollte unbedingt ihrer Wertschätzung Ausdruck verleihen. Vielleicht hatte sie auch wieder gegen irgendeinen Brauch verstoßen, einen zeremoniellen Wortlaut nicht eingehalten oder war sonst in irgendein Fettnäpfchen getreten? Unvermittelt wurde der Krieger wieder ernst, legte seine rechte Hand direkt auf sein Herz und neigte ergeben den Kopf.

Eine kleine Weile lang sagte niemand etwas, bis Philipe mit einem leisen Räuspern auf sich aufmerksam machte. „Sorin, du sagtest, dass dir zumindest drei der Krieger weiterhin treu folgen. Dann haben sie diesem Maltje also nur zum Schein gehorcht?“

Sorin nickte. „Wir brauchen Verbündete vor Ort, es nutzt niemandem etwas, wenn sie entlarvt und aus den Reihen der Königsgarde verstoßen werden. Daher hatte ich ihnen die Anweisung erteilt, unter allen Umständen unentdeckt zu bleiben.“

„Darin seid ihr gut, nicht wahr?“, brummte Jahvis kaum hörbar und da fiel Marla auf, wie ruhig der Freund den ganzen Abend, oder vielmehr den ganzen Tag über schon, gewesen war.

„Jahvis, ist alles in Ordnung? Was meinst du damit?“, wollte sie wissen.

Unwillig löste er den Blick von seinem Schnitzstock und betrachtete Sorin grimmig über das Feuer hinweg. „Geheimnistuerei … hintergehen, blenden, lügen. Für dich mag das gang und gäbe sein, aber ich wünschte, du würdest andere aus deinen Spielchen heraushalten."

Sorin straffte seine Schultern. „Wenn du mit deiner Andeutung deine Schwester Lijan meinst, dann ist es nicht so, wie du vielleicht denkst. Ich –"

„Ach ja? Was denke ich denn? Dass du dich an meine Schwester rangemacht hast, das denke ich! Nachdem mein Vater und ich ins Haus zurückgekehrt sind, habt ihr wohl kaum gemeinsam die Pferde gestriegelt!"

„Immerhin haben wir dadurch frühzeitig die Reiter entdeckt – wir hatten ja noch nicht mal Wachen aufgestellt! Niemand kann mir vorwerfen, jemals meine Dienstpflicht verletzt zu haben! Mein Eid, dem König zu dienen und seine Befehle auszuführen – selbst über seinen Tod hinaus – kommt vor allem! Außerdem habe ich mich nicht *an sie rangemacht*. Mein Interesse ist echt! Auch wenn ich zugegebenermaßen nicht erwartet habe, mich ausgerechnet jetzt und hier zu verlieben … Aber ich meine es ernst mit ihr!"

Jahvis stieß abfällig die Luft durch die Nase aus. „Ernst mit ihr meinen? Du hast sie erst vor einigen Tagen kennengelernt, du weißt nichts über sie!"

„Immerhin weiß ich, dass sie sich von ihrer Familie unverstanden fühlt, weil ihr davon ausgeht, sie würde eines Tages den Hof übernehmen. Du bist fein raus, bist bereits in die weite Welt gezogen, um deine Abenteuer zu erleben, aber nach ihren Träumen fragt keiner."

Jahvis schaute den Krieger betroffen an und wendete sich dann, ohne ein weiteres Wort zu sagen, wieder seinem Schnitzstock zu. Marla konnte verstehen, wie schwer es ihm fiel zu akzeptieren, dass seine kleine Schwester ebendies nicht mehr war – *klein*. Wenn Marla jetzt an die vergangenen Tage zurückdachte, war es in der Tat auffällig gewesen, wie oft Lijan und Sorin gemeinsame Wachschichten übernommen oder zusammen Arbeiten im Stall verrichtet hatten. Wo immer man einen der beiden antraf, war auch der andere nie fern gewesen und als Sorin mit den anderen im Dorf Erkundigungen einholte, hatte Lijan verträumt auf der Veranda gesessen und auf seine Rückkehr gewartet. Marla freute sich für Lijan, schließlich hatte sie selbst Sorin als ehrenwerten Mann kennengelernt. Gleichzeitig musste sie aber daran denken, was Philipe ihr über die Krieger der Königsgarde erzählt hatte und dass diese sich auf Lebenszeit ihrem Amt verschrieben. Würde Lijan also für immer hinter Sorins Eid zurückstehen müssen, würde der König für ihn stets an erster Stelle kommen?

„Wie bist du denn zur Königsgarde gekommen?“, fragte sie, um das Gespräch auf ein etwas weniger brenzliges Thema zu lenken.

Sorin warf einen letzten finsteren Blick Richtung Jahvis und wandte sich dann Marla zu. „Um ehrlich zu sein, habe ich schon seit meiner Kindheit davon geträumt. Ich bin in Fjorgharon aufgewachsen, einem kleinen Städtchen nur wenige Reitstunden von Eskjillrod entfernt, da war es keine Seltenheit, Eyvindir mit seiner Königsgarde auf der Durchreise zu begegnen. Die Krieger in ihren eleganten Umhängen, so stattlich anzusehen … das hat mir imponiert. Sobald ich alt genug war, habe ich meinen Eid abgelegt und bin der Garde beigetreten.“

Philipe setzte sich neugierig auf. „Wo, sagtest du?“

„Was, *wo*? Du meinst, wo ich aufgewachsen bin? In Fjorgharon, einem kleinen Ort unweit der Hauptstadt.“ Sorin legte den Kopf schräg. „Warum fragst du?“

Angestrengt starrte Philipe den Krieger an. Nun, eigentlich machte es eher den Eindruck, als würde er durch ihn hindurchsehen, bis er wieder zu sich zu kam und sich angespannt durchs Haar fuhr. „Kannst du mir die Stadt beschreiben? Wie sieht sie aus, gibt es dort irgendeinen Anhaltspunkt … einen besonderen Brunnen vielleicht?“

„Interessant, dass du ausgerechnet nach einem Brunnen fragst. Es gibt tatsächlich einen besonderen Brunnen, der auf dem Marktplatz das Herz der Stadt markiert: zwei umeinander geschlungene Drachen. Als Kind habe ich mir immer vorgestellt, sie würden tanzen, aber ich glaube, eigentlich stellt die Skulptur einen Kampf dar.“ Er runzelte die Stirn. „Aber eigentlich weißt du das längst, habe ich Recht?“

Noch nickte Philipe gedankenverloren vor sich hin, doch plötzlich hob er den Kopf und grinste Marla an. „Das scharfe Gebäckstück, das wir in Hjarstron gegessen haben – du erinnerst dich? Sjethabrodt.“ Sein Grinsen wurde noch breiter. „Jetzt erinnere ich mich wieder. Ich habe es als Kind einmal gegessen, an einem Marktstand in der eben erwähnten Stadt Fjorgharon. Ich kann mich noch gut an den Drachenbrunnen erinnern, weil mir dermaßen der Mund gebrannt hat, dass ich das Gefühl hatte, ich würde jeden Moment selbst Feuer spucken können wie ein Drache.“ Marla liebte es, wenn Philipe von seiner Vergangenheit erzählte, er tat das viel zu selten, fand sie. „Und das Beste ist, dass mir gerade wieder der Grund eingefallen ist, warum wir damals Fjorgharon überhaupt besucht haben: Svala."

Marla riss überrascht die Augen auf. „Svala? War das nicht der Name, den Eyvindir Sorin genannt hatte? Die Person, an die wir uns wenden sollen? Dann erinnerst du dich wieder?"

„Ja. Seit Tagen spukt mir dieser Name im Kopf herum, aber ich konnte ihn einfach nicht zuordnen. Gerade eben haben sich die Puzzleteile wieder zu einem Bild zusammengefügt."

„Aber wie konntest du das denn vergessen?", wollte Tjarven erstaunt wissen.

Philipe rieb sich verlegen über die Stirn. „Nun, vielleicht nicht direkt vergessen … eher verdrängt. Der damalige Besuch bei Svala gehört zu einem Kapitel meines Lebens, das ich jahrelang hinter einer *Tür* in meinem Inneren weggesperrt habe, ich wollte nichts damit zu tun haben." Als er erst seinen besten Freund Tjarven, dessen Bruder Rorek und schließlich Marla eindringlich ansah, verstand diese seine Anspielung sofort. Am Tag von Eyvindirs Ermordung im königlichen Palast hatte Philipe ihnen gestanden, wie sehr ihn seine Gabe, bei Berührung die Emotionen anderer wahrnehmen zu können, in seiner Kindheit überfordert hatte. Statt zu lernen, seine Gabe zu kontrollieren, war es ihm leichter gefallen, die Impulse gänzlich zu unterbinden, indem er sie hinter einer Tür, wie er es nannte, verschanzte.

„Aber jetzt kannst du dich wieder an Svala erinnern? Wer ist sie?", fragte Sorin neugierig.

„Nun ja, erinnern … zumindest habe ich ein vages Bild von einer alten Frau vor Augen. Eyvindir hat mich damals zu ihr gebracht, um meinen *Berührungsängsten* entgegenzuwirken. Gebracht hat es allerdings nichts, fürchte ich."

„Warum nicht?", erkundigte sich Jahvis, der endlich aufgehört hatte, schmollend seinen Schnitzstock zu bearbeiten.

Philipe seufzte leise. „Ich glaube, zu jenem Zeitpunkt hatte ich längst resigniert und mich eingeigelt. Für gutgemeinte Ratschläge einer Fremden war ich wohl nicht empfänglich." Marla biss sich auf die Unterlippe. Wenn der Schmerz schon allein bei der Erinnerung an seine schwierige Kindheit so deutlich in seinen Augen zu lesen war, mochte sie sich gar nicht vorstellen, wie sehr er als kleiner Junge unter seiner Last gelitten hatte.

„Und was bedeutet das nun für unsere weitere Vorgehensweise?", wollte Sorin wissen. „Warum hat Eyvindir mich beauftragt, euch zu ihr zu schicken?"

„Unter Berührungsängsten scheinst du ja ganz offensichtlich nicht mehr zu leiden", warf Kjell ein und schaute schief grinsend zwischen Marla und Philipe hin und her. Marla spürte, wie ihr die Hitze in die Wangen stieg, aber Philipe zeigte sich gewohnt gelassen.

„Wenn Eyvindir der Meinung ist, dass diese Svala wertvolle Informationen für uns hat, dann sollten wir ein wenig mehr Vertrauen in sein Urteil setzen, findet ihr nicht? Schließlich gibt es für Marla mit ihrer Begabung sonst kaum jemanden, an den sie sich mit ihren Fragen wenden könnte!" Sie schaute überrascht auf und als ihre Blicke sich trafen, zwinkerte Philipe ihr verschmitzt zu. *Wie raffiniert*, schoss es ihr durch den Kopf, ihre Gefährten in dem Glauben zu lassen, als ginge es hierbei um Marlas Talent, mit Drachen kommunizieren zu können, ohne die anderen dabei jedoch anzulügen – denn auch sie besaß mit den Eingebungen, die sich ihr aufdrängten, wenn ein großes Unheil bevorstand, eine außergewöhnliche Begabung. Philipes und ihre grünen Augen waren ein Erkennungsmerkmal für diese Veranlagungen, nur war es ein gut gehütetes Geheimnis, von dem nur die allerwenigsten wussten. Außer Tjarven und Rorek war keiner der Gefährten eingeweiht. „Einen genauen Plan, wie wir vorgehen wollen, wenn wir erstmal die Hauptstadt erreichen, verfolgen wir ohnehin nicht“, fuhr Philipe fort. „Ich schlage also vor, diesen Abstecher zu machen und Svala auf dem Weg einen kleinen Besuch abzustatten.“ Niemand hatte etwas dagegen einzuwenden.

Doch wenngleich Philipe die Gefährten äußerst selbstbewusst von der Notwendigkeit, Svala aufzusuchen, zu überzeugen vermocht hatte, blieb Marla nicht verborgen, wie oft er sich an diesem restlichen Abend nervös übers Kinn strich oder tief in Gedanken versunken die Nasenwurzel massierte. Im Grunde konnte sie seine Angespanntheit auch sehr gut nachvollziehen, schließlich hatte er für sich schon vor langer Zeit beschlossen, die Tür in seinem Inneren fest zu verriegeln und niemals wieder von seiner Gabe Gebrauch zu machen. Dadurch war er zumindest die letzten Jahrzehnte davon verschont geblieben, sämtliche Empfindungen seiner Gesprächspartner in sich aufzunehmen – eine Begebenheit, die ihn als Kind hoffnungslos überfordert hatte bis hin zu einem Punkt, an dem er sich selbst nicht mehr hatte spüren können. Sich jetzt diesen tief verankerten Ängsten zu stellen, war gewiss keine leichte Aufgabe für ihn.

Marla hingegen war so aufgeregt, dass sie, trotz der Strapazen ihrer Reise, lange nicht einschlafen konnte. Würde Svala wirklich in der Lage sein, ihr zu erklären, wie sie ihre Eingebungen besser – und vor allem *zeitiger* – interpretieren konnte? Wie oft schon hatte ihr Körper sie in der Vergangenheit mit Zeichen vor Unheil zu warnen versucht – aber was nutzten ihr diese Vorahnungen, wenn sie nicht wusste, wann, wo und von wem ausgehend eine Gefahr lauerte und wie sie dieser entkommen konnte? Im Falle ihrer Gefangennahme durch Borringtons Krieger im Reich der Menschen wäre eine gezielte Warnung hilfreich gewesen, um sie rechtzeitig einen anderen Weg einschlagen zu lassen, bevor Philipe, Tjarven und sie den feindlichen Häschern direkt in die Arme liefen. Ein paar Tage später, als sich die Gefährten nach Marlas Flucht dem Ort näherten, an dem Havardir erstochen und der junge Nhuridh schwer verletzt worden waren, hätte sie das unbestimmte Gefühl im Bauch besser zur Eile angetrieben. Vielleicht wäre es ihnen dann möglich gewesen, Cirdin noch aufzuhalten und die beiden Gefährten zu retten.

Wenn sie recht darüber nachdachte, hatte sie auch am Abend von Eyvindirs Ermordung im Schloss ein unangenehmes Kribbeln in ihrem Bauch verspürt, kurz bevor Sorin zu ihnen in die Gemächer gekommen war, um sie zur Flucht aufzufordern und ebenso am gestrigen Tag auf dem Hof von Jahvis' Eltern, als sich die fünf Reiter näherten. Allerdings war Marla in beiden Fällen zu abgelenkt gewesen oder hatte das ungute Gefühl etwas anderem zugeschrieben. Das Wissen darum, wie oft sie womöglich schon Unheil von sich und ihren Lieben hätte abwenden können, lastete in dieser Nacht schwer auf ihrem Herzen.

Kapitel 9 – Theorie …

„In Deckung!“, rief Jahvis aufgeregt. Er und Tjarven waren als Späher vorausgeritten. „Zwei Krieger der Königsgarde kommen uns entgegen. Sie werden gleich hier sein!“ Die Gefährten zögerten nicht lange und lenkten ihre Pferde vom Weg in den angrenzenden Wald. Das Blattwerk war noch nicht dicht genug, um sie gänzlich zu verbergen, aber sie fanden hinter den verwitterten Mauerresten einer Ruine Deckung. Wie angekündigt, dauerte es nicht lange, bis sich die zwei Reiter in ihren unverkennbaren, bläulich schimmernden Mänteln näherten.

„Kennst du sie?“, fragte Rorek an Sorin gewandt.

Dieser lugte angestrengt um die Ecke der halb zerfallenen und mit Moos bewachsenen Mauer. „Ich weiß, wer sie sind, ja, aber ich kenne sie nicht gut genug, um einzuschätzen, wo sie stehen. Sie sind beide noch nicht lange bei der Garde und wurden bislang immer nur für einfache Botengänge eingesetzt.“ Nachdem die Reiter ihr Versteck passiert hatten, warteten sie zur Sicherheit noch einige Augenblicke ab, bevor sie ihren Weg fortsetzten.

Selbstverständlich war es möglich, dass die Krieger der Garde auf einer gänzlich anderen Mission unterwegs waren, die nichts mit Marla und den Gefährten zu tun hatte, und dennoch wurde ihr durch diesen Zwischenfall bewusst, wie sehr sie auf der Hut sein mussten. Je näher sie der Hauptstadt kamen, umso häufiger würden sie zufälligen Patrouillen begegnen. Um ihre Identität zu verbergen, hob Marla die weite Kapuze ihres Umhangs über ihren Kopf und sowohl Sorin als auch Philipe taten es ihr gleich.

Wie sich herausstellte, war es nicht nötig, sich zu Svala durchzufragen, wie sie es während des Ritts nach Fjorgharon besprochen hatten, denn als sie sich dem Städtchen aus nordwestlicher Richtung näherten, erkannte Philipe den Hof, der noch ein gutes Stück außerhalb der Stadtgrenze gelegen war, sofort wieder. Insgesamt sieben Drachenstatuen aus dünnen gedrehten Eisenstangen in schwarzer Farbe erhoben sich abwechselnd von links und rechts in gekrümmter Form über den Weg. Die Statuen waren nicht lebensgroß, aber dennoch von beachtlichem Ausmaß. Im Sommer, wenn die Kletterpflanzen, die sich bereits zaghaft von unten um die Stangen rankten, die Statuen gänzlich umwickelt hatten, musste es so aussehen, als ob sich sieben grüne Drachen gleichzeitig in die Lüfte schwangen. Marla konnte sich bildhaft ausmalen, wie sich unter den springenden Giganten ein entzückender Blätter- und Blütentunnel bilden würde, der geradewegs bis zur Vordertür führte. Ihre Gefährten schienen ähnlich beeindruckt, denn Jahvis blieb angesichts dieses ungewöhnlichen Anblicks der Mund offen stehen und Kjell pfiff anerkennend durch die Zähne.

Wenngleich die Sonne an diesem milden Vorfrühlingstag freundlich vom Himmel schien, kräuselte sich Rauch über dem Schornstein. Philipe trat auf den Eingang zu, hielt dann aber so abrupt inne, dass Jahvis von hinten in ihn hineinrempelte.

„Entschuldigung“, murmelte dieser, doch Philipe reagierte nicht darauf. Regungslos stand er da und starrte auf den Hauseingang, offensichtlich tief in seinen Erinnerungen versunken. Marla trat neben ihn, drückte ermutigend seine Hand und riss ihn damit in die Gegenwart zurück. Mit einem verlegenen Räuspern setzte er sich wieder in Bewegung, atmete einmal tief durch und klopfte dann an die Tür. Je länger eine Reaktion auf sich warten ließ, desto kräftiger pochte Marlas Herz vor Aufregung gegen ihre Brust.

Doch erst als Philipe erneut anklopfte, etwas lauter dieses Mal, erhielten die Gefährten eine Antwort. „Was wollt ihr denn noch? Haut ab, ich bin beschäftigt!“, ertönte es unwirsch aus dem Inneren des Hauses. Die Gefährten tauschten unsichere Blicke. *Verschwinden? Einfach so?*

Marla zuckte erschrocken zusammen, als Rorek sich zwischen ihr und Philipe nach vorne lehnte und mit der Faust gegen das Holz hämmerte. „Beschäftigt – pah!“, knurrte er ungehalten. „Ist ja nicht gerade so, dass wir nicht auch etwas Besseres zu tun hätten!“ Nach vier oder fünf weiteren Hieben mit der geballten Hand näherten sich endlich schlurfende Schritte. Als von innen das Schloss entriegelt wurde, trat Rorek wieder zurück und überließ Philipe und Marla die erste Kontaktaufnahme.

„Was ist denn noch? Was gibt es so Dringliches?“, fragte eine ältere Albe missmutig durch den schmalen Spalt. Ihr blassgrünes Augenpaar befand sich noch nicht einmal auf Marlas Schulterhöhe.

„Du bist Svala, nicht wahr?“, begann Philipe. „Ich grüße dich! Wir –“

„Das bin ich, aber ihr kommt ungelegen, das habe ich doch schon gesagt! Ich habe gerade –“ Svala hielt inne, entzog sich kurz ihrer Sicht und Marla fürchtete bereits, dass jeden Moment die Holztür schwer ins Schloss donnern würde. Umso überraschter war sie, als die Albe die Tür ganz aufzog, um nun doch noch genauer zu ihnen aufzuschauen. „Ah, habe ich doch richtig gesehen. Ich glaube, ich weiß, warum ihr hier seid.“ Unter Svalas kritischem Blick schlug Marla verlegen die Augen nieder. Sie war sich absolut sicher, dass die Alte die leuchtend grüne Farbe ihrer und Philipes Iriden sofort einzuordnen wusste. „Aber ich muss euch enttäuschen. Ich habe trotzdem keine Zeit.“

„Svala, warte!“, rief Philipe. „Unser König selbst schickt uns zu dir: Eyvindir.“

„Eyvindir? Interessant! Wenn man bedenkt, wie wir das letzte Mal auseinander gegangen sind, hätte ich erwartet, dass er persönlich mein Gespräch suchen würde, bevor er irgendwelche Schüler zu mir schickt.“

„Aber er … er ist doch …“ Ganz offensichtlich hatte Svalas Unwissenheit Philipe aus dem Konzept gebracht. Er fuhr sich angespannt durchs Haar und blies langsam die Luft aus. „Vielleicht hast du noch nichts darüber gehört, aber Eyvindir ist tot.“

„Ist er das? Seit wann denn?“, fragte die Alte trocken zurück.

„Er ist vor ein paar Wochen während einer Revolte in seinem Palast ermordet worden. Kurz vor seinem Tod hat er uns geraten, dich aufzusuchen.“

„Soso. Dann wollt ihr also selbst dort gewesen sein, im königlichen Palast?“

„Svala, ich grüße dich“, begann Philipe das Gespräch nochmal von vorn mit der traditionellen Anrede der Alben. „Ich heiße Philipe, ich bin der Ziehsohn von Eyvindir dem Großen. Und dies ist Marla, seine Enkeltochter.“

Svala schaute sie erschrocken an. „Du bist Marla? Aber … aber ich wusste ja nicht … kommt doch herein!“

„Na also, geht doch“, brummte Rorek, bevor er sich den restlichen Gefährten zuwandte. „Kjell, Jahvis, Sorin – ihr wartet draußen bei den Pferden. Tjarven – du begleitest uns hinein.“ Sie folgten Svala in eine geräumige Stube.

„Setzt euch doch bitte.“ Svala deutete auf diverse Sitzmöglichkeiten vor dem Kamin, in dem, wie schon von draußen erkennbar gewesen war, ein kräftiges Feuer prasselte. „Ich koche uns geschwind einen Kräutertee, dann können wir reden.“

Marla schaute sich in dem Raum um. In einer Ecke nahe dem Fenster stand eine Staffelei mit allerhand Malutensilien. An jeder freien Wandfläche hingen Gemälde unterschiedlicher Größe: schöne Landschaften und Selbstporträts, die Svala mal jünger mal älter präsentierten, aber auch immer wieder verschiedene Drachenmotive. Einige der Bilder wirkten bereits verblichen und wiesen deutliche Risse in der Farbe auf, gewiss eine Folge des Lichteinfalls und der Temperaturunterschiede, denen sie hier in der Stube ausgesetzt waren. Marla vermutete aber, dass der Gastgeberin dies sehr wohl bewusst war und sie sich dennoch dafür entschieden hatte, sich an ihren Kunstwerken zu erfreuen, statt sie an einem kühleren, dunklen Ort einzulagern.

Das Klappern von Geschirr, mit dem Svala in der Küche hantierte, hätte beinahe das Knarzen der Bodendielen überdeckt, mit dem sich das Erscheinen einer weiteren Person aus dem hinteren Teil des Hauses ankündigte. Rorek riss ohne zu zögern sein Schwert aus der Scheide und schob Marla in der gleichen Bewegung hinter seinen breiten Rücken. Ihr Herz machte einen erschrockenen Satz, wobei ihr die Reaktion des Kriegers mehr Angst machte als das bloße Auftauchen eines weiteren Bewohners des Hauses. Warum sah Rorek immer und überall und in jeder fremden Person einen Feind? Wer hatte behauptet, dass Svala allein lebte?

„Du? Was machst du denn hier?“, entfuhr es Philipe erstaunt. Länger hielt es Marla hinter ihrem lebendigen Schutzschild nicht aus. Neugierig spähte sie an Rorek vorbei, doch in eben diesem Moment kehrte Svala mit einem voll beladenen Tablett zurück und versperrte ihr die Sicht.

„Hatte ich nicht erwähnt, dass ich Besuch habe?“, fragte die Alte, völlig unbeeindruckt von der aggressiven Körperhaltung des Kriegers. Sie stellte das Geschirr auf dem Tischchen im Zentrum der Sitzecke ab. Roreks Kampfstellung entspannte sich deutlich und nun konnte auch Marla einen detaillierten Blick auf den Alben werfen: in etwa ihrer Größe, durchschnittlicher Körperbau – also vermutlich kein Krieger. Sein Gesicht hatte keine nennenswerten Merkmale, doch irgendwie kam ihr der Mann dennoch bekannt vor, ohne dass sie ihn auf Anhieb einzuordnen gewusst hätte. „Setzt euch doch“, wiederholte Svala ihre Einladung von vorhin. „Yorem, ich fürchte, ich muss dich bitten, in deiner Schlafkammer zu warten. Ich möchte mich in Ruhe mit meinen Gästen unterhalten."

Noch während sich Marla über den beinahe mütterlichen Ton wunderte, den Svala dem Alben gegenüber anschlug, traf sie plötzlich die Erkenntnis. *Yorem ... aber natürlich!* „Du gehörst ebenfalls den Manantena an, habe ich Recht? Du arbeitest im Stall in der Siedlung, ich habe dich dort schon ein paar Mal gesehen!"

Ein Lächeln huschte über Yorems Antlitz. „Das stimmt. Ich fühle mich zutiefst geehrt, dass du mich erkannt hast. Selbstverständlich weiß ich auch, wer *du* bist."

„Wie kommt es, dass wir dich ausgerechnet hier antreffen?", fragte Rorek unwirsch, während er seine Klinge wegsteckte.

„Ich kenne Svala schon unglaublich lange", erklärte der Alb. „Es war längst mal wieder Zeit, ihr einen Besuch abzustatten." Die Gastgeberin begann damit, die ersten Teetassen zu füllen, während die Gefährten endlich ihrer Aufforderung nachkamen und sich setzten. Statt sie allein zu lassen, wie Svala ihn gebeten hatte, blieb Yorem in der Mitte des Raumes stehen und betrachtete Philipe unverhohlen. „Schön, dich wohlauf zu sehen, Philipe. Ich hatte nicht damit gerechnet, dass du den Anschlag überleben würdest und als Aywed irgendwann die Wachen vor deiner Tür abzog, da dachten wir alle, du seist tot. Es wurden sogar schon die ersten Vorbereitungen für ein Feuerfest getroffen, um deine Seele aus deinem geschundenen Körper zu befreien, aber dann hat Aywed endlich die Wahrheit bekannt gegeben."

„Was hat sie denn gesagt?", wollte Tjarven wissen.

„Nur, dass Philipe sich erholt hätte und auf eine Reise gegangen sei, mehr nicht. Einige Mitglieder der Manantena behaupten, Aywed würde lügen und sie wolle deinen Tod aus irgendeinem Grund geheim halten. Aber ich habe ihr geglaubt. So ließ sich auch das Verschwinden von euch anderen erklären, natürlich habt ihr Philipe begleitet.“ *Wie schrecklich!* Bei dem Gedanken daran, dass manche Kameraden tatsächlich an Philipes Tod glaubten, biss sich Marla unwillkürlich auf die Unterlippe. Zwar hatten sie vor ihrer Abreise aus dem Stützpunkt Marlas Vater Frederik und Eyvindir von Philipes Genesung unterrichtet, aber da er im Tal geboren und aufgewachsen war, gab es selbstverständlich viele weitere Mitglieder der Widerstandsgruppe, die um ihn trauern würden. Auch Aywed tat Marla furchtbar leid. Mit Fragen über seine Heilung und zu seinem Verbleib bedrängt zu werden, war schlimm genug, hoffentlich verdächtigte sie niemand ernsthaft, womöglich seinen Leichnam verschwinden lassen zu haben.

„Wenn du in die Siedlung zurückkehrst, kannst du den anderen gerne bestätigen, dass ich wohlauf bin“, erwiderte Philipe. „Aber ich bitte dich darum, unseren genauen Aufenthaltsort für dich zu behalten.“ Yorem nickte zustimmend. Dabei fiel Marla auf, wie oft er sich über die Arme und Schultern rieb, so als würde er trotz der Wärme, die das Kaminfeuer im Raum verbreitete, frieren.

„Fühlst du dich nicht wohl, bist du krank?“, fragte sie.

Yorem schaute sie einen Moment ausdruckslos an, dann wischte er sich übers Gesicht. Leicht rotgeränderte Augen machten den Eindruck, als hätte er vor Kurzem geweint oder wäre stark verschnupft. „Nein, nein, es ist alles in

Ordnung. Ich habe nicht sonderlich gut geschlafen, das ist alles.“

Svala schenkte die letzte Tasse ein und nahm dann ebenfalls Platz. „Yorem, wärst du bitte so lieb?“ Der Alb nickte der Alten respektvoll zu und verließ den Raum. „Darf ich offen sprechen?“, fragte Svala, sobald sich im hinteren Teil des Hauses eine Tür geschlossen hatte.

Philipe nickte. „Tjarven und Rorek sind eingeweiht.“

„Philipe, bitte entschuldige, dass ich dich nicht sofort erkannt habe. Eigentlich ist dein nachtschwarzer Haarschopf ein unverkennbares Merkmal, aber es ist verdammt lang her, dass du das letzte Mal hier bei mir in der Stube saßt, du warst noch ein kleiner Junge.“ Dann wandte sich Svala Marla zu und betrachtete sie unverhohlen. „Und du bist also Marla, interessant. Dein Ruf eilt dir voraus.“

„Tut er das?“, fragte Marla wie beiläufig, auch wenn es ihr alles andere als recht war, dass offensichtlich wildfremde Alben wussten, wer sie war.

„Aber ja. Wie ihr ja jetzt wisst, habe ich enge Kontakte zu den Manantena und in der Widerstandsgruppe kursieren die wildesten Gerüchte. Marla soll ganz offiziell in einer Ratsversammlung darum gebeten haben, zu den Drachen reisen zu dürfen, um mit ihnen Kontakt aufzunehmen.“ Svala gab ein ungläubiges Schnaufen von sich und Marla kniff unwillkürlich die Lippen zusammen. Die Erinnerung an besagte Sitzung rief alles andere als Stolz in ihr hervor. Rückblickend hatte sie nicht gerade durch taktisches Feingefühl geglänzt und zunächst lediglich Philipe und ihre treuen Gefährten in ihr Vorhaben einzuweihen, hätte gewiss auch nicht geschadet. Aber gut, sie hatte daraus gelernt und letzten Endes war ohnehin alles anders gekommen als erwartet und sie waren doch noch zu den Drachen gereist. „Und kurz nach eurer Rückkehr von den Drachen sollen angeblich zwei Exemplare bei euch im Tal gelandet sein.“ Unter dem lauernden Blick der Alten fiel es Marla schwer, keine Reaktion zu zeigen. „Selbst mitten im Albenreich sollen vor ein paar Wochen Drachen gesichtet worden sein und nun erfahre ich, dass sich auch Marla hier in der Gegend aufhält.“ Svala legte eine bedeutungsschwere Pause ein, doch als keiner der Besucher auf ihren Kommentar reagierte, wechselte sie das Thema. „Bisher wurde mir jedoch nicht mitgeteilt, dass du noch über eine weitere Gabe verfügst. Allerdings kann ich das wohl niemandem übelnehmen … die wenigsten wissen die Anzeichen zu deuten – für mich aber spricht deine intensive Augenfarbe Bände. Wie dem auch sei, ihr seid also gekommen, um mehr über eure Sehende Gabe zu erfahren? Wir nennen es so, nicht weil es sich um hellseherische Fähigkeiten handelt, sondern weil die grüne Farbe des Sehorgans ein eindeutiges Charakteristikum darstellt. Dabei darf man aber nicht dem Trugschluss erliegen, dass jeder Alb mit gewöhnlich grünen Augen auch definitiv über eine derartige Begabung verfügt.“ Sie beugte sich vor, pustete mehrfach auf ihre dampfende Teetasse und nippte dann vorsichtig daran, ehe sie sich wieder gemütlich zurücklehnte. „In eurer Blutlinie bist du übrigens die erste weibliche Nachfahrin mit einer Gabe – und dann auch noch mit derart vielversprechender Intensität!“

Abermals fühlte Marla sich unter dem durchdringenden Blick der Alten geradezu entblößt. „Intensität?“

„Dazu komme ich noch, nun sei doch geduldig!“ Marla rutschte unruhig auf ihrem Platz hin und her. Mit einem

Mal war sie sehr froh darüber, dass sämtliche Mentoren, die sie jemals unterrichtet hatten – angefangen mit ihrer Amme mit ihren öden Häkellektionen über Philipe als ihren Hauslehrer bis hin zu Tjarven, mit dessen Hilfe sie das Kämpfen mit dem Schwert erlernt hatte – viel weniger strikt gewesen waren als Svala. „Mit Sicherheit ist dir aufgefallen, dass auch meine Augen grün sind?“ Marla nickte. Natürlich war ihr das sofort bei ihrer Ankunft aufgefallen, doch im Gegensatz zu der außergewöhnlich tiefgrünen Augenfarbe von Marla, Philipe und Eyvindir, waren Svalas Iriden eher blass und unauffällig mit braunen Sprenkeln, so wie Marla es in der Vergangenheit schon häufiger bei den Menschen gesehen hatte. „Ja, auch ich verfüge über die Sehende Gabe. Die Blutlinie meiner Vorfahren hat sehr viele unserer Art hervorgebracht, doch generell kann man sagen, je intensiver das Grün, umso stärker das Talent. An die strahlende Farbe, die euch von euren Ahnen vererbt wurde, ist in meiner Familie noch nie jemand auch nur annähernd herangekommen. Doch seid gewarnt – eine geschulte Person mit schwachem Talent kann weitaus mehr erreichen als jemand mit einer starken Veranlagung, wenn diese nicht bewusst trainiert und ausgearbeitet wird.“ Ein kurzer Blick zu ihren Gefährten zeigte Marla, dass diese genauso fasziniert an Svalas Lippen hingen wie sie selbst. Die Alte hob erneut ihre Tasse an und trank schlürfend einen Schluck Tee.

„Warum weißt du eigentlich so viel über die Sehende Gabe?“, traute sich Marla zu fragen, da Svala nicht gleich weitersprach.

„Wie ich bereits erwähnte, hat unsere Blutlinie sehr viele Nachfahren mit dieser Gabe hervorgebracht. Aber das ist nicht der einzige Grund, warum ich über ein solches Wissen verfüge. Während manch anderer sich das halbe Leben lang damit abmüht, habe ich selbst meine Veranlagung sehr früh erkannt und gelernt, sie kontrolliert einzusetzen. Mein Interesse war geweckt und ich habe viele Jahre damit zugebracht, die unterschiedlichen Formen zu studieren. Mit der Zeit haben sich dann andere Alben an mich gewandt und um Hilfe gebeten – wie Eyvindir zum Beispiel."

„Du hast Eyvindir beigebracht, wie er seine Gabe einsetzen kann?", platzte Marla dazwischen, wofür sie sich einen tadelnden Blick von Svala einfing.

„Er war einst mein Schüler, ja. Ich habe ihn dabei unterstützt, sein volles Potenzial zu entfalten. Daher war es wohl nur eine Frage der Zeit, bis er auch dich, Philipe, eines Tages zu mir bringen würde, aber du warst damals sehr verschlossen und stur."

„Das ist er heute noch manchmal, glaub mir …", murmelte Tjarven, aber entweder hatte Svala seinen Kommentar nicht gehört oder sie ignorierte ihn absichtlich.

„So, aber nun bin ich doch neugierig." Die Albe rubbelte voller Vorfreude ihre Hände zusammen. „Marla, wie lautet deine Begabung?" Die Direktheit dieser Frage überrumpelte die junge Frau. *Ihre Begabung?* Bis vor Kurzem wusste sie ja selbst nicht einmal, dass hinter ihrem unangenehmen Bauchgefühl mehr steckte als nur purer Zufall, es fühlte sich seltsam an, diesem Instinkt so viel Bedeutung beizumessen. Vielleicht hatte sich Eyvindir ja auch getäuscht, vielleicht war sie in jener Hinsicht gänzlich unbegabt? Im Vergleich zu seiner und Philipes Gabe erschienen ihr die vagen Vorahnungen irgendwie schwammig, viel weniger greifbar – nein, buchstäblich *greifbar* war natürlich keines ihrer Talente. Emotionen, die von einem zum anderen überflossen, waren schließlich mitnichten *handfest*. Was war vergänglicher als eine Empfindung, eine Emotion? Im nächsten Moment schon wieder verblasst und vergessen … „Marla?“ Svala schaute sie noch immer erwartungsvoll an, ihre Augenbrauen fragend nach oben gezogen.

„Hm?“ Marla wischte sich nervös die Handflächen an ihrer Hose ab. „Also … ich habe Vorahnungen. Wenn Gefahr droht. Sie kommen ganz plötzlich, aber leider kann ich vorher nie sagen, um welche Art von Gefahr es sich handelt, wann oder wo sie auftritt – noch nicht einmal, wen sie betrifft.“

„Faszinierend!“, entfuhr es Svala. „Du hast also ein Gespür dafür, wenn dir ein Unheil droht? Ohne dass du dazu jemanden anfassen musst? Kannst du mir ein paar Beispiele nennen?“ Wenngleich ihr noch immer unwohl war bei dem Gedanken, ihre Erlebnisse in Worte zu fassen, erzählte Marla von dem Tag ihrer Gefangennahme durch Borringtons Männer, von dem Moment während ihrer Flucht, kurz bevor sie den ermordeten Havardir und den schwerverletzten Nhuridh gefunden hatten, und von dem Tag der Revolte im königlichen Palast. „Das ist in der Tat hochinteressant! Die meisten Alben, die ich mit dieser Veranlagung kenne, müssen jemanden berühren, damit sie ihre Gabe einsetzen können und dann ist sie natürlich nur auf jene Person begrenzt. Bei direktem Kontakt fließen gewisse Informationen von einem Körper zum anderen – bei manchen sind es Emotionen, bei anderen die Gewissheit, ob sein Gegenüber die Wahrheit spricht oder lügt, bei wieder anderen könnten das beispielsweise geradezu telepathische Fähigkeiten sein oder die Macht, seine eigenen Gefühle auf den anderen zu projizieren.“ Marlas Gedanken überschlugen sich. Wie ähnlich diese Form von Informationsaustausch zu ihrer Kommunikation mit den Drachen war! Über körperlichen Kontakt stellte sie eine Verbindung zu einem geflügelten Gesprächspartner her und konnte sich so mit ihm verständigen, nicht über gesprochene Worte oder über auf eine gemeinsame Sprache basierende Gedanken, sondern in Form von Empfindungen, die sie und die Drachen dann für sich selbst interpretieren konnten. Gut, Philipe hatte noch nie erwähnt, dass auch er eine Art Nebel durchdringen musste, um für die Gefühle einer anderen Person empfänglich zu sein, aber schließlich gehörten Alben und Drachen ja auch unterschiedlichen Rassen an. Und für Philipe waren die Emotionen nicht mit Farben verbunden oder mit Geräuschen – und gewiss bereitete der Austausch mit anderen Alben mitunter auch nicht solch qualvolle Schmerzen. Zumindest keine körperlichen. Und dennoch: Die Gemeinsamkeiten waren nicht von der Hand zu weisen! Doch da fiel Marla noch etwas anderes ein.

„Du hast gesagt, bei den *meisten* Alben verhielte es sich so, dass sie sich dabei berühren müssen. Also nicht bei allen?“, fragte sie aufgeregt.

„Richtig, bei den meisten“, bestätigte Svala. „Bei *dir* ist das ja offensichtlich nicht der Fall.“ *Ach so.* Enttäuschung machte sich in Marla breit. Sie hatte gehofft, Svala würde noch eine andere Albe oder einen Alben kennen, bei der oder dem die Gabe ohne direkten Körperkontakt funktionierte. Jemanden, mit dem Marla sich austauschen konnte.

Vielleicht hätte sie sich auch einfach besser gefühlt, keine Ausnahme zur Regel darzustellen.

„Und wie kann ich diesen sechsten Sinn lenken, wie kann ich ihn interpretieren und für mich nutzen?“, wollte Marla wissen.

„Oh, das ist schwierig. Du kannst davon ausgehen, dass die Bedrohung unmittelbar bevorsteht, aber wann genau sie eintritt und von wem ausgehend, das zu bestimmen ist heikel.“

„Aber was bringen mir diese Eingebungen dann überhaupt?“, begehrte Marla frustriert auf. „Welchen Vorteil habe ich durch sie?“

Svala betrachtete sie mit schräg gelegtem Kopf. „Vorteil? Wer hat behauptet, dass du zwangsläufig einen Vorteil daraus ziehen können musst? Du tust ja geradeso, als ob dich jemand absichtlich und zu einem bestimmten Zweck mit dieser Gabe ausgestattet hätte, als ob jemand ein genaues Ziel verfolgt!“ Sie lachte ein kehliges Lachen. „Die Launen der Natur sind unergründlich … Wie du deine Begabung für dich nutzen kannst, musst du schon selbst herausfinden. Nur so viel: Ich glaube nicht, dass es die Gefahr selbst ist, die du spürst, sondern vielmehr die Personen, die jene Gefahr auslösen. So als würdest du sie berühren und ihre Emotionen empfangen, nur dass du es aus der Distanz heraus tust und sich besagte Signale auf niederträchtige Absichten beschränken. Man könnte es auch eine dunkle Aura nennen, die manche Alben ausstrahlen und die du zu spüren vermagst. Mehr kann ich dir dazu auch nicht sagen.“ Marla starrte Svala an. *Mehr konnte sie ihr nicht sagen? Eine Laune der Natur? Sie musste für sich selbst herausfinden, wie sie ihre Gabe nutzen konnte?* Aber hatte Eyvindir sie nicht eigens hierhergeschickt, damit Svala ihr half, ihre Eingebungen besser zu verstehen? Nun, den Ursprung ihrer Vorahnungen konnte sie jetzt in der Tat besser nachvollziehen, vorausgesetzt Svalas Vermutung war korrekt.

Marla überlegte. Hatte sie dieses kribbelnde Gefühl in ihrem Bauch, das sie schon so oft vorgewarnt hatte, jemals bei Gefahren verspürt, die nicht von einem Menschen oder Alben ausgingen? Gut, sie war nervös gewesen, als der Krieger Havardir den Baumstamm über den reißenden Gebirgsbach entlang balanciert war, und als der Luchs aus dem Gebüsch gesprungen war oder der Drachenbulle Sjarth sie angegriffen hatte, da war sie furchtbar erschrocken. Aber dieses ganz bestimmte Empfinden in ihrer Magengegend war tatsächlich immer nur dann aufgetreten, wenn die Bedrohung von einer oder mehreren Personen mit böswilligen Hintergedanken ausgegangen war.

„So, und für heute ist Schluss mit der Fragerunde. Ich bin müde“, verkündete Svala in diesem Moment.

„*Was?* Schon?“, entfuhr es Marla. „Aber was ist mit Philipe und seiner Begabung?“

Die Alte winkte ab. „Morgen ist auch noch ein Tag.“

„Aber –“ Marla wollte aufbegehren, aber Philipe legte ihr beschwichtigend die Hand auf den Arm.

„Schon gut. Wir wissen deine Zeit sehr zu schätzen und werden einfach morgen wiederkommen, wenn es dir recht ist, Svala?“

„Wiederkommen? Wo wollt ihr denn hin? Sagt nicht, euch ist es gelungen, eine Bleibe im Gasthaus zu ergattern? Die Stadt ist schon seit Tagen hoffnungslos mit Reisenden überfüllt, die Fjorgharon als ihren letzten Zwischenstopp vor der Hauptstadt auserkoren haben. Seit der Gastwirt verkündet hat, dass er seine Zimmer all jenen, die sich in den Dienst des königlichen Hofes stellen, zu genau dem Preis anbietet, den sie entrichten können oder zu zahlen bereit sind, ist keine Ruhe mehr eingekehrt." Svala stieß abfällig die Luft aus. „Aber wenn ihr möchtet, könnt ihr hinterm Haus in der Scheune schlafen."

„Wir suchen uns einen Platz im Wald. Aber trotzdem Danke für das Angebot", mischte sich Rorek ein.

„Ach, mach dich doch nicht lächerlich!", schimpfte Svala. „In der Scheune habt ihr's trocken und einigermaßen gemütlich. Warum willst du das ausschlagen?" Roreks Kiefer mahlten aufeinander, seine Augenbrauen waren grimmig zusammengezogen. Es war durchaus mutig von der Alten, so mit dem hünenhaften Krieger zu sprechen, wenngleich Marla nicht einmal glaubte, dass er sich daran störte. Vielmehr konnte sie ihm deutlich ansehen, was er von der Idee hielt, die Nacht hier zu verbringen. Einerseits war sie sich selbst nicht sicher, ob sie Svala wirklich trauen konnten, andererseits hatte die Albe natürlich Recht. Warum einen warmen Schlafplatz ausschlagen, wenn sich ihnen schon die Möglichkeit bot? Wachen würden sie so oder so aufstellen müssen. Im Übrigen sollten sie nicht vergessen, dass ihnen Eyvindir höchstpersönlich dazu geraten hatte, Svala aufzusuchen.

Nachdem Rorek mit Marla und den anderen einen Blick getauscht hatte, willigte er schließlich ein.

Kapitel 10 – … und Praxis

„Was ist eigentlich deine Gabe, Svala?“, wollte Marla am darauffolgenden Nachmittag wissen. Nicht nur hatte die Scheune wie versprochen einen trockenen und – wie Marla fand – durchaus *bequemen* Schlafplatz geboten, sondern lieferte Philipe, Svala und ihr jetzt auch einen geeigneten Ort, wo sie sich ungestört ihren Übungen widmen konnten. Allerdings nicht, wie es sich die Gefährten erhofft hatten, gleich am frühen Morgen, damit sie noch an diesem Tag weiterziehen konnten. Ihre Gastgeberin hatte sich nicht dazu bequemt, vor der Mittagszeit überhaupt aus ihrer Schlafkammer zu kommen, und Marla hatte ihre liebe Mühe gehabt, Rorek davon abzuhalten, Svala zu wecken. Nachdem sich die Alte endlich hatte blicken lassen, hatte sie erstmal gemütlich eine Tasse Kräutertee getrunken und eine Schüssel voll gesüßten Getreidebrei gelöffelt. Als sie den Gefährten dann auch noch Kochutensilien und Zutaten in die Hand gedrückt und ihnen Anweisungen gegeben hatte, wie sie das Abendmahl zuzubereiten hätten, wäre Rorek beinahe ausgerastet. Nach den Übungen würden Marla, Philipe und sie hungrig sein, hatte Svala schlicht erwidert und die Gefährten darauf hingewiesen, dass sie sich für ihre Gastfreundschaft ruhig etwas erkenntlich zeigen konnten.

„Das geht dich nichts an“, erwiderte Svala jetzt. „Allein die Tatsache, dass ich über die Sehende Gabe verfüge, ist mehr, als ich normalerweise preisgebe.“ So viel zu Marlas Theorie, dass die Albe eine weitaus geduldigere Lehrerin abgeben würde, wenn sie ausgeschlafen und gesättigt war.

„Aber … du weißt doch auch, wo unsere Talente liegen“, fragte sie verwirrt.

Svala nickte. „Das lässt sich wohl auch kaum vermeiden, wenn ich euch dabei helfen soll, sie zu entfalten. Das heißt aber noch lange nicht, dass ich euch deswegen mehr über *mich* erzählen muss. So, und jetzt möchte ich mal sehen, was du kannst, Philipe. Konzentriere dich auf Marla, lasse dich nicht von mir ablenken.“

Philipe ließ Svalas Worte auf sich wirken und trat dann nahe an Marla heran. „Gräfin von Wallingen, dürfte ich herzlichst um Euer Einverständnis bitten, Euch als mein Versuchsobjekt nutzen zu dürfen?“ Er hauchte ihr einen vornehmen Kuss auf den Handrücken und zwinkerte ihr suggestiv zu, was ein heftiges Flattern in ihrem Bauch hervorrief. Nein, sie würde wohl niemals müde werden, in diese wunderschönen Augen zu schauen.

Philipe wurde ernst und atmete tief aus. Seine warme Hand legte sich angenehm auf ihre Schulter und Marla konnte sehen, wie sich seine Gesichtszüge entspannten. Außerdem fand sie, dass er außerordentlich gut roch. Sein vertrauter, markanter Duft vermischt mit dem Geruch von frischem Heu, war einfach unwiderstehlich.

„Na, was spürst du?“, fragte Svala.

„Ich …“ Philipe ließ konzentriert sein Kinn auf die Brust fallen.

„Na?“

Er stieß gequält die Luft aus. „Gespanntheit, Ungeduld, Angst, Entschlossenheit, Unruhe, Sorge, Wut, Aufregung, Interesse, Trauer, Freude, Verzweiflung –“

„Das reicht!“, unterbrach ihn Svala. „Also gut, das bringt uns wohl kaum weiter.“ Philipe nahm seine Hand von Marlas Schulter und stemmte sie frustriert in seine Hüfte. Die Haarsträhnen, die ihm ins Gesicht fielen, und sein grimmiger Blick verliehen ihm einen verwegenen Ausdruck. Marla biss sich auf die Unterlippe. *Verdammt, sah er gut aus!* „Lasse dich nicht von all ihren Empfindungen gleichzeitig überwältigen“, fuhr Svala fort. „Versuche, dich nur auf ihre stärkste Emotion zu konzentrieren und alles andere auszublenden. Am einfachsten fällt mir das immer, wenn ich mir mein Gegenüber genau so verinnerliche, wie ich ihn oder sie jetzt gerade vor mir sehe. In genau dieser Kleidung, an diesem Ort, in dieser Pose – und in deinem Fall eben mit dem Gefühl, das in diesem Moment alle anderen überlagert.“

Philipe nickte und legte Marla dieses Mal die Hand an ihre Wange, was einen wohligen Schauer durch ihren Körper schickte. So gerne wäre sie ihm jetzt näher gekommen und hätte – plötzlich japste Philipe erschrocken auf, riss seine Hand zurück und kehrte den Frauen geschwind den Rücken zu.

„Das ist grad echt nicht hilfreich, Marla“, brummte er vorwurfsvoll.

„Was hast du gefühlt, was war Marlas stärkste Empfindung?“, wollte Svala interessiert wissen.

Philipe zupfte an seiner Hose herum und drehte sich dann beschämt räuspernd wieder zu ihnen um. „Ihre

Liebe“, murmelte er verlegen. „Ihre Liebe zu mir war ihre stärkste Empfindung.“

Svala hob skeptisch ihre linke Augenbraue, ein amüsiertes Zucken umspielte ihre Mundwinkel. Wie zufällig landete ihre Hand auf Philipes Unterarm. „Ach, tatsächlich? Ihre Liebe, sagst du?“ Marla war fasziniert, wie geschickt die Alte diese Geste eingesetzt hatte. Hätte sie nicht von Eyvindir gewusst, dass er durch Berührung in der Lage war, Lügen zu entlarven, hätte sie sich niemals darüber gewundert, aber so kam sie nicht umhin sich zu fragen, ob auch Svala es beherrschte, wahr und erdacht auf diese Weise voneinander zu unterscheiden.

Auch Philipe schien zu dieser Erkenntnis gelangt zu sein. Grummelnd schob er sein Kinn nach vorne. „Begierde!“, presste er schließlich hervor. „Ihre stärkste Empfindung war ihr Verlangen nach mir.“ Marla riss beschämt die Augen auf und sehnte mit glühenden Ohren ein Loch im Erdboden herbei, um augenblicklich darin zu versinken.

Svala lachte leise. „Na also, das hat doch ganz wunderbar geklappt. Du hast ihre Gemütsregung wahrgenommen wie deine eigene – oder soll ich sagen *Er*regung?“ Abermals konnte sie sich ein Lachen nicht verkneifen, doch dann ließ sie ihren Arm sinken und wurde wieder ernst. „Versucht es gleich noch einmal.“

Philipe warf Marla einen entschuldigenden Blick zu und berührte sie abermals an der Schulter. „Scham“, erläuterte er unnötigerweise ihre Gefühle. „Und jetzt aufsteigende Wut.“ Marla trat entschieden ein paar Schritte zurück. Das führte nun wahrlich zu weit! Sie hatte kein Problem damit, ihre Gefühle mit Philipe zu teilen, hätte ihm genauso gut davon erzählen können. Aber dass jetzt auch noch eine dritte Person von ihren äußerst privaten Gefühlsregungen erfahren sollte, war ihr mehr als unangenehm!

Svala hob beschwichtigend die Hände. „Es ist bestimmt nicht leicht für dich, dein Innerstes so offen dargelegt zu hören, Marla, aber es gibt keinen Grund dich zu verstecken! Ich habe in meinem langen Leben schon mehr blamable Situationen erlebt, als du dir vorstellen kannst, da können mich deine Empfindungen nun wirklich nicht schockieren. Ich wäre die Letzte, die dich dafür verurteilen würde und außerdem braucht Philipe dich, um sein volles Potenzial zu entfalten." Marla atmete tief durch und nickte. Die Alte hatte Recht. Dies war nicht die Zeit, ein verschämtes Verhalten an den Tag zu legen. Sie war nun mal, wer sie war, und sollte zu ihren Gefühlen stehen, schließlich wurde sie dafür von genügenden Personen geliebt. Und das Wichtigste war doch, dass sie Philipe half, die Tür in seinem Inneren zu kontrollieren und sinnvoll zu nutzen. Entschlossen trat sie wieder vor und gab ihrem Geliebten mit einem Kopfnicken zu verstehen, dass sie fortfahren konnten.

Die nächste Stunde verbrachten sie mit weiteren Übungen. Marla rief sich dafür immer wieder neue Situationen ins Gedächtnis, bei denen sie sich an besonders starke Gefühlsregungen erinnern konnte, um Philipe diese deutlich zu vermitteln. Ein paar Mal war Philipe nicht in der Lage, die Informationen, die auf ihn einprasselten, zu filtern und wurde von der Wucht ihrer Emotionen überwältigt. Insgesamt schien er jedoch eindeutige Fortschritte zu machen.

„Ich fühle deine Freude“, erkannte er richtig. „Und … *Stolz*?“

„Aber ja! Du machst das ganz großartig, ich bin unglaublich stolz auf dich!“ Marla stellte sich auf die Zehenspitzen und wollte ihn auf die Wange küssen, er aber drehte den Kopf so, dass ihr Mund stattdessen auf seinem landete.

Philipe lächelte gegen ihre Lippen und zog sie an sich. „Ich bin so erleichtert, das kannst du dir gar nicht vorstellen“, wisperte er. Erneut drückte er ihr einen Kuss auf den Mund, etwas länger und intensiver dieses Mal.

„Und ich kann nicht glauben, dass du dich all die Jahre selbst dieser Fähigkeit beraubt hast!“, keuchte sie außer Atem.

„Ausgezeichnet!“, lobte auch Svala. „Ich glaube, jetzt hast du den Dreh raus, Philipe, aber sei gewarnt – Aufregung kann dich leicht ablenken und dir das erprobte Verfahren erschweren. Je mehr Übung, desto erfolgreicher wirst du sein. Und am besten auch mit unterschiedlichen Personen, denn jeder fühlt anders. Da Tjarven und Rorek ohnehin schon von deiner Begabung wissen, schlage ich vor, dass du zunächst an ihnen dein Können trainierst und dich dann an fremde Personen wagst. Je besser du eine Person kennst, umso leichter wird es dir fallen, die Gefühle zu filtern und richtig zu interpretieren – oder andersrum gesagt: Je schlechter du jemanden einschätzen kannst, umso verwischter sind auch dessen Signale.“

„An Tjarven gewiss – Rorek hat bereits angedroht, was er mit meinen Fingern anstellen wird, wenn ich ihm auch nur nahe komme …“

„Wie dem auch sei. Ich denke, meine Lehrstunde war erfolgreich und ich werde hier nicht mehr gebraucht. Dann kehre ich jetzt ins Haus zurück und sage den anderen, dass ihr ungestört noch ein paar Dinge … *besprechen* müsst.“ Ihre Mundwinkel zuckten bei dem Versuch, sich ein Schmunzeln zu verkneifen. „Ihr könnt diese Zeit nutzen, wonach auch immer es euch … *gelüstet*.“ Abermals fühlte Marla, wie ihre Ohren heiß wurden. Svala öffnete die Tür zur Scheune, drehte sich aber noch einmal zu ihnen um. „Und ich werde dafür sorgen, dass sie euch was vom Abendmahl aufheben … ihr werdet nach all euren *Anstrengungen* sicher hungrig sein.“ Leise lachend zog sie das Tor hinter sich zu.

Das Paar blieb allein zurück und schaute sich mit großen Augen an. Verlegten spielte Marla am Saum ihrer Bluse herum und wusste nicht so recht, was sie sagen sollte.

Philipe lächelte schief und kratzte sich unsicher am Hinterkopf. „Tut mir leid, es gibt wohl nichts Schlimmeres, als sich Spekulationen dieser schrulligen Alten über unser Liebesleben anhören zu müssen.“

Marla kicherte. „Na ja, mit Papa wäre dieses Gespräch noch unangenehmer gewesen.“

Philipe grunzte amüsiert. „Da hast du Recht! Oder mit deiner Amme – kannst du dir das vorstellen?“

Voll gespieltem Horror sog Marla die Luft ein. „Ein wahrer Albtraum!“ Sie stimmten ein befreiendes Lachen an, bis sich ihre Blicke ineinander verfingen. Und plötzlich war es ihnen völlig egal, dass Svala genau dieses Verhalten von ihnen erwartete – ihre Hemden landeten im Heu, wohin ihnen kurz darauf ihre erhitzten Körper folgten. Lippen und Zungen fanden zueinander, Hände erforschten gierig längst vertrautes Terrain nackter Haut.

„Es gibt einige Parallelen zwischen der Art und Weise, wie du die Emotionen anderer empfangen kannst und meinem Talent, mit den Drachen zu kommunizieren“, sinnierte Marla eine ganze Weile später, als sie zusammengekuschelt unter einer Wolldecke im Heu lagen.

„Findest du?“, fragte Philipe und stemmte sich auf einen Ellenbogen hoch, um sie besser betrachten zu können.

„Aber ja. Du hast eine seltene Gabe, genau wie ich. Und um die Empfindungen deines Gesprächspartners zu spüren, musst du ebenso eine körperliche Verbindung herstellen wie ich bei den Drachen.“

„Das ist mir noch gar nicht aufgefallen.“

„Wirklich nicht?“, fragte Marla erstaunt.

Länger konnte sich Philipe ein schelmisches Grinsen wohl nicht verkneifen. „Werte Lehrerin, das müsst Ihr mir näher erklären, ich fürchte, ich kann Euch nicht ganz folgen. Gerade das Thema der körperlichen Verbindung würde mich doch sehr interessieren.“

„Blödmann!“ Marla verzog schmollend den Mund, musste dann aber doch lachen. Natürlich waren auch Philipe die Gemeinsamkeiten nicht entgangen.

„Und sagt, hochgeschätzte Lehrerin, wenn ich mich in Eurem Beispiel mit einem Auserwählten gleichsetze, heißt das dann eigentlich auch, dass ich Euch mit einem Drachen vergleichen muss?“ Marla rollte theatralisch mit den Augen und versuchte vergeblich, eine ernste Miene aufzulegen. „Ihr seid nämlich wesentlich hübscher anzuschauen als die Drachen … und viel kleiner …“, fuhr Philipe fort und küsste sich nach jeder Aussage ein Stück weiter ihren Hals und Oberkörper hinab. „Eure Haut ist zarter …“ Marla schloss genießerisch die Augen. „… und Ihr könnt kein Feuer spucken … Ihr seid weniger furchteinflößend … und allgemein wesentlich umgänglicher …“

„Pass auf, was du jetzt sagst!“, murmelte Marla, ohne die Augen zu öffnen. „Ich vermisse meine Drachen sehr!“

Philipe ließ sich nicht beirren und küsste sich weiter ihren Bauch hinab. „Ihr habt keine Flügel … und könnt auch nicht so laut brüllen …“ Wie auf ein Stichwort grummelte in diesem Moment lautstark Marlas Magen. Sie kicherte. Philipe schaute überrascht auf. „Hast du Hunger?“

„Hm, schon … aber ich möchte viel lieber mit dir hier bleiben. Du bist so schön warm – ich will nicht aufstehen! Ich kann später essen.“

Philipe stemmte sich schwungvoll in die Höhe. „Keine Widerrede, es wird gegessen! Aber ich mache dir einen Vorschlag: Du bleibst hier und hältst das Lager warm.“ Er zwinkerte ihr zu und Marlas Herz antwortete mit einem erfreuten Hüpfer. „Und ich komme gleich mit etwas zu essen für uns beide zurück. Einverstanden?“ Sie nickte dankbar.

Durch die Ritzen zwischen den Brettern der Außenwand fiel nur noch das goldene Dämmerlicht der untergehenden Sonne. Nachdem er eine Öllampe an einem Wandhaken entzündet hatte, beugte sich Philipe zu einem einzelnen Kuss zu ihr hinab und klaubte dann seine Kleidung vom Boden auf. Marla biss sich auf die Unterlippe.

Das Muskelspiel unter Philipes Haut bot einen äußerst sehenswerten Anblick.

„Hast du mir gerade auf den Hintern gestarrt?", fragte er grinsend, nachdem er sich die Hose übergestreift hatte.

„Selbst schuld, wenn du dein Gesäß derart –" Sie stutzte. Plötzlich kribbelte es unangenehm durch ihren Bauch. Das war ganz sicher nicht der Hunger, der sich meldete, das war – „Eine Gefahr droht!", flüsterte sie. Philipe schaute sie einen Herzschlag lang verwirrt an, dann hatte er die Situation erfasst. Ihm blieb gerade genug Zeit, Marlas Dolch aus der Lederscheide zu seinen Füßen zu ziehen, da flog auch schon das Scheunentor auf. Kampfbereit fuhr er herum.

Der Alb Yorem trat entschlossen ein paar Schritte auf sie zu, den Bolzen einer Armbrust drohend auf das Paar gerichtet. „Schmeiß die Waffe weg, Philipe, oder ich schieße!" Statt dem Befehl Folge zu leisten, brachte sich Philipe in Kampfposition. „Mach dich nicht lächerlich! Glaubst du wirklich, du hättest mir etwas entgegenzusetzen? *Waffe weg!*" Philipe knurrte unwillig, sah dann aber wohl selbst ein, dass er mit seiner kurzen Klinge keine Chance gegen Yorems Schusswaffe hatte. Der Angreifer war zu weit entfernt, als dass Philipe ihn schnell genug erreichen könnte, gleichzeitig aber zu nah dran, um darauf zu hoffen, dass er sein Ziel verfehlte. Noch kurz zögerte er, dann warf Philipe den Dolch auf einen niedrigen Stapel Heuballen neben Yorem. „Gut so! Und jetzt Hände hoch!", zischte Yorem. Seine Augen waren noch blutunterlaufener als am Vortag und verliehen seinem Äußeren eine geradezu gruselige Erscheinung. Marlas Herz hämmerte gegen ihre Brust. Was hatte das zu bedeuten? „Geh weg von ihr, bevor es wieder die falsche Person trifft!“ Er deutete mit dem Kinn in Richtung der gegenüberliegenden Ecke. „Da rüber! Nun mach schon!“ Philipe bewegte sich keinen Deut und verharrte breitbeinig in seiner Position zwischen Marla und dem Angreifer. Yorem schob wütend seinen Unterkiefer nach vorne. Verdammt, wenn Philipe sich weigerte, der Aufforderung nachzukommen, würde Yorem ihn womöglich an Ort und Stelle erschießen.

„Was willst du, Yorem? Warum bedrohst du uns?“, fragte Marla mutig und hoffte, den Alben dadurch ablenken und Zeit schinden zu können.

Yorems verächtlicher Blick schickte ihr einen eiskalten Schauer über den Rücken und sie drückte unwillkürlich die Decke fester vor ihren nackten Oberkörper. „*Du!* Du bist schuld an allem! Bis du aufgetaucht bist, war alles in Ordnung!“ Marla verstand nicht, worauf der Mann hinauswollte. Was hatte sie ihm getan? „Wärst du nicht gewesen, dann wäre Cirdin noch am Leben und alles wäre anders gekommen! Wie soll es denn jetzt ohne sie weitergehen?“

„Du … du hast Cirdin geliebt?“ Vielleicht machte er Philipe und Marla für Cirdins Tod verantwortlich und er strebte nach Vergeltung?

„Unsinn!“, fuhr er sie ungehalten an. „Geliebt, *pah*!“ Yorems Zeigefinger lag noch immer schussbereit auf dem Abzug seiner Armbrust. Seine gesamte Gestalt zitterte derart, dass Marla fürchtete, er könne den Mechanismus versehentlich auslösen. „Aber ich brauche sie!“

In dem Moment, als ein beißend säuerlicher Geruch in ihre Nase stieg, durchfuhr Marla die Erkenntnis wie ein Blitz. Mit einem Satz war sie auf den Beinen, die Decke vor ihren Körper gepresst. „Du warst der Schütze! Du hast auf Philipe geschossen, hab ich Recht?"

„Falsch! Ich habe nicht auf ihn geschossen, sondern auf *dich*!" Philipe gab ein bedrohliches Knurren von sich, doch bevor er nach vorne stürzen konnte, positionierte Yorem die Armbrust neu und zielte direkt auf Philipes Kopf. *„Stehenbleiben!"*, donnerte er. „Ja, mein Pfeil sollte Marla treffen. Mir wurde aufgetragen, die Gefahr, die von ihr ausging, zu eliminieren." Die Tatsache, dass der Alb ihre Anwesenheit plötzlich ignorierte und nur noch an Philipe gewandt sprach, machte Marla noch wütender. „Eine andere Möglichkeit gab es nicht. Dass ich stattdessen dich getroffen habe, war … ein unglücklicher Umstand. Die Potenz des Giftes war erprobt, du hättest spätestens innerhalb der nächsten Stunden tot sein müssen. Warst du aber nicht – erst wurde dein Tod hinausgezögert durch das Eingreifen von *Marla*!" Er spie ihren Namen geradezu aus. „Und gerettet hat dich dann das Drachenblut. Es ist so simpel. Nun weiß ich, was ich zu tun habe. Ich werde dich jetzt anschießen, Philipe." Die sachliche und emotionslose Art und Weise, mit der er seine schreckliche Absicht vortrug, ließ Marla aufjapsen. „Du hältst besser still, damit dir der Bolzen nicht sofort das Herz zerfetzt. Das Gift soll sich durch deinen vergänglichen Körper fressen und Marla wird es mit ansehen müssen, sie kann nichts dagegen tun. Wenn sie dich retten will, wird sie abermals die Drachen rufen müssen. Das Blut der Drachen –" Seine Augen bekamen einen seltsamen Glanz. „Ihr Blut wird uns beiden das Leben retten!"

„Du gehörst zu ihnen, zu den Evantheos!", entfuhr es Marla erbost. Wie von selbst ballten sich ihre Hände zu

Fäusten. „Ihr habt über Jahrhunderte hinweg Drachen gequält und für eure Zwecke missbraucht!“

Yorem schnaubte verächtlich. „Ich habe noch nie einem Drachen überhaupt von Angesicht zu Ansicht gegenüber gestanden. *Mir* kann man diese Vorwürfe also kaum machen. Was gehen mich diese Drecksbiester an?“

„Ach, und du denkst nicht, dass du genauso Schuld an ihrem Leiden trägst, wenn du ihr Blut zu dir nimmst?“ Marlas Stimme bebte vor Zorn. „Glaubst du, sie haben ihr Blut freiwillig gegeben?“

„Philipe haben sie es sehr wohl freiwillig gegeben und sie würden es gewiss wieder tun. Das ist meine Chance! Dieses Mal wird mein Pfeil sein Ziel nicht verfehlen!“ Marla schäumte vor Wut! Ohne einen Plan, wie genau sie Yorem aufhalten wollte, trat sie auf den Alben zu. Er glaubte doch nicht im Ernst, dass sie seelenruhig dabei zusehen würde, wie er Philipe niederschoss, in der Hoffnung, die Drachen würden hier auftauchen, um ihr Blut zu spenden. Yorem riss die Armbrust herum und plötzlich zielte der Bolzen auf ihr Herz.

„Marla, nicht!“, schrie Philipe und ergriff sie am Arm, um sie wieder hinter seine Gestalt zu schieben. Die Waffe schwenkte abermals auf ihn zurück. Marla erkannte den gehetzten Ausdruck in Yorems Augen, Schweiß stand ihm auf der Stirn, seine Hände zitterten auf beängstigende Weise. Gedanklich konnte sie den giftgetränkten Bolzen schon fliegen sehen und ihr Herz setzte für einen Moment aus.

Jemand schrie. Alles ging so furchtbar schnell. Wie aus dem Nichts heraus tauchte Rorek in der Scheune auf, rammte dem Schützen seine Schulter in die Seite und zog den Feind mit sich zu Boden. Ein Geräusch wie ein Peitschenhieb zerriss die Luft, als der Bolzen von der Sehne schnellte. Nur Sekundenbruchteile später blieb er mit einem dumpfen Schlag im Holzbalken unter der Decke stecken, die Armbrust selbst polterte auf die Holzdielen.

Schon war Rorek wieder auf den Füßen und zerrte Yorem am Hemdkragen in die Höhe. „Du kannst verdammt froh sein, dass ich einen Funken mehr Ehre in mir trage als du, Yorem!“, knurrte er. „Für dein Verhalten heute Abend wirst du dich vor dem Rat verantworten müssen!“

„Rorek, er war es! Er hat auf Philipe geschossen! Und er ist ein Mitglied der Evantheos!“, sprudelte es aus Marla hervor.

Das wutverzerrte Antlitz des Kriegers verfinsterte sich noch. „Für den Anschlag auf Philipe wird der Rat keine Gnade walten lassen – von deiner Beteiligung an der Misshandlung der Drachen mal ganz zu schweigen!“

„Niederes Volk!“, spuckte Yorem verächtlich aus. „Sie haben es nicht anders verdient und wer sich mit ihnen abgibt, ebenso wenig!“

Roreks Faust traf ihn mit solch einer Wucht mitten ins Gesicht, dass ihm der Kopf in den Nacken flog und Marla hätte schwören können, das Nasenbein knacken zu hören. Yorem stöhnte auf, Blut schoss ihm aus der Nase. „Nur weil ich ein ehrenwerter Mann bin, heißt das nicht, dass mir das keine außerordentliche Genugtuung bereitet hat, du verdammte, armselige Kreatur! Möge deine schwarze Seele zusammen mit deinem gebrochenen Körper im Dreck verrotten!“

Marla krallte die Finger fest in ihre Decke, um zu verbergen, wie sehr ihre Hände vor Zorn zitterten, als sie zwei Schritte auf Yorem zutrat. „Du bist also nicht krank. Deine wahre Krankheit ist deine Abhängigkeit, deine Gier nach dem Blut eines anderen Lebewesens, ohne Rücksicht, ohne Gewissen!“ Der Alb würdigte sie keiner Antwort, doch der Hass, der förmlich aus seinen geröteten Augen sprühte, jagte Marla einen eisigen Schauer den Rücken hinab. Dennoch ließ sie sich nicht beirren – sie brauchten endlich Antworten! „Cirdin hat dich damit beauftragt, mich zu töten, weil ihr Angst hattet, ich als Auserwählte, könne eure Machenschaften entlarven. Und du hast das einfach so akzeptiert … unterdrücken, quälen, töten. Was schert dich ein anderes Lebewesen? Hauptsache du, nicht wahr?“ Tränen der Wut stiegen ihr in die Augen und verschleierten ihre Sicht. Nicht zum ersten Mal in den letzten Monaten verspürte sie eine grenzenlose Abneigung gegen solche Menschen und Alben, die sich und ihr eigenes Verlangen über alles andere stellten, ohne jegliche Empathie und ohne Rücksicht auf Verluste. Skrupellos und niederträchtig.

„Du hast eine Bedrohung dargestellt.“ Das Blut, das noch immer aus Yorems Nase strömte, lief ihm in den Mund, sodass ihm beim Sprechen feine Blutströpfchen von den Lippen flogen. Plötzlich grinste er. Es war das Lächeln eines Wahnsinnigen. Seine Zähne waren rot verfärbt und Marla konnte sich der Bilder in ihrem Kopf nicht erwehren, wie die Mitglieder der Evantheos das dunkelrote Blut der Drachen tranken. Übelkeit machte sich in ihrem Magen breit. „Alva übrigens auch. Glaubte wohl, sie sei etwas Besseres, zu etwas Höherem berufen. *Pah!*“ Bei der

Erwähnung ihrer Mutter durchzuckte ein Blitz ihr Inneres. Wutschnaubend trat sie einen weiteren Schritt auf Yorem zu. „Alles war gut, so wie es war und sie wollte es kaputtmachen. Das durfte ich nicht zulassen, verstehst du? Ich musste sie aufhalten. Bei ihr war der Pfeil allerdings besser platziert.“ Marla blieb der Mund offen stehen. Während Stolz sein blutverschmiertes Antlitz zu einer wahren Höllenmaske verzerrte, versuchte Marla noch, die gesamte Tragweite seiner Worte zu begreifen. *Mama!* Ein ungehaltenes Knurren drang aus Roreks Kehle.

Beinahe zu spät registrierte Marla das Messer in Yorems Hand. In einer entschlossenen Bewegung raste die Klinge plötzlich auf sie zu und ihr blieb nichts anderes übrig, als sich rückwärts fallend außer Reichweite zu bringen. Aus dem Augenwinkel sah sie, wie Rorek blitzschnell reagierte – keinen halben Atemzug später schlug Yorems lebloser Körper auf dem Boden neben ihr auf. Wie betäubt starrte Marla auf den Griff ihres Dolches, der aus seinem Rücken ragte. *Mama!* Blut quoll dick aus der Wunde und verfärbte binnen Augenblicken sein Hemd dunkelrot. Dunkelrot wie die funkelnden Rubine im Griff ihres Dolches. *Yorem hatte Mama erschossen!* Ein markerschütternder Schrei drang in ihr Bewusstsein. Sie schaute auf. Philipe war neben ihr auf die Knie gesunken, sein Blick ausdruckslos auf den Toten fixiert. Rorek jedoch stand noch immer bedrohlich da, so als fürchtete er, Yorem könne sich wieder erheben. Sein Gesicht spiegelte einen solchen Schmerz wieder, dass sie schon glaubte, er selbst sei verletzt worden. Abermals schrie er aus vollem Halse, verschaffte seinen lang aufgestauten Gefühlen Luft.

Tränen schimmerten in seinen Augen. Marla sprang auf die Füße und trat auf den Krieger zu.

„Marla, ich … Nach all den Jahren konnte ich meinen Schwur doch halten.“ Seine Stimme zitterte leicht. „Es tut mir unendlich leid, dass ich nicht für Alva da war, sie nicht beschützt habe. Aber nun … nun habe ich sie wenigstens gerächt.“ Die letzten Worte klangen gekrächzt, dann versagte ihm die Stimme ganz. Marla war nicht sicher, ob Rorek überhaupt zu ihr gesprochen hatte oder zu sich selbst, aber so oder so war seine Pein für sie beinahe körperlich spürbar. Rorek, den starken Anführer ihrer kleinen Gruppe, den furchtlosen Krieger, ihren Gefährten, den Fels in der Brandung, derart leiden zu sehen, brach ihr schier das Herz und trieb ihr abermals Tränen in die Augen.

Gerade als sie ihn tröstend in die Arme schließen wollte, klärte sich sein Blick. Seine inneren Dämonen hatte er offensichtlich bereits wieder zurück in ihre Kerker gezwungen. „Tjarven. Ich muss nach ihm sehen.“ Mehr sagte er nicht. Für einen flüchtigen Augenblick legte er seine Hand an Marlas Wange, streifte den Toten mit einem letzten hasserfüllten Blick und verließ dann mit langen Schritten die Scheune.

Kapitel 11 – Schmerzliche Enthüllungen

Philipe kniete noch immer in Gedanken versunken auf dem Boden. Tränen liefen lautlos über seine Wangen, was Marla abermals einen schweren Stich ins Herz versetzte. Ohne zu zögern setzte sie sich neben ihn und anders als Rorek kurz zuvor, ließ er sich von ihr in eine tröstende Umarmung ziehen. Allerdings löste er sich viel zu bald wieder von ihr.

Er wischte sich über die Augen und atmete noch einmal tief durch. „Komm, zieh dir schnell etwas über. Rorek meinte, er müsse nach Tjarven sehen. Ich mache mir Sorgen." Marla hasste es, dass weder Philipe noch Rorek ausreichend Zeit zu trauern hatten, aber natürlich hatte ihr Geliebter Recht. Hoffentlich war Tjarven nichts Ernstes passiert! Außerdem hatte sie absolut nichts dagegen, diesen unheilvollen Ort endlich zu verlassen. Ihr Blick streifte ganz ungewollt immer wieder zu Yorems leblosen Körper und der scharfe Geruch des Giftes lag wie ein schwacher, aber dennoch unverkennbarer Dunst im Raum.

In Windeseile zog sie sich ihre Bluse und die Hose über und schnallte sich den Schwertgurt um. Die Tatsache, dass ihr Dolch noch immer im Rücken des Feindes steckte, ignorierte sie vorerst, denn allein die Vorstellung, die Klinge herauszuziehen, löste einen heftigen Brechreiz aus.

Unweit der Scheune hatten sich ihre Gefährten um eine am Boden liegende Gestalt versammelt. *Verdammt, war das Tjarven?* Angst überkam Marla. Sie rannte so schnell sie konnte, doch Philipe war schneller. Noch im vollen Lauf ließ er sich auf die Knie fallen und schlitterte die verbleibende Distanz über das feuchte Gras bis zu seinem besten Freund. Besorgt griff er nach dessen Hand. „Was ist mit ihm?"

Zu Marlas Erleichterung waren Tjarvens Augen geöffnet, doch seine linke Gesichtshälfte war blutüberströmt, eine böse Platzwunde zierte seine Schläfe. Bei dem Versuch sich aufzusetzen, entwich ihm ein schmerzerfülltes Stöhnen und er ließ sich kraftlos zurücksinken.

„Ich habe doch gesagt, du solltest besser noch liegenbleiben. Das sieht übel aus", kommentierte Rorek, der auf der anderen Seite seines Bruders auf dem Boden kniete. In seiner Hand hielt er ein rotverschmiertes Stück Stoff, mit dem er offensichtlich versucht hatte, die Blutung zu stillen.

„Halb so schlimm!", krächzte der Verletzte. „Marla, Philipe – seid ihr in Ordnung?"

Wärme breitete sich in Marlas Brustkorb aus. Obwohl der Krieger offensichtlich unter Schmerzen litt, galt seine erste Sorge seinen Freunden. „Uns geht es gut, Tjarven, mach dir keine Gedanken! Darf ich mir deine Wunde ansehen?" Seinem Zustand nach zu urteilen, schien der Schlag, den Tjarven abbekommen hatte, durchaus kräftig gewesen zu sein, und die Wunde sah durch das viele Blut auch schlimm aus, aber nach genauerer Untersuchung, war sie weder lebensgefährlich noch so tief, dass sie genäht werden musste.

In diesem Moment stürmte Jahvis aus dem Haus. „Hier ist deine Medizintasche, Marla!“, keuchte er. „Wie geht es Tjarven? Und euch beiden? Kjell sagte, Yorem hätte euch angegriffen – wo ist der Mistkerl?“

„Yorem hat bekommen, was er verdient“, brummte Rorek. „Und nun wäre es nett, wenn du Marla erlauben würdest, meinen Bruder wieder zusammenzuflicken.“

„Oh! Ich ... natürlich!“ Er reichte Tjarven eine Trinkflasche und trat einen Schritt zurück. Ohne sich von den umstehenden Gefährten nervös machen zu lassen, desinfizierte Marla fachkundig die Wunde und brachte dann einen straffen Druckverband um Tjarvens Kopf an.

„Ich hatte ein Geräusch vernommen und wollte mich gerade herumdrehen, da hatte er mich auch schon erwischt“, erklärte Tjarven. Seine Stimme klang schon wieder etwas fester und beim nächsten Versuch gelang es ihm auch, sich aufzusetzen.

„Zumindest hat er dich nicht mit einem Giftpfeil niedergeschossen“, murmelte Marla, während sie einen sauberen Lappen aus ihrer Medizintasche mit Wasser der Trinkflasche befeuchtete und ihm in den Nacken legte.

„Verwechsle das bloß nicht mit einer gütigen Geste oder einem Gewissen!“, knurrte Rorek. „Ich bin mir sicher, dass er lediglich nicht ausreichend des tödlichen Giftes bei sich getragen hat oder befürchtete, die Pfeile nicht schnell genug präpariert zu bekommen. In seinem Schlafgemach lag ein leeres Fläschchen von diesem scharf riechenden Zeug.“

„Mich hat er auch von hinten niedergeschlagen. Bitte verzeiht mir, ich habe versagt!“ Kjell sah elend aus. „Ich habe den Fehler gemacht, meine Aufmerksamkeit nach außen zu richten. Mit einem Überfall vom Haus her habe ich nicht gerechnet.“

„Das war ja auch meine Aufgabe“, brachte Rorek zähneknirschend hervor. „Als Yorem ankündigte, dass er sich nicht wohl fühlen und sich wieder niederlegen würde, habe ich sein Zimmer bewacht. Eine ganze Weile konnte ich ihn in seiner Kammer rumoren hören, aber irgendwann ist es still geworden. Ich war mir nicht sicher, ob er eingeschlafen war und habe gelauscht – nichts. Nach ein paar Minuten habe ich vorsichtig die Klinke heruntergedrückt und dabei festgestellt, dass er das Schloss verriegelt hatte. Da er auf Klopfen nicht reagiert hat, habe ich die Tür aufgebrochen. Durchs Fenster ist er geklettert! Nachdem ich erst Kjell und dann Tjarven verletzt aufgefunden hatte, war es nicht schwer zu erraten, wohin dieser verdammte Mistkerl wollte.“ Seine Miene verfinsterte sich noch mehr. „Er kann froh sein, dass ich ihm nicht jedes seiner Eingeweide einzeln herausgeschnitten habe!“

Marla hatte Roreks Ausführungen gebannt gelauscht. „Natürlich hatte ich gehofft, dass uns jemand zu Hilfe kommen würde, aber ich hatte ja keine Ahnung, dass draußen tatsächlich Wachen aufgestellt gewesen waren, die Yorem vor seinem Auftauchen niedergeschlagen hatte.“

„Hast du wirklich gedacht, wir würden euch in der Scheune euch selbst überlassen?“, fragte Rorek mit grimmig zusammengezogenen Augenbrauen. „Schlimm genug, dass wir während eurer Übungen mit Svala nicht dabei sein konnten.“

„Du hast Recht, das hätte ich mir denken müssen ...“, murmelte Marla und biss sich schuldbewusst auf die

Unterlippe. Wie rücksichtslos von ihr und Philipe! Während sie sich im Heu vergnügten, hatten ihre Gefährten draußen über sie gewacht.

„Sorin und Jahvis haben die erste Schicht übernommen und als Svala dann zu uns gestoßen ist, wurde gewechselt“, führte Rorek weiter aus. „Kjell war vor dem Haus positioniert und sollte die Straße im Auge behalten. Tjarven bewachte unterdessen die Scheune und ich habe Yorem beobachtet. Seit er aus seinem Schlafgemach gekommen war, hatte er sich seltsam benommen. Ist unruhig hin- und hergelaufen, hat gezittert, war kaum ansprechbar … und diese roten Augen! Wenn ich gewusst hätte –“ Roreks Hände ballten sich wütend zu Fäusten, seine Atmung ging schwer. Marla konnte sich gut vorstellen, welch dunklen Gefühle gerade in ihm tobten.

„Rorek, ich danke dir!“ Philipe klopte sich mit der rechten Faust zwei Mal aufs Herz und verbeugte sich dann vor dem Krieger. „Ich stehe tief in deiner Schuld!“ Marla vermutete, dass sich sowohl hinter der Geste als auch hinter den ausdrucksstarken Worten wieder eine traditionelle Verhaltensregel der Alben verbarg, aber statt zu versuchen, Philipe nachzuahmen und sich dabei vermutlich zu blamieren, entschied sie sich, ihrem Herzen zu folgen.

Mit zwei schnellen Schritten hatte sie den Krieger erreicht und schlang ihre Arme um dessen breite Brust. „Danke, Rorek! Ohne dich hätte es schlecht um uns gestanden!“

„Ich habe doch gesagt: Jederzeit wieder, dafür bin ich hier“, erwiderte Rorek mit rauer Stimme und zog Marla dann seinerseits für einen Augenblick an sich. „Und jetzt genug mit den Sentimentalitäten.“ Seine Stimme klang wieder gewohnt scharf, als er sich sanft, aber bestimmt von ihr löste. „Es gibt noch einiges zu klären. Und die Alte hat besser zufriedenstellende Antworten für uns, sonst kann ich für nichts garantieren!“ Er hielt seinem Bruder die Hand hin und dieser ließ sich von ihm in die Höhe ziehen.

Gemeinsam betraten die Gefährten Svalas Haus. Zwar umklammerten mehrere der Krieger kampfbereit ihre Schwertgriffe, doch wie sich herausstellte, gab es keinerlei Grund zur Vorsicht. Die Hausherrin saß seelenruhig in ihrer Stube vor dem Kamin und skizzierte ein Gemälde auf einer gespannten Leinwand.

Erwartungsvoll legte sie den Kohlestift beiseite und schaute auf. „Ist es vorbei? Er ist tot, nicht wahr?“ Marla nickte stumm. „Vielleicht ist es besser so.“

Besser so? Hatte der Alb ihr denn gar nichts bedeutet? Marla war davon ausgegangen, dass die beiden sich nahegestanden waren. „Du hast es gewusst, stimmt’s? Dass er den Evantheos angehört?“

„Selbstverständlich habe ich das“, antwortete die Alte gelassen. Ihre Abgebrühtheit erzürnte Marla, doch noch bevor sie die Gelegenheit fand, etwas darauf zu erwidern, mischte Philipe sich ein.

„Und hast du auch gewusst, dass er einen Anschlag auf uns plante?“, fragte er scharf. „Unterrichtest uns in aller Ruhe, erschleichst dir unser Vertrauen und –“

„Nicht doch! Ich habe mir überhaupt nichts *erschlichen.* Das war ja auch gar nicht nötig – alles, was mich interessiert hat, habt ihr mir freiwillig verraten. Fast alles zumindest.“ Philipe knurrte und machte einen bedrohlichen

Schritt auf Svala zu. „Aber wenn es euch beruhigt: Nein, ich habe vorher nicht gewusst, was er plant. Allerdings überrascht es mich auch nicht sonderlich."

„Und warum nicht?", fragte Philipe gepresst.

„Er war verzweifelt, hat schlimme Schmerzen erlitten. Euer Auftauchen hat sich für ihn sicherlich wie ein Wink des Schicksals angefühlt. Dadurch hat er Hoffnung geschöpft … Denn ohne Drachenblut war er ohnehin längst zum Tode verurteilt. Ein qualvoller und langsamer Tod übrigens, der einem mit jedem peinigenden Atemzug wieder und wieder vor Augen führt, wie schwach der albische Körper und wie vergänglich das Leben ist. Deswegen ist er doch überhaupt erst zu mir gekommen."

„Warum ausgerechnet zu dir?", wollte Sorin wissen. „Inwiefern wärest ausgerechnet *du* ihm eine Hilfe gewesen? Du bist schließlich keine Heilerin."

„An wen sonst hätte er sich wenden sollen? Wer hätte ihn besser verstanden?"

Marla schaute die Albe einen Moment lang an, ließ dann ihren Blick über die Gemälde streifen, die an der Wand hingen. Die vielen Porträts der Künstlerin, die Bilder der Drachen. Warum war ihr das nicht schon viel früher aufgefallen? Philipe hatte erzählt, dass Svala schon in seiner Kindheit eine alte Frau gewesen war und von ihr selbst wussten sie, dass sie einst auch Eyvindir unterrichtet hatte. Das albische Volk konnte ein beachtliches Alter erreichen, doch von wie vielen Lebensspannen sprachen sie hier eigentlich schon?

„Du warst nicht nur in Yorems Abhängigkeit eingeweiht, wusstest nicht nur über die Vereinigung der Evantheos Bescheid. Du selbst gehörst ihnen an, nicht wahr?", spekulierte sie. Statt einer Antwort lächelte Svala traurig, lehnte sich vor und hob eine Teetasse an. Erinnerungen schossen in Marlas Kopf. Cirdin, die aus ihrer Wasserflasche trank. Der Weg, den sie für sich selbst gewählt hatte, der Ausweg! Ehe Svala einen Schluck trinken konnte, schnellte Marla nach vorn und schlug der Albe die Tasse aus der Hand. Das Porzellan kugelte sich in der Luft. Im Flug ergoss sich der Inhalt über Svalas Bein und das Sofa, ehe die Tasse bei der Kollision mit dem Boden klirrend in dutzende Einzelteile explodierte. „Willst auch du den einfachen Weg wählen? Seid ihr allesamt derartige Feiglinge, dass ihr euch nicht der Verantwortung eurer Taten stellen könnt?“

Svala schaute sie mitleidig an und beugte sich dann vor, um sich aus der Kanne eine neue Tasse Tee einzuschenken. „Was hast du geglaubt, was ich vorhabe? Mich in meinem Kräutertee ertränken? Mach dich nicht lächerlich, Kindchen. Das Leben ist zu schön, um es einfach so wegzuschmeißen! Außerdem gibt es auch keinen Grund dazu. Ich habe schließlich nichts zu verbergen.“

„Du meinst außer der Tatsache, dass ihr unendliches Leid über ein gesamtes Volk gebracht habt, es für eure Zwecke benutzt, es unterdrückt und gequält habt?“, fragte Philipe bitter. „Dass ihr gelogen und gemordet habt, um eure Taten zu verdecken?“

„Ich habe mit alledem nichts zu tun, das schwöre ich bei meinem Leben! Selbstverständlich habe ich von den Evantheos gewusst, Erlendur und ich sind damals schließlich gemeinsam auf die bemerkenswerte Wirkung des Drachenblutes aufmerksam geworden. Doch während einige von uns – so wie ich – sich mit kleinen Dosierungen zufrieden gegeben haben, um sich auf das verlängerte Leben zu konzentrieren, hat Erlendur immer weiter experimentiert, es war ihm nicht genug. Fortwährend hat er die Wirkung des dunkelroten Lebenselixiers auf verschiedenste Krankheiten und unterschiedlichste Gifte studiert und ist dabei über beachtliche Erkenntnisse gestolpert. Sein größter Wunsch aber, den natürlichen Alterungsprozess des Körpers nicht nur um ein Vielfaches zu verlangsamen, sondern gar gänzlich zu unterbinden und im Gegenzug eine Alters*verjüngung* hervorzurufen, ist nie in Erfüllung gegangen, ganz gleich welch irrsinnige Mengen an Blut seine Versuchspersonen zu sich genommen hatten. Zu Anfang war der Preis für den *Traum der ewigen Jugend* leicht zu bezahlen und es war ja auch durchaus einen Versuch wert. Doch hat sich schnell gezeigt, dass Erlendur durch die immer größeren Dosen in immer kürzeren Abständen wahre Monster kreiert hat, die unter dem ständigem Drang nach mehr Drachenblut litten. Die Abhängigkeit hat ein unverantwortliches Ausmaß angenommen. Die Gier wurde immer größer – und die Zustände für die Drachen mit Sicherheit immer unerträglicher.“ Sie drückte stolz den Rücken durch. „Ich selbst habe mich daran jedoch nie beteiligt, ich habe nichts mit alledem zu tun.“

„Nichts damit zu tun? So einfach ist das für dich, wie?“, bemerkte Rorek bitter.

„Aber ja! Ich habe gelernt, mir meine Rationen sinnvoll einzuteilen. Mit dem Vorrat, den ich mir angelegt habe, werde ich noch sehr lange zurechtkommen. Und wenn er dann eines Tages zur Neige geht, dann werde ich bereit sein, zu gehen.“

„Ach, und du hast nicht gedacht, dass es nötig wäre, diesen Entwicklungen ein Ende zu bereiten? Sie dem König zu melden?“, fragte Sorin.

„Natürlich. Das habe ich ja auch getan.“

Für einen Moment herrschte unangetastete Stille.

„Was?“, krächzte Philipe. „Du hast *was*?“

„Na, den König unterrichtet!“

Abermals Stille.

„Du willst behaupten, dass Eyvindir davon gewusst hat?“, fragte Kjell fassungslos. „Von dem Missbrauch der Drachen? Den Experimenten? Der Wirkung des Drachenblutes?“

„Aber ja. Ich selbst habe ihm vor Jahren davon erzählt.“

„Das ist nicht wahr!“, begehrte Philipe auf. „Du lügst! Eyvindir hätte niemals mitangesehen, wie einem gesamten Volk ein derartiges Unrecht widerfährt!“

„Bist du dir da so sicher?“

„Ja! Ich kenne meinen Vater! Und wir haben doch selbst erlebt, wie überrascht er von diesen Neuigkeiten vor ein paar Wochen war!“

„Wie du meinst, Kind, wie du meinst. Aber denkst du nicht auch, dass jemand, der derart viele Lügen in seinem Leben entlarvt hat, irgendwann selbst ein Spezialist in Sachen Täuschungen ist?“ Philipe wusste darauf ganz offensichtlich nichts zu erwidern und starrte die Alte nur regungslos an.

Umso mehr Wut stieg in Marla auf. „Dann beweise es! Erzähle uns, wie es sich zugetragen hat und überzeuge uns von deiner ungeheuerlichen Behauptung!“

„Beweisen … Kinder, wie soll ich denn beweisen, was bereits so lange zurückliegt? Ihr werdet mir wohl Glauben schenken müssen …“

„Wann genau soll sich das denn zugetragen haben?“, wollte Tjarven wissen.

„Puh … also ein Jahrzehnt wird das jetzt schon mindestens her sein, schätze ich, aber so genau kann ich das spontan nicht sagen. Einzelne Jahre verschwimmen mit der Zeit immer mehr zu flüchtigen Momenten, fürchte ich.“

Zehn Jahre?, durchfuhr es Marla wie ein Blitz. Aber wie konnte das möglich sein? Hatte Eyvindir es wirklich verstanden, sie derart überzeugend zu täuschen? War seine Bestürzung über das Schicksal der Drachen und über die Machenschaften der Evantheos in der Großen Schlucht nur gespielt gewesen, während er längst darüber im Bilde gewesen war? Hatte er lediglich die Augen davor verschlossen oder war es gar viel schlimmer: Hatte Eyvindir die Misshandlung der Drachen womöglich nicht nur geduldet, sondern sogar befürwortet? Sollte der Herrscher eines intelligenten Volkes wie dem der Alben nicht ein wenig mehr Sinn für Gerechtigkeit an den Tag legen? Oder war ihm das völlig egal gewesen, solange das eigene Volk dabei buchstäblich an der Spitze der Nahrungskette stand?

Marla fühlte sich schwummrig, der gesamte Raum schien sich um sie zu drehen. Wie hatte sie ihren Großvater nur derart falsch einschätzen können? Doch dann erinnerte sie sich an die kurze Anekdote über Hjalmar den Weisen, die Eyvindir ihnen nach Philipes Genesung im Tal erzählt hatte: Lieber hatte der einstige Albenkönig die meisten Niederschriften über den Bund der Evantheos verbrennen lassen, als sein Ansehen und die Erinnerung an seine Herrschaft beschmutzt zu sehen. Vielleicht hatte Eyvindir ganz ähnlich gedacht? Dabei war Marla eigentlich der Meinung, dass dem König durch das Aufdecken und die Beendigung einer solchen Schandtat noch viel mehr Ruhm und Ehre hätte zuteilwerden müssen.

„Ah Moment, da fällt mir gerade ein, dass ich doch einen Beweis für meine Worte habe“, unterbrach Svala ihre Gedanken. Die Alte erhob sich, lief zielstrebig zu einer kleinen Holzkommode neben dem Durchgang zur Küche und zog ein gefaltetes Stück Papier aus der obersten Schublade. „Diesen Brief hat Eyvindir mir geschrieben, nur wenige Tage, nachdem ich ihn in mein Geheimnis eingeweiht habe.“ Dafür, dass Svala den Brief angeblich vergessen hatte, wusste sie ziemlich exakt, wo sie danach suchen musste, fand Marla. Wobei sie ihn genau genommen nicht mal *suchen* musste, sondern ganz genau zu wissen schien, wo er sich befand.

„Darf ich ihn sehen?“, fragte Philipe und streckte fordernd die Hand nach dem Schriftstück aus.

Svala nickte und reichte ihm den Brief. „Solange du mir dein Wort gibst, ihn mir danach unversehrt zurückzugeben!“

„Ich schwöre es!“ Bevor Philipe das Blatt auseinanderfaltete, begutachtete er das aufgebrochene rote Wachssiegel. „Eyvindir …“, murmelte er. Marla trat neben ihn und auch Rorek, Kjell und Sorin drängten sich näher, um über seine Schulter mitlesen zu können. Das Papier machte einen edlen und äußerst hochwertigen Eindruck.

Svala, ich grüße dich.

Hiermit möchte ich mich in aller Form bei dir für meinen Gefühlsausbruch vor ein paar Tagen entschuldigen. Natürlich weiß ich es sehr zu schätzen, dass du mir das Geheimnis um dein langes Leben und das Drachenblut anvertraut hast.

Wenn du aber deinen Standpunkt nicht ändern und mich nicht in alle Details einweihen willst, bleibt mir wohl nichts anderes übrig, als meine Konsequenzen zu ziehen und den zukünftigen Kontakt mit dir zu unterbinden, so leid es mir tut.

Solltest du deine Meinung ändern, weißt du, wo du mich finden kannst.

Eyvindir

Philipe ließ den Brief sinken und fuhr sich nervös durchs Haar. „Das ist eindeutig Eyvindirs Handschrift“, sagte er tonlos.

„Seht ihr?“, bemerkte Svala selbstzufrieden. „Es verhält sich, wie ich es euch gesagt habe. Eyvindir hat von den Machenschaften der Evantheos gewusst, aber das Wichtigste war ihm nur, dass er selbst damit nicht in Verbindung gebracht wird, deswegen hat er nie darüber gesprochen.“

„Und was hat er damit gemeint, dass du ihn nicht in alle Details einweihen wolltest?“, verlangte Rorek zu wissen.

Er wirkte bei Weitem nicht so erschüttert wie Philipe, dafür spiegelte sich schwer unterdrückter Zorn auf seinem Antlitz wider.

„Nun, er wollte daran teilhaben. Auch er hat sich nach einem verlängerten Leben gesehnt. Verdenken kann man es ihm wohl kaum … Wer wünscht sich das nicht? Er hat mich angefleht, ihn mit Drachenblut zu versorgen, wenngleich ich ihm erklärt hatte, welche Konsequenzen das mit sich bringen würde, welche *Sucht* das zur Folge hätte. Ihm war das egal, aber ich habe es nicht übers Herz gebracht. Und nachdem es ihm ohnehin nur darum ging, sich selbst mit dem Blut zu bereichern, habe ich ihm auch nicht verraten, wer sonst noch darüber Bescheid wusste, weder für die Drachen noch für die Betroffenen hätte sich irgendetwas geändert." Marla musste sich an der Rückenlehne eines Sessels abstützen. *Er hatte es gewusst, er hatte tatsächlich vom Unrecht gegenüber dem Drachenvolk gewusst und nichts unternommen!* Und er hatte sogar selbst versucht, sein Leben zu verlängern? Sie konnte sich nicht erinnern, schon jemals von einer anderen Person derart enttäuscht gewesen zu sein. Sogar die Erkenntnis, wie oft ihr Vater sie in ihrer Kindheit belogen hatte, kam nicht einmal annähernd an dieses Gefühl des absoluten Verrates heran, das ihr jetzt beinahe die Luft zum Atmen nahm. „Wie ihr seht, habe ich alles dafür getan, dem Frevel ein Ende zu setzen", fuhr Svala fort. „Niemand kann behaupten, ich hätte es nicht versucht. Mich trifft keine Schuld."

„Und damit war die Sache für dich erledigt?", fragte Rorek böse. „Meinst du nicht, du hättest dir von anderer Seite Hilfe holen können? Von den Manantena beispielsweise?"

„Nimm dich doch nicht so wichtig! Soweit ich mich entsinnen kann, waren die Manantena stets für den Schutz der Grenze zum Menschenreich verantwortlich, mehr aber auch nicht. Und schließlich habe ich mich an den *Albenkönig* gewandt, nicht an irgendeinen Stadtrat oder gewöhnlichen Ordnungshüter! So wie ich die Sache sehe, habe ich getan, was ich tun konnte.“ Rorek knurrte unwillig und ballte wütend seine Fäuste, erwiderte jedoch nichts. „So, aber nun genug davon! Wie wäre es, wenn ihr dem armen Yorem jetzt die letzte Ehre erweist und ein Feuer aufschichtet?“

„Wie bitte?“, entfuhr es Kjell.

„Das kann nicht dein Ernst sein!“, begehrte Philipe entrüstet auf.

„Niemals!“, spuckte Rorek wütend aus.

Von Philipe hatte Marla vor einiger Zeit erfahren, dass die Alben ihre Toten nicht vergruben, wie es die Menschen zu tun pflegten, sondern die Leichname verbrannten, um ihren Seelen den Austritt aus ihren sterblichen Körpern zu erleichtern. Für jene, die in einer Schlacht gefallen waren und deren vergängliche Hüllen nicht geborgen werden konnten, wurde dann stellvertretend ein Feuerfest veranstaltet, so wie Marla es schon einmal miterlebt hatte, als Thurid und weitere treue Krieger nach der Befreiung Frederiks nicht mehr lebend ins Tal zurückgekehrt waren. Bei Cirdin vor einigen Wochen in der Schlucht der Giganten hatten sich ihre Gefährten jedoch geweigert, den Leichnam zu verbrennen. Das hätte sie nicht verdient, hatten sie gesagt. Stattdessen hatte Marla darauf bestanden, ihren Körper notdürftig zu verscharren, aus Sorge, ein unschuldiges Tier könne sich an ihrem Fleisch vergiften.

„Ihr habt ihn bereits der letzten Wochen seines Lebens beraubt und nun weigert ihr euch auch noch, seinen Körper ehrenhaft zu bestatten?“, fragte Svala scharf.

„Ehrenhaft?“ Marla hatte Rorek noch nie so zornig erlebt. Seine geballten Hände zitterten leicht. „Verdammt, dieser Abschaum hat uns eine geliebte Person genommen. Hat Philipe vergiftet und sein und Marlas Leben bedroht. Wer weiß, welche Freveltaten ihm noch zuzuschreiben sind. Seiner Seele gebührt keine Erlösung durch Feuer.“

Rorek und Svala warfen sich finstere Blicke zu, aber schließlich drehte die Alte den Kopf weg. „Also gut, ich verstehe euren Standpunkt. Allerdings kann ich die Leiche kaum zum Verrotten in meiner Scheune liegen lassen. Wenn ihr ihn nicht bestatten wollt, dann werde ich morgen früh in die Stadt reiten und mir Hilfe holen. Selbstverständlich werde ich sagen, dass Unbekannte mein Haus überfallen und Yorem getötet haben. Die Wahrheit würde nur unnötige Fragen aufwerfen. Ich möchte keinen Ärger, ich muss lediglich den Leichnam wegschaffen lassen.“

„Tu, was du nicht lassen kannst“, knurrte Rorek. „Wir werden morgen sowieso wieder von hier verschwinden.“

„Dann ist jetzt wohl alles gesagt, denke ich. Angenehme Nachtruhe.“ Mit diesen Worten zog sich Svala in ihre Schlafkammer zurück.

Für einen Augenblick sagte niemand etwas. In den letzten Stunden war so viel geschehen und Marlas Kopf war so voll, dass sie kaum in der Lage war, ihre Gedanken zu sortieren.

„Ich werde jetzt in die Scheune gehen und unsere Sachen holen“, kündigte Rorek unvermittelt an. Er stapfte zum Ausgang und hatte bereits die Türklinke heruntergedrückt, drehte sich dann aber noch einmal um. Von einem Moment zum anderen klang seine Stimme weicher, beinahe brüchig. „Philipe, kommst du mit?“

Philipe brauchte einen Moment, bis er reagierte, als müsste er seinen Verstand erst dazu zwingen, sich auf das Hier und Jetzt zu konzentrieren. Schließlich nickte er und wandte sich Marla zu. „Ist das in Ordnung für dich? Möchtest du vielleicht mitkommen?“ Marla schüttelte kräftig den Kopf. Zurück in die Nähe des Toten? *Niemals!* „Das habe ich mir gedacht … wir sind gleich zurück.“

Nachdenklich schaute Marla ihren Gefährten nach. Vermutlich war dies die Gelegenheit für die beiden Männer, endlich ein langes, dunkles Kapitel ihres Lebens abzuschließen und auf ihre Art und Weise von Alva Abschied zu nehmen. Marla war noch ein Kind gewesen, als Alva verstarb, gerade mal sieben Jahre alt. Die Erinnerung an ihre Mutter war über die Jahre langsam verblasst und lediglich besondere Momente aus ihrer Kindheit waren ihr im Gedächtnis geblieben, ein wohl gehüteter, wertvoller Schatz. Erst vor einigen Wochen hatte sie überhaupt erfahren, dass ihre Mutter nicht, wie man ihr damals vorgelogen hatte, an einem gewöhnlichen Fieber verstorben, sondern von Feindeshand ermordet worden war. Selbstverständlich war Marla von der Wahrheit zutiefst schockiert gewesen, doch auch wenn es eine schmerzliche Erkenntnis war, so musste sie sich eingestehen, dass sie selbst längst nicht mehr die tiefe Trauer empfand, unter der Philipe und Rorek litten.

Rorek hatte damals die Liebe seines Lebens verloren, Philipe seine geliebte Schwester, die ihm seit ihrer gemeinsamen Kindheit so viel Rückhalt gegeben hatte.

Vielleicht war Marla ihrem Vater jetzt im Nachhinein doch dankbar dafür, dass sie mit dem Tod ihrer Mutter hatte abschließen dürfen, während die beiden Männer bis zum heutigen Tage nach einem Schuldigen gesucht hatten. *Die beiden?* Aber nein, selbstverständlich hatte auch Frederik als Alvas Gatte das letzte Jahrzehnt schwer gelitten und ihr Vater Eyvindir ebenfalls … bis zu seinem eigenen Tode. Wie passend, dass Alvas Tod ausgerechnet von Roreks Hand und mit dem Dolch gerächt worden war, den Frederik Marla einst geschenkt hatte.

Nein, den gleichen Schmerz wie Rorek, Frederik und Philipe verspürte sie vermutlich nicht mehr, stattdessen fühlte sie eine tiefe Verbundenheit zu ihrer Mutter. Nicht nur war sie in deren Fußstapfen als Auserwählte und angehende Heilerin getreten, sondern die Männer, die ihr im Leben am allermeisten bedeuteten, hatten auch im Leben ihrer Mutter eine wichtige Rolle gespielt.

Marla seufzte leise. Und dann war da noch Eyvindir, ihr Großvater, der Albenkönig, der sie alle zu täuschen gewusst hatte. Körperlich und emotional erschöpft ließ sie sich aufs Sofa sinken.

„Alles in Ordnung?“ Erst jetzt sickerte es zu Marlas Bewusstsein durch, dass Jahvis sie schon mehrfach angesprochen hatte und besorgt musterte. „War ganz schön viel heute, was? Möchtest du darüber reden?“ Sie verneinte, klopfte aber auf den Platz neben sich. Er setzte sich zu ihr und fing unaufgefordert an zu erzählen, wie Sorin und er am heutigen Tag gemeinsam gekocht und ihre Differenzen fürs Erste begraben hatten. Lächelnd legte Marla ihren Kopf an Jahvis’ Schulter und ließ sich von seinen Ausführungen ablenken.

Kapitel 12 – Die Vorladung

Marla blinzelte verschlafen ins erste graue Dämmerlicht, das sich durch die Läden in die Stube drängte. Die Erkenntnis, dass sie wohl am Abend auf dem Sofa eingeschlafen war, noch bevor Philipe und Rorek aus der Scheune zurückgekehrt waren, kam zuerst. Dass ihr Kopf auf Jahvis' Schoß gebettet lag, registrierte sie erst einen Moment später.

„Svala ist schon vor dem Morgengrauen aufgebrochen, um in die Stadt zu reiten", flüsterte Jahvis, als er bemerkte, dass sie sich rührte. Marla rieb sich den Schlaf aus den Augen, während sie sich aufsetzte. Kjell, Tjarven und Philipe lagen in ihre Decken gehüllt auf dem Boden vor dem Kamin und schliefen noch tief und fest. Von Rorek und Sorin war nichts zu sehen.

Verdammt, sie musste wirklich zutiefst erschöpft gewesen sein, wenn keinerlei Geräusch sie zu wecken vermocht hatte … aber bei all den Offenbarungen, die gestern auf sie eingeprasselt waren und die anschließend emotionale Verarbeitung bedurft hatten, war das wohl auch kaum verwunderlich. Allerdings würde es sie auch nicht überraschen, wenn sich ihre Gefährten aus Rücksicht besonders leise verhalten hätten, um sie nicht zu stören.

„Wie lange ist sie denn schon weg?“, fragte Marla mit etwas Verspätung.

„Eine kleine Weile. Rorek und Sorin machen gerade die Pferde fertig und packen unsere Taschen. Rorek möchte sobald wie möglich aufbrechen, aber er wollte den anderen und dir wenigstens noch ein wenig Schlaf gönnen. Philipe und Kjell haben die erste Wachschicht übernommen und Tjarven hat ja gestern ganz schön was abbekommen …“

„Und du, hast du denn überhaupt geschlafen?“

Jahvis grinste. „Och … ein bisschen hier und da. Aber du weißt ja, wie sehr ich es liebe, wenn du mich als Kopfkissen benutzt.“ Marla rollte mit den Augen, konnte sich jedoch ein Lächeln nicht verkneifen. Wie oft war sie wohl schon an Jahvis' Schulter gelehnt eingeschlafen? Immerhin hatte sich die Situation zwischen ihnen in den letzten Wochen merklich entspannt. Die Freunde konnten wieder unbeschwert miteinander lachen und Marla hatte nicht mehr den Eindruck, dass Jahvis betroffen die Augen abwandte, wenn sie und Philipe sich bei den Händen hielten, aneinandergekuschelt am Lagerfeuer saßen oder sich gar küssten.

Philipe ... jetzt im Schlaf wirkte sein Antlitz gänzlich entspannt. Doch wenn *sie* sich am Vortag schon von den Ereignissen völlig überfordert gefühlt hatte, wie musste es dann erst ihm ergangen sein? Ein schlechtes Gewissen meldete sich mit einem unangenehmen Knoten in der Magengegend, als ihr bewusst wurde, dass sie ihm in seiner Trauer besser beiseite hätte stehen sollen.

Sie erhob sich vom Sofa und widerstand mühsam dem Drang, ihrem Geliebten zärtlich übers Haar zu streichen. Stattdessen schaute sie sich unschlüssig in der Stube um, bis ihr Augenmerk an der Holzkommode neben dem Durchgang zur Küche hängenblieb. Hatte Svala am Abend eigentlich Eyvindirs Brief zurück in die Schublade gelegt? Sie konnte sich nicht erinnern, aber zu gern hätte sie noch einmal einen Blick darauf geworfen.

Auf Zehenspitzen, um die Männer nicht zu wecken, schlich sie zu dem Schränkchen und zog leise das oberste Schubfach auf. Es befanden sich nur wenige Schriftstücke darin, doch das edle Briefpapier, das sie gestern Abend gesehen hatte, schien nicht darunter zu sein. Gerade wollte sie enttäuscht die Schublade schließen, da erweckte das weinrote Wachssiegel auf einer Schriftrolle, die obenauf lag, ihre Aufmerksamkeit. Selbst in seinem aufgebrochenen Zustand erkannte Marla die imposanten Umrisse der Hauptstadt auf dem Siegel sofort wieder. Neugierig, welch weiteres offizielle Schreiben aus Eskjillrod Svala erhalten haben mochte, zog sie das Papier heraus.

„Vorladung" stand in großen, verschnörkelten Buchstaben ganz oben auf dem Blatt. Marla wollte den Brief gerade zurücklegen, da er ganz offensichtlich nicht von Eyvindir stammte und sie sich nicht in die privaten Angelegenheiten Svalas einmischen wollte, doch als gewisse Schlagworte wie von selbst ihren Blick auf sich zogen, konnte sie gar nicht mehr anders, als den Text doch zu überfliegen. „... an die Vorladung zur förmlichen Ratsversammlung im königlichen Palast in Eskjillrod erinnern ... als wichtige Zeugin ... der Angeklagte König Eyvindir der Große ..." Marlas Augen wurden groß, ein eiskalter Schauer fuhr ihr den Rücken hinab. Um was für ein Schreiben handelte es sich hierbei? Mit fahrigen Fingern zog sie die Schriftrolle weiter auf. „... für den Verrat am verbündeten Drachenvolk rechtfertigen ... die damit verbundene Gefährdung des eigenen Volkes ...“ *Was zum Teufel sollte das?* Eyvindir hatte mal vor dem Rat aussagen müssen? Angeblich hatte doch niemand sonst von dem Vergehen an den Drachen gewusst, für was also war er angeklagt worden? Und wann sollte dies gewesen sein? „Bei Verurteilung droht dem Angeklagten die Todesstrafe ... hiermit angehalten, als Zeugin auszusagen ... dies ist keine Bitte, sondern eine verpflichtende Zitierung ...“ *Die Todesstrafe?* Marla fühlte sich, als würden dicke Wolken ihren Verstand benebeln. Svala war als Zeugin vorgeladen worden? Gerade wollte sie das Schreiben noch einmal genauer und von vorn studieren, als draußen auf dem Hof plötzlich Stimmen laut wurden.

Nur wenige Sekunden später wurde die Vordertür aufgestoßen. „Vier Reiter! Sie werden gleich hier sein!“, rief Sorin ins Haus und binnen Sekunden waren ihre Gefährten aus dem Schlaf hochgeschreckt, aufgesprungen und hatten nach ihren Schwertern gegriffen. „Es macht den Eindruck, dass Svala uns die Stadtwache auf den Hals gehetzt hat, wahrscheinlich möchte sie uns wegen Yorems Tod einsperren lassen.“ Marla hielt noch immer völlig verdattert das Schreiben in der Hand, war unfähig, sich zu rühren.

Währenddessen trat Philipe an ihr vorbei Richtung Tür. Er rieb sich mit einer Hand ein paar Mal übers Gesicht und machte schon nicht mehr den Eindruck, als hätte er bis vor wenigen Augenblicken tief und fest geschlafen. „Ich weiß nicht, ob wir uns rausreden können, oder ob es zu einem Kampf kommen wird. Bitte bleibt vorerst im Haus.“ Marla nickte nur und schaute ihm und Sorin nach. Noch im Gehen schnallte sich Philipe den Schwertgurt um, da brachten die angekündigten Reiter auch schon auf dem Hof ihre Tiere zum Stehen.

Da Sorin die Tür hinter sich geschlossen hatte, lief Marla zum Fenster und spähte, umringt von Tjarven, Jahvis und Kjell, hinaus auf das Geschehen. Roreks Körperhaltung war angespannt und Sorin, der sich etwas im Hintergrund hielt, hatte seine Hand sogar auf seinen Schwertgriff gesenkt. Philipe aber trat ohne zu zögern auf die Fremden zu und nickte freundlich zur Begrüßung.

Einer der Reiter, die ihrer Uniform nach zu urteilen tatsächlich zur Stadtwache gehörten, schwang sich aus seinem Sattel und zog eine Schriftrolle aus seiner Manteltasche, die der in Marlas Besitz sehr ähnelte. Erneut ließ sie ihren Blick über das Papier in ihrer Hand gleiten. „Die Anwesenheit wird pünktlich am Tag nach dem nächsten Neumond zum Sonnenhöchststand erwartet ... bei Nichtbeachtung der Vorladung wird das Erscheinen durch die Stadtwache erzwungen werden ...“ Marla schaute überrascht auf. *Die Stadtwache?* Konnte das Zufall sein? Philipe und der Krieger der Stadtwache schienen angeregt zu diskutieren. Ihr Blick suchte das Ende des Dokumentes: „Gezeichnet Brestur, Rechte Hand.“ *Brestur!* Eine schreckliche Vorahnung nahm in ihr Gestalt an.

„Wann ist der nächste Neumond?“, erkundigte sie sich tonlos, ohne dass die Frage an jemand Bestimmtes gerichtet war.

„Wir hatten erst letzte Nacht Neumond“, antwortete Tjarven. „Warum möchtest du das wissen?“ Marla blieb dem Gefährten eine Antwort schuldig und drückte sich vom Fensterrahmen ab. Ihr Hirn fühlte sich noch immer an wie benebelt, nur ein Gedanke hob sich klar und deutlich von den anderen ab: Philipe musste diesen Brief unbedingt sehen! Als sie nahezu über die Türschwelle stolperte, wendeten die Männer der Stadtwache überrascht ihre Köpfe.

Vermutlich war ihr anzusehen, dass irgendetwas nicht stimmte, denn Philipe trat sofort alarmiert auf sie zu. „Marla, ist alles in Ordnung? Geht es dir nicht gut? Du siehst so blass aus.“

„Warum sind die hier?“, fragte sie steif zurück und wies mit dem Kinn auf die fremden Reiter.

„Keine Angst, sie wissen nichts von Yorem“, raunte er leise und fuhr dann etwas lauter fort. „Sie suchen nach Svala, das ist alles. Wir haben bereits erklärt, dass sie sich derzeit nicht hier auf dem Hof aufhält, sie müssen sich auf dem Weg knapp verpasst haben.“

Marla trat an ihrem Geliebten vorbei auf den Krieger der Stadtwache zu. „Was wollt ihr von Svala?“

Der Mann musterte sie neugierig. „Tut mir leid, darüber zu sprechen sind wir nicht befugt.“

„Ihr seid hier um sie abzuholen und nach Eskjillrod zu geleiten, habe ich Recht?“ Der Krieger tauschte einen schnellen Blick mit den anderen drei Reitern und nickte dann knapp.

„Marla, was hat das zu bedeuten?“, wollte Philipe leise wissen. Auch Rorek trat näher und sie hörte, wie sich hinter ihr die Haustür öffnete und wieder schloss. Die schweren Schritte ihrer Gefährten näherten sich.

Marlas Hand zitterte leicht, als sie die Schriftrolle in die Höhe hielt. „Findet heute eine Ratsversammlung statt?“ Sie hatte beinahe Angst davor, die nächsten Worte auszusprechen. „*Ist Eyvindir am Leben?*“ Selbst in ihren eigenen

Ohren klang ihre Stimme unnatürlich schrill. Philipe riss ihr das Schreiben aus der Hand und fing an zu lesen.

„Was soll die Frage?“ Der Mann der Stadtwache runzelte verwirrt die Stirn. „Natürlich *lebt* der König, sonst würde es wohl kaum eine Verhandlung gegen ihn geben!“ Marla hatte das Gefühl, als ob ihr jemand den Boden unter den Füßen weggerissen hätte. *Eyvindir. Lebt.* Sie schwankte rückwärts und fand erst Halt, als einer der Gefährten sie von hinten stützte. *Eyvindir hat die Revolte überlebt?* Philipe starrte noch immer auf das Schriftstück hinab und fuhr sich mit einer Hand wiederholt durchs Haar. Sorin, Kjell und Rorek drängten sich näher an ihn heran, um mitlesen zu können.

Entsetzt schaute Sorin auf. „Aber wie … wie ist das möglich? Ich habe doch selbst mitbekommen, wie er angegriffen wurde! Es gab einen Kampf und …“

„Aber warum hat Svala dann behauptet, Eyvindir sei tot?“, wollte Jahvis wissen.

„Hat sie nicht“, antwortete Philipe tonlos. „Sie hat es lediglich nicht richtig gestellt. Sie hat uns absichtlich in dem Glauben gelassen!“

Einen Augenblick herrschte betretene Stille.

„Was ist denn nun?“, blaffte einer der Wachmänner, der mit seinem rüden Ton überhaupt erst wieder auf die Anwesenheit der Stadtwache aufmerksam machte. „Wir suchen nach Svala und sind beauftragt worden, sie in Gewahrsam zu nehmen und nach Eskjillrod zu geleiten, wenn sie nicht freiwillig anreist!“

„Tut euch keinen Zwang an“, knurrte Rorek. „Überzeugt euch doch selbst davon, dass sie sich nicht im Haus aufhält.“ Drei der vier Krieger saßen daraufhin tatsächlich ab, um das Wohnhaus zu durchsuchen, während der vierte bei den Pferden blieb.

„Wir müssen von hier verschwinden“, wendete sich Kjell flüsternd an seine Gefährten. „Wenn sie auch noch auf die Idee kommen, sich die Scheune vorzunehmen und auf Yorems Leichnam stoßen, geraten wir in Erklärungsnot. Jahvis, würdest du bitte unsere letzten Habseligkeiten aus der Stube holen? Das meiste haben Sorin und Rorek ja ohnehin schon gepackt. Wenn wir uns beeilen, schaffen wir es noch rechtzeitig zum Beginn der Ratsversammlung nach Eskjillrod.“ Der junge Gefährte nickte beflissen und kam seinem Auftrag umgehend nach. „Zumindest gehe ich davon aus, dass auch ihr dorthin wollt?“

„Also ich für meinen Teil möchte genau wissen, welche Lügen uns Eyvindir über die Jahre aufgetischt hat!“, brummte Rorek. War es Triumph, der da aus dem Krieger sprach? Es war ein offenes Geheimnis, dass er und Eyvindir in der Vergangenheit des Öfteren aneinandergeraten waren und Rorek dem König schon lange versteckte Beweggründe vorgeworfen hatte – und damit hatte er ganz offensichtlich auch nicht falschgelegen. Doch als Marla Roreks Antlitz genauer betrachtete, zeugten die dunklen Schatten unter seinen Augen ganz sicher nicht von Genugtuung, sondern eher von Enttäuschung oder gar einer gewissen Machtlosigkeit, die er wie gewohnt hinter seiner grimmigen Art zu verbergen versuchte.

„Ich werde Marla und Philipe unterstützen, wie auch immer sie entscheiden“, meldete sich Tjarven zu Wort, der Marla weiterhin mit seinem Arm um ihre Schulter Halt gab, wie ihr erst jetzt dankbar bewusst wurde.

„Niemals hätte ich gedacht, dass ich ihm noch einmal in die Augen sehen würde“, wisperte Philipe kaum hörbar. „Ich möchte unbedingt seine Wahrheit hören!“

„Und du, Marla? Bist du einverstanden?“, wollte Tjarven wissen. Marla fühlte sich von den neuen Entwicklungen noch immer völlig überfordert und nickte lediglich kräftig ihre Zustimmung.

„Also gut, dann ist es entschieden“, schloss Kjell. „Wir reiten nach Eskjillrod und hören uns an, was Eyvindir zu seiner Verteidigung zu sagen hat.“

Immer wieder blickte Marla nervös zum Himmel, um den Sonnenstand zu überprüfen. Nach ihrem hastigen Aufbruch noch vor Beendigung der Hausinspektion durch die Stadtwache, hatten sie ein zügiges Tempo vorgelegt, doch obwohl der Weg bis zur Hauptstadt nur wenige Reitstunden betragen sollte, waren sie jetzt schon seit einer halben Ewigkeit unterwegs. Nicht nur versperrten unzählige Karren zusehends die Straßen, deren Besitzer sich dem königlichen Heer anschließen wollten, auch etliche Schaulustige, die die Verkündigung des Ratsurteils erwarteten, machten ein Durchkommen beinahe unmöglich.

Marla konnte ihre Gedanken noch immer kaum ordnen und ihren Gefährten erging es offensichtlich nicht anders. Wenngleich es von äußerster Wichtigkeit gewesen wäre, über ihr weiteres Vorgehen zu diskutieren, wurde nur das Allernötigste gesprochen – von ungehaltenen Flüchen Roreks und Sorins einmal abgesehen. Jeder hing seinen Gedanken nach und verarbeitete auf seine Weise die unfassbaren Entwicklungen der letzten Tage.

Am meisten tat ihr jedoch Philipe leid, dem das Wechselbad der Gefühle schwer zuzusetzen schien. Zum wiederholten Male betrachtete sie ihn verstohlen von der Seite. Sein verkrampfter Kiefer und sein verhärteter Blick, der stur geradeaus gerichtet war – es war nicht schwer zu erraten, was in ihm vorging und Marla hätte ihn nur zu gerne tröstend in die Arme geschlossen.

Bis zum gestrigen Tage waren sie davon ausgegangen, dass Eyvindir bei der Revolte ums Leben gekommen war. Während sie noch mit der Trauer kämpften und diesen Verlust verarbeiteten, hatte sich ganz unerwartet die erschreckende Wahrheit aufgetan, dass der König sie alle belogen und hintergangen hatte. Doch als wären das nicht genügend Schreckensnachrichten gewesen, hatte die jahrelange Suche nach Alvas Mörder mit Yorems Geständnis ein jähes Ende gefunden. An und für sich hätte sich nach dessen Tod eine gewisse Erleichterung einstellen und den Trauernden ein Gefühl des inneren Friedens bescheren sollen, doch gleichzeitig riss das Geschehen tiefliegende Wunden neu auf und wirbelte lange vergrabene Emotionen durcheinander.

Gleich heute Morgen hatte das Schicksal dann schon die nächste Wendung genommen: Eyvindir lebte, *er lebte*! Wie ihnen ausgerechnet dieses brisante Detail entgangen war, blieb Marla ein Rätsel – und wie lange dem noch der Fall sein würde, konnte auch keiner von ihnen sagen. Noch heute sollte eine Ratsversammlung stattfinden und in dem Schreiben, das sie in Svalas Kommode gefunden hatte, war eindeutig davon die Rede gewesen, dass dem Angeklagten bei Verurteilung die Todesstrafe drohte. Warum nur hatte Svala ihnen verschwiegen, dass Eyvindir am Leben war und dass sie bei der Sitzung als Zeugin vorgeladen war? Hatte sie etwa gefürchtet, die Gefährten würden versuchen, sie zu beeinflussen und darauf drängen, ihre Aussage zu Eyvindirs Gunsten zu ändern? *Und überhaupt –*

„Wie kann es denn eigentlich sein, dass ein gewöhnlicher Rat über den König richten kann?“, sprach sie endlich aus, was sie schon den ganzen Morgen über beschäftigt hatte. „Er ist der Herrscher dieses Volkes, sollte sein Wort nicht über allem anderen stehen?“

Gerade als sie fürchtete, dass ihre Gefährten ihr eine Antwort schuldig bleiben würden, riss sich Philipe von seinen Gedanken los und räusperte seine belegte Stimme. „Du denkst an den König der Menschen, Marla, bei den Alben ist das anders. Kannst du dich daran erinnern, wie ich dir kurz nach unserer Ankunft im Tal der Manantena erklärt hatte, dass der Titel nicht vererbt, sondern der König vom Volk gewählt wird?“ Marla nickte. „Genauso kann er bei extremen Fehltritten auch wieder abgesetzt werden, aber natürlich schützt das Gesetz den Herrscher vor belanglosen Anschuldigungen von Seiten des Volkes. Denn wenn jeder gewöhnliche Bauer eine Amtsenthebung durch den Rat fordern könnte, nur weil er beispielsweise mit den Erträgen unzufrieden ist, käme es ständig zu Unruhen. Im Falle besonders gravierender Vorwürfe wird für die Prüfung eine Ratsversammlung angesetzt, bei der eine breit gefächerte Gruppe von Vertretern des Volkes darüber entscheiden soll, was dahintersteckt. Die Ratsmitglieder sind erfahrene und einflussreiche Alben unterschiedlicher Volksschichten, meist eine Mischung aus den Ordnungshütern der Städte und bewährte Krieger, aber auch angesehene Heiler oder einflussreiche Bauern.“

„Dabei sollte erwähnt werden, dass es solche Amtsenthebungen in der Geschichte des albischen Volkes äußerst selten gegeben hat“, fügte Kjell hinzu. „Vor einigen Jahrhunderten kam es in verschiedenen Teilen des Landes zu Hungerepidemien und als sich herausgestellt hat, dass der damalige König an Wahnvorstellungen litt und nicht in der Lage sein würde, sich der Krise anzunehmen, wurde er abgesetzt. Soweit ich mich erinnern kann, wurde ein König jedoch noch nie zuvor eines Verbrechens angeklagt …“ Abermals verfielen die Gefährten in Schweigen. *Noch nie zuvor eines Verbrechens angeklagt* ... War es das, woran sich die Alben eines Tages erinnern würden, wenn sie an Eyvindirs Herrschaft zurückdachten? Einmal mehr brach ihr für ihren Großvater das Herz und sie konnte sich einer erneuten Gedankenspirale nicht erwehren.

War er wirklich der Mann, für den sie ihn bislang gehalten hatte? Sie fühlte sich hin- und hergerissen. Hatte er vor den Schandtaten der Evantheos schlicht die Augen verschlossen und hatte dem Drachenvolk aus Unwissenheit seine Hilfe verwehrt oder trug er doch eine aktivere Mitschuld am Elend dieser geschundenen Kreaturen? Hatte er tatsächlich selbst nach einem Weg gesucht, sein eigenes Leben auf Kosten der Drachen zu verlängern? Oder hatte er vielleicht sogar schon eine Möglichkeit gefunden? Eine unangenehme Gänsehaut lief Marlas Rücken hinab.

In ihrem Inneren tobte ein unerbittlicher Kampf. Einerseits waren Eyvindirs Taten für sie unverzeihlich, ihr eigenes Verständnis von Recht und Gerechtigkeit sowie ihre tiefe Verbundenheit zu den Drachen verboten ihr, seine Vergehen herunterzuspielen. Andererseits trug sie trotz allem noch unendlichen Respekt und Liebe für ihn in ihrem Herzen. In ihren Adern floss das gleiche Blut, er war der Vater ihrer Mutter, der Mann, der Philipe als Jungen bei sich aufgenommen und ihm ein Zuhause geschenkt hatte. Konnte sie diese Gefühle einfach so abstellen und ignorieren, als sei er ein völlig Fremder, als würde sie ihn nicht persönlich kennen und schätzen? Sie wusste es nicht. Doch eines stand fest: Eyvindir sollte zumindest die Gelegenheit bekommen, sich zu erklären, so viel hatte er verdient! Hoffentlich würden sie noch rechtzeitig zu seiner Verhandlung kommen und – was noch viel wichtiger war – auch die Gelegenheit bekommen, mit ihm zu sprechen.

Sie erreichten Eskjillrod pünktlich zum Sonnenhöchststand. Erst als Sorin vorgeschlagen hatte, querfeldein durch die Wälder zu reiten, waren sie zügiger vorangekommen. Zwar war diese Route grundsätzlich länger und unwegsamer, doch zumindest konnten sie dadurch die Massen an Reisenden umgehen und wieder Geschwindigkeit aufbauen.

Als sie kurz vor dem Stadttor zur Hauptstraße zurückkehrten, mussten sie jedoch schnell einsehen, dass es hier selbst ohne Pferde kaum ein Durchkommen gab – mit den Tieren war es schlicht eine Unmöglichkeit. Da es nun aber keine Rolle mehr spielte, ob ihnen die Reittiere gestohlen wurden – das Wichtigste war schließlich, dass sie so schnell wie möglich den königlichen Palast erreichten – kamen sie Tjarvens Vorschlag nach und banden die Pferde an einer Baumgruppe an.

Keiner der Alben, die sich hier versammelt hatten, ließ sich gern den ergatterten Platz streitig machen und viele schimpften lautstark über die Dreistigkeit der Gefährten, sich an ihnen vorbeizuzwängen. Darauf konnte im Moment allerdings keine Rücksicht genommen werden, die Zeit drängte. Als sie endlich die Stadtmauer erreichten, mussten sie jedoch enttäuscht feststellen, dass das Portal verriegelt war, woran auch Roreks ungeduldiges Hämmern gegen das eisenverstärkte Holz nichts änderte.

„Es ist gerade mal mittags!“, schimpfte Kjell. „Was soll das?“

Ein Wachmann schob seinen Kopf oberhalb des Tores über die Wehrmauer. „Die Stadt ist überfüllt, das Tor hat geschlossen! Verschwindet, bevor ich euch Beine mache!“

„Können wir durch eines der anderen Tore Zutritt erlangen?“, fragte Sorin.

„Nein! Alle Grenzen wurden dicht gemacht. Und nun verschwindet!“, wiederholte der Wächter eintönig.

„Bitte, es ist wichtig!“, begehrte Philipe auf. „Wir brauchen unbedingt Zugang zum Palast, um –“

„Na klar, das sagen alle!“

„Nein, du verstehst nicht recht! Wir sind wichtige Zeugen für die Verhandlung!“

„Doch, doch, ich verstehe. Ihr haltet euch für unfassbar wichtig und glaubt, Sonderrechte zu haben … Dabei habe ich genau diese Worte heute schon dutzende Male gehört!“ Der Mann wedelte mit der Hand, als könne er ein paar lästige Fliegen verscheuchen und es war offensichtlich, dass er seine Machtposition überaus genoss.

„Verdammt, lass uns rein!“, schimpfte Kjell. „Dies ist Philipe, Eyvindirs Ziehsohn! Er hat ein Recht darauf, an dieser Sitzung teilzunehmen.“

„Eyvindirs Ziehsohn, pff. Und ich bin Eyvindirs Stadtwache und tue das, was mir aufgetragen wurde! Der Zugang ist und bleibt geschlossen!“

„Verdammt, öffne sofort das Tor!“, brüllte Sorin. „Weißt du denn nicht, wer ich bin?“ Spätestens jetzt verstummten die aufgebrachten Gespräche der Umstehenden. Von allen Seiten wurden ihnen neugierige bis hin zu argwöhnische Blicke zugeworfen.

Die Stadtwache starrte den Anführer der Garde erschrocken an und schien auch tatsächlich einen Moment mit sich zu ringen, schüttelte dann jedoch grimmig den Kopf. „Es tut mir leid, ich habe strikte Anweisungen!“ Marla spürte Frustration in sich aufsteigen. Verdammt, es musste doch möglich sein, den Mann umzustimmen! Sie waren schließlich nicht irgendwelche unbeteiligten Schaulustigen, sie selbst waren in die Geschehnisse verstrickt, die Ratsversammlung ging sie persönlich etwas an!

Plötzlich kam ihr eine Eingebung. „Sag Brestur, dass Sorin die Person gefunden hat, nach der er gesucht hat! Sag ihm, er hat Marla mitgebracht und sie ist bereit, mit ihm zu sprechen.“

„Marla, nicht!“, zischte Philipe und auch die restlichen Gefährten traten unruhig von einem Fuß auf den anderen. Ganz offensichtlich missfiel ihnen der Plan, aber Marla verschränkte entschlossen ihre Arme. Als Gefangene in den Palast geführt zu werden, war zwar auch nicht unbedingt das, was ihr vorgeschwebt war, als sie auf dem Hof von Jahvis’ Eltern gesagt hatte, sie wolle sich Brestur stellen und ihm endlich die Stirn bieten, aber immerhin würde ihnen dies ermöglichen, in den Palast zu gelangen.

Abermals schien der Wachmann zu überlegen und schüttelte dann den Kopf. „Ich kann meinen Posten jetzt nicht verlassen."

Sorin stöhnte genervt auf. „Dann schicke doch jemand anderen, um die Nachricht zu übermitteln, du Idiot!" Der Mann schaute ihn mit großen Augen an, reagierte allerdings anders auf die Beschimpfung des Kriegers als erhofft – statt dass er sich beeilte, der Aufforderung nachzukommen, um nicht als inkompetent zu gelten, presste er nur stur die Lippen aufeinander und starrte geradeaus über die vielen Schaulustigen hinweg, die sich vor dem Tor drängten. Sorin sah aus, als würden ihm noch ganz andere gehässige Betitelungen in den Sinn kommen, aber er wischte sich einmal über die Stirn und atmete tief durch. „Hör zu. Wie ist dein Name? Wenn du uns hilfst, werde ich ein gutes Wort für dich einlegen und dafür sorgen, dass du für dein vorausschauendes Denken und deine Eigeninitiative entlohnt wirst!" Auch Sorins beschwichtigender Tonfall erwies sich als wirkungslos, denn der Alb ignorierte sie jetzt ganz.

Kjell hieb wütend gegen das Tor. „Verdammt, warum hört er nicht auf dich? Ich dachte, die Garde ist dir unterstellt?"

„Die Königsgarde, ja, aber die Stadtwache ist eine gesonderte Einheit, die einem eigenen Anführer Rechenschaft ablegt. Und ganz offensichtlich ist mir dieser Anführer entweder nicht mehr wohl gesonnen oder er wurde von Brestur, Maltje oder seinesgleichen dazu angehalten, nicht auf mich zu hören."

„Oder vielleicht haben wir es auch nur wieder mit einem übereifrigen Wachmann zu tun, dessen Spatzenhirn nicht über einen Befehl hinauszudenken vermag“, knurrte Rorek genervt.

„Einlass gewähren wird er uns jedenfalls nicht“, stellte Philipe ernüchtert fest. „Lasst uns gehen, uns wird schon etwas einfallen – raus geschafft haben wir es schließlich auch, da muss es doch möglich sein, wieder hineinzugelangen!“

Ein Lächeln breitete sich auf Sorins Antlitz aus. „Aber natürlich, mein Lieber, damit hast du völlig Recht! Folgt mir!“

Die Gefährten schoben sich gegen den Strom durch die Menge und eilten zurück zu den Pferden. Als sie die Tiere von der Stadt fort und den Fluss entlang lenkten, bestand für Marla kein Zweifel mehr daran, was die Männer planten: Wenn ihnen nicht auf offiziellem Wege Zugang gewährt wurde, mussten sie wohl abermals die verborgenen Stollen nutzen, um sich zurück in den Palast zu schleichen.

Ein weiterer Blick nach oben zeigte, dass die Mittagsstunde mittlerweile weit überschritten war, was bedeutete, dass die Ratsversammlung längst in vollem Gange sein musste. Marla kaute nervös auf ihrer Unterlippe herum. Würden sie noch rechtzeitig kommen? Oder würde das Urteil über Eyvindir verhängt werden, bevor sie überhaupt die Gelegenheit hatten, mit ihm zu sprechen?

Ihre Augen suchten die schroffen Felsen auf der gegenüberliegenden Flussseite ab, ohne einen Hinweis darauf zu finden, dass sich innerhalb des Berges ein Tunnel befand, der bis innerhalb der Stadtmauern und direkt in den königlichen Palast führte. Dann wurde ihre Aufmerksamkeit auf einen abgebrochenen Ast gelenkt, der auf den wild hüpfenden Wellen des Flusses dahingetragen und immer wieder unter Wasser gezogen wurde. Jetzt, am helllichten Tag, wirkte die reißende Strömung noch weitaus bedrohlicher auf Marla als am Abend ihrer Flucht. Sie musste hart schlucken. Wenn das Boot während der Überfahrt kenterte, hätte sie als Nichtschwimmerin keinerlei Chance, die andere Seite zu erreichen.

Endlich brachten sie die Pferde zum Stehen und sprangen zu Boden. Marla war froh, dass sie sich auf den Orientierungssinn ihrer Gefährten verlassen konnte, denn ihr selbst wäre es nicht so schnell gelungen, die entsprechende Stelle am Ufer wiederzufinden. Abgesehen davon, dass es zum Zeitpunkt ihrer Flucht dunkel gewesen war, hatten ihr die jüngsten Ereignisse und der vermeintliche Verlust ihres Großvaters so schwer zugesetzt, dass sie sich kaum an Details erinnern konnte.

Nachdem Sorin die Festmacherleine um den Busch aufgeknotet hatte, zog er das kleine Ruderboot aus dem Versteck unter dem überhängenden Büschel Schilf hervor. Kjell stabilisierte den Kahn, um dem Krieger der Königsgarde den Einstieg zu erleichtern.

„Kommt, wir müssen uns beeilen, wenn wir Eyvindir noch beistehen wollen!“ Sorin winkte ungeduldig. „Marla, ich glaube, du hattest vorhin einen guten Einfall. Bei der Aussicht auf ein Gespräch mit dir wird Brestur garantiert dafür sorgen, dass die Ratsversammlung unterbrochen wird.“ Sie atmete einmal kräftig durch, um ihre Furcht vor dem rauschenden Strom zu besänftigen, dann kletterte sie ebenfalls in den hölzernen Kahn.

Gerade wollte Philipe Anstalten machen, hinterherzusteigen, da schwang Rorek sein linkes Bein über den Süllrand. „Weg da, Philipe, das ist mein Platz!“

„Was? Nein, ich fahre mit! Ich lasse sie doch da nicht allein reingehen!“

„Sie ist nicht allein! Ich bleibe bei ihr!“ Mit diesen Worten drückte Rorek das Boot kräftig vom Ufer ab, bevor er sich auf der schmalen Sitzbank im Heck niederließ. Beinahe schwappten die Wellen über den Rand und Marla krallte sich Halt suchend links und rechts an das raue Holz. Ehe sie sich's versah, hatte die Strömung den schwankenden Kahn schon ein gutes Stück flussabwärts gerissen und verlangte Sorin einiges an Kraft ab, um dagegen anzurudern. Ihr Blick fiel zurück auf Philipe, der mit einem verdutzten bis hin zu *verletzten* Gesichtsausdruck am Ufer stand.

„Für dich ist einfach kein Platz mehr, weißt du?“, rief sie entschuldigend.

„Ja, das sehe ich …“ Philipes gemurmelte Worte waren über das Gluckern des Flusses kaum zu vernehmen, doch in Marlas Kehle bildete sich sogleich ein unangenehmer Knoten. Es war doch nicht so, dass sie ihn nicht an ihrer Seite haben *wollte*!

„Reitet zurück zum Stadttor!“, forderte Sorin die Gefährten auf. „Ich werde jemanden schicken, der euch Zutritt gewährt! Haltet euch bereit!“ Philipe stand noch immer unbewegt am Ufer. Am liebsten hätte Marla ihm eine Liebesbeteuerung zugerufen und ihm versichert, dass sie alles dafür tun werde, die Ratssitzung zu unterbrechen, aber dann waren sie schon zu weit voneinander entfernt.

Die umgekehrte Strecke durch den Stollen war wesentlich mühseliger als während ihrer Flucht vor ein paar Wochen. Nicht nur führte der Weg stetig bergauf, sie mussten sich zudem in kompletter Finsternis orientieren, indem sie sich an der rauen Felswand entlangtasteten und mehr als einmal wünschte sich Marla die unhandliche Öllampe herbei, die sie damals noch verflucht hatte. Zwar konnte sie sich nicht an irgendwelche Abzweigungen erinnern, sodass sie nicht riskierten, sich zu verlaufen, doch der Untergrund war bei Weitem nicht so ebenmäßig, wie sie es aus den Geheimgängen in den Bergen rund um das versteckte Tal der Manantena gewohnt war.

Ihre Schritte hallten laut durch die Stille – Sorins ein Stück voraus und ihre eigenen sowie Roreks direkt an Marlas Ohr. Sie hatte Mühe, mit dem Tempo ihrer beiden Begleiter Schritt zu halten und trotz der Tatsache, dass Rorek sie an der Hand führte, stolperte sie fortwährend über hochstehende Felskanten. Bislang hatte der Krieger sie vor einem Sturz bewahren können, aber irgendwann schlug sie dann doch mit dem Knie auf dem harten Untergrund auf.

Rorek ging neben ihr in die Hocke und berührte sie am Bein. „Geht's?", fragte er ungewohnt sanft.

Wenngleich ihr der Schmerz heiß in den Augen brannte, nickte Marla, realisierte dann, dass der Krieger diese Geste im Dunkeln nicht sehen konnte und räusperte ihre tränenerstickte Stimme. „Ja, es geht schon." Sie ignorierte sowohl ihren verletzten Stolz nach diesem blamablen Vorfall als auch das klebrig warme Nass zwischen ihren Fingern, als sie ihre zerrissene Hose befühlte.

Rorek griff ihr unter die Arme und zog sie mit Leichtigkeit zurück auf die Füße. „Kannst du laufen?“, fragte er fürsorglich. Statt einer Antwort tastete sie erneut nach seiner Hand und gab ihm mit einem Händedruck zu verstehen, dass sie bereit war. Was war schon ein aufgeschlagenes Knie, wenn es buchstäblich um Leben und Tod ging!

Das tosende Rauschen des Wasserfalls war schon lange zu hören, bevor endlich ein milchiger Schimmer den Tunnel hinabfiel. Sorin lehnte mit dem Rücken gegen die Stollenwand und schaute ihnen ungeduldig entgegen. Sobald sie zu ihm aufgeholt hatten, drückte er sich schwungvoll ab und eilte den schmalen Vorsprung zwischen den fallenden Wassermassen und der Felsmauer entlang. Das gedämpfte Tageslicht, das zu ihnen hereindrang, ließ die algenbewachsene Wand grün glänzen, während sich die sprühende Gischt abermals unerbittlich in ihre Kleidung fraß.

Es dauerte nun nicht mehr lange, bis sie die Stelle erreicht hatten, an der die natürliche Bergwand in den gemauerten Gang überging und bald darauf gelangten sie auch an die Bodenluke, durch die sie heraufgeklettert waren.

„Bereit?“, fragte Sorin, nachdem er und Rorek die Platte beiseitegeschoben und auf verräterische Geräusche gelauscht hatten.

„Aber so was von!“, brummte Rorek, glitt mit den Füßen voraus durch die Luke und ließ sich die verbleibende Distanz in die Tiefe fallen. Nahezu lautlos landete er im daruntergelegenen Gang. Marla atmete tief ein und aus. Jetzt war es so weit. Sobald sie aus diesem Versteck kletterte, wurde es ernst, dann würde es kein Zurück mehr geben.

Entschlossen schob auch sie ihre Beine über den Rand der Öffnung. Sorin stabilisierte ihren Halt und Rorek umfasste von unten ihre Taille, sobald sie sich weit genug hinabgelassen hatte. In seinen starken Armen fühlte sie sich beinahe schwerelos.

„Noch eine Bewegung und ihr seid tot!“, ertönte eine helle Stimme vom Ende des Ganges. „Wer zum Teufel seid ihr und wie kommt ihr hierher?“

Kapitel 13 – Diplomatische Verhandlungen

Marlas Schwerelosigkeit fand ein Ende, als Rorek sie sanft auf dem Boden absetzte. Er ließ ihre Taille los und streckte dann ganz langsam links und rechts seine Hände von sich, mit gespreizten Fingern, um zu zeigen, dass er unbewaffnet war. Seinen Blick löste er dabei keine Sekunde von Marlas. Sie fand Kraft in seinen Augen, Ruhe … Zuversicht.

„Sinha, nicht!“, rief Sorin da über ihren Köpfen und federte kurz darauf neben ihnen seinen Sprung ab. „Sie sind mit mir hier, nicht schießen!“

„Sorin? Du? Aber wie …?“, fragte die Stimme verwirrt. Endlich wagte es Marla, an Roreks breiter Gestalt vorbeizuspähen. Eine junge Kriegerin der Königsgarde zielte mit einer geladenen Handarmbrust in ihre Richtung. *Sinha*, richtig … den Namen hatte Sorin schon ein paar Mal erwähnt. Sie war dabei gewesen, als Eyvindir Sorin den Auftrag gab, den Gefährten zur Flucht zu verhelfen. Bei Sorins Anblick ließ Sinha die Waffe sinken und lief ihm entgegen – erst zögerlich, dann immer schneller, bis sie ihm geradezu in die Arme flog.

Der Krieger zog die junge Frau einen Moment lang an sich, nur um sie kurz darauf auf Armeslänge von sich zu schieben. „Dafür ist jetzt keine Zeit … außerdem habe ich dir schon ein Dutzend Mal gesagt, dass du dich in der Öffentlichkeit zusammenreißen sollst!“ Das verschmitzte Lächeln auf seinen Zügen strafte seine strengen Worte Lügen, die Wiedersehensfreude war auch ihm deutlich anzusehen. *Hmpf.* So viel also zu Sorins Beteuerung, dass er sich in Jahvis’ Schwester Lijan verliebt hätte und es ehrlich mit ihr meine. Dann jedoch wurde sein Ausdruck ernst. „Sinha, bitte hilf mir. Seit heute Morgen spuken mir immer wieder die gleichen Erinnerungen durch den Kopf. Die Kampfgeräusche und dann … ich dachte, Eyvindir sei tot! Die ganze Zeit über haben wir nie widersprüchliche Gerüchte aufgeschnappt, nichts Brauchbares zumindest. Wie kann das sein? Ich wäre schon viel früher zurückgekehrt, wenn ich davon gewusst hätte!“

„Mach dir keine Vorwürfe, Sorin! Auch ich bin in jener Nacht davon ausgegangen, Eyvindir sei ums Leben gekommen. Die Wahrheit haben wir erst am darauffolgenden Morgen erfahren und wir hatten keinerlei Möglichkeit, dich zu benachrichtigen. Anscheinend hatte Brestur im allerletzten Moment seine Meinung geändert – er wollte Eyvindir lebend. Zum Zeitpunkt dieses Befehls hatten wir beide, also du und ich, uns vermutlich längst auf dem Weg zu ihm befunden. Als er angegriffen wurde, muss er sich vehement gegen seine Ergreifung gewehrt haben, wurde jedoch schnell überrumpelt. Dabei wurde er sehr schwer verwundet. Tagelang haben die Heilerinnen und Heiler um sein Leben gekämpft. Und uns hat Brestur den strikten Befehl erteilt, nichts darüber nach außen dringen zu lassen.“

„Wer ist dafür verantwortlich, wer hat Eyvindir verletzt?“, fragte Sorin wütend dazwischen.

„Maltje“, gab Sinha ohne zu zögern zurück und Marla hatte sofort das narbige Gesicht des brutalen Alben vor Augen, der Jahvis vor einigen Tagen geschlagen hatte und danach die Scheune von dessen Eltern in Brand stecken ließ. „Kurz nachdem feststand, dass Eyvindir genesen würde, hat Brestur die ersten Schritte für eine Ratsversammlung in die Wege geleitet. Darüber, welches Vergehen Eyvindir angelastet wird, wurden wir lange Zeit im Dunkeln gehalten, und erst nach und nach sind Gerüchte durchgesickert, die besagen, Eyvindir hätte das Wohl eines anderen und das seines eigenen Volkes gefährdet.“

„Aber warum hat Esben denn nichts gesagt?“

Sinha kniff kurz Augen und Lippen zusammen. „Ach ja, das … Esben hat mir berichtet, dass ihr auf einem Bauernhof mehrere Tagesritte nordwestlich von hier Unterschlupf gefunden hattet. Er macht sich schwere Vorwürfe, die Chance verpasst zu haben, dich von Eyvindirs Überleben zu informieren. Alles ging wohl so schnell und er hatte gar nicht damit gerechnet, euch dort anzutreffen. Am nächsten Morgen hat er sich unter einem Vorwand für ein paar Stunden von seiner Truppe getrennt und ist zum Hof der Familie zurückgeritten, aber ihr wart bereits aufgebrochen, er muss euch knapp verpasst haben. Dafür hatte er die Gelegenheit, sich aufrichtig bei der Familie zu entschuldigen …“

„Darf ich davon ausgehen, dass ich mich wieder bewegen darf, ohne Gefahr zu laufen, erschossen zu werden?“, mischte sich Rorek ein. „Vielleicht haben meine müden grauen Zellen in der letzten Schlacht einen Schlag zu viel abbekommen, aber ich meine mich zu erinnern, dass unsere Mission zur Eile drängt!“

Sorin straffte die Schultern. „Rorek hat Recht. Wir müssen unbedingt die Ratsversammlung unterbrechen und mit Eyvindir sprechen, deswegen sind wir zurückgekehrt!“

Sinhas Antlitz verfinsterte sich. „Dafür kommt ihr reichlich spät. Ich fürchte, das Urteil wird in Kürze verkündet werden – und es sieht nicht gut aus für Eyvindir!“

„So schnell?“, entfuhr es Sorin. „Ich hätte damit gerechnet, dass sich eine solche Verhandlung über viele Stunden, wenn nicht gar Tage hinzieht!“

Der Gesichtsausdruck der jungen Kriegerin wurde noch grimmiger. „Wie ihr seht, wurde ich zur Wache hier in den Gängen eingeteilt und hatte keine Möglichkeit, der Sitzung beizuwohnen, aber wie ich gehört habe, soll es eine Zeugin geben, die ihn schwer belastet hat.“

Svala!, fuhr es Marla durch den Kopf. Vermutlich hatte sie den Ratsmitgliedern Eyvindirs Brief vorgelegt, in dem er sein Wissen über die Misshandlung der Drachen und sein Interesse an deren Blut selbst zugab. Vielleicht hatte er seine Mitschuld ja auch vor dem Rat gestanden, in der Hoffnung, das könne seine Strafe mildern.

„Und mit Sicherheit hat Brestur die gesamte Sitzung inklusive der Aussage der Zeugin und der Vorlage sämtlicher Beweise akribisch geplant. Je schneller der Urteilsspruch verlesen wird, desto besser für ihn – was auch immer er vorhat! Statt Eyvindir während der Revolte ermorden zu lassen, beseitigt er ihn lieber ganz offiziell durch den Rat.“ Sorin ballte wütend seine Faust. „Nun gut, dann müssen wir uns eben umso mehr beeilen! Der Blaue Saal befindet sich eine Etage über uns“, erklärte er an Marla und Rorek gewandt. „Der schnellste Weg führt –“

„Die Sitzung findet nicht im Blauen Saal statt“, unterbrach ihn Sinha. „Sondern im Besprechungsraum.“

„Was?“, entfuhr es Sorin. „Warum in so einem kleinen Raum? Darin findet doch kaum jemand Platz!“

„Ich wette, genau das ist der Grund!“, knurrte Rorek böse. „Je weniger Leute an der Sitzung teilnehmen, desto weniger können sich gegen Bresturs Anschuldigungen und für Eyvindir aussprechen! Bestimmt handelt es sich dabei um handverlesene Ratsmitglieder, die Bresturs Einladung gefolgt sind.“

Ein kalter Schauer lief über Marlas Rücken, was gewiss nicht nur an ihrer klammen Kleidung lag. Wenn Rorek mit seiner Einschätzung richtig lag, dann bedeutete dies, dass Brestur überhaupt nicht daran gelegen war, die Wahrheit ans Licht zu befördern. Was, wenn es sich doch nur um ein Missverständnis handelte und Eyvindir nichts von dem Vergehen an den Drachen gewusst hatte? Aber nein, das war auch wieder Unsinn, schließlich hatten sie alle seinen Brief an Svala gelesen und sowohl Philipe als auch Sorin, die mit der Handschrift des Königs vertraut waren, schienen sich einig gewesen zu sein, dass das Schreiben von ihm stammte.

„Offiziell hat Brestur behauptet, er wolle außer der unteren Etage alle weiteren Bereiche für Besucher sperren lassen, weil nach dem kürzlichen Vorfall noch keine Ruhe eingekehrt sei und er um die Sicherheit der Palastbewohner fürchte“, erklärte Sinha.

„Dem kürzlichen Vorfall? Die Revolte, zu der er selbst angestiftet hat? Mehr als dreist, es jetzt aussehen zu lassen, als hätte er damit nichts zu tun!“, entrüstete sich Marla. Dies war das erste Mal, dass sie sich in das Gespräch einbrachte und Sinha betrachtete sie neugierig. Marla hielt ihrem Blick stand und starrte genauso unverhohlen zurück. Die junge Frau war durchaus hübsch anzuschauen, wenngleich ihr die straff nach hinten gebundene Haarpracht, wie sie bei den Kriegern der Königsgarde üblich war, einen strengen Ausdruck verlieh. Lediglich verspielt geflochtene Zöpfchen an ihren Schläfen lockerten das Bild wieder auf.

„Ja, absurd, nicht wahr?“, pflichtete ihr die Kriegerin bei. „Aber Befehl ist Befehl.“

Sorin überging Roreks abwertendes Schnauben kommentarlos und verschränkte seine Hände vor dem Bauch zum Leiterersatz. „Hilf mir lieber, die Luke wieder zu verschließen und dann nichts wie los!“

„Da ist noch etwas, das ihr wissen müsst“, hielt Sinha sie zurück. „Als Teil seines angeblichen Sicherheitskonzeptes hat Brestur ein neues Gesetz erlassen, das besagt, dass niemand außer den Mitgliedern der Garde innerhalb der Palastmauern eine Waffe tragen darf. Wenn ihr beiden jetzt mit euren Schwertern in der Sitzung auftaucht, wird Brestur womöglich Verdacht schöpfen, dass ihr nicht durchs Tor gekommen seid, sondern euch auf … anderem Weg Zutritt verschafft habt.“ Sie nickte mit dem Kinn in Richtung der Deckenluke über ihren Köpfen.

„Vergiss es!“, begehrte Rorek auf. „Ich werde doch nicht mein Schwert ablegen, bevor ich mich direkt in die Arme meiner Feinde begebe!“

Auch Sorin unterdrückte einen Fluch und stemmte seine Hand in die Hüfte. „Nun gut, wir können es jetzt nicht ändern. Aber meine Leute und ich sind ja auch noch da, vergesst das nicht. Wir stehen auf eurer Seite!“

„Auf unserer Seite oder auf der des Königs?“, blaffte Rorek zurück.

Sorin starrte ihn an. „Ist das nicht dasselbe?“

Rorek machte eine wegwischende Handbewegung, ohne auf die Frage des anderen einzugehen. „Du hast wenigstens eine ungefähre Ahnung, wem du trauen kannst und wem nicht, aber das ist für uns nicht der Fall. Marla und ich wären der Willkür der Garde völlig ausgeliefert, das lasse ich nicht zu!“

„Ich werde mich nicht selbst zu jeder Zeit in eurer Nähe aufhalten können, aber ich werde dafür sorgen, dass ihr von den richtigen Leuten umgeben seid! Ihr müsst Vertrauen haben!“

„Eine andere Wahl bleibt euch doch sowieso kaum“, gab Sinha zu bedenken. „Sie würden euch die Schwerter sofort abnehmen.“

Marla presste frustriert die Lippen aufeinander. Mit dieser Feststellung hatte die Kriegerin wohl Recht und es half auch niemandem, vom ersten Moment an den Unmut der Ratsmitglieder auf sich zu ziehen, am wenigsten Eyvindir. Im Grunde sollte der Einsatz von Waffen gar nicht erst erforderlich sein, aber dass sie sich darauf nicht verlassen konnten und immer für den Notfall vorbereitet sein sollten, hatte Bresturs Revolte vor ein paar Wochen bewiesen.

Ein Gedanke begann sich in ihrem Kopf zu formen. „Wenn wir keine Schwerter bei uns tragen, wird man davon ausgehen, dass wir ganz gesetzmäßig durch das Tor in den Palast gekommen sind, oder?“

„Vermutlich“, bestätigte Sinha.

„Würden wir noch einmal auf Waffen untersucht werden, bevor wir den Sitzungssaal betreten?“

„Nicht dass ich wüsste.“

Marla nickte grimmig und löste die Schnalle ihres Schwertgurtes. „Dann würde wohl auch niemand merken, wenn ich meinen Dolch unter meinem Umhang verbergen würde, oder?“

Sinha tauschte einen schnellen Blick mit Sorin. „Wohl nicht, nein.“

Die kurze Klinge ihrer Stichwaffe gegen ein Schwert war nicht unbedingt das, was Marla für ein faires Duell vorschwebte, aber es war doch besser als nichts. Auch Rorek schien mit diesem Kompromiss einverstanden zu sein, denn er schnallte grummelnd den ledernen Gurt ab und verbarg sowohl seinen Dolch wie auch sein Messer sorgfältig unter seinem Mantel. Ihre Schwerter schoben sie durch die Deckenluke in den darüberliegenden Schacht, bevor sie die Platte an ihren rechten Platz drückten.

Endlich setzten sie sich wieder in Bewegung und erreichten nach wenigen Minuten unbehelligt eine Tür, die sie von dem Nebengang, der gewöhnlich nur vom Personal oder den Kriegern der Garde genutzt wurde, in den Hauptgang treten ließ. Zwar wirkte auch dieser Flur wie ausgestorben, doch das stete Gemurmel, das die geschwungene Steintreppe am Ende des Ganges heraufwehte, zeugte davon, dass sich das im Erdgeschoss ändern würde.

„Sinha, unten am westlichen Stadttor warten Philipe, Eyvindirs Ziehsohn, sowie drei weitere Mitglieder der Manantena. Bitte sorge dafür, dass ihnen umgehend Einlass gewährt wird und führe sie dann in den Besprechungsraum. Den Wachmann am Tor werde ich mir später persönlich vorknöpfen, aber dazu brauche ich seinen Namen." Die Kriegerin nickte eifrig und beeilte sich dann, dem Auftrag ihres Anführers nachzukommen.

Sorin lief Marla und Rorek voraus die Stufen hinab, hielt aber am unteren Ende noch einmal inne und spähte um die Ecke.

„Ich zähle ein knappes Dutzend Wachen. Aber ich bin mir sicher, sie werden uns einlassen, die meisten davon sind mir gegenüber loyal eingestellt."

„Gut. Bereit?", fragte Rorek und machte Anstalten, aus der Deckung hervorzutreten, doch Marla schüttelte heftig den Kopf.

„Nein, wartet! Wie wollen wir denn überhaupt vorgehen? Brauchen wir nicht erst einen Plan?" Nun wagte auch sie einen vorsichtigen Blick in den Seitengang und erkannte sofort den Raum wieder, in den sie und ihre Gefährten vor wenigen Wochen nach ihrer Ankunft geführt worden waren und in dem sie Eyvindir von ihren Erlebnissen in der Schlucht der Giganten berichtet hatten, nur dass sie sich dieses Mal von der anderen Seite näherten. Wenn sie sich die geringe Größe des Zimmers in Erinnerung rief, musste auch sie sich darüber wundern, wie nur so wenige Ratsmitglieder in einer solch wichtigen Angelegenheit ein Urteil fällen sollten, schließlich handelte es sich bei dem Angeklagten um niemand anderen als den langjährigen König persönlich. *Dem Verurteilten droht die Todesstrafe*, drängte sich der Wortlaut des Schreibens abermals in ihr Bewusstsein und die Beklemmung in ihrem Brutkorb wuchs rasant an. Gleichzeitig war die Vorstellung, sich derart in ihrem Großvater getäuscht zu haben, kaum zu ertragen.

„Ich will aus seinem Mund hören, was sich zugetragen hat, nicht von Brestur oder seinesgleichen“, brummte Rorek. „Du musst den Rat also irgendwie dazu bringen, die Versammlung zu unterbrechen, damit wir ungestört mit ihm sprechen können.“

„Ich? Warum ich?“ Ihre Handflächen begannen zu schwitzen. „Kannst du das nicht übernehmen? Du verstehst die Zusammenhänge doch viel besser als ich und ich weiß immer noch nicht wirklich, wie ich mich bei einer Ratssitzung vorschriftsmäßig zu verhalten habe. Womöglich sage ich etwas Falsches und mache damit alles nur noch schlimmer.“ Beim bloßen Gedanken daran, dass das Gelingen der Mission allein von ihr, ausgerechnet von *ihr*, abhängen sollte, verknoteten sich ihre Eingeweide.

Roreks linke Augenbraue wanderte nach oben. „Wie dir vielleicht schon mal aufgefallen ist, liegt meine Stärke nicht unbedingt im Führen diplomatischer Verhandlungen, das kannst du viel besser als ich! Und was deine Sorge betrifft, gegen ungeschriebene Gesetze zu verstoßen, so kann ich dir nur raten: Vertraue deiner Intuition! Lass dir ja nicht einfallen, diese aufmüpfige und bisweilen durchaus ein wenig anstrengende Stimme in deinem hübschen Köpfchen zum Schweigen zu bringen, hörst du?“ *Ähm …* ja, hören konnte sie ihn durchaus, aber was genau wollte er ihr damit sagen? „Kannst du dich noch an die Ratsversammlung erinnern, in der nach Gustavs Flucht aus dem Tal über sein Schicksal entschieden wurde? Wenn du damals nicht aufbegehrt und dich entgegen aller Regeln für ihn ausgesprochen hättest, wäre er vermutlich heute nicht mehr am Leben. Also tue das, was dir richtig erscheint und lasse dich nicht von irgendwelchen eingestaubten Traditionen abschrecken! Verstanden?“ Trotz der Schwere der Situation konnte sich Marla ein Lächeln plötzlich nur schwer verkneifen. Roreks Zuspruch gehörte definitiv zu den schönsten Komplimenten, die sie jemals erhalten hatte. „Bereit?“, wiederholte er seine Frage und dieses Mal streckte Marla den Rücken durch, straffte ihre Schultern und nickte.

Gemeinsam traten sie um die Ecke. Ihr plötzliches Auftauchen löste eine ganze Reihe an Reaktionen bei den anwesenden Wachen aus. Erst zuckten deren Hände alarmiert zu den Schwertgriffen, dann nahmen sie beflissen Haltung an, als sie ihren Anführer gewahrten, und schließlich beäugten sie Marla und Rorek neugierig. Mehrere der Wachmänner klopften Sorin auf die Schulter und bekundeten ihre Erleichterung und Wiedersehensfreude. In einem von ihnen erkannte Marla den älteren Krieger Igjor, der ihnen auch während ihrer Flucht aus dem Palast vor ein paar Wochen begegnet war, und in einem den jungen Krieger Esben, der auf dem Hof von Jahvis’ Eltern zugegen gewesen war.

„Ich grüße euch. Hört mir alle zu.“ Aufmerksam scharten sich die Wachen um ihren Hauptmann. „Mit Sicherheit lauten eure Anweisungen, jegliche Unterbrechung der Ratsversammlung zu unterbinden, aber ich fürchte, das wird sich nicht verhindern lassen. Ich werde persönlich die Verantwortung dafür übernehmen. Außerdem werden in wenigen Minuten Philipe und drei seiner Begleiter hier eintreffen und ich erwarte, dass sie unverzüglich eingelassen werden.“ Die umstehenden Krieger nickten und wenngleich ein paar wenige von ihnen so aussahen, als ob sie widersprechen wollten, wagte es niemand, sich gegen Sorin zu stellen.

Er klopfte an, wartete jedoch nicht auf Erlaubnis, sondern schob die Tür zum Besprechungszimmer kurzerhand auf. Als sie den Raum betraten, las eine ältere Albe gerade aus einem Schriftstück vor, verstummte aber angesichts der Störung sofort. Sämtliche Köpfe hoben sich, ein empörtes Gemurmel setzte ein und Brestur, der mit dem Rücken zur Tür am Kopfende saß, fuhr erbost in die Höhe.

„Was soll das? Ich verbitte mir –“ Seine Augen weiteten sich überrascht. „Sorin? Was …? Oh – *Marla!* Aber … welch Freude!“ Ihr Auftauchen hatte Brestur sichtlich aus dem Konzept gebracht, und aus der Gewissheit, dass ihr Gegenüber ebenso verunsichert war wie sie selbst, schöpfte Marla neuen Mut. Seine plumpe Begrüßung vorerst ignorierend, ließ sie ihren Blick durch den Raum schweifen.

Gemeinsam mit der gemütlichen Sitzgruppe, die einst vor dem Kamin gestanden hatte, war auch jeglicher Anflug einer heimeligen Atmosphäre entfernt worden. Die Tafel war in die Mitte des Raumes gerückt worden und auf den Holzstühlen, die nun statt der ausladenden Ledersessel drumherum standen, fanden gut ein Dutzend Personen Platz.

Eine Handvoll Wachen stand entlang der Wände. Sämtliche Augenpaare waren auf Marla gerichtet, aber es gab nur einen Alben, dessen Blickkontakt sie suchte: *Eyvindir.* Seine tiefgrünen Augen strahlten wie eh und je, doch seine sonst so imposante Erscheinung hatte deutlich gelitten. Eine blasse Gesichtsfarbe, eingefallene Wangen und dunkle Ringe unter seinen Augen ließen ihn um Jahre älter wirken. Plötzlich fiel ihr das Schlucken schwer, die gesamte Situation erschien ihr surreal.

Eyvindir nickte Marla zu, ließ dabei jedoch keinerlei Gefühlsregung erkennen. War er froh, sie zu sehen? Erleichtert? Verärgert? Oder war er schlicht ebenso überrascht über ihr Auftauchen, wie seine ehemals Rechte Hand?

Dieser machte soeben mit einem Räuspern wieder auf sich aufmerksam. „Marla, Rorek, ich grüße euch. Mit euch habe ich nicht gerechnet … Aber es ist mir eine absolute Ehre, dich, Marla, endlich hier begrüßen zu dürfen!“ Das Funkeln in seinen Augen unterstrich seine Worte, allerdings war fraglich, worüber genau er sich freute.

„Brestur, ich grüße dich“, erwiderte Marla und unterdrückte dabei den Drang, ihrem Gegenüber ins Gesicht zu spucken. „Bitte entschuldige, dass wir so spät dran sind, die Nachricht zu dieser Ratsversammlung hat uns erst vor Kurzem erreicht und wir sind so schnell gekommen, wie es uns möglich war.“ Man hätte eine Stecknadel fallen hören können, so still war es im Raum geworden. Bresturs Blick wanderte ihre Gestalt hinab und wieder zurück und Marla wurde sich mit einem Male auf unangenehme Art bewusst, welch klägliches Bild sie abgeben musste, allem voran ihre zerzausten Haare, die ihr noch immer feucht am Gesicht klebten, und ihre zerrissene, blutbefleckte Hose. Dennoch reckte sie ihr Kinn ein wenig höher. „Ich bitte um ein persönliches Gespräch mit Eyvindir.“ Ein Raunen ging durch die Anwesenden.

„Ich fürchte, das wird nicht möglich sein, wir befinden uns kurz vor der Urteilsverkündung!“, widersprach Brestur.

„Eben! Welch besseren Zeitpunkt könnte es geben?“

„Ein Protokollschreiber hat Notizen vom Verlauf der Sitzung angefertigt. Ich denke, ich kann es verantworten, eine Ausnahme zu machen und dich einen Blick hineinwerfen zu lassen. Du siehst aus, als würdest du frieren, Marla. Wie wäre es, wenn wir ein Feuer entzünden und während du dich aufwärmst, liest du dir in Ruhe durch, was bislang besprochen wurde?“

Marla strafte Brestur mit einem verächtlichen Blick, der mehr als deutlich machte, was sie von seinem Vorschlag hielt. Was bildete er sich überhaupt ein? *Er könne es verantworten, eine Ausnahme zu machen?* „Ich möchte es aus seinem eigenen Mund hören! Schlimm genug, dass die Sitzung vor Familienmitgliedern geheim gehalten wurde!“

„Geheim gehalten? Nicht doch, Marla! Nach eurer überstürzten … *Abreise* vor ein paar Wochen, war es uns unmöglich, dir und Philipe eine Nachricht zukommen zu lassen, das ist alles!“

„Natürlich“, erwiderte sie trocken. „Habt ihr denn einen Boten zum Stützpunkt der Manantena geschickt? Die Wahrscheinlichkeit, dass wir dorthin reisen würden, wäre durchaus hoch gewesen. Außerdem finde ich, dass es eine so mächtige Heilerin wie Aywed es ist, und die zudem meist die Führung über die Widerstandsgruppe übernimmt, ebenso verdient hätte, dieser Versammlung beizuwohnen, oder nicht?“

Brestur wand sich sichtlich unter ihren Anschuldigungen. *Sehr gut!* Wenn sie ihn in die Ecke drängen konnte, wäre es ihm vielleicht nicht mehr möglich, ihre Forderung abzulehnen. „Nun … aus Sicherheitsgründen mussten wir die Größe der heutigen Veranstaltung leider gering –“

„Veranstaltung?“, entfuhr es Marla schrill. Aber ja, genau das war es wohl: Eine Inszenierung, bis ins kleinste Detail geplant und es passte einfach nicht in Bresturs Konzept, dass Marla ausgerechnet jetzt hier auftauchte. „Wie dem auch sei, ich bestehe darauf, mit meinem Großvater privat zu sprechen.“

„Ich … bitte gebt mir einen Moment, ich kann über diese Angelegenheit nicht allein entscheiden.“ Während sich Brestur zu den beiden Alben links und rechts seines Sitzplatzes hinabbeugte und angeregt mit ihnen flüsterte, nutzte Marla die Gelegenheit, sich abermals in dem Raum umzusehen.

Die anderen Ratsmitglieder, insgesamt vierzehn an der Zahl und in etwa gleich viele Männer und Frauen, starrten sie aus verkniffenen Gesichtern an. Die einzige Person, die ihrem Blick auswich, war Svala. *Falsche Schlange!* Spätestens jetzt konnte die Albe nicht länger leugnen, dass sie die Gefährten absichtlich über das Überleben des Königs im Dunkeln gelassen hatte und Marla würde schon noch herausfinden, welchen Vorteil sich Svala davon erhoffte!

Eyvindir saß noch immer zusammengesunken da und sagte kein Wort. Erst jetzt fiel Marla auf, dass die Anwesenden von seinem Platz am hinteren Tischende einen großzügigen Abstand hielten, ganz so, als gelte es, eine ansteckende Krankheit zu vermeiden. Natürlich war ihr bewusst, dass sich die Richtenden damit vom Angeklagten abgrenzen wollten, aber dennoch schmerzte es sie, den König wie einen Abtrünnigen behandelt zu sehen. Fürchteten sie denn, er könne übergriffig werden, wenn sie sich zu nahe an ihn heranwagten?

Ihr Blick wanderte weiter und blieb an einer der Wachen hängen, die hinter dem König an der Wand stand. Marlas Herz machte einen erschrockenen Satz. *Maltje!* Von Angesicht zu Angesicht machte der narbige Krieger, der sich Jahvis' Familie gegenüber so unbarmherzig verhalten hatte, einen noch furchteinflößenderen Eindruck als aus ihrem Versteck heraus. Er maß sie mit stechenden Augen. Ahnte er womöglich, dass sie sich an jenem Tag doch auf dem Hof aufgehalten hatten? Unwillkürlich trat Marla einen Schritt zurück, wobei sie unsanft gegen Rorek stieß. Als Maltje ihre Reaktion bemerkte, huschte ein böses Lächeln über sein Antlitz.

„Bleib ruhig, du machst das großartig! Und ich bin bei dir!", raunte Rorek ihr in diesem Moment ins Ohr und ihre Atmung verlangsamte sich wieder.

„Also gut." Brestur richtete sich auf und kam lächelnd näher. „Wir haben uns überlegt, dass du deinem Großvater gerne drei Fragen stellen kannst. Bitte, nur zu."

„Jetzt sofort? Vor allen Anwesenden? Und warum nur drei?"

„Für mehr Fragen bleibt leider keine Zeit."

„Warum? Wozu die Eile?"

Gerade wollte Brestur zu einer Erwiderung ansetzen, da kündigte ein erneutes Klopfen an der Tür weitere Ankömmlinge an. Bei Philipes, Kjells, Tjarvens und Jahvis' Eintreten wurde Marla von Erleichterung durchflutet. Es war ihr tatsächlich gelungen, die Urteilsverkündung erfolgreich hinauszuzögern und jetzt, da Philipe hier war, würde er gewiss die Führung übernehmen. Er würde wissen, was zu tun und zu sagen war, und ihm würde der Rat mit Sicherheit nicht verwehren, mit seinem Ziehvater zu sprechen.

Philipe machte einen ungewohnt grimmigen, entschlossenen Eindruck und seine Miene verfinsterte sich noch mehr, als er seinen Blick über die Anwesenden schweifen ließ.

„Du elendiger Verräter!“, spuckte er wütend hervor. Marla schaute verwirrt zwischen Philipe, Brestur und Eyvindir hin und her, doch war es ganz eindeutig, dass die Worte ihres Geliebten an den König gerichtet waren. *Ähm, was?* „Ich habe dir vertraut, *wir alle* haben dir vertraut und du hast uns von vorn bis hinten belogen.“ Mit langen Schritten durchquerte er den Raum. *Was hatte er vor, was sollte das?* Als Maltje vortreten wollte, um Philipe abzufangen, hob Brestur geschwind die Hand und bedeutete dem Krieger, ihn gewähren zu lassen. „Du verdammter Lügner, du hast es nicht anders verdient!“ Philipe stieß schwungvoll gegen den Stuhl des Angeklagten und allein die Tatsache, dass er mit der Faust den Hemdkragen des Königs packte, hinderte diesen daran, rücklings zu stürzen. Eyvindir versuchte nicht einmal, sich zu wehren. Er wirkte so unglaublich schwach, so elend.

„Philipe, nicht!“, entfuhr es Marla. *Wollte er ihn etwa schlagen?* Waren sie denn nicht hierhergekommen, um sich anzuhören, was Eyvindir zu sagen hatte, statt abermals vorschnell über ihn zu urteilen? Gerade wollte sie losstürmen, um Philipe aufzuhalten, da schlang Rorek von hinten seinen Arm um ihre Taille und hielt sie zurück.

Philipe schüttelte Eyvindir unsanft. „Hast du gewusst, was in der Schlucht der Giganten vor sich ging? Hast du gewusst, dass dort die Drachen gequält wurden?“ Und als seine Hand wie zufällig auf der Schulter seines Ziehvaters landete, verstand Marla endlich.

Kapitel 14 – Des Königs Wahrheit

„Wusstest du von den Drachen in der Roten Burg?“, wiederholte Philipe seine Frage, seine Hand stellte weiterhin den Kontakt her, den er benötigte, um die Gefühle seines Gesprächspartners zu interpretieren.

„Nein, ich wusste nichts davon.“ Eyvindirs Stimme zitterte leicht, was Marla abermals einen Stich versetzte. Was war aus dem starken, charismatischen König geworden? „Ich schwöre es dir!“ Philipes Gabe erlaubte ihm zwar nicht direkt, wahr von gelogen zu unterscheiden, wohl aber würde er die Emotionen, die Eyvindir bei seiner Aussage erfüllten, deuten können – zumindest hoffte Marla, dass er dazu in der Lage sein würde. Waren es Scham, Reue, Genugtuung, Triumph? Oder eher Hilflosigkeit, Entsetzen über das Geschehene, Empörung und Verbitterung aufgrund der unrechten Anschuldigungen?

„Er lügt!“, rief Svala dazwischen und Unruhe fuhr unter die Anwesenden wie ein schneidender Herbstwind durch trockenes Laub.

„Das reicht jetzt!“, bestimmte Brestur scharf und Maltje trat sofort einen bedrohlichen Schritt auf Vater und Sohn zu. Philipe ließ Eyvindir los und richtete sich auf. *Eyvindir beteuerte seine Unschuld!* Das hoffnungsvolle Kribbeln in Marlas Bauch zwang sie zu schnellen, flachen Atemzügen.

Wenn Philipe ihr doch nur bestätigen könnte, dass sein Ziehvater die Verbrechen, die ihm angelastet wurden, nicht begangen hatte, dann würde ihnen schon ein Weg einfallen, wie sie ihn retten konnten! Nur ein kleines Nicken, ein bekräftigendes Lächeln, *irgendein Zeichen*, dass er dessen Unschuld aus Eyvindirs Gefühlen herauslesen konnte?

Doch als sich ihre Blicke begegneten, wurde aus dem Kribbeln in Marlas Magen ein schwerer Klumpen. Hatte Eyvindir doch gelogen? War ihm bewusst gewesen, was den Drachen all die Jahre über angetan worden war? Nein, das musste nicht zwingend so sein! Philipe sah dermaßen hilflos aus – vielleicht war es ihm auch nur nicht möglich gewesen, die Emotionen eindeutig zu interpretieren?

„Ich weiß nicht, was das hier werden soll!“, echauffierte sich Brestur. „Solche Unterbrechungen bringen nur Unruhe in eine ordentliche Ratssitzung und damit ist jetzt Schluss. Entweder, ihr verlasst augenblicklich den Raum oder ich werde euch abführen lassen!“ Maltjes Hand legte sich unheilvoll auf seinen Schwertgriff und er trat weiter auf Philipe zu, sodass dieser vor dem Krieger Richtung Tür zurückweichen musste. Aber sie hatten noch immer keine Antworten!

„Moment, Brestur!“, hob Marla mutig an. „Du hast mir zugesichert, dass ich meinem Großvater ein paar Fragen stellen kann. Du stehst doch hoffentlich zu deinem Wort?“

Brestur zögerte kurz und zwang ein eindeutig aufgesetztes Lächeln auf sein Gesicht. „Aber natürlich, du hast Recht. Nur zu.“

„Meine Gefährten und ich sind weit gereist. Ich bin erschöpft und zudem verletzt, wie du siehst.“ Sein Blick zuckte zu ihrem blutigen Hosenbein hinab und wieder zurück. „Daher würde ich es wirklich sehr begrüßen, wenn wir uns setzen dürften und ich meine Fragen angemessen ausformulieren könnte.“ Brestur hob bereits zu einer Erwiderung an, daher beeilte sie sich, weiterzusprechen. „Außerdem bin ich sehr hungrig. Vielleicht wäre es möglich, wenn wir danach das Abendmahl zusammen einnehmen könnten, du und ich?“

Brestur klappte den Mund wieder zu, hinter seiner Stirn schien es zu arbeiten. „Also gut, den Vorschlag nehme ich gerne an. Ich erlaube dir, ein paar Minuten in Ruhe mit Eyvindir zu sprechen und im Gegenzug unterhalten wir uns später. Darauf habe ich mich schon sehr lange gefreut! Abgemacht?“ Marlas Augen verengten sich zu Schlitzen. Auf einmal sollte der ehemalige Berater des Königs also doch in der Lage sein, allein zu bestimmen, wann er die Sitzung unterbrach und wem er erlaubte, mit dem Angeklagten zu sprechen? Einmal mehr wurde ihr bewusst, wie sehr er es verstand, seine Zeitgenossen zu manipulieren, indem er ihnen gerade genug Mitspracherecht einräumte, um sich wichtig zu fühlen und ihn in seinem Vorhaben zu unterstützen. Im Endeffekt entschied jedoch er allein. Vermutlich hatten Philipe und Kjell mit ihrer Theorie Recht gehabt, dass Brestur den König loswerden wollte, um sich eine willigere Marionette zuzulegen.

„Mir *und* meinen Gefährten – ohne Zuhörer!“, verlangte sie.

Abermals überlegte Brestur angestrengt, seine zusammengekniffenen Lippen zeigten deutlich, wie ungern er Marlas Forderung nachgab. „Einverstanden. Allerdings wirst du sicherlich einsehen, dass ich wenigstens auf ein paar Wachen bestehen muss – zu unser aller Sicherheit!“ *Zu ihrer aller Sicherheit?* Was wollte er behaupten? Dass Eyvindir ihnen etwas antun würde? Oder dass sie versuchen könnten, ihm zur Flucht zu verhelfen? *Lächerlich!* Besonders angesichts der vielen Wachen, die im Gang bereitstanden. Rorek schnaubte zwar abfällig, enthielt sich aber eines Kommentars und auch Marla beschloss, den Kompromiss einzugehen. Hauptsache, sie bekamen die Gelegenheit, mit dem König zu sprechen.

Wenig später hatten vierzehn der Ratsmitglieder ihre Plätze bereits geräumt, lediglich Brestur stand noch mit verschränkten Armen im Raum und beobachtete die Szene. Vier Krieger der Königsgarde hatten sich links und rechts der Tür positioniert, darunter ausgerechnet Maltje, was Marla mit einem unangenehmen Frösteln im Nacken registrierte. Zwar befanden sich die Gefährten gegenüber den Wachen eindeutig in der Überzahl, doch bis auf Sorin trug keiner von ihnen ein Schwert bei sich, mit denen sie sich im Notfall hätten verteidigen können. Sie setzten sich auf die freigewordenen Stühle und rückten näher an den Albenkönig heran, während Sorin Anstalten machte, sich zu den anderen Wächtern zu gesellen.

„Sorin, du kannst jetzt gehen. Du hast gute Arbeit geleistet und möchtest dich gewiss ein wenig ausruhen“, meldete sich Brestur in diesem Moment zu Wort. Marla biss sich auf die Unterlippe und schaute verstohlen zu dem Krieger hinüber, um einen möglichst neutralen Gesichtsausdruck bemüht. Wollte sie seine Tarnung als Bresturs treuer Anhänger nicht unbedacht auffliegen lassen, sollte sie ihre Enttäuschung und ihre Besorgnis nicht offen zeigen.

Sorin nahm Haltung an. „Ich würde gerne bleiben, wenn's recht ist."

„Nicht doch", widersprach Brestur. „Du hast dir eine Pause redlich verdient. Geh nur, wir sprechen uns später."
Für einen kurzen Moment glaubte Marla, Sorin würde aufbegehren und sich gegen Bresturs Angebot, das eigentlich eher einem Befehl gleichkam, auflehnen. Aber dann tauschte er nur einen schnellen Blick mit Eyvindir, verbeugte sich knapp und verließ den Raum. Marla schluckte hart – noch ein Verbündeter weniger und gar kein Schwert mehr. Ihre Handflächen kribbelten vor Nervosität, aber sie verbot sich, zu Maltje hinüberzusehen. Vermutlich gab es überhaupt keinen Grund zur Sorge und jetzt mussten sie sich ohnehin erstmal auf das Gespräch mit Eyvindir konzentrieren.

„Uns bleibt nicht viel Zeit, lasst uns zur Sache kommen", begann Philipe leise das Gespräch, sobald sich die Tür hinter Brestur geschlossen hatte. Von der überzogenen Raserei von zuvor war kaum noch etwas zu spüren, er wirkte wesentlich gefasster. Dennoch klang er alles andere als herzlich, ein distanzierter Unterton schwang in seiner Stimme mit. Marla konnte sich vorstellen, wie hintergangen er sich noch immer von seinem Ziehvater fühlte, und außerdem hingen Eyvindirs Taten wie dunkle Gewitterwolken über ihren Gemütern. „Wir haben den Brief gelesen, den du vor Jahren an Svala geschrieben hast. Möchtest du dazu etwas sagen?"

Eyvindir zuckte nicht mal mit der Wimper, so als hätte er genau diese Frage erwartet. „Ich bin sehr froh, dass ihr da seid. Dieser Brief … wie naiv von mir zu glauben, dass er meine Unschuld beweisen würde! Stattdessen wird er mir wohl zum Verhängnis werden … Bitte, lasst mich erklären.“ Er atmete einmal tief durch. „Ich kenne Svala, seit mein Vater mich und meinen Bruder als Kinder zu ihr gebracht hat, damit sie uns *unterrichten* konnte.“ Sowohl die auffallende Betonung als auch der vielsagende Blick, den er Marla und Philipe dabei schenkte, machten deutlich, dass er damit auf die Lektionen über seine besondere Begabung anspielte, die auch Svala bereits erwähnt hatte. „In meiner Jugend und als junger Mann bin ich für regelmäßige Übungsstunden bei ihr gewesen, sie war wie eine Großmutter oder Großtante für mich. Nach dem Tod meines Vaters, meines Bruders und meiner geliebten Frau wurde Svala zur einzigen Person, mit der ich mich offen über meine *Erfahrungen* austauschen konnte, sie war mir eine enge Vertraute. Da ihr sie ausfindig machen konntet, gehe ich davon aus, dass du dich an sie erinnern konntest, Philipe? Du warst so verschlossen als Kind, hast auf meine Fragen nach einem besonderen Talent immer nur abwehrend reagiert. Natürlich hatte ich große Hoffnungen in Svala gelegt, dass sie dir mit … deinen *Ängsten* helfen könnte, doch es sollte wohl nicht sein. Aber vielleicht hast du noch ihr Bild von damals vor Augen, kannst dich daran erinnern, wie sie ausgesehen hat?“

Philipe nickte. „Sie war eine alte Frau.“

„Richtig, sie war eine alte Frau. Genau wie damals, als ich in jungen Jahren angefangen hatte, sie zu besuchen. Versteht ihr? Sie schien in all den Jahren kaum gealtert zu sein! Schon lange hatte ich mich darüber gewundert, aber die ersten Male hat sie auf meine Fragen hin nur gelacht.

Nun ist es aber so, dass ich selbst kein Jüngling mehr bin und es drängte sich mir immer mehr der Verdacht auf, dass irgendetwas nicht mit rechten Dingen zuging. Also habe ich sie eines Tages in die Ecke gedrängt und mir mit Hilfe meiner Gab–“ Er zögerte kurz und setzte neu an. „Ich habe sie dazu gezwungen, mir die Wahrheit zu sagen. Auf meine Frage hin, wie sie es angestellt hatte, allem Anschein nach keinen Tag zu altern, hat sie mir erzählt, dass sie mit ein paar anderen Alben einen Weg gefunden hätte, ihr Leben zu verlängern. Sie hat mir sogar angeboten, mich daran teilhaben zu lassen, solange ich bereit wäre, sie ausreichend dafür zu entlohnen. Zunächst bin ich davon ausgegangen, dass sie von irgendwelchen Kräutertränken sprach, aber dann erwähnte sie die alte Verbindung der Evantheos. Und das Drachenblut.“ Sein Gesicht verfinsterte sich. „Ich war entsetzt, habe mich zutiefst dafür geschämt, was da ganz offensichtlich direkt vor meinen Augen vor sich ging. Und dann wurde ich wütend. Ich verlangte von ihr, mir mehr darüber zu sagen, aber weder hat sie mir verraten, wer hinter dieser schmutzigen Vereinigung stand, noch wie die Mitglieder es angeblich anstellten, überhaupt an Drachenblut zu gelangen.“

„Und das war’s?“, wollte Rorek wissen. „Das hast du einfach so gelten lassen? Gut, kein Problem, dann quält die Drachen doch weiter. Was ich nicht weiß, macht mich nicht heiß, oder wie?“

„Unsinn!“, begehrte der König auf. Seine Stimme klang längst nicht mehr so schwach und brüchig wie zu Anfang und er strahlte seine gewohnte Selbstsicherheit aus. „Dass die Evantheos seit Jahrhunderten Drachen in ihrer Gewalt hatten, habe ich doch nicht gewusst, nie hätte ich das für möglich gehalten! Die schreckliche Wahrheit habe ich erst nach euren Erlebnissen in der Schlucht der Giganten erfahren. Zuvor hatte ich immer wieder mit Svala geredet und geradezu darum gebettelt, mir mehr Informationen zu geben, habe versucht, sie einzuschüchtern … alles ohne Erfolg, sie hat sich stets geweigert. Irgendwann hatte ich sogar darüber nachgedacht, sie einsperren zu lassen und unter Folter dazu zu zwingen, mir mehr zu verraten, doch ich hatte Skrupel – uns verbindet so viel Geschichte miteinander, wisst ihr? Ich kenne sie fast mein gesamtes Leben und trotz allem bedeutet sie mir sehr viel. Und zu was für einer Person hätte mich das gemacht, sie zu bedrohen? Meine einzige Spur war die Aussage einer alten Frau. Was, wenn ihre Wahrnehmung schlicht getrübt war, hätte ich derartige Maßnahmen wirklich rechtfertigen können?“ Seine Stimme senkte sich zu einem Flüstern. „Und ganz davon abgesehen, hatte sie etwas gegen mich in der Hand … sie hat mich erpresst.“

Kjell schnaubte. „Und was soll das gewesen sein? Ein weiteres Verbrechen, das vertuscht werden musste?“

„Aber nein, doch kein Verbrechen! Etwas Persönliches über mich, das nicht an die Öffentlichkeit dringen durfte!“

„Etwas Persönliches?“ Kjell ließ nicht locker. „Was kann so wichtig gewesen sein, dass du deinen persönlichen Vorteil über das Wohl eines gesamten Volkes gestellt hast?“

„Aber ich sagte doch schon, dass ich nicht wusste, was wirklich hinter ihrer Behauptung stand – die Drachen … ich hatte keine Ahnung! Aber sie kennt ein Geheimnis über mich …“ Eyvindir blickte erst Philipe und dann Marla durchdringend an. „Ein Geheimnis, dessen Enthüllung mich nicht nur eines großen Vorteils für meine Herrschaft berauben würde, sondern auch für andere Personen weitreichende Folgen hätte."

Das war es also. Marla verstand. Aus Angst, seine Gabe nicht mehr unerkannt einsetzen zu können und nicht nur sein Talent, sondern ganz allgemein die Bedeutung der grünen Augen und der Sehenden Gabe offenbart zu wissen, hatte er sich von Svala erpressen lassen. „Aber das, womit sie dich hätte unter Druck setzen können –" Sie warf einen Seitenblick zu Maltje, der zwar stur geradeaus schaute, aber garantiert auf jedes ihrer Wort lauschte. Verdammt, es wäre so viel einfacher sich zu verständigen, wenn sie frei sprechen könnten! „Also damit hätte sie sich doch auch selbst bloßgestellt."

Eyvindir nickte ernst. „Das habe ich ihr auch gesagt, aber sie hat mich nur ausgelacht. Dass das wohl kaum gleichzusetzen wäre. Sie sei eine alte Frau, die nichts zu verlieren hätte … aber für mich als König hätte das weitreichende Folgen haben können."

„Und da hast du natürlich lieber deine eigene Machtposition gewählt, nichts war wichtiger als das, nicht wahr?", fragte Rorek böse.

„Das stimmt nicht!", begehrte Eyvindir auf. „Glaubst du wirklich, ich hätte das einfach so hingenommen? Natürlich habe ich auch ohne Svalas Hilfe versucht, mehr Informationen zu sammeln. Das war doch auch der Grund, warum ich Alva unbedingt davon überzeugen wollte, mit mir noch einmal zu den Drachen zu reisen. Ich musste einfach wissen, was da vor sich ging und ob die Drachen sich womöglich deshalb damals von ihren Verbündeten, uns Alben, abgewendet hatten. Ich habe nach einer Möglichkeit gesucht, mit ihnen zu sprechen, aber das konnte ich nicht allein bewerkstelligen, ich besitze die Gabe der Auserwählten nicht. Zum Glück bedurfte es dabei keiner großen Überzeugungskunst, Alva hatte es sich längst selbst in den Kopf gesetzt, erneut die Drachen aufzusuchen, wenn auch aus einem ganz anderen Grund. Das schlechte Gewissen, das seit der Großen Schlacht auf ihr lastete, trieb sie an, wenngleich sie meiner Meinung nach keinerlei Schuld am Tod der Drachen trug. Die Fallen, in die unsere geflügelten Verbündeten getappt waren, hatten die Menschen erbaut, nicht die Alben!“

„Auch dafür waren übrigens die Evantheos verantwortlich!“, warf Kjell ein. „Das hatte Cirdin uns offenbart, kurz bevor sie sich selbst das Leben nahm.“

Eyvindir schaute überrascht auf und nickte dann gedankenverloren vor sich hin. „Das macht Sinn, irgendwoher mussten die Menschen die Baupläne für die Waffen ja gehabt haben. Jedenfalls sah es so aus, als ob sowohl meine Tochter wie auch ich sehr bald die Gelegenheit bekommen sollten, die Drachen um einen Neuanfang zu bitten.“ Er seufzte tief. „Mit Alvas Ermordung sind schwere Zeiten für mich angebrochen. Ich habe sehr mit mir und meiner Entscheidung gehadert. Vielleicht hätte ich sie eher davon überzeugen sollen, nicht zu gehen, statt sie noch mehr zu ermutigen. In meiner Trauer sind mir dann einige Fehler unterlaufen, ich bin unaufmerksam geworden, das gebe ich zu. Die Bauern haben sich vernachlässigt gefühlt, der Handel ins Ausland lief schlecht, und die Ordnungshüter diverser Städte haben immer mehr Macht an sich gerissen und das Gesetz selbst in die Hand genommen. Vermutlich habe ich aus dem gleichen Grund auch nicht bemerkt, wie sehr sich Brestur und seine Beweggründe mit der Zeit gewandelt haben. Ich habe ihm viel zu lange vertraut."

Wie auf ein Stichwort ging in diesem Moment die Tür auf und Brestur trat ein. „Ich denke, das reicht jetzt. Eure Zeit ist um!"

„Noch nicht!", widersprach Philipe barsch, ohne Brestur überhaupt anzusehen. Dieser lief knallrot an, doch bevor er zu einer Antwort ansetzen konnte, mischte sich Marla ein.

„Bitte, noch einen kurzen Augenblick. Ich möchte nur verstehen, warum mein Großvater verurteilt werden muss." *Oder ob er es überhaupt nicht verdient hat!*, fügte sie gedanklich hinzu, empfand es jedoch als klüger, das nicht laut auszusprechen. „Bitte?"

Brestur runzelte die Stirn, ließ sich dann aber tatsächlich durch ihre Worte besänftigen. „Noch ein paar Minuten, dann ist Schluss!" Mit erhobenem Kinn verließ er abermals den Raum.

„Und die Drachen? Hast du sie einfach vergessen?", wollte Kjell sogleich von Eyvindir wissen, so als ob die Unterbrechung nie stattgefunden hätte.

„Vergessen? Niemals! Wenngleich ich nie wieder etwas von den Evantheos und dem Drachenblut gehört habe, so habe ich das Schicksal der Drachen dennoch nicht auf die leichte Schulter genommen, bitte glaubt mir! Das war doch auch der Grund, warum ich die letzten Jahre das ganze Land nach Auserwählten abgesucht und letzten Sommer eine weitere Exkursion in die Berge gewagt habe. Doch leider war unser Versuch nicht von Erfolg gekrönt." *Das also waren seine Beweggründe gewesen!* An die Unterhaltung mit Philipe und Rorek draußen auf den Stegen in der Siedlung der Manantena konnte Marla sich erinnern, als wäre es gestern gewesen, kurz nachdem sie Eyvindir kennengelernt hatte. Rorek hatte damals erstmalig bewiesen, dass er überhaupt in der Lage war, ein tiefgründiges Gespräch zu führen, allerdings hatte er den Antrieb und das Interesse des Königs am Drachenvolk von jeher in Frage gestellt und ihn kritisiert. Am Ende sollte Philipe wohl doch Recht behalten: Eyvindir war stets am Wohl der beiden Völker gelegen.

„Warum hast du mir denn nie etwas davon gesagt?“, fragte Philipe leise. „Spätestens dann, als wir dir von unseren Erlebnissen in der Schlucht der Giganten berichtet haben?“

„Oh Philipe, wann hätten wir denn darüber sprechen sollen? Direkt nach Alvas Tod? Wir waren doch beide viel zu betroffen, hatten beide immense Schuldgefühle. Du warst kaum ansprechbar in den ersten Monaten … Und bald darauf bist du ins Reich der Menschen gezogen, um Frederik mit der kleinen Marla zu helfen – eine ehrenwerte Aufgabe, nur haben wir uns danach immer weniger gesehen. Ich habe es mir so oft vorgenommen, ein paar Mal sogar schon dazu angesetzt, etwas zu sagen … aber viel zu oft wurden wir unterbrochen oder hatten nicht ausreichend Zeit. Das ist nicht etwas, was man mal eben zwischen Tür und Angel bespricht, verstehst du? Außerdem waren wir uns immer häufiger in verschiedenen Angelegenheiten uneinig, haben immer mehr gestritten. Irgendwie habe ich wohl den rechten Zeitpunkt verpasst und das tut mir unendlich leid!“ Eyvindir atmete einmal tief ein und aus. „Vielleicht hat mich auch einfach der Mut verlassen, ich weiß es nicht. Ich allein trage die Schuld daran, das steht ganz außer Zweifel.“ Philipe schaute ihn traurig an, erwiderte aber nichts. „Eines müsst ihr noch wissen: Mein Entsetzen war nicht gespielt! Ich bin noch immer fassungslos darüber, was sich unter meiner Nase, unter *meiner Herrschaft* abgespielt hat! Bis zu jenem Tag vor wenigen Wochen hatte ich nichts als die Anspielungen Svalas und sehr vage Indizien. Die Wahrheit war noch weitaus grauenvoller als alles, was ich mir je ausgemalt hatte. Mir eingestehen zu müssen, wie sehr ich als König versagt habe, war und ist verdammt schmerzlich!“

„Warum behauptet Brestur dann, du hättest das Drachenvolk verraten?“, fragte Jahvis dazwischen. „Wenn es stimmt, was du sagst, dann ist es doch nicht so gewesen.“

„Nun, was Brestur angeht, bin ich mir ziemlich sicher, dass es schlicht darum geht, mich loszuwerden. Natürlich hätte er mich auch genauso gut töten lassen können, als er bei der Revolte die Gelegenheit dazu bekommen hat. Ich gebe zu, ich hatte fest damit gerechnet. Aber das zeigt wohl nur abermals, dass er ein großartiger Stratege ist, den ich viel zu oft unterschätzt habe. Mich eines Verbrechens zu überführen würde bei der Bevölkerung für größere Ablehnung meines Regimes sorgen, als wenn er mich hätte ermorden lassen. Statt dass mein Volk in seiner Trauer die Jahre meiner Führung beschönigt, hätte er dafür gesorgt, dass es sich von mir ab- und womöglich seinem eigens dazu aufgestellten Kandidaten zuwendet.“

„So haben wir uns das auch schon gedacht“, brummte Rorek.

„Nach unserem letzten Gespräch am Abend des Übergriffs bin ich direkt zu Brestur gegangen“, erzählte

Eyvindir weiter, sichtlich erleichtert, sich die Ereignisse endlich von der Seele reden zu können. „Es war Zeit, ein ernstes Wort mit ihm zu sprechen, ich konnte seine Intrigen und die mir vermeldeten Pläne mich zu stürzen nicht länger ignorieren. Natürlich hat er sämtliche Anschuldigungen von sich gewiesen, hatte für alles eine Ausrede parat und hat stattdessen mir vorgeworfen, ihn trotz seines offiziellen Amtes als mein Berater nicht angemessen in bedeutende Entwicklungen einbezogen zu haben. Zuerst hat er natürlich Marlas Gabe als Auserwählte aufgeführt – dass das alles ändern würde und es meine Pflicht gewesen wäre, ihn einzuweihen. Sein zweiter Punkt war mein Wissen um die Machenschaften der Evantheos. Selbst ist er nicht zugegen gewesen, als ihr mir die Details aus der Schlucht der Giganten erzählt habt, er ist erst danach kurz zu uns gestoßen. Daher vermute ich, dass ihm die beiden Wachen, die ich sogleich damit beauftragt hatte, Erlendurs Laden mit dem Lager der Drachenblutmedikamente ausfindig zu machen, davon erzählt haben. Jedenfalls kam es zwischen Brestur und mir zu einem schlimmen Streit und er hat mir an den Kopf geworfen, ein unfähiger König zu sein. Wie mir nur ein solches Verbrechen verborgen geblieben sein konnte, wollte er wissen. Dann hat er mich bezichtigt, die Taten der Evantheos absichtlich vertuscht und die Quälereien am Volk der Drachen wissentlich hingenommen zu haben. Er hat mir mit einer Amtsenthebung gedroht!“ Eyvindir blies empört die Luft aus. „Als ich ihn fragte, auf was er eine solche Ungeheuerlichkeit basieren wollte, lautete seine Antwort, dass er mit Hilfe des Rates meine Inkompetenz aufzeigen und im besten Falle sogar meine Mitschuld beweisen wolle. Natürlich habe ich all seine Vorwürfe vehement zurückgewiesen und erklärt, dass ich sogar eine Zeugin für meine Unschuld hätte. Ich habe Svalas Namen nicht erwähnt … allerdings habe ich direkt im Anschluss in aller Eile einen Brief an sie verfasst, in dem ich ihr Immunität angeboten habe, wenn sie im Falle einer Ratsversammlung die Wahrheit über die Vorfälle aussagen würde. Vermutlich hat Brestur diesen Brief abgefangen, wodurch ich ihn überhaupt erst zu ihr geführt habe.“ Er rieb sich angespannt über die Stirn. „Das Angebot, das er ihr gemacht hat, muss wesentlich lukrativer gewesen sein als meines, anders kann ich es mir nicht erklären. Meine Hoffnung, sie würde mich als Person ebenso schätzen, mein Schutzangebot annehmen und in dieser Notsituation zu mir stehen, war wohl weit gefehlt.“ Für einen Moment legte sich betroffenes Schweigen über die Anwesenden.

„Trotz – oder gerade wegen – dieser Vorgeschichte hättest du uns nicht einfach zu ihr schicken dürfen!“, durchbrach Philipe die Stille. „Wir waren völlig nichtsahnend! Ich glaube, ich spreche nicht nur für mich –“, er warf Marla einen schnellen Blick zu, „… wenn ich sage, dass wir ihre Lehrstunden rigoros abgelehnt hätten, wenn uns ihre Verbindung zu den Evantheos bewusst gewesen wäre!“

„Was?“ Eyvindir schaute seinen Sohn verwirrt an. „Aber … ihr solltet doch nicht für Lektionen zu Svala reiten! Ich wollte, dass ihr sie als Zeugin für mich gewinnt, daher habe ich doch gesagt, ihr solltet ihre Hilfe holen!“ Keiner der Gefährten rührte sich, jetzt war es an ihnen, Eyvindir perplex anzustarren.

„Aber du hattest So–" In der letzten Sekunde fiel Marla auf, dass sie Sorin mit der Nennung seines Namen als ihren Gefährten entlarvt hätte. Sie presste kurz die Lippen zusammen und musste all ihre Willenskraft aufwenden, nicht prüfend zu Maltje hinüberzuschauen, fürchtete sie, ihr auffälliges Verhalten könnte womöglich nur noch mehr Aufmerksamkeit erwecken. „Du hast einfach *so* gesagt, wir sollten dort Hilfe holen, mehr hast du nicht erklärt! Natürlich dachten wir, du würdest … also … etwas ganz anderes meinen! Woher sollten wir denn wissen, an welche Art von Hilfe du gedacht hattest?"

„Ich …" Eyvindirs Mund klappte mehrfach auf und zu, ohne dass auch nur ein Ton über seine Lippen kam. Seine Augen huschten unstet hin und her, als suche er vergebens Halt irgendwo auf dem Tisch vor sich. „Ich hatte ihr den Brief geschrieben und …" Er wischte sich mit beiden Händen übers Gesicht. „Hätte ich … *ihm* denn alles anvertrauen sollen? Das hätte ich nicht verantworten können! Und für eine geschriebene Nachricht an euch war einfach keine Zeit mehr, uns blieben nur Sekunden!"

„Aber *wir* sollten uns auf dein Wort verlassen und ihm blind vertrauen, nicht wahr?", hielt Marla dagegen. Ihr scharfer Tonfall überraschte sie dabei selbst und irgendwo in ihrem Hinterkopf wisperte eine Stimme, dass es ihr nicht zustand, auf diese Weise mit ihrem König zu sprechen, aber sie ignorierte sie. Marla war wütend. Und sie hatte keine Lust mehr, von anderen als Schachfigur in einem strategischen Spiel angesehen zu werden, von dem sie weder die Regeln noch den Sinn dahinter verstand. „Und wie sich herausgestellt hat, war das auch die richtige

Entscheidung. Vielleicht tätest du auch gut daran – weniger Heimlichtuerei, mehr Vertrauen?“

Eyvindirs Schultern sackten in sich zusammen, seine Miene wirkte ehrlich zerknirscht. „Es ging so schnell … ich fürchte, mir ist einfach alles über den Kopf gewachsen. Wem konnte ich noch trauen, wer war Freund und wer war Feind? Wer durfte in welches Geheimnis eingeweiht werden und welche Konsequenzen würde das nach sich ziehen?“ Seine Stimme senkte sich zu einem weinerlichen Flüstern. „Ich weiß nicht, ob ich dem Druck noch lange standhalten kann …“

Sofort bildete sich ein dicker Knoten in Marlas Hals und vielleicht sah sie ihren Großvater in diesem Moment zum allerersten Mal in seiner wahren Gestalt: als einen alten Mann, der unter der Last, die er zu tragen hatte, beinahe zerbrach. Kein Wunder, dass er sich irgendwann derart in dem Netz aus Lügen und Geheimnissen verstrickt hatte und sich nach der Enttäuschung seiner Rechten Hand schwertat, neues Vertrauen zu fassen. Wenn er sich doch nur Philipe gegenüber geöffnet hätte!

Abermals ging die Tür auf und Brestur trat ein. Mehrere der Ratsmitglieder drängten sich hinter ihm in den Raum sowie weitere Wachen. „Schluss jetzt, meine Geduld ist am Ende! Außerdem habe ich eine wichtige Mitteilung zu machen.“ Als Marla das triumphierende Funkeln in Bresturs Augen erkannte, verknoteten sich ihre Eingeweide. „Während ihr euch mit Eyvindir unterhalten habt, sind der restliche Rat und ich unter Berücksichtigung aller Hinweise und Zeugenaussagen zu einer Entscheidung gekommen. Wir sind bereit, das Urteil kundzugeben.“

Kapitel 15 – Possenspiele

Marlas Herz trommelte in unangenehm schnellem Rhythmus gegen ihren Brustkorb und ihre Gedanken übertrafen diese Geschwindigkeit noch. Sie wusste genau, wie dieses Urteil aussehen würde, sie alle hatten es gewusst, noch bevor die Verhandlung überhaupt begonnen hatte.

Ihr Blick fiel auf ihren Großvater, der sich nicht einmal die Mühe machte, den Kopf zu heben. Vermutlich hatte er sich bereits in sein Schicksal ergeben, auch ihn würde der Schuldspruch wohl kaum überraschen. Aber war er es denn auch? *Schuldig?*

Was genau war es denn eigentlich, das man ihm anlasten konnte? Er hatte den Verdacht gehabt, dass den Drachen, die in seinem Reich verweilten, ein Unrecht angetan wurde und war nicht in der Lage gewesen, das zu unterbinden. Allerdings war es auch keinesfalls so, dass er es einfach ignoriert hatte, es war ihm nicht egal gewesen. Wohl hätte er früher erkennen müssen, dass Svala nicht so alterte, wie es zu erwarten gewesen wäre, dabei war es aber mehr als fraglich, ob sie ihm gegenüber zu einem vorherigen Zeitpunkt offener gewesen wäre. Ebenso hätte er sich nicht von ihr unter Druck setzen lassen dürfen, aber Marla verstand auch, warum der König davor zurückgeschreckt war, sie unter Folter zu einer Aussage zu zwingen. Marla wünschte, dass Eyvindir sich ihnen, und insbesondere seinem Ziehsohn Philipe, schon viel früher anvertraut, und im Gegenzug Bresturs Machenschaften eher durchschaut hätte.

Machte Eyvindir das zu einem Verbrecher, gehörte er bestraft? Er hatte Fehler gemacht, keine Frage! Dem war er sich wohl selbst bewusst und vielleicht war das auch der Grund gewesen, warum Philipe dessen Gefühle nicht eindeutig hatte interpretieren können. Keiner davon rechtfertigte Marlas Auffassung nach jedoch die Todesstrafe! Nein, für sie bestand überhaupt kein Zweifel mehr daran, dass Brestur sich Eyvindirs wachsende Verunsicherung zunutze gemacht hatte, um den König loszuwerden und dieser sich zusehends in die Ecke gedrängt gefühlt hatte.

„Wachen, führt Eyvindir bis zur offiziellen Verkündung seines Schuldspruches zurück in seine Kerkerzelle!“, bestimmte Brestur. „Marla, du hast mein Wort, dass du dich vor der Urteilsvollstreckung noch einmal ausgiebig von deinem Großvater verabschieden darfst.“ *Welch Dreistigkeit!*, schoss es Marla durch den Kopf. Die Nägel ihrer vor Zorn geballten Hände gruben sich schmerzhaft in ihre Handballen und wütende Beschimpfungen brannten ihr auf der Zunge. Gleichzeitig schnürte sich ihr derart die Kehle zu – ob aus Wut oder aus Angst um Eyvindir, vermochte sie nicht zu sagen –, dass sie keinen Ton herausbrachte. *Dieser selbstgefällige, intrigante, erbarmungslose Mistkerl!*

Philipe schob geräuschvoll seinen Stuhl zurück und erhob sich, dabei klatschte er mehrfach betont langsam in die Hände. „Brestur, ich muss sagen, ich bin schwer beeindruckt. Diese ganze Ratsversammlung, ach was, die gesamte Amtsenthebung war äußerst gut durchgeplant. Sogar eine Zeugenaussage mit einem belastenden Brief hast du auftreiben können … Respekt!“ Brestur lief rot an und plusterte sich empört auf, aber Philipe ließ ihn nicht zu Wort kommen. „Auch die Tatsache, dass ihr euch offenbar nicht mal die Mühe gemacht habt, Eyvindirs Perspektive anzuhören und zu verstehen, hätte sich leicht vertuschen lassen. Allein die Ratsmitglieder selbst werden Fragen aufwerfen, denkst du nicht?“

„Wieso, wir alle sind gemeinsam und eindeutig zu dem Schluss gekommen, dass der König –“

„Ja, ja, zu einem einstimmigen Urteil zu gelangen, wenn der Rat eigens dafür sorgfältig von dir ausgewählt und zusammengestellt wurde, muss sicherlich eine schwierige Aufgabe gewesen sein“, warf Philipe sarkastisch dazwischen. Ein paar der Ratsmitglieder traten unruhig auf der Stelle und warfen einander argwöhnische Blicke zu.

„Was behauptest du da?“, entrüstete sich Brestur. „Ich habe nach bestem Wissen und Gewissen einen repräsentativen Querschnitt der Bevölkerung vorgeladen.“

„Ach ja?“ Philipes verächtliches Schnauben stand dem von Rorek in nichts nach.

„Aber ja! Yosek hier war über Jahrzehnte hinweg als Heiler tätig. Calla ist die oberste Ordnungshüterin Kjollverods und repräsentiert damit die Vertreter der Städte. Audur ist –“

„Das reicht!“, unterbrach Philipe scharf. „Du weißt ganz genau, dass die Größe des Rates nicht angemessen ist!“

„Warum? Es hat schon Ratssitzungen mit weit weniger Mitgliedern gegeben!“

„Das stimmt, aber nicht bei einer Verhandlung gegen den König! Du kannst dir die Mühe sparen, mir weismachen zu wollen, dies entspräche der Norm, ich habe sämtliche historischen Aufzeichnungen über das Königreich und die albische Geschichte im Allgemeinen gelesen. Werden solch schwerwiegende Vorwürfe erhoben, dass eine Amtsenthebung auch nur in Betracht gezogen wird oder, wie in diesem Fall, sogar von solch einer drastischen Bestrafung gesprochen wird, ist es zwingend erforderlich, ein Vielfaches an Volksvertretern zusammenzurufen. Die überschaubare Runde von heute ist geradezu lächerlich, Brestur!“ Philipe hatte sich in Rage geredet. „Im Übrigen werden die Ratsmitglieder auch nicht von derselben Person bestimmt, die die Anschuldigung überhaupt erst erhoben hat, sondern vom Volk gewählt. Jede größere Stadt schickt einen Vertreter, die Manantena dürfen mehrere Mitglieder stellen, jede Bevölkerungsschicht aus allen Teilen des Reiches muss repräsentiert werden. Als Rechte Hand ist dir dies sicherlich bewusst, oder nicht?“

Für einen kurzen Moment schien Bresturs Hochmut zu wanken, doch sofort nahm er wieder Haltung an. „Ich … doch, doch, natürlich! Aber besondere Umstände erfordern eben besondere Maßnahmen.“

„Die *Gefahr* ist längst vorüber, es besteht kein Grund mehr, die Gesetze zu ändern.“ Philipe stützte seine Hände auf die Tischplatte und beugte sich provokativ nach vorne. „Wie denkst du, wird das Volk reagieren, wenn es erfährt, dass die Rechte Hand seine Macht missbraucht hat?“

Abermals wechselte Bresturs Gesichtsfarbe zu einem unnatürlichen Rotton und der Ausdruck, der in seine Augen trat, schickte Marla eine Gänsehaut über den

Rücken. „Du solltest aufpassen, mit wem du dich anlegst!“, zischte er. „Als Rechte Hand genieße ich eine hochangesehene Position, meinem Urteil wird mehr Wert zugeschrieben werden als deinem. Wer bist *du* schon?“

Während Philipes und Bresturs verbales Gefecht zunehmend eskalierte, überschlugen sich Marlas Gedanken geradezu. Sie wusste genau, was Philipe vorhatte und sie musste ihm Recht geben: Wenn Brestur die Ratsmitglieder tatsächlich eigens für diese Sitzung ausgewählt und zusammengerufen hatte, dann aus dem bestimmten Grund, dass er sich ihrer Stimme sicher sein konnte. Teilweise wusste er vielleicht ohnehin um deren ablehnende Einstellung gegenüber Eyvindirs Regime, aber es war auch möglich, dass er etwas gegen sie in der Hand hatte, sie ihm einen Gefallen schuldeten oder er sie mit etwas bestechen konnte. So oder so würden die Gefährten gewiss nicht in der Lage sein, die Meinung der bestehenden Ratsmitglieder umzustimmen, ihre einzige Chance war also, auf eine neue Verhandlung zu beharren.

Allerdings war auch dann fraglich, ob eine erneute Abstimmung wirklich zu Gunsten des Königs ausfallen würde. Das Reich war gespalten, Eyvindirs Herrschaft umstritten. Die Unzufriedenheit und die Unruhe unter der Bevölkerung waren in der letzten Zeit rasant angewachsen, auch dafür hatte Brestur längst gesorgt. Vermutlich war das fragwürdige Gesetz, mit dem er den Bauern und Händlern in Eyvindirs Namen das Reisen hatte verbieten wollen, kein Einzelfall gewesen. Marla musste an den Redner in der Stadt Hjarstron zurückdenken und wie leicht sich die Umstehenden von ihm gegen die Menschen hatten aufstacheln lassen – es würde Marla nicht wundern, wenn sie für Hassreden gegen ihren König genauso empfänglich gewesen wären. Jedenfalls war es durchaus denkbar – und schien zu Bresturs hinterlistiger Vorgehensweise zu passen –, wenn dieser zu genau diesem Zweck eine Gruppe von wortgewandten, charismatischen Alben entsandt hätte, um die nichtsahnenden Zuhörer zu manipulieren.

Nein, darauf, dass das Volk bei einer erneuten Ratsversammlung für Eyvindir stimmen würde, konnten sie sich nicht zwingend verlassen und ebenso wenig darauf, dass Brestur sich nicht unlauteren Praktiken bediente.

Was sie brauchten, war die Aussage einer einflussreichen Person, auf die die aufgebrachte Bevölkerung hören würde, jemand, der die Gemüter besänftigen könnte. Kurz dachte sie an Aywed, doch so angesehen und beliebt diese in den Reihen der Manantena auch war, so war sie im restlichen Land wohl zu unbedeutend. Philipe? Ihn kannten die meisten Alben zumindest namentlich – der Ziehsohn des Königs, er genoss allgemeinen Respekt. Dabei war jedoch das Risiko hoch, dass man ihm fehlende Neutralität vorwerfen würde.

Mit einem unangenehmen Ziehen in der Magengegend drängte sich ihr eine weitere Möglichkeit auf und so sehr sie sich auch sträubte und den Gedanken zu ignorieren versuchte, umso deutlicher formte sich die Idee. *Sie selbst könnte diese Person sein!* Einerseits würde man der Meinung von einer so jungen Albe, wie sie es war, kaum große Beachtung schenken, das hatte sie bereits in Hjarstron erlebt. Auch als die Enkelin des Königs brauchte sie nicht mehr zu erwarten als geheuchelte Loyalität. Andererseits waren da aber noch die Erfolge, die sie in ihrer Rolle als Auserwählte vorzuweisen hatte und welche sie zu einem einzigartigen Bindeglied zum Volk der Drachen machten. Sie dachte an die Hochachtung, die ihr seit den Vorkommnissen in den Bergen von ihren Gefährten entgegengebracht wurde, die angesehene Stellung, die den Erzählungen nach schon ihre Mutter innegehabt hatte.

Ihre Handflächen begannen zu schwitzen. Eigentlich behagte es ihr ganz und gar nicht, sich selbst in den Mittelpunkt der Aufmerksamkeit zu stellen, doch wollte sie nichts unversucht lassen. Natürlich würde sie ihre eigenen Ängste und Abneigungen überwinden, wenn dadurch die Möglichkeit bestand, Eyvindir zu retten. Und dann kam ihr noch eine andere Eingebung – blitzschnell fasste sie einen Entschluss.

„Brestur, bitte lass dich von diesem Geschwätz nicht provozieren“, redete sie laut dazwischen, als dieser gerade zu einer aufgebrachten Erwiderung ansetzen wollte. Sie erhob sich, um mit Philipe und Brestur auf Augenhöhe zu stehen, schob ihren Stuhl an den Tisch heran und stellte sich dahinter. Alle Aufmerksamkeit war auf sie gerichtet, nun gab es kein Zurück mehr. „Philipe will sich nur wieder wichtigmachen, weil er ein paar Geschichtsbücher gelesen hat, weißt du?“ Es verlangte ihr sämtliche Willenskraft ab, nicht zu ihrem Geliebten hinüberzuschauen. Sein Blick brannte ihr wie Feuer auf der Haut und sie konnte sich nur allzu gut vorstellen, welche Mischung aus Entsetzen, Unglaube und Enttäuschung sich auf seinem Antlitz widerspiegelte. Vermutlich hätte sie der Anblick derart aus dem Konzept gebracht, dass sie beschwichtigend eingelenkt hätte und das wäre für ihre geplante Darbietung kaum förderlich gewesen. „Es ist doch so: Mit Svala haben wir eine der wenigen – oder sogar *die einzige* – Person für unsere Sache gewonnen, die bezeugen kann, was damals wirklich geschehen ist. Eyvindir selbst liefert mit dem Brief an Svala einen stichfesten Beweis für seine Schuld, schwarz auf weiß.“ Auch auf Bresturs Zügen zeigte sich Skepsis, wenn nicht gar Misstrauen, doch je weiter Marla in ihren Ausführungen kam, desto intensiver wurde das Funkeln in seinen Augen und ein triumphierendes Zucken umspielte seine Mundwinkel. „Sicherlich wird er die Echtheit des Briefes bestreiten, aber dann stünde immer noch Aussage gegen Aussage. Welchen Grund hätte Svala schon, die Unwahrheit zu sagen? Eyvindir hingegen wird sich in einem Netz aus Lügen verstricken und er wird vor dem Rat mehr und mehr an Glaubwürdigkeit verlieren. Niemand wird sich auf seine Seite stellen wollen. Die einzige Gefahr wäre, wenn es sonst noch jemanden gäbe, der damals zugegen war und die Ereignisse aus erster Hand bezeugen könnte … aber wer sollte das sein? Jemand, der bislang nicht für sich selbst sprechen konnte oder es bevorzugt, sich aus offiziellen Angelegenheiten der Alben herauszuhalten.“ Ein dünner Schweißfilm bedeckte ihre Stirn. Sie war höchst konzentriert darauf, genügende Hinweise zu liefern, ohne sich dabei aber *zu* eindeutig auszudrücken. *Die Drachen! Philipe, denke an die Drachen!* „Aber es ist äußerst unwahrscheinlich, dass sich so jemand *von allein* aufmachen würde, um sich in unsere Ratssitzung einzumischen! Jedenfalls bin ich fest davon überzeugt, dass man Svala mehr Glauben schenken wird als diesem alten, gebrochenen Mann, der ganz offensichtlich nicht mehr dazu in der Lage ist, dieses Reich zu führen. Schau ihn dir doch an! Sein Volk verachtet ihn.“ Sie zwang ein dünnes Lächeln auf ihre Lippen, wenngleich es sie innerlich nahezu zerriss. Jedes einzelne Wort verlangte ihr ungeheuerliche Überwindung ab, jede Faser ihres Körpers sträubte sich dagegen, weiterzusprechen. „Von diesem Skandal wird sich Eyvindir ganz sicher nicht mehr erholen, wer würde ihm danach noch Vertrauen schenken? Es ist an der Zeit, dass er Platz macht. Platz für eine neue Herrschaft!“ Nun ließ sie ihren Blick doch in die Runde schweifen, um einen möglichst selbstzufriedenen Ausdruck bemüht. Ihre Gefährten starrten sie allesamt entgeistert an und wiesen dabei unterschiedliche Ausprägungen der Verwirrung auf – von gerunzelter Stirn über skeptisch zusammengekniffene Augen bis hin zu dümmlich aufgerissenem Mund war alles vertreten.

Ihre Augen zuckten gerade lange genug zu Philipe, um zu registrieren, dass er sie intensiv beobachtete. Hatte er verstanden, was sie ihm sagen wollte? *Du musst die Drachen holen! Sie* konnten für Eyvindir aussagen – und welch besseren Unschuldsbeweis könnte es geben, als wenn sie von den Opfern höchstpersönlich bestätigt wurde? Zwar konnten die Drachen nicht zweifelsfrei wissen, ob er nicht doch in die Machenschaften der Evantheos verwickelt war, nur weil er selbst nie als ihr Peiniger in der Roten Burg in Erscheinung getreten war, aber dennoch setzte Marla große Hoffnung in die majestätischen Wesen. Kurz bevor die Drachenmutter Fjolta ihr Blut gegeben hatte, um Philipe nach dem Giftanschlag zu retten, hatte sie Marlas Geist inspiziert und war zu dem Schluss gekommen, dass die junge Albe keine dunklen Absichten hegte, hatte ihre Seele für rein befunden. Wäre es möglich, mit Eyvindir auf die gleiche Weise zu verfahren? Es war natürlich durchaus denkbar, dass die Drachin nur aufgrund der geistigen Verbindung, wie sie mit Auserwählten zustande kam, dazu in der Lage gewesen war, Marlas wahre Beweggründe zu erkennen. Doch immerhin hatte Fjolta damals, nach Marlas ersten geglückten Kontaktaufnahme, an Philipe geschnüffelt und die Albe zu ihrer Partnerwahl beglückwünscht. Vielleicht war es den Drachen also doch möglich, Gut und Böse voneinander zu unterscheiden, unabhängig davon, wen sie inspizierten.

„Nein, Brestur, wir haben nun wahrlich nichts zu befürchten, selbst bei einer nochmaligen Ratsversammlung wird das Ergebnis das gleiche sein“, erhob sie erneut das Wort. „Dennoch schlage ich vor, die Verhandlung nach den offiziellen Regeln zu wiederholen, damit uns auch die strengsten Pedanten im Nachhinein nicht vorwerfen können, die Verurteilung wäre nicht rechtens gewesen.“ Sie zog kurz angewidert die Nase kraus und schaute Brestur dann fest in die Augen. „Alles, was wir zu tun hätten, ist, die Ratsmitglieder davon zu überzeugen, dass Eyvindirs boshafte und gierige Absichten sowohl das Volk der Drachen wie in der Folge auch das Volk der Alben wissentlich in Gefahr gebracht haben. Denn wenn die Drachen irgendwann von sich aus auf den Frevel aufmerksam geworden wären – nicht auszudenken, wie viele albische Seelen ihrem Rachedurst zum Opfer gefallen wären! Also … was sagst du?“ Erwartungsvoll schaute sie Brestur an. Sekunden verstrichen, in denen nichts als der rauschende Puls in ihren eigenen Ohren die Stille durchbrach. War ihre Rede überzeugend gewesen? Oder doch zu dick aufgetragen? Nervös trat sie von einem Bein aufs andere.

„Du … du *willst*, dass Eyvindir verurteilt wird?“ Bresturs Augen wurden zu lauernden Schlitzen.

Marla schluckte. „Ich habe mit eigenen Augen gesehen, welchen Misshandlungen die Drachen in der Schlucht der Giganten ausgesetzt gewesen waren!“ Um den wahren Grund für das Zittern in ihrer Stimme zu überspielen, legte sie all ihre Emotionen in die nachfolgenden Worte. „Diese Verstümmelungen, der Gestank des Todes, all das Elend – es war grauenvoll! Ein König, der nicht nur um diese Schandtat weiß und nichts dagegen unternimmt, sondern sie auch noch begrüßt, verdient die Treue seines Volkes nicht!“ Sie streckte den Rücken durch und straffte ihre Schultern. „Da wäre ja sogar ich eine geeignetere Herrscherin!“

„Darin gebe ich dir absolut Recht!“ Brestur deutete eine Verbeugung an, wobei es ihm nur mäßig gelang, ein Grinsen zu verbergen. Marla hingegen musste an der Rückenlehne ihres Stuhles Halt suchen, bevor ihre weichen Knie unter ihrem eigenen Gewicht nachgeben konnten. Was um alles in der Welt hatte sie sich nur dabei gedacht, ihm eine solche Vorlage zu liefern? Lange würde sie Brestur, dem Meister der Intrigen und der Hinterlist, mit ihrem Schauspiel ganz sicher nicht das Wasser reichen können! „Also gut.“ Brestur hatte seine Gesichtszüge wieder unter Kontrolle. „Ich werde für den nächsten Vollmond eine erneute Ratsversammlung ansetzen. Die Zeit könnte knapp werden, aber sicherlich werden alle Beteiligten darum bemüht sein, diese Angelegenheit so schnell wie möglich erledigt zu wissen, nicht wahr?“

„Sicher“, krächzte Marla. *Der nächste Vollmond?* Das waren gerade mal zwei Wochen! Niemals würde es Philipe gelingen, innerhalb von zwei Wochen die Drachen in den Bergen zu erreichen, sie davon zu überzeugen, ihm zu folgen und sie dann hierher zurückzuführen! „Was, wenn die Zeitspanne nicht ausreicht, die stellvertretenden Ratsmitglieder zu wählen und ihnen dann noch die Gelegenheit zu geben, rechtzeitig in die Hauptstadt zu reisen?“, fragte sie heiser.

„Wir werden sehen, da wird uns schon eine Lösung einfallen.“ Brestur lächelte Marla gütig an, bevor er seine Aufmerksamkeit auf ihre Gefährten lenkte. „So. Und jetzt zu euch.“ Seine Stimme klang plötzlich eiskalt. „Ich habe euch ermöglicht, mit Eyvindir zu sprechen, auch wenn es keine leichte Aufgabe war! Aber ich bin nunmal ein Mann von Ehre, der zu seinem Wort steht und ich wollte Marla diesen Wunsch ungern ausschlagen. Nichtsdestotrotz ist es an der Zeit, der Realität ins Auge zu sehen. Marla, so leid es mir tut … ich werde deine Begleiter in Gewahrsam nehmen müssen.“ *Bitte was?* Sie musste sich verhört haben!

„Und was wirft man uns vor?“, wollte Philipe in scharfem Ton wissen. Durch die steile Falte zwischen seinen Brauen wirkten seine Züge ungewohnt hart. „Wir haben uns nichts zuschulden kommen lassen!“

Brestur schürzte die Lippen, als suche er noch nach einer passenden Antwort. Was führte er im Schilde? Dass sie am Abend der Revolte aus dem Palast geflohen waren, konnte man ihnen nicht zur Last legen, schließlich hatten sie nicht unter Arrest gestanden, sie waren Gäste des Königs gewesen. „Hmm, lasst mich überlegen … Maltje?“ Brestur wandte sich dem Krieger zu, als benötigte er eine Gedächtnishilfe. „Was ist nochmal der Grund?“

„Pferdediebstahl!“, gab Maltje prompt zurück. Ein gehässiges Grinsen ließ die wulstige Narbe, die von seinem Mundwinkel quer über die Wange bis zum Ohr verlief, auf und ab hüpfen. „Ihr habt einen Wachmann überwältigt und daraufhin sämtliche Reittiere aus dem Stall entwendet. Nur etwa die Hälfte von ihnen konnte am darauffolgenden Tag wieder eingefangen werden.“

Philipe zuckte bei der Anschuldigung noch nicht mal mit der Wimper, trotzdem war er ein bisschen blass geworden, fand Marla. „Und was haben wir damit zu tun? Ihr habt keinerlei Beweise dafür, dass wir irgendwie in diesen Vorfall verwickelt sind.“

Abermals hüpfte Maltjes Narbe auf und ab. „Hm, doch, die haben wir. Erstens hat der Wachmann ausgesagt, dass sich die Pferdediebe eindeutig als Mitglieder der Manantena zu erkennen gegeben haben, die zurück in den Süden zu ihrem Stützpunkt reiten wollten. Und zweitens hat euer Freund Kjell selbst zugegeben, dass er und der junge Jahvis die einzigen eurer Gruppe waren, die sich gegen den Diebstahl der Reittiere ausgesprochen haben.“ Nacheinander nickte er den beiden zu. „Ihr dürft gehen. Für den Rest gilt: Bis in einer Ratssitzung über eure Strafe entschieden werden kann, müsst ihr euch wohl mit den Quartieren im Kerker zufrieden geben.“ Nun hielt es auch die restlichen Gefährten nicht mehr auf ihren Stühlen. *Verdammt!* Maltje versuchte, ihre eigene Lügengeschichte gegen sie zu verwenden. Das durfte nicht geschehen!

Kjell hob in besänftigender Geste die Hände. „Ob die anderen die Pferde wirklich gestohlen haben, weiß ich doch nicht! Sie hatten davon gesprochen, ja, aber vielleicht haben sie es sich ja auch anders überlegt, nachdem wir uns von ihnen getrennt hatten. Es kann Zufall gewesen sein!" Unwillkürlich musste Marla daran denken, wie sehr der Gefährte es hasste, zu lügen, und wusste umso mehr zu schätzen, dass er sie damit zu schützen versuchte. Maltje aber schnaubte nur belustigt.

„Ich werde nach dem Wachmann schicken lassen, mit Sicherheit wird er die Stimme seines Peinigers identifizieren können!", erhob Brestur erneut das Wort. „Bis dahin führt jedoch kein Weg daran vorbei, euch in Gewahrsam zu nehmen, eine erneute Flucht kann ich nicht riskieren." Er machte eine wedelnde Handbewegung, woraufhin sich mehrere Krieger der Königsgarde in Bewegung setzten. Kjell und Jahvis wurden unsanft zur Tür hinausgeschoben, während die restlichen Gefährten umzingelt wurden. Verdammt, wenn doch nur Sorin hier wäre, das hätte er gewiss nicht zugelassen!

„Ich war es!", meldete sich Tjarven plötzlich zu Wort. „Ich habe den Wachmann überwältigt und gefesselt und danach die Pferde entwendet. Ich allein!" *Nicht!* Marla starrte Tjarven entsetzt an. Er konnte sich doch nicht einfach opfern! „Ich habe dem Mann kein Leid zugefügt, aber ich habe auch keine andere Möglichkeit gesehen, Marla in Sicherheit zu bringen, schließlich kannten wir den Grund für die Unruhen im Palast nicht, ich fürchtete sie in großer Gefahr. Das kannst gewiss selbst du nachvollziehen, Brestur. Marla brauchte meinen Schutz!" Brestur stieß schnaufend die Luft aus, wusste jedoch offensichtlich nichts zu erwidern. „Meinen Gefährten habe ich nicht verraten, woher ich die Reittiere hatte, ich habe behauptet, ich hätte für sie bezahlt. Sie sind unschuldig, ich allein bin für den Diebstahl verantwortlich! Lasst sie gehen!"

„Netter Versuch! Aber ich weiß, dass du lügst!“, zischte Maltje. „Der Wachmann hat ausgesagt, dass es mehrere Diebe gewesen sein müssen. Mindestens zu zweit habt ihr ihn gefesselt, geknebelt und anschließend in die Pferdebox getragen!“ Einen nach dem anderen taxierte er die Gefährten. „Wer von euch ist es gewesen, hm?“ Verzweiflung schnürte Marla beinahe die Kehle zu.

„Ich war die zweite Person!“ Rorek hob seine Arme, um zu zeigen, dass er sich widerstandslos ergeben würde. „Lasst Philipe gehen, er ist unschuldig! Außerdem war es meine Idee, ich habe meinen Bruder dazu überredet.“ *Rorek, nein!* Marla hätte beinahe aufgeschluchzt.

„So kooperativ, ich freue mich!“, feixte Brestur. „Obwohl ich mir wirklich nicht sicher bin, ob wir deiner Aussage Glauben schenken können und Philipe nicht doch an der Sache beteiligt gewesen ist. Und was für eine Wendung – den Sohn des Königs als Dieb zu entlarven!“

„Er ist unschuldig!“, beharrte Rorek, seine Miene eine verzerrte Maske der Wut. „Und du hast keine Beweise, die etwas anderes belegen könnten! Denke an deinen Ruf!“

Brestur kratzte sich nachdenklich an der Stirn. „Also gut, ich will mal nicht so sein. Philipe, du kannst gehen – wobei du sicher verstehen wirst, dass wir dich fürs Erste des Palastes verweisen müssen. Euch anderen danke ich für die Kooperation, das wird euch für eure Ratsversammlung gewiss zugutekommen. Wachen – ergreift die beiden Männer!“

„Nein, das darfst du nicht!“, begehrte Marla panisch auf.

„Doch, natürlich darf ich, meine Liebe. Die Sicherheit des königlichen Hauses hängt davon ab und damit womöglich auch der Frieden im gesamten Land, das Wohl unseres Volkes …“

„Lächerlich!“, knurrte Rorek ungehalten.

„Ich glaube, ich weiß, was du vorhast, Brestur!“, gab Marla entrüstet von sich. „Möchtest du mich etwa von meinen Gefährten trennen, weil du glaubst, mich so manipulieren zu können?“

„Nicht doch, Marla … das klingt nach unfairen Bedingungen, das würde mir niemals in den Sinn kommen! Eine Begegnung auf Augenhöhe ist für eine gute Zusammenarbeit unabdingbar, das ist mir durchaus bewusst!“

„Wenn es überhaupt irgendeine Art von *Begegnung* geben soll, dann wirst du es nicht wagen, meine Gefährten einzusperren!“, presste sie hervor.

„Ich kann ein solches Vergehen doch nicht ungesühnt stehenlassen!“, entgegnete Brestur trocken und gab einen kleinen Wink, woraufhin zwei Krieger der Königsgarde Tjarven links und rechts ergriffen. Rorek, dem sich ebenfalls zwei Wachen näherten, entwich ein drohendes Knurren, doch würde ihm das kaum etwas nutzen, wenn er gewaltsam abgeführt wurde.

Kalte Angst kroch Marlas Nacken hinauf. Angst davor, was ihren Freunden bevorstand. Und Angst davor, Brestur ohne deren Rückhalt gegenübertreten zu müssen – sie fühlte sich ihm und seiner tückischen Art einfach nicht gewachsen. Wenn ihr doch zumindest einer ihrer Gefährten beistehen könnte, wenn schon nicht Philipe, dann wenigstens – „Ich verlange, dass Rorek an meiner Seite bleibt!“ Stolz und selbst ein bisschen überrascht, welch gefestigten Unterton sie ihrer Stimme verleihen konnte, reckte sie ihr Kinn nach vorne, um ihre Forderung zusätzlich zu unterstreichen.

Brestur wollte sich schon in Philipes Richtung drehen, schaute sie dann aber mit hochgezogenen Augenbrauen an, wohl als der volle Inhalt ihrer Worte in sein Bewusstsein sickerte. „Habe ich dich richtig verstanden? Rorek? Du möchtest, dass ich *Rorek* freilasse?"

Marla schluckte hart. Am liebsten hätte sie auf das Anwesenheitsrecht aller ihrer Gefährten beharrt, aber Kjell und Jahvis waren bereits hinauskomplimentiert worden und Philipe würde damit beschäftigt sein, ihre Drachen nach Eskjillrod zu holen – zumindest hoffte sie inständig, dass er ihre Andeutungen richtig verstanden hatte. Ganz davon abgesehen, würde Brestur kaum zulassen, dass Marla eine ganze Horde Befürworter um sich scharte. „Ja. Er ist mein Leibwächter, ich vertraue auf seinen Schutz."

Brestur sah aus, als würde er sie auslachen wollen. „Aber meine Liebe, du glaubst doch nicht im Ernst, dass ich für einen Pferdedieb das Gesetz ändere, oder? Niemand außer der Garde wird von nun an im Palast eine Waffe tragen dürfen, das gilt selbstverständlich auch – und sogar ganz besonders – für Rorek. Er würde somit eine mehr als ineffiziente Leibwache darstellen, und ich kann dir nur raten, dich stattdessen auf die königliche Garde zu verlassen. Dir wird kein Leid geschehen, glaube mir." Mit diesen Worten wandte er sich ab und schien die Angelegenheit als erledigt anzusehen.

Wütend ballte Marla die Hände zu Fäusten. „Ich möchte ihn aber an meiner Seite wissen! Ohne ihn bin ich nicht bereit, mit dir zu verhandeln!"

Brestur drehte sich langsam zu ihr um und trat bedrohlich einen Schritt auf sie zu. „Ich lasse mich nicht erpressen! Für wie dumm hältst du mich, ausgerechnet einem meiner ärgsten Gegner eine Waffe in die Hand zu drücken? Rorek hetzt schon seit Jahren unverhohlen gegen mich.“ *Verdammt*, ja, sie hatte nicht bedacht, wie feindselig sich Brestur und Rorek gegenüberstanden. Vielleicht hätte sie bei Tjarven mehr Glück gehabt. Wenn sie aber jetzt nachgab, wusste Brestur, dass er auch in Zukunft ein leichtes Spiel mit ihr haben würde, solange er nur ausreichend Druck auf sie ausübte.

„Du hast Recht, ich brauche ihn nicht als Leibwache und es ist auch nicht nötig, dass er ein Schwert trägt. Ohne eine Waffe hat er euren Kriegern so gut wie nichts entgegenzusetzen, von ihm würde also keine Gefahr ausgehen. Dennoch möchte ich, dass er bleibt, ich habe persönliche Gründe dafür.“

„Und die wären?“ *Die wären?* Na, dass sie jemanden brauchte, dem sie absolut vertrauen und mit dem sie sich austauschen konnte. Jemand, der sich mit Staatsführung und Strategie besser auskannte als sie, der sie vor Brestur und seinesgleichen schützen würde. Aber das konnte sie Brestur natürlich nicht ins Gesicht sagen.

„Er ist mein Geliebter!“ *Was?* Hatte sie das gerade wirklich laut ausgesprochen?

Brestur runzelte die Stirn. „So? Das wäre mir neu!“

„Ich wusste nicht, dass ich einen Rundbrief hätte verschicken sollen, in dem ich offiziell verkünde, mit wem ich bevorzugt meinen Körper vereine!“, gab sie patzig zurück. *Jetzt bloß nicht rot werden, nicht rot werden, Marla!* Entschlossenen Schrittes trat sie auf Rorek zu, stellte sich auf die Zehenspitzen und legte die rechte Hand in seinen Nacken, um ihn zu sich hinabzuziehen, ihre linke landete auf seiner stahlharten Brust. Steif kam er der Aufforderung nach. *Nicht darüber nachdenken, einfach machen!*, ermutigte sie sich. Ohne zu zögern drückte sie ihre Lippen auf seinen Mund. Der Krieger rührte sich nicht, verharrte starr wie eine Statue. *Verdammt, ihr eigener Vater würde sie überzeugender küssen als er!* Wenn sie Brestur glaubhaft vorspielen wollten, dass es sich bei Rorek um ihren Liebhaber handelte, von dem sie sich um nichts in der Welt trennen wollte, musste er sich ein wenig mehr anstrengen. Die Finger in seinem Nacken gaben ihm mit sanftem Druck ein Zeichen und endlich schien er aus seiner Erstarrung zu erwachen.

Seine Lippen bewegten sich weich gegen ihre, sein linker Arm schlang sich um ihren Rücken und zog sie sanft näher. Als er dann auch noch seine andere Hand, groß und warm, an ihre Wange legte, machte ihr Herz einen erschrockenen Satz. *War das tatsächlich nur gespielt oder war das echt?* Es fühlte sich jedenfalls verdammt echt an! Hatte Rorek ihre Absichten etwa falsch interpretiert? Wie musste das wohl nach außen hin aussehen? Nun ja … eine überzeugende Darbietung war wohl Sinn und Zweck der Sache gewesen. Sie lösten sich voneinander, doch Rorek verharrte noch einen Moment wenige Fingerbreit vor Marlas Gesicht und schaute ihr tief in die Augen, bevor er sich wieder aufrichtete.

„Es tut mir leid, dass du es auf diese Weise erfahren musstest“, sagte er an Philipe gewandt. Marla biss sich auf die Unterlippe und schaute angespannt zu ihrem Geliebten hinüber. Seine Augen waren weit aufgerissen, der erstaunte und geradezu schmerzerfüllte Ausdruck auf seinem Antlitz versetzte ihr einen solchen Stich, dass sie beinahe zu ihm gelaufen wäre, um das Missverständnis aufzuklären. Doch dann wären ihre Bemühungen völlig umsonst gewesen.

„Rorek bleibt bei mir!“, wiederholte sie daher nur und hoffte, dass ihr Gesichtsausdruck entschlossener wirkte, als sie sich fühlte.

Brestur zögerte noch einen Moment. „Also gut. Aber keine Waffen! Und wenn er sich ungebührlich benimmt und mich oder einen meiner Leute bedroht, dann wird er schneller bei seinem Bruder im Kerker landen, als du *Geliebter* sagen kannst! Haben wir uns verstanden?“

Marla schob zornig ihren Unterkiefer nach vorne. *Was erdreistete er sich, mit ihr zu sprechen wie mit einem kleinen Kind?* Allerdings hatte er ihr gerade auch genau das zugesagt, wonach sie verlangt hatte. Sie atmete einmal tief durch, schluckte ihren Stolz hinunter und nickte knapp. „Verstanden.“

„Gut. Dann würde ich jetzt vorschlagen, dass du dich ein wenig ausruhst, Marla.“ Erstaunlich, wie schnell es Brestur verstand, seiner scharfen Stimme von zuvor einen weichen und charmanten Klang zu verpassen. „Ich habe bereits vorhin veranlasst, dass man dir ein Zimmer herrichten und dir ein paar frische Kleider zurechtlegen lässt.“ Er schenkte ihr ein Lächeln, das nach außen hin gutmütig wirkte, in Marlas Innerem aber pure Abscheu hervorrief, bevor er sich mit finsterem Ausdruck zu Eyvindir umdrehte. „Wie es aussieht, hast du noch ein paar Wochen Gnadenfrist. Bis zur Verhandlung wirst du wieder in dein

Verlies gebracht werden.“ Maltje und ein weiterer Wachmann setzten sich auf Bresturs Wink hin in Bewegung.

Eyvindir! Der König war während der gesamten Auseinandersetzung mit Brestur als Einziger still am Tisch sitzen geblieben, sodass Marla ihn beinahe vergessen hatte. Jetzt erhob er sich zögerlich und Marla nutze die Gelegenheit, trat um den Tisch herum und legte ihm geschwind die Hand auf den Unterarm. Er sollte nicht daran zweifeln müssen, was sie für ihn empfand, seine Gabe würde ihn wissen lassen, welche ihrer Worte der Wahrheit entsprachen und welche nicht.

„Nun, Eyvindir … *Großvater*, ich gebe zu, ich hatte nicht damit gerechnet, dass sich unsere Wege so schnell schon wieder trennen würden. Aber was soll ich sagen? Jetzt, wo ich sämtliche Hintergründe kenne, kann selbst ich deine Schuld kaum leugnen! Ich kann nichts für dich tun, das musst du nun allein durchstehen. Weder will ich mit deinen Machenschaften in Verbindung gebracht werden noch mit dir! Die Zeit deiner Herrschaft neigt sich dem Ende zu, *alter Mann*, während meine gerade erst begonnen hat.“ Das sollte genügen, um ihre Loyalität zu bekunden! Sie ließ Eyvindir los und wandte sich abrupt ab – auch wenn er den Eindruck machte, als könne er eine tröstende Umarmung durchaus gebrauchen.

Nun gab es nur noch eine Person in diesem Raum, der Marla eine Erklärung geben wollte – dringend sogar. Mit raschen Schritten trat sie auf Philipe zu. Statt jedoch direkt mit ihm in körperlichen Kontakt zu treten, verharrte sie knapp vor seiner Gestalt. Ihm war es schließlich ohnehin nicht möglich, jede Aussage auf wahr oder falsch zu überprüfen, er würde sich also mit einer allgemeinen Liebesbekundung ihrerseits zufriedengeben müssen. Marla hoffte inständig, dass er ihre Gefühle richtig interpretieren würde.

„Auch mir tut es leid, dass du jetzt und hier von Roreks und meiner Liebe erfahren musstest. Ich wollte es dir schon so lange sagen, aber es hat sich einfach nicht ergeben. Du und ich – das wäre doch auf Dauer niemals gutgegangen!“ Erst jetzt hob sie ihre Hand und berührte Philipe am Arm. *Fühle mich!* „Ich danke dir für das, was du in der Vergangenheit für mich getan hast, aber hier trennen sich unsere Wege!“

Philipe riss seinen Arm los und wich vor ihr zurück. Seine Augen funkelten wie zwei Smaragde im Sonnenlicht. „*Dankbarkeit* sieht für mich anders aus! Aber ich habe schon verstanden – meine Anwesenheit ist wohl nicht länger erwünscht.“ Mit diesen Worten wirbelte er herum und rauschte aus dem Raum.

Kapitel 16 – Gewappnet für die nächste Schlacht

Marla schnappte nach Luft. Der Klumpen in ihrem Brustkorb schien Tonnen zu wiegen und sie musste ihren Blick mit Gewalt von der Tür losreißen, durch die Philipe soeben verschwunden war. War sein forsches Verhalten tatsächlich nur gespielt gewesen, ebenso wie ihre eigene Darbietung kurz zuvor? Verdammt und was für eine Darbietung – sie konnte immer noch nicht glauben, dass sie Rorek einfach so geküsst hatte! Der Schmerz und die Wut in Philipes Augen hatten so echt ausgesehen. Hatte sie es womöglich zu weit getrieben?

Während die Ratsmitglieder leise miteinander diskutierend den Raum verließen und die Krieger der Königsgarde sowohl Tjarven als auch Eyvindir in den Kerker abführten, fühlte sich Marla, als wäre sie an Ort und Stelle festgewachsen.

„Komm“, flüsterte Rorek ihr ins Ohr. Stockend ließ sie sich von ihm hinter Brestur her in den Gang hinausschieben.

Dieser drehte sich erwartungsvoll lächelnd zu ihr um. „Ich freue mich auf unser gemeinsames Abendmahl, Marla! Dein Großvater hat mal erwähnt, dass du eine fleischlose Ernährung bevorzugst, trifft das noch immer zu?“ Marla nickte nur stumm, fühlte jedoch erneut Wut in ihrem Bauch aufsteigen. Was für eine verlogene Person, den König in den Kerker werfen zu lassen und ihn dann nur Augenblicke später ihr gegenüber liebevoll *Großvater* zu nennen! „Eine äußerst erfrischende Einstellung! Ich werde uns etwas Leckeres zaubern lassen, ich hoffe, du wirst großen Appetit mitbringen.“ Er lachte kurz, als hätte er etwas ausgesprochen Witziges gesagt. „Bis dahin sollte jedoch noch genügend Zeit sein, gönne dir ein wenig Ruhe. Ich freue mich schon auf heute Abend!“

„Ich kann es kaum erwarten!“, presste Marla mit einem erzwungenen Lächeln hervor. Brestur machte eine knappe Verbeugung und lief dann in einer Eile den Gang hinunter, die seine gemütliche Plauderstimmung von zuvor Lügen strafte. *Nun gut, auch Intrigen spinnen und Listen ersinnen erledigten sich nicht von allein, nicht wahr?*, schoss es Marla voller Abscheu durch den Kopf.

Ein Räuspern durchbrach ihre grimmigen Gedanken und als Marla aufschaute, erkannte sie sogleich den Alben Olafur wieder, der sie und ihre Gefährten bei ihrer letzten Ankunft in eben diesem Raum, in dem heute die Ratsmitglieder getagt hatten, verköstigt und ihnen anschließend die Unterkunft zugewiesen hatte. Im Reich der Menschen hätte man ihn wohl als Kammerdiener bezeichnet.

„Marla, ich grüße dich“, hob der Alb freundlich an. „Es ist schön, dich wohlauf zu sehen. Bitte folgt mir, ich bringe euch in eure Gemächer.“ Hinter Olafur her stiegen sie die Treppe wieder hinauf, die sie zuvor mit Sorin herabgekommen waren. Kurz darauf nahm der Alb jedoch eine andere Abzweigung und führte sie einen langen Gang hinunter. Mit einem unangenehmen Ziehen in der Magengegend registrierte Marla, dass zwei Gardisten ihnen in gebührendem Abstand folgten. Zu ihrem Schutz. Natürlich. Zu gerne wüsste sie, ob sie diesen Männern trauen konnte. Wo zum Teufel war nur Sorin geblieben?

Im Gehen beugte sich Rorek zu ihr hinab. „Schau nicht so grimmig, sonst machst du mir noch Konkurrenz!“, wisperte er. „Du solltest froh sein, mehr hätten wir doch auf die Schnelle gar nicht erreichen können.“

Froh? Sie sollte froh sein? Eyvindir war nicht freigesprochen worden, dafür saß nun auch Tjarven im Kerker. Philipe war des Palastes verwiesen worden und glaubte womöglich, sie würde keine Gefühle mehr für ihn hegen. Bei diesem Gedanken zog sich ihr Herz so schmerzhaft zusammen, dass sie ganz unwillkürlich die Hand an ihren Brustkorb hob. *Reiß dich zusammen, Marla!* Das Wichtigste war doch im Moment, dass er ihren Plan hoffentlich durchschaut hatte und es ihm gelingen würde, die Drachen herzubringen. Und dass sie dann mit deren Hilfe Eyvindirs Unschuld beweisen konnte.

Olafur öffnete eine Tür zu ihrer Linken und machte eine einladende Handbewegung. Gerade wollten sie der Aufforderung nachkommen, als einer der Wachen Anstalten machte, sich an ihnen vorbei in den Raum zu drängen. Ehe der junge Krieger wusste, wie es ihm geschah, hatte Rorek ihn am Kragen gepackt und gegen die Wand gedrängt.

„Ich kann mich nicht erinnern, dich in unsere Gemächer eingeladen zu haben!“, knurrte er.

Der Alb hob in abwehrender Geste die Arme. „Entschuldigung, ich wollte nicht unhöflich sein. Ich bin zu Marlas Wohlergehen abgestellt worden und wollte nur überprüfen –“

Roreks Augenbrauen schossen in die Höhe. „Zu ihrem *Wohlergehen*? Ich dachte, dafür wäre ich zuständig! Bislang hat sie sich nie beschwert.“

Blut schoss dem Alben in die Wangen. „Ich … ich meinte doch, um ihre Sicherheit zu gewährleisten.“

„Auch dafür bin ich zuständig! Ihr könnt von mir aus hier draußen euren Posten beziehen, aber über die Türschwelle hinaus übernehme ich das, haben wir uns verstanden?“

Der Krieger schluckte. „Ja, verstanden.“ Rorek schenkte beiden Wachen einen grimmigen Blick, bevor er den Mann endlich losließ und die auffordernde Handbewegung Olafurs wiederholte. Marla beeilte sich, die Gemächer zu betreten und den jungen Mann von dieser peinlichen Situation zu erlösen.

Das Quartier erinnerte sie sehr an die Räumlichkeiten, die ihnen vor wenigen Wochen zugewiesen worden waren, nur dass bei diesem lediglich eine einzelne Tür in ein angrenzendes Schlafzimmer abzweigte, anstatt zwei. Zu ihrer Linken zwischen zwei Fenstern stand ein Sekretär aus einem wunderschön gemaserten Rotholz, vor einem Kamin zu ihrer Rechten war eine Sitzecke mit einem niedrigen Tisch, zwei Sesseln und einem langen Sofa angeordnet. Im Kamin knisterte ein kleines Feuer, das jedoch den Eindruck erweckte, als würden die letzten Flämmchen jeden Moment einem unsichtbaren Kampf erliegen und erlöschen. Mit schnellen Schritten hatte Olafur die Feuerstelle erreicht, pustete gekonnt in die Glut und legte neues Brennholz nach. Als er sich wieder aufrichtete, benetzte ein dünner Schweißfilm seine Stirn.

„Ich übernehme das Feuer ab jetzt, danke“, brummte Rorek und der Kammerdiener nickte erleichtert.

„Im Schlafgemach befindet sich eine Auswahl an Kleidungsstücken, die ich für dich herausgesucht habe, Marla“, erklärte dieser. „Sollte nichts dabei sein, was deinen Geschmack trifft, zögere bitte nicht, mir Bescheid zu geben.“ Dankbar nickte sie ihm zu. „Rorek, zu jenem Zeitpunkt wusste ich noch nicht, dass du ebenfalls unser Gast sein würdest, aber ich werde bald mit frischer Kleidung für dich zurückkehren.“ Seine Augen wanderten Roreks Gestalt auf und ab, wie um auf die Schnelle sein Maß zu nehmen, dann wandte er sich zum Gehen.

„Olafur“, hielt Marla ihn zurück. „Ich kann mir gut vorstellen, wie viel zusätzliche Arbeit unser plötzliches Auftauchen dir bereitet und ich danke dir sehr für deinen Einsatz.“

„Oh.“ Der Alb machte eine knappe Verbeugung. „Sehr gern geschehen. Wenn ihr irgendetwas braucht – egal was und egal wann, selbst zu nachtschlafender Zeit, ich stehe zu euren Diensten!“ Er schielte vorsichtig zu den beiden Wachen, die sich außerhalb der offen stehenden Tür positioniert hatten, und schob flüsternd nach: „Eyvindir ist ein guter und gerechter König und ich werde ihm die Treue halten – bis über seinen Tod hinaus, wenn es sein muss. Aber das gilt leider nicht für alle hier, also seht euch gut vor!“ Noch einmal verbeugte er sich vor ihnen und zog sich dann zurück.

Erleichterung überkam Marla, als die Tür hinter ihm ins Schloss fiel. Seit sie vor ein paar Stunden aus der geheimen Deckenluke geklettert waren, hatte sie das Gefühl gehabt, wie auf dem Präsentierteller zu sitzen und konnte jetzt, da sie endlich mit dem Gefährten allein war, zum ersten Mal richtig durchatmen.

Rorek sah sich aufmerksam um, als präge er sich die Anordnung der Möbel und Zugänge genau ein, schaute sogar aus den Fenstern, um sich einen Überblick über ihre Umgebung zu verschaffen. Dann durchquerte er den Raum und inspizierte das angrenzende Schlafgemach auf ähnliche Weise. Von der Wohnstube aus beobachtete Marla, wie er sogar in den Kleiderschrank und in die Truhe am Fußende des Bettes schaute. Glaubte er wirklich, es würde sich dort jemand vor ihnen verstecken, um sie hinterrücks zu überfallen? Oder um sie zu belauschen?

Nachdem er seine Durchsuchung beendet hatte, lehnte er sich lässig gegen den breiten Türrahmen und bedeutete ihr mit einem zufriedenen Nicken, näherzutreten. Gerade wollte sie sich an ihm vorbei ins Schlafzimmer schieben, da schnellte Roreks Arm in die Höhe, landete auf dem Holzrahmen und versperrte ihr, einer Schranke gleich, den Durchgang.

„Da ist noch etwas, Marla." Der ernste Klang seiner Stimme ließ sie überrascht innehalten. Fragend drehte sie sich ihm zu. Seine Gestalt überragte sie ein gutes Stück, sodass sie den Kopf in den Nacken legen musste, um ihm in die Augen schauen zu können. Die Intensität seines Blickes ließ ihr die Härchen auf den Armen hochstehen. Was mochte er ihr so Wichtiges zu sagen haben? Er lehnte sich nach vorne und stützte seinen Unterarm über ihr gegen den Rahmen, sein Gesicht verharrte nur wenige Handbreit vor ihrem. *Was ...?* „Unser Kuss. Ich denke, wir sollten darüber reden. Was er für uns bedeutet. Für unsere Zukunft." Marlas Unterkiefer klappte nach unten, sprachlos starrte sie den Krieger an. Hatte er tatsächlich geglaubt, sie hätte ihren Kuss ernst gemeint? In Sekundenschnelle zogen verschiedene Bilder an ihrem inneren Auge vorbei: Rorek, wie er auf Jahvis' Hof ihre durchgefrorenen Füße massiert hatte, wie er sie angesehen hatte, während er sie vorhin sanft auf dem Boden abgesetzt hatte, der Kuss, der sich plötzlich gar nicht mehr so unecht angefühlt hatte. Sollte sie sich derart in ihm getäuscht, seine Zuneigung völlig falsch interpretiert haben?

Als er sich noch ein Stück näher zu ihr hinabbeugte, wie um sie erneut zu küssen, drückte sie panisch ihren Rücken gegen den Türrahmen. „Rorek, ich … ich …“ *Verdammt*, sie hatte ihre Feinde täuschen wollen, doch aber nicht mit den Gefühlen ihres Gefährten spielen wollen! *Was sollte sie nur tun?*

Noch einen Moment sah er sie auf diese durchdringende Art an, bis seine Mundwinkel plötzlich zu zucken begannen. „Du solltest mal dein Gesicht sehen – großartig!“ Ein leises Lachen bahnte sich den Weg seine Kehle hinauf, er ließ seine Hände sinken und lehnte sich mit verschränkten Armen nach hinten gegen den Holzrahmen. „Gut so. Eine kleine Strafe hast du durchaus verdient. Für gewöhnlich lasse ich mich nämlich nicht einfach so küssen, musst du wissen. Auch nicht von einem jungen, hübschen Ding wie dir – oder erst recht nicht von dir!“ Seine Augen funkelten amüsiert.

„Dann … also du …“ Sie stieß befreit die Luft aus. „Ich wollte nicht den Eindruck erwecken, dass … also nicht, dass du nicht durchaus …“

„Hör auf zu stammeln! Es war nur ein Scherz!“ Noch immer zierte ein breites Grinsen sein Antlitz, doch da schlug Marlas Erleichterung in Empörung um.

„Warte, du meinst also, du müsstest mich dafür bestrafen? Na, vielen Dank! Immerhin bist du jetzt hier und nicht mit deinem Bruder unten im Kerker, wo Brestur dich gerne gesehen hätte!“

„Protestieren und einfach darauf bestehen hätte vermutlich den gleichen Effekt gehabt. Du musst nur lernen, dich ein bisschen besser zu behaupten.“

Marla wollte widersprechen, sie bezweifelte stark, dass Brestur ihrer Forderung nachgegeben hätte, schließlich hatte sie diese Möglichkeit zuerst ausgetestet, doch würden sie das wohl niemals erfahren. Außerdem war eine Diskussion mit Rorek gerade das Letzte, wonach ihr zumute war. Schmollend schob sie ihre Unterlippe nach vorne. „Immerhin hat es funktioniert!“

„Stimmt. Ein wenig unkonventionell, aber wenigstens einfallsreich, das muss ich dir lassen – und genau das hatte ich dir ja auch geraten, also bin ich wohl selbst schuld. Und nun zieh dir was Trockenes an, bevor du dir noch den Tod holst.“ Erst jetzt wurde ihr bewusst, wie durchgefroren sie war. Ihr Gefährte hatte sich bereits abgewandt, drehte sich dann aber noch einmal zu ihr um. „Wusstest du übrigens, dass die letzte Frau, die ich vor dir geküsst habe, Alva gewesen ist?“ Abermals blieb Marla der Mund offen stehen. Ihre Mutter war vor fast elf Jahren gestorben! Und die Jahre davor war sie nicht mit Rorek liiert gewesen, sondern mit Marlas Vater Frederik. Konnte das wirklich stimmen? Vielleicht erlaubte er sich nur erneut einen Scherz mit ihr? „Schau mich nicht so entsetzt an! Ich habe nicht behauptet, dass ich seither mit keiner Frau meinen Körper vereint habe. Ich sagte nur, dass ich seitdem keine Frau mehr *geküsst* habe."

„Aber … warum nicht?" Marlas Frage war nicht mehr als ein Flüstern.

„Körperliches Verlangen ist eine Sache. Aber für mich war Küssen schon immer ein Ausdruck von tiefergehenden Gefühlen. Eine andere Frau zu küssen hätte sich angefühlt, als würde ich die Liebe meines Lebens betrügen." Er gluckste amüsiert. „Na, wenigstens bleibt es in der Familie …" Damit wandte er sich endgültig zum Gehen und zog leise lachend die Tür hinter sich zu.

Marla brauchte einen Moment, bis sie sich so weit wieder gefasst hatte, dass sie ihren Mund zuklappen und ihren Blick von der geschlossenen Tür losreißen konnte. Ein schlechtes Gewissen plagte sie. Nicht nur hatte sie Philipe einen schweren Hieb versetzt, indem sie ihn praktisch dazu gezwungen hatte mitanzusehen, wie sie einen anderen Mann küsste, nun hatte sie auch noch Rorek unbewusst dazu genötigt, seine Vorsätze aufzugeben. Dabei war sie sich selbst nicht sicher, ob dessen Standpunkt unendlich romantisch oder eher unfassbar traurig war … aber irgendwie passte es zu dem störrischen Krieger. Nichts und niemand auf der Welt konnte ihm die Frau, die er geliebt und verloren hatte, zurückbringen, es war an der Zeit, loszulassen. War es im Grunde also nicht längst überfällig gewesen, dass er geküsst und gewissermaßen von seinem selbstauferlegten Gebot erlöst worden war, ganz so wie die Figuren in den Geschichten ihrer Kindheit, die ihre Amme ihr vor dem Zubettgehen erzählt hatte?

Leise seufzend löste sie sich aus ihrer Erstarrung, legte ihren Medizinbeutel ab und entledigte sich endlich der feuchten Kleidungsstücke. Mit einem Tuch, das sie in einer bereitstehenden Waschschale befeuchtete, wusch sie sich das eingetrocknete Blut vom Knie und kleidete sich anschließend um. Da es noch viel zu früh war, sich für das Abendmahl herzurichten, entschied sie sich für eine bequeme schwarze Leinenhose und eine schlichte Tunika der gleichen Farbe und bürstete sich geschwind die Knoten aus ihren langen goldblonden Haaren. Einerseits hatte sie es nicht allzu eilig, Rorek nach seinem Geständnis schon wieder unter die Augen zu treten, andererseits wollte sie nicht länger allein sein mit ihren Gedanken.

Als sie die Wohnstube betrat, war der flüchtige Augenblick von Roreks ausgelassener Stimmung längst verflogen. Stattdessen saß er mit den Unterarmen auf die Oberschenkel gestützt in einem der rotbraunen Ledersessel, den er so gedreht hatte, dass er sowohl die Eingangstür als auch den Zugang zum Schlafgemach einigermaßen im Auge behalten konnte, und starrte grimmig vor sich hin. Selbst als Marla sich zu seiner Linken auf dem Sofa niederließ, reagierte er nicht, wenngleich sie sich absolut sicher war, dass er sie bemerkt hatte.

Das Kaminfeuer strahlte eine angenehme Wärme aus, offensichtlich hatte ihr Gefährte die Flammen mit weiteren Holzscheiten gefüttert. Unter seinem Umhang, der auf den ersten Blick achtlos auf dem Sofatisch abgelegt worden war, lugte der Griff seines Dolches hervor.

Da Rorek keine Anstalten machte, das Gespräch zu beginnen, rutschte Marla unruhig auf ihrem Platz hin und her, bis sie es schließlich nicht mehr aushielt. Tausend Fragen spukten ihr im Kopf herum.

„Du findest also wirklich, dass unser Auftreten vorhin ein Erfolg gewesen ist, hm?“ Es war Rorek anzusehen, wie viel Mühe es ihm bereitete, aus den unsagbaren Tiefen seiner Gedanken aufzutauchen, bis er endlich die Oberfläche zum Hier und Jetzt durchbrach.

Er räusperte sich. „Auf jeden Fall. Dass Brestur sich nicht einfach umstimmen lassen würde, war von vornherein klar. Dank deines Eingreifens stehen Eyvindir wieder alle Chancen offen und die Erfolgsaussichten gar nicht so schlecht. Habe ich es richtig verstanden, dass du Philipe zu den Drachen schicken möchtest?“

„Das stimmt. Ich hoffe, dass sie die Reinheit von Eyvindirs Seele bezeugen können. Er wollte dem Drachenvolk doch niemals schaden! Ich wäre ja selbst gegangen, aber Brestur hätte es bestimmt nicht zugelassen, dass ich ihm abermals durch die Lappen gehe und hätte vermutlich die halbe Königsgarde hinter uns hergehetzt.“

Rorek nickte anerkennend. „Ganz bestimmt sogar. Wirklich ein sehr guter Einfall!“ *Ein guter Einfall, ja …* wenngleich sich Marla bereits zum wiederholten Male Erinnerungen an ihre eigene gefahrenvolle Reise durch das Reich der Menschen bis in die Berge vor ein paar Monaten aufdrängten. Der Gedanke, dass Philipe nicht einmal Rorek und Tjarven an seiner Seite haben würde, bereitete ihr Bauchschmerzen – und dann war noch lange nicht gesagt, dass seine Bemühungen von Erfolg gekrönt sein würden.

„Ich habe Sorge, dass sie nicht verstehen, was Philipe von ihnen will und ihm deshalb nicht folgen werden“, gestand sie. „Und bis zum nächsten Vollmond könnten sie es auch niemals bis hierher schaffen."

„Also folgen werden sie ihm garantiert oder glaubst du wirklich, wenn Philipe ohne dich in den Bergen auftaucht, dass deine Drachen das ignorieren würden?"

„Hm, stimmt."

„Und was die zweiwöchige Frist anbelangt, so werde ich morgen einen Brief an Aywed verfassen. Als Vertreterin der Manantena wird sie ein wichtiges Mitglied des Rates darstellen. Vielleicht kann sie ihre Anreise aufgrund von *wichtigen Angelegenheiten, die die Sicherheit unserer Reichsgrenzen betreffen,* noch ein wenig verzögern. Dann werden wir ja sehen, ob die Zeit ausreicht."

„Das ist eine gute Idee", murmelte sie, wenngleich ihre Gedanken noch immer um etwas ganz anderes kreisten. „Meinst du, Philipe weiß, was ich für ihn empfinde?" Sie biss sich auf die Unterlippe. Eigentlich war es nicht ihre Absicht gewesen, diese Frage laut auszusprechen, es war ihr einfach herausgerutscht. Für derartige Themen war der grimmige Krieger wohl eher nicht der richtige Ansprechpartner.

Rorek schaute überrascht auf und überlegte einen Moment. „Ich verfüge nicht über die Sehende Gabe und selbst wenn ich das täte, würde ich mich davor hüten, ausgerechnet in Philipes Kopf herumzuspionieren. Aber dennoch bin ich mir ziemlich sicher, dass er deinen Plan durchschaut hat, er ist doch ein schlaues Kerlchen."

Marla nickte hastig. Hoffentlich würde er Recht behalten und auch Philipe hatte erkannt, welcher Beweggrund sie zu ihrem Verhalten gedrängt hatte. Sie hatte doch nicht tatenlos mitansehen können, wie ihr – einer nach dem anderen – jeder einzelne Gefährte genommen wurde! Dabei wünschte sie, es wäre ihr möglich gewesen, ebenso Roreks Bruder vor dem Kerker zu bewahren. „Tjarven tut mir leid! Er hat es nicht verdient, für etwas bestraft zu werden, was wir erstens alle gemeinsam verbrochen und zweitens nur aus einer Notsituation heraus beschlossen haben. Er ist doch kein Dieb!“

Roreks Miene verfinsterte sich. „Wir holen ihn da so schnell wie möglich wieder raus! Mit den Verliesen in Borringtons Burg wird sein Aufenthalt aber zum Glück kaum vergleichbar sein.“ *Ein wenig tröstlicher Gedanke*, fand Marla. „Viel wichtiger ist es, dass Eyvindir hinreichend bewacht wird“, schob Rorek grimmig nach.

„Wie meinst du das?“, fragte sie alarmiert.

„Dass Brestur den König um jeden Preis loswerden will, wissen wir längst. Wenn er jetzt fürchtet, die zweite Ratssitzung könnte nicht so ausfallen, wie er es vorgesehen hat, wäre es durchaus denkbar, dass Eyvindir in den Kerkern einem *bedauerlichen Unfall* zum Opfer fällt. Oder urplötzlich *krank* wird und verstirbt. Oder dem Druck nicht länger standhält und *sein eigenes Leben beendet*.“

Marla sog erschrocken die Luft ein, als sie begriff, was ihr Gefährte sagen wollte. „Das dürfen wir nicht zulassen!“

Rorek nickte langsam vor sich hin. „Ich gebe dir Recht, aber ich fürchte, du und ich können daran in unserer jetzigen Position kaum etwas ändern.“

„Vielleicht kann ich von Brestur verlangen, täglich mit meinem Großvater sprechen zu dürfen, um mich davon zu überzeugen, dass es ihm gut geht.“

„Hm. Meinst du, das würde zu dem Bild passen, das du Brestur zu vermitteln versucht hast? Die Frau, die den König angeblich für schuldig hält und ihre Chance sieht, selbst an die Macht zu gelangen, möchte nun täglich ein Schwätzchen mit dem Angeklagten halten?“

Marla schluckte hart. „Nein, wohl eher nicht.“ Trotz trockener Kleidung und angenehmer Raumtemperatur überkam sie erneut ein Frösteln, dieses Mal jedoch von innen heraus. Sie zog die Füße auf die Sitzfläche, umschlang ihre Knie mit den Armen und starrte finster vor sich hin.

Während sie sich vor wenigen Minuten noch von Roreks Beteuerung hatte einlullen lassen, wurde ihr jetzt mit einem Schlag bewusst, dass die Gesamtsituation eigentlich noch viel prekärer war, als sie bisher geglaubt hatte. Eyvindir schwebte in großer Gefahr – nicht nur, weil ihn noch immer eine Ratsversammlung erwartete, in der über ihn gerichtet werden würde, sondern auch, weil er seiner eigenen Verhandlung unter Umständen gar nicht mehr beiwohnen würde können. Philipe stand kurz davor, auf Marlas Geheiß hin sein Leben zu riskieren, um die Drachen zu benachrichtigen, und ihre eigene Situation war auch nicht gerade prickelnd – würde es ihr gelingen, ihre Maskerade lange genug aufrechtzuerhalten? Und wie würde Brestur reagieren, wenn ihm bewusst wurde, dass sie ihn die ganze Zeit über getäuscht hatte?

„Hey, Marla.“ Sie schreckte hoch. Rorek war auf seinem Sessel ein Stück nach vorn gerutscht und betrachtete sie besorgt. „Hör zu, ich bin nicht so geübt in …“ Seine Hand deutete mehrfach zwischen ihnen hin und her. „… tiefgründigen Gesprächen über Emotionen und so.“ Er wischte sich angespannt übers Kinn. „Ein Krieg lässt sich selten in einer einzigen Schlacht gewinnen, weißt du? Aber heute hast du das Schlachtfeld dominiert, du hast einen kleinen Sieg davongetragen. Und ich werde dir bei allen weiteren Schritten beistehen, du bist nicht allein, verstanden?“ Marla zog die Unterlippe zwischen ihre Zähne. Wärme breitete sich in ihrem Brustkorb aus. Dafür, dass Rorek oft mit seinen eigenen Gefühlen haderte und von sich selbst behauptete, ungeübt darin zu sein, andere zu bestärken, hatte er bei ihr heute schon mehrfach den richtigen Ton getroffen. Sie schenkte ihm ein dankbares Lächeln, das Durchatmen fiel ihr sogleich etwas leichter. Wer hätte gedacht, dass sie in dem grimmigen Krieger einmal ihren Ruhepol finden würde?

Marla legte den Kopf auf ihren Knien ab, schloss für einen Moment die Augen und konzentrierte sich auf das vertraute Knistern und Knacken der Holzscheite im Kamin. Als sie die Lider wieder öffnete und die grimmige Falte auf der Stirn ihres Gefährten entdeckte, stemmte sie gespielt empört ihre Hände in die Hüften, ein Schmunzeln umspielte ihre Lippen.

„So, so. Ich darf nicht mal ein paar Minuten vor mich hin grübeln, ohne dass du mich aufheitern willst, aber du selbst darfst dich derart verschließen, was? Woran denkst du?“

Rorek grummelte etwas in sich hinein, das Marla nicht verstand, dann aber holte er tief Luft. „Ich frage mich nur noch immer, was Svalas Beweggründe sind.“

Sogleich wurde Marla wieder ernst. „Daran muss ich auch schon die ganze Zeit denken. Warum meinst du, hat sie sich erst die Mühe gemacht, Philipe und mich in unseren Gaben zu trainieren, wenn sie genau wusste, sie würde am nächsten Tag nach Eskjillrod reisen und Eyvindir verraten?“

„Hm. Vielleicht widerspricht das eine dem anderen gar nicht zwingend. Über Generationen hinweg hat sie ihren Schülern mit der Sehenden Gabe ihr Wissen vermittelt. Wäre Eyvindir ihrem Geheimnis nicht auf die Schliche gekommen, hätte sie euch auch ohne zu zögern unterrichtet.“

„Vielleicht hat sie damit auch ihr schlechtes Gewissen besänftigen wollen?“, schlug Marla vor und entlockte Rorek damit ein abfälliges Schnaufen.

„Haben solche Personen denn überhaupt ein Gewissen? Vielleicht wollte sie sich nur nicht verdächtig machen, indem sie euch abweist oder sie war schlicht neugierig zu erfahren, welche Talente ihr habt, wer weiß.“

Neugierig war sie durchaus gewesen, da musste Marla dem Krieger Recht geben. Svala hatte genau Bescheid wissen wollen, über welche Gabe Philipe und sie verfügten, sie selbst hatte jedoch so wenig über sich preisgegeben wie möglich. Vielleicht wollte die Alte sie ja sogar aushorchen, um sicherzugehen, dass sie nicht in der Lage sein würden, ihre Lügen zu entlarven. Gerade wollte sie diesen Gedanken laut aussprechen, da klopfte es an der Tür. Marla fuhr erschrocken zusammen, Rorek hingegen schob seine Hand sofort zu seinem Dolch unter den Umhang.

„Herein!“, rief er laut Richtung Tür.

Olafur trat ein, verbeugte sich knapp und legte einen Stapel zusammengefalteter Kleidungsstücke für Rorek auf dem freien Sessel ab. „Kann ich euch sonst noch etwas bringen?“

Marla schüttelte den Kopf. „Nein, das wäre alles, danke dir.“

„Sehr gerne“, antwortete der Alb und senkte seine Stimme zu einem Flüstern. „Ich soll euch von Sorin ausrichten, dass Esben und Sinha die erste Wachschicht in den Kerkern übernommen haben.“ Dann fügte er etwas lauter hinzu: „Ich werde dich zum einsetzenden Sonnenuntergang abholen und zu Brestur geleiten, Marla.“ Noch ehe sie Gelegenheit fand, zu antworten, hatte er sich auch schon abgewendet und den Raum verlassen.

„Hast du gehört, was er gesagt hat?“, entfuhr es Marla erleichtert.

„Dass ich nicht zu eurem Abendschmaus geladen bin? Hab ich!“

Marla rollte mit den Augen. „Nein, nicht das! Sorin hat Esben und Sinha in den Kerkern postiert. Das heißt doch, dass Eyvindir vorerst sicher ist, oder?“

Rorek nickte ernst. „Da hat Sorin immerhin mitgedacht.“

„Gut zu wissen, dass wir uns auf ihn verlassen können!“ Marla fühlte sich schon viel leichter ums Herz. „Und selbstverständlich wirst du mich zu Brestur begleiten, dafür wollte ich dich schließlich an meiner Seite haben – *Geliebter!*“ Nun war es an Rorek, die Augen zu verdrehen.

Ob Marla wollte oder nicht, irgendwann war es an der Zeit, sich für das Abendmahl umzuziehen. Seufzend begab sie sich ins Schlafgemach, wo ihr Blick über die verschiedenen Optionen strich, die Olafur für sie gebracht hatte –

zum Großteil albische Kleider und eines schöner als das andere. Jedes war in einer anderen Farbe gehalten und alle waren einzigartig geschnitten, die fein gewebten Stoffe glitten weich durch ihre Finger.

Und dennoch stand Marla lange Zeit unentschlossen vor dem Schrank, konnte sich nicht so recht für eines von ihnen begeistern. Selbst wenn die Web- und Schneiderkunst eindeutig albisch war, symbolisierten die Kleider für sie dennoch ihr früheres Leben bei den Menschen. Ein Leben als eine Grafentochter, die dem Titel nach zwar allerhand Ansehen und Macht besaß, in Wahrheit aber unzähligen Regeln, Zwängen und Erwartungen unterworfen war, das war ihr jetzt sogar noch mehr bewusst als damals. Zieh dich schön an, setze dein bezauberndstes Lächeln auf, rede nur, wenn du gefragt wirst und widersprich niemals – schon gar nicht einem Mann! Ein erneutes Seufzen kam über ihre Lippen.

Schließlich entschied sie sich für ein elegantes weinrotes Kurzarmkleid, das die Komplementärfarbe ihrer Augen besonders gut zur Geltung brachte. Ein blumiges Spitzenmuster schmiegte sich über ihre Schultern und die Brust und traf sich vor dem Bauch zu einem spitzen Dreieck. An ihren Schläfen drehte sie jeweils geschickt eine Haarsträhne zu einem Zöpfchen und betrachtete sich anschließend kritisch im Spiegel.

„Und? Geht es so?“, fragte sie Rorek zurück in der Wohnstube und strich verlegen über ihren luftigen Rock.

Sein kritischer Blick betrachtete sie von oben bis unten. „Hm.“

Marla riss die Augen auf. *Ernsthaft?* „Nur *hm*?!“ Sie trat ein paar Schritte in die Wohnstube und sah erneut an sich hinab. „Ich habe mir solche Mühe gegeben. Schaue ich nicht hübsch genug aus?“

„Hübsch?“ Rorek lehnte sich mit verschränkten Armen im Sessel zurück. „Du siehst nicht nur hübsch aus, sondern wunderschön. Aber war das dein Ziel? Schön auszusehen?“

Verwirrt runzelte Marla die Stirn. „Was meinst du damit?“

„Willst du Brestur bezirzen oder willst du ihm zeigen, was für eine starke junge Frau du bist? Also ich meine, wenn du das Kleid tragen möchtest, kannst du das sehr gerne tun. Aber wie eine entschlossene Kriegerin siehst du nicht aus.“

Marla brauchte einen Moment, bis sie Roreks Worte verarbeitet hatte. *Eine Kriegerin.* Aber ja, in ihre Gedanken hatte sich ein Fehler geschlichen: Sie *war* eine Grafentochter, doch war dies nicht länger das, womit sie sich identifizierte und es gab niemanden, der ihr vorschrieb, wie sie sich zu verhalten hatte. Außerdem war sie ebenso eine Kriegerin, eine Auserwählte. Eine Frau, die Drachen zähmen konnte, ließ sich nicht einfach so von einem Betrüger einschüchtern.

Ihre Mundwinkel hoben sich. Sie lief ins Schlafzimmer zurück und kleidete sich erneut um. Dieses Mal fiel ihre Wahl auf eine schwarze Lederhose und eine dunkelgrüne Bluse, wie sie oft von Albenkriegerinnen getragen wurde, darüber zog sie eine kesse hellgraue Fellweste: eine Kriegerin gewappnet für die nächste Schlacht.

Kapitel 17 – Wohlstand, Triumph und Vergeltung

Olafur hatte pünktlich zum einsetzenden Sonnenuntergang an ihre Tür geklopft und sie zu einem Salon im Westflügel des Palastes geführt. Noch ehe der Kammerdiener die Gelegenheit fand, sie anzukündigen, drehte Marla sich zu Rorek um, bei dem sie sich damenhaft untergehakt hatte. Das elegante, glänzend schwarze Hemd sah ungewohnt an ihm aus, aber ihr gefiel der Kontrast zu seinen silbernen Haaren, die im schwindenden Tageslicht seidig schimmerten.

„Bitte vergiss nicht, was wir uns überlegt haben“, wisperte Marla, während sie ein paar imaginäre Fusseln von seiner Schulter wischte.

„Ich werde es versuchen, aber ich kann für nichts garantieren.“

In diesem Moment öffnete sich die Salontür schwungvoll von innen und gab den Blick auf den freudestrahlenden Gastgeber frei. *Nein! Er ist nicht mein Gastgeber*, rief sich Marla in Erinnerung. Dies war der königliche Palast und auch wenn der König derzeit im Kerker saß, handelte es sich um seinen Hof, nicht Bresturs!

„Marla, ich grüße dich. Welch Ehre! Endlich bekommen wir die Gelegenheit, wertvolle Zeit miteinander zu verbringen“, hob Brestur feierlich an. Sein Blick zuckte kurz zwischen Rorek und Marla hin und her. „Nun, ich bin zwar davon ausgegangen, wir würden heute Abend unter uns sein, damit wir uns ein wenig aneinander gewöhnen und uns besser kennenlernen können … aber das macht ja nichts.“ Er machte eine wegwischende Handbewegung. Ein versöhnliches Lächeln trat auf seine Lippen. „Es ist bestimmt genug für alle da, kommt herein.“

Rorek hob in abwehrender Geste die Arme. „Ich werde euch gewiss nicht in die Quere kommen. Mich treibt lediglich der Hunger her.“

Beim Betreten des Salons stockte Marla der Atem und sie blieb wie verzaubert stehen. Nahezu die gesamte Längsseite des Raumes wurde von einer riesigen Glasfront eingenommen, die vom Boden bis knapp unter die Decke reichte. Wer auch immer über die Ausrichtung dieses Zimmers gen Westen entschieden hatte, wusste die Schönheit der Natur perfekt in Szene zu setzen. Der Sonnenuntergang malte die schönsten Farben in den Himmel: Rosafarbene Wattewolken zeichneten sich gegen violetten Untergrund ab, der nach unten hin in ein kräftiges Orange überging und den Horizont geradezu in Flammen zu hüllen schien.

„Beeindruckend, nicht wahr?“, durchbrach Brestur ihre Gedanken. „Besonders zu dieser Jahreszeit ist die Aussicht atemberaubend. Es war mir ein großes Bedürfnis, diese Erfahrung mit dir zu teilen, Marla.“ Sie stutzte. *Die Erfahrung mit ihr teilen?* Glaubte Brestur etwa, sie würde sich von einem romantischen Schauplatz einlullen lassen und den Fokus verlieren? Keineswegs hatte sie vergessen, dass sie sich in Gegenwart ihres Feindes befand!

Ohne auf Bresturs Worte einzugehen, trat sie näher an die Fensterscheibe heran. Zu ihren Füßen lag ein parkähnlicher Innenhof mit hübsch angelegten Pfaden zwischen ausgefallenen Gewächsen. Dahinter wanden sich die Straßen und die vielen Treppen der Stadt Eskjillrod den Berg hinab. Bäche glitzerten und die weißen Kuppeln der Häuser leuchteten im schwindenden Sonnenlicht kräftig orange. Allerdings konnte sie von hier aus nicht nur die Stadt überblicken, vor ihr erstreckten sich Felder, Wiesen und Wälder und ganz zu ihrer Linken sah sie die Ausläufer der Gebirgskette. Es kam ihr vor, als würde sie an der Spitze der Welt stehen und auf das Albenreich hinabsehen wie … *wie eine Königin.*

„An diesen Ausblick könnte ich mich durchaus gewöhnen." Mühevoll riss sie ihre Augen vom Fenster los und drehte sich um. Erst jetzt wurde ihr bewusst, mit welcher Intensität Brestur *sie* beobachtet hatte, während ihre Aufmerksamkeit nach draußen gerichtet gewesen war. Ein kalter Schauer lief ihr über den Rücken.

Jetzt, da er sich ertappt fühlte, ging ein Ruck durch seinen Körper. „Oh bitte, aber setz dich doch." Er wies auf die gegenüberliegende Tischseite, die der Fensterfront zugewandt war. „Ich hoffe, du bist hungrig, Marla. Wie ich hörte, haben die Köche sich für uns ganz schön ins Zeug gelegt." Die Tatsache, dass er ihren Gefährten gänzlich ignorierte, entlockte dem Krieger ein Schnauben, doch glücklicherweise enthielt er sich eines zynischen Kommentars. Der Kammerdiener richtete hastig ein zusätzliches Gedeck zu Marlas Linken her.

Galant schob Brestur Marla einen Stuhl zurecht und gab einen Wink, den ersten Gang aufzutragen. Vor ihr wurde ein Teller dampfender Gemüsesuppe abgestellt, deren würziger Duft ihr in die Nase stieg und das Wasser im Mund zusammenlaufen ließ.

Eigentlich hatte sie erwartet, dass Brestur die Gelegenheit nutzen und das Gespräch sogleich auf den König und die Entwicklungen im Reich lenken würde, stattdessen hielt er sich an unverbindliche Themen wie den Ausblick, das Essen oder das Wetter. Sein gemütlicher Plauderton widerstrebte Marla und jede Minute, in der sie gezwungen war, mit eben jenem Mann ein Schwätzchen zu halten, der nach Eyvindirs Leben trachtete und auch Tjarven in den Kerker hatte sperren lassen, schürte ihre Abscheu nur noch mehr. Dennoch spielte sie ihre Rolle tapfer weiter, in der Hoffnung, er würde endlich etwas über seine Motivationen preisgeben. Sie zwang sich zu einem Lächeln, wenn er seine Scherze machte und heuchelte Interesse, als er langatmige Anekdoten aus seinem Leben zum Besten gab.

Da die Sonne mittlerweile fast gänzlich hinter dem Horizont verschwunden war, wich der goldene Glanz einem dämmrigen Licht. Als sich Bresturs hagere Gestalt nur noch als dunkle Silhouette gegen das Fenster abhob, entzündeten die Kammerdiener in Windeseile dutzende Öllampen und Kerzen an den Wänden sowie auf dem ausladenden kristallenen Kronleuchter über der Tafel. Vor die Glasfront wurde ein schwerer Vorhang gezogen, der die Sicht auf den aufgehenden Sternenhimmel versperrte. Während Marla bis eben noch das Gefühl gehabt hatte, den besten Sitzplatz an der Tafel zugewiesen bekommen zu haben, hatte der hellbeige Vorhang hingegen eine eher ernüchternde Auswirkung auf ihr Gemüt.

Einem zweiten Gang, bestehend aus herzhaften Gebäckstücken, folgte die Hauptspeise, gefüllte Pilze und ein Auflauf aus Gemüsesorten, die Marla weitestgehend unbekannt waren. In diesem Fall hatte Brestur ausnahmsweise nicht gelogen – das Essen schmeckte wirklich vorzüglich.

„Seit wir uns in der Siedlung der Manantena zum ersten Mal begegnet sind, habe ich mir gewünscht, dich besser kennenzulernen“, bemerkte dieser beiläufig zwischen zwei Bissen. „Schon damals hatte ich den unbestimmten Verdacht, dass die Auserwähltengabe in dir steckt. Ich kenne mich da aus, schließlich habe ich es in den letzten Jahren mit einigen Auserwählten zu tun gehabt.“ *Von denen jedoch keiner in der Lage gewesen war, tatsächlich mit den Drachen in Kontakt zu treten*, fügte Marla gedanklich hinzu, hütete sich jedoch davor, diesen Kommentar laut auszusprechen. Endlich schien Brestur das Gespräch auf wesentlichere Angelegenheiten zu lenken. „Jedenfalls bin ich froh, dir bei der Entfaltung deines Talentes behilflich gewesen sein zu können.“

Marlas Augenbrauen schossen in die Höhe. Rorek hustete in seine Serviette. „*Du* willst mir dabei geholfen haben?“, fragte sie ungläubig.

„Aber ja, erinnerst du dich nicht an die autobiografische Schrift, die ich dir vor meiner Abreise aus der Siedlung gegeben hatte? Ich bin mir sicher, dass die Gabe, die bereits tief in dir geschlummert hatte, erst dadurch erwacht ist, weil du über die Erfahrung dieses Autors gelesen hast.“ Marla konnte sich noch gut daran erinnern, wie Brestur ihr damals im Wald das Buch gegeben – beziehungsweise geradezu aufgedrängt – hatte, das von den Erlebnissen eines Auserwählten handelte. Allerdings hatte ihr das Buch ebenso wenig darüber verraten, wie man eine solche Begabung erkennen oder gar fördern sollte, noch darüber, was man bei der Kommunikation beachten musste oder wie sich eine Verbindung zum Geist eines Drachen anfühlte. Im Grunde hatte ihr die Niederschrift also kein bisschen geholfen und es war eine Ungeheuerlichkeit, dass Brestur sich damit rühmte, irgendetwas zu ihrem Können beigetragen zu haben. Sie hatte sich alles selbst erarbeitet! Einzig der kleine zusammengefaltete Zettel, den sie im Einband des Buches gefunden hatte, war durchaus aufschlussreich gewesen und hatte ihren Drang, die beiden Völker wieder zusammenzuführen, noch verstärkt. Allerdings bezweifelte Marla, dass Brestur von der Existenz dieser Notiz überhaupt wusste.

Wie gerne hätte sie ihm sein selbstgefälliges Grinsen mit dem Inhalt ihres Bechers aus dem Gesicht gespült, doch dann musste sie wieder an Eyvindir und Tjarven denken und nippte nur selbst an ihrem Wein. Ganz so, wie sie und Rorek es vorher besprochen hatten, würde er sich, wenn möglich, gänzlich aus dem Gespräch heraushalten und nur still beobachten, während Marla vorgeben würde, zu Brestur aufzusehen.

„Du hast Recht, durch dein Buch bin ich definitiv erst auf die Idee gekommen, ich könne womöglich selbst über eine solche Begabung verfügen. Erst nach der Lektüre ist der Wunsch in mir gewachsen, mich auf eine Reise zum Drachenvolk zu begeben. Die Schrift befindet sich übrigens noch in meiner Hütte bei den Manantena, ich werde sie dir zurückgeben, sobald ich die Gelegenheit bekomme."

Brestur winkte ab. „Dazu besteht überhaupt keine Eile. Viel wichtiger ist es, dass sie dich auf Umwegen endlich zu mir hier in die Hauptstadt geführt hat.“ *Wie bitte?* Wut kochte in Marla hoch, sie presste ihre Zähne fest aufeinander, um bloß nichts Unüberlegtes zu sagen. Nicht sein blödes Buch hatte sie hergeführt, sondern die Tatsache, dass er eine Revolte angezettelt hatte und nun versuchte, den König durch eine manipulierte Ratsversammlung zum Tode zu verurteilen! Roreks Fuß wippte unterm Tisch wild auf und ab.

Marla atmete einmal tief durch, um ihren Puls zu verlangsamen. Höchste Zeit, dass sie anfing, den Gesprächsverlauf mitzubestimmen. „Und weißt du, was mich außer dem Buch bei unserem ersten Treffen in der Siedlung der Manantena noch stark beeindruckt hat?“ Wenn sie eines von ihrer Gefangenschaft in Borringtons Burg gelernt hatte, dann wie leicht sich eitle Personen durch Komplimente einlullen ließen. Brestur tupfte seine Mundwinkel vornehm mit der Serviette ab und lehnte sich gebannt nach vorn, so als stünde sie kurz davor, ihm ihr innigstes Geheimnis anzuvertrauen. „Dein Bericht in der Ratsversammlung kurz nach eurer Rückkehr aus den Bergen hat mir ausgesprochen imponiert! Außerdem hat dein selbstbewusstes Auftreten deutlich gemacht, wer die Expedition tatsächlich angeführt hat. Eyvindir war doch damals schon völlig überfordert, habe ich Recht?“ Angesichts ihres Lobes schien Brestur um mehrere Fingerbreit zu wachsen. „Eines verstehe ich aber noch immer nicht. Was war eigentlich so wichtig an dem Kontakt zu den Drachen, dass für diese Expedition keine Kosten und Mühen gescheut wurden?“ Um ihrer Frage den Anschein der Dringlichkeit zu nehmen, nahm Marla einen weiteren genüsslichen Schluck Wein aus ihrem Becher. Obwohl sie mittlerweile genau wusste, was ihren Großvater dazu angetrieben hatte, abermals zu den Drachen zu reisen, interessierte sie brennend, was Bresturs persönliche Beweggründe für sein Engagement darstellten. Zwar sollte die oberste Priorität der Rechten Hand die Vollstreckung der Befehle seines Herrschers sein, doch hatte er in der Vergangenheit nicht gerade durch Selbstlosigkeit geglänzt. Von einem versteckten Motiv wäre sie nicht nur wenig überrascht, sondern es war angesichts der kürzlichen Entwicklungen geradezu davon auszugehen, dass es ein solches gab.

„Nun, wie wichtig ein neues Bündnis mit den Drachen ist, muss ich dir sicherlich nicht erst sagen“, erklärte Brestur bereitwillig. „Aber davon abgesehen, war mir eine Machtdemonstration gegenüber unseren Feinden unglaublich wichtig.“

„Eine Machtdemonstration?“

„Aber ja. Es war an der Zeit, dass wir unsere Feinde aus der Reserve locken. Das albische Volk hat lange genug in ständiger Furcht vor den Menschen leben müssen, die Unterdrückung muss endlich ein Ende finden!“ *In ständiger Furcht?* Diesen Eindruck hatte Marla in den vergangenen Monaten eigentlich nicht unbedingt gehabt. Abgesehen von dem kürzlichen Überfall auf das Tal der Manantena, waren die Menschen noch nie in albisches Gebiet vorgedrungen. Außerdem musste sie Rorek Recht geben, der das Vorführen des Heeres auf feindlichem Grund einmal als absichtliche Provokation bezeichnet hatte. Warum sollte ich meinen Gegnern zeigen, über wie viele Truppen ich verfüge und sie somit dazu animieren, ebenfalls aufzurüsten? Da schien es Marla wahrscheinlicher, dass Brestur sich nur abermals erhofft hatte, Unruhen zu stiften oder gar einen Angriff der Menschen herauszufordern – Vorfälle, die ihm für den Sturz des Königs gute Argumente liefern konnten. Gerade wollte sie eine dementsprechende Frage stellen, da sprach Brestur auch schon weiter. „Und wenn wir erst einmal die Drachen als unsere Verbündeten an unserer Seite haben, werden wir unbesiegbar sein."

„*Unbesiegbar* … ein großes Wort! So viel ich weiß, haben die Menschen die Drachen in der Großen Schlacht schon einmal in ihre Fallen gelockt. Viele von ihnen sind damals ums Leben gekommen und am Ende sind die Alben aus dem Gefecht als Verlierer hervorgegangen."

„Du hast Recht. Eyvindir hat damals sowohl sein Volk als auch das der Drachen nahezu ins Verderben geführt. Ein fataler und unverzeihlicher Fehler, der längst seine Konsequenzen hätte nach sich ziehen müssen. Natürlich werden wir uns in Zukunft viel besser vorbereiten, werden die Drachen mit deiner Hilfe detailliert über unsere Strategie in Kenntnis setzen, damit sie nicht abermals einem Irrtum unterliegen. Außerdem habe ich schon vor längerem die Idee an Eyvindir herangetragen, die empfindlichere Unterseite der Drachen durch angepasste Rüstungen zusätzlich zu schützen, aber er wollte nichts davon hören." Brestur schnaubte missbilligend. „Dass ihm die kriegerische Raffinesse fehlt, ist nichts Neues, das wird seine Enkeltochter beim nächsten Mal mit Sicherheit besser machen, nicht wahr?" Marla klappte stumm den Mund auf und zu, unfähig etwas zu erwidern. *In Zukunft besser vorbereiten? Mit ihrer Hilfe?* Sie würde … *was?* Roreks Hand in seinem Schoß ballte sich zur Faust, löste sich und formte erneut eine wütende Kugel. „Eine fähige Spitze macht allen Unterschied aus“, fuhr Brestur fort. „Die Bevölkerung will keinen altersschwachen, unfähigen König – alles, was das Volk sich wünscht, ist jemanden, zu dem es aufsehen kann, einen Helden. Oder anders gesagt, eine *Heldin.*“ Er nahm einen Schluck Wein, lehnte sich in seinem Stuhl zurück und betrachtete sie aufmerksam.

Als ihr bewusst wurde, dass er auf eine Erwiderung wartete, musste Marla zunächst ihre belegte Stimme räuspern. „Tun sie das wirklich? Eine Heldin … Ich dachte eher, die Alben würden sich nach einem Leben ohne Nöte sehnen, nach Frieden und Gerechtigkeit.“

„Wie Recht du hast, schlaues Mädchen! Das wünschen sie sich natürlich auch. Und weißt du was? Alle vier dieser Dinge sind unzertrennlich miteinander verbunden: eine geeignete Führung, Wohlstand, Triumph, Vergeltung.“

Ähm, nein, so hatte sie es eigentlich nicht ausgedrückt! Was für eine Frechheit, ihr die Worte einfach so im Mund herumzudrehen! Roreks Bein begann erneut auf- und abzuwippen. „Ich möchte dir unbedingt etwas zeigen, Marla. Etwas, das mir sehr am Herzen liegt und gewiss auch dich interessieren wird.“ Brestur schob seinen Stuhl zurück, wischte sich mit der Serviette über den Mund und warf diese dann achtlos auf seinen halbleer gegessenen Teller. „Oh, wie unhöflich von mir. Sicher möchtest du erst noch das Dessert abwarten?“

Marla schüttelte den Kopf, der Appetit war ihr ohnehin längst vergangen. Dennoch zwang sie ein Lächeln zurück auf ihr Gesicht. „Du hast mich viel zu neugierig gemacht. Was auch immer du mir zeigen möchtest ist gewiss spannender als der Nachtisch. Aber es hat wunderbar geschmeckt, bitte richte den Köchen meinen Dank aus." Brestur nickte ihr zufrieden zu.

Auf seinen Wink hin öffneten die Kammerdiener eine Schiebetür, die geschickt in der weißen Holzvertäfelung verborgen gewesen war, und schlüpften in den freigelegten Nebenraum. Geschwind entzündeten sie dutzende Kerzen in Wandhalterungen, bis die Dunkelheit nach und nach die Details eines kleinen fensterlosen Besprechungszimmers freigab. Der Umriss eines ovalen Tisches aus dunklem Eichenholz hob sich kaum gegen die holzverkleideten Wände der gleichen Farbe ab.

Als sich die Kammerdiener nach getaner Arbeit zurückzogen, betrat Brestur das Nebenzimmer und nach einem kurzen Moment des Zögerns ging Marla ihm nach. Rorek folgte ihnen zwar, blieb aber auf der anderen Seite des dominierenden Tisches stehen und verschränkte grimmig die Arme.

Interessiert schaute Marla sich um. Dies war der erste Raum, den sie bislang im gesamten Palast gesehen hatte, der nicht einen hellen und freundlichen Eindruck machte, sondern auf sie irgendwie bedrückend wirkte. Das Dekor bestand aus alten Schriften in prunkvollen Bilderrahmen. An der linken Wand hing eine große Holztafel, die kunstvoll mit einer Landkarte bemalt worden war.

Mit einer einladenden Geste zeigte Brestur auf die Holztafel. „Was siehst du?"

„Eine Karte unseres Reiches", erwiderte Marla ohne zu zögern.

Brestur hob die Hand an seinen Mund, als müsse er sich aufgrund ihrer naiven Antwort ein Lachen verkneifen, worüber sie sich maßlos ärgerte. Wenn er eine detailliertere Antwort erwartete, dann sollte er auch spezifischer fragen. Glaubte er aber, sie würde sich durch sein besserwisserisches Auftreten einschüchtern lassen, dann hatte er sich gewaltig geschnitten!

Sie trat näher, um die Holztafel eingehender zu studieren. In den Ausläufern des Gebirgszuges, der ganz im Osten von Nord nach Süd verlief, fand sie, wonach sie gesucht hatte. Zwar waren die Buchstaben auf der Karte in altalbischer Schrift verfasst und ihre Kenntnisse reichten noch nicht aus, um den Städtenamen zu entziffern, doch war die Lage am Fuße der Berge und direkt neben einem Fluss eindeutig. „Es handelt sich um eine sehr alte Landkarte. Das hier muss Eskjillrod sein, wo wir uns jetzt gerade befinden. Nur waren die Ausmaße der Stadt damals noch viel geringer und es kann auch noch nicht zur Hauptstadt gemacht worden sein. Daher ist wohl hier …“, sie fuhr mit dem Finger über die Karte Richtung Südwesten, „… bei Skrindjavikh eine goldene Krone aufgemalt, denn dies war früher einmal unsere Hauptstadt.“ Ein Schaudern fuhr ihr über den Rücken, als sie sich daran erinnerte, wie sie und ihre Gefährten in der Bibliothek in Skrindjavikh von den Häschern der Evantheos überfallen worden waren. Jahvis und sie hatten sich erst mit einem Sprung aus dem Fenster in Sicherheit bringen müssen, waren dann kreuz und quer durch die halbe Stadt gejagt worden und hatten schließlich in einem kleinen Kellergewölbe unter einem Wohnhaus Zuflucht gefunden.

„Gut erfasst“, lobte Brestur anerkennend und riss sie damit aus ihren Erinnerungen. „Und was fällt dir an der Grenze im Süden auf?“

Ihre Augen wanderten hinab zum unteren Bereich der Landkarte. Während gegenwärtig der Gebirgskamm eine natürliche Grenze zwischen den Reichen bildete, erstreckte sich das Land der Alben einst darüber hinaus in den Süden. Das geheime Tal in den Bergen beherbergte heutzutage den Hauptsitz der Manantena, von wo aus die Widerstandskämpfer den Zugang ins Reich der Alben kontrollierten und bewachten, doch von Philipe wusste sie, dass das Tal früher einmal eine wichtige Handelsstation gewesen war.

„Früher gehörte das Land direkt südlich der Berge ebenfalls zum Reich der Alben“, erklärte sie zögerlich. Sie war nicht sicher, worauf Brestur hinauswollte.

„Richtig. Viele unserer Landsleute wurden damals durch Menschenhand ihrer Existenz beraubt … zumindest jene, die rechtzeitig flohen, für andere arme Seelen hat die Existenz *buchstäblich* ein Ende gefunden.“ Brestur wandte sich von der Karte ab und betrachtete Marla eindringlich. „Und wusstest du ebenso, dass der Grund im Süden wesentlich fruchtbarer ist als der Boden hier im Norden? Die Erträge der Bauern waren um ein Vielfaches höher, es herrschte allgemeiner Wohlstand, niemand musste hungern.“ Marla nickte. Auch das stellte für sie keine Neuigkeit dar. Die Menschen hatten die albischen Bauern gewaltsam verdrängt, sogar Jahvis’ Eltern waren in jungen Jahren von der Vertreibung betroffen gewesen. „Aber war dir bewusst, dass in den Bergen und im angrenzenden Waldland wahre Schätze in der Erde warten? *Unsere* Schätze!“

„Schätze? Du meinst die Nährstoffe, die den Boden so fruchtbar machen?“

Bresturs Augen blitzten triumphierend auf. Er war sichtlich erfreut darüber, endlich eine Möglichkeit gefunden zu haben, wie er mit seinem Wissen vor Marla glänzen konnte. „Wertvolle Erze, die wir für die Stahlproduktion benötigen – denke nur an all die Klingen, die damit geschmiedet werden könnten!“ Er zeigte auf Waldgebiete und offene Felder ganz im Süden, die jemand nachträglich mit roter Farbe schraffiert hatte. „Außerdem schlummern Vorräte an Edelmetallen wie Gold, Silber und Kupfer im Gestein und in den Bächen, von den Menschen unerkannt.“

„Und woher weißt du davon?“

„Ich habe all die alten Aufzeichnungen studiert. Es liegen dort wahre Reichtümer verborgen, aber die Menschen sind entweder zu blind oder zu unfähig, um das zu erkennen. Und ja, man sollte meinen, dass sich die menschlichen Bauern geradezu darum gestritten hätten, die wertvollen Ländereien der Alben unter sich aufzuteilen und zu bewirtschaften, aber auch das ist nicht der Fall gewesen. Das Land liegt seit Jahrzehnten brach und es gibt in dem Gebiet nur wenige menschliche Siedlungen und Höfe, vermutlich sogar jene, die wir damals schon auf unserem Boden geduldet haben.“ Er schnaubte ungehalten, sein Antlitz verwandelte sich plötzlich zu einer wutverzerrten Maske. „Aber so gutmütig und gutgläubig werden wir nicht noch einmal sein, das verspreche ich, wir werden keine Gnade walten lassen!“ Bei dem Hass, der in Bresturs Worten mitschwang, verkrampfte sich Marlas Magen.

„Ich verstehe, dass dich das erzürnt“, erwiderte sie vorsichtig. „Auch mich hat die Erkenntnis zutiefst erschüttert, dass es den Menschen im Endeffekt gar nicht darum ging, den Boden selbst zu bestellen, sondern sie den Alben das Wohl nur nicht gegönnt und deren Nähe nicht ertragen haben. Natürlich werden die Manantena dafür sorgen, dass ein solches Unrecht nicht noch einmal geschieht, unsere Grenzen sind gut geschützt!“

Brestur trat so nah an Marla heran, dass sie die Spiegelung der tanzenden Kerzenflammen in seinen Pupillen sehen konnte, und starrte sie so durchdringend an, dass sie all ihre Willensstärke aufbringen musste, nicht vor ihm zurückzuweichen. Wenngleich ihr das Herz bis zum Halse schlug, wollte sie keinesfalls den Eindruck erwecken, dass sie sich von ihm einschüchtern ließ oder sich ihm gar unterwarf. Sie reckte ihr Kinn ein wenig höher und registrierte erleichtert aus dem Augenwinkel, wie Rorek seinen Körper anspannte, jederzeit bereit einzugreifen, sollte sich Brestur einfallen lassen, seinen Worten durch Handgreiflichkeiten Nachdruck zu verleihen. „Es ist *unser* Land, Marla, sie haben uns vertrieben, es sich einfach genommen! Als könnten sie über uns bestimmen, als wären sie eine überlegene Rasse und wir die Untergebenen, die sich auf ihren Befehl hin beugen müssen. Dass ich nicht lache! Von den Menschen, so dumm und einfältig wie sie sind, hätten wir uns niemals vertreiben lassen dürfen! Aber was ihnen an Intelligenz fehlt, machen sie durch ihre Brutalität und Unbarmherzigkeit wett. Vielleicht bist du dir nur nicht bewusst, was sie unserem Volk angetan haben? Wer nicht freiwillig gegangen ist, dem haben die Krieger des menschlichen Königs nachgeholfen. Sie haben uns abgeschlachtet, haben unsere Höfe angezündet. Weißt du, wie viele Bauernfamilien im Schlaf vom

Feuer überrascht wurden und einfach verbrannt sind? Ich rede von unschuldigen Kindern!“ Marla stellten sich die feinen Härchen auf ihren Armen auf und sie musste eine plötzlich aufkommende Übelkeit wegschlucken. Am liebsten hätte sie sich die Ohren zugehalten, damit sie die grausigen Schilderungen nicht länger anhören musste, aber das hätte das Unrecht auch nicht ungeschehen gemacht – im Gegenteil. Das mindeste, was sie tun konnte, war, sich die Leidensgeschichten der Opfer anzuhören und ihren Teil dazu beizutragen, dass sich eine solche Ungerechtigkeit nie mehr wiederholte. Wie ein Lebewesen einem anderen gegenüber so grausam sein konnte, würde sie niemals verstehen können – besonders, da sie sich diesen beiden Völkern gleichermaßen verbunden fühlte. „Manche Schriften berichten sogar davon, dass sie die abgetrennten Köpfe der Kinder auf Stäbe gespießt und diese dann als Warnung am Straßenrand aufgestellt haben. Es würde mich auch nicht wundern, wenn sie ihre Körper verspeist hätten, diese Barbaren!“

Marla runzelte die Stirn. Bis hierhin hatte sie den Aussagen ihres Gegenübers uneingeschränkt Glauben geschenkt, schließlich war ihr auch schon von anderer Seite von der Vertreibung der albischen Bauern berichtet worden. Jetzt aber trieb es Brestur eindeutig zu weit! Ja, die Menschen hatten gnadenlos gehandelt, aber sie waren auch keine Monster! Das unwissende Volk ließ sich auf dem Marktplatz vielleicht von derartigen Hassreden blenden, aber sie wusste es besser. „Diese Überlieferungen würden mich wirklich sehr interessieren. Dürfte ich die Schriften einmal lesen?“

Brestur erstarrte. Er hatte sich in seinem Monolog dermaßen in Rage geredet, dass ihm erst jetzt wieder bewusst zu werden schien, wen er vor sich hatte. „Vielleicht kann ich sie dir eines Tages zeigen“, murmelte er.

Marla lenkte ihre Aufmerksamkeit zurück auf die Landkarte, als ihr weitere rot eingezeichnete Markierungen ins Auge fielen. Sie musste sich nah an die Holzplatte heranbeugen, um die Beschriftungen neben den Punkten entziffern zu können. Ihre Stirn legte sich erneut in Falten, als ihr bewusst wurde, dass es sich dabei um die Namen von Städten und größeren Dörfern handelte, die sich weit im Süden im Reich der Menschen befanden. „Und –“ Sie musste sich räuspern und setzte erneut an. „Und was ist das hier ganz unten für eine dicke rote Linie?“ Eine unangenehme Vorahnung kroch ihr den Nacken hinauf.

Brestur hatte sich längst wieder gefasst, jegliches Anzeichen von Zorn war aus seinem Antlitz gewichen. „Das wird die neue Grenze zu unserem Reich darstellen, wenn wir uns geholt haben, was uns zusteht!“

„Aber … aber das ist doch noch viel weiter südlich, als es früher der Fall war!“, entgegnete sie entsetzt.

„Und? Warum sollen wir uns das Verhalten der Menschen nicht zum Vorbild nehmen? Wir haben eine jahrelange Entbehrung auf uns nehmen müssen, doch damit ist nun Schluss!“ Seine Augen hatten einen seltsamen Glanz angenommen. „Du als Auserwählte wirst das entscheidende Bindeglied darstellen, auf das ich all die Jahre gewartet habe. Auf deinen Befehl hin werden die Drachen uns helfen, das zurückzuholen, was uns rechtmäßig zusteht.“

„Auf meinen Befehl? Die Drachen lassen sich nicht abrichten wie Bluthunde! Sie haben ihren eigenen Willen, ihre eigenen Wünsche und Gefühle.“

„Ganz recht. Du musst ihnen nur bewusst machen, dass ihre Rachegelüste und unsere Rachegelüste dieselben sind.“

„Aber es geht hier doch nicht um Rache! Es geht darum, zu entscheiden, was gerecht ist und –“

„Rache … Wiedergutmachung … Machtverschiebung … Beendigung der Knebelung. Nenne es, wie du willst, aber wir werden ein deutliches Zeichen setzen, dass wir uns nicht länger unterdrücken lassen. Nicht jetzt und nie mehr wieder in der Zukunft. Und *du* hast dafür den ausschlaggebenden Impuls gegeben, Marla – du wirst in die Geschichte eingehen!“ Ein eiskalter Schauer lief Marla den Rücken hinab. Ihr Mund war plötzlich so trocken, dass sie keinen Ton herausbrachte. *Das war es also!* Das war es, worauf Brestur schon seit Jahren hinarbeitete! Er hatte es sich nicht nur zur Aufgabe gemacht, die Menschen aus dem Gebiet südlich der Berge zu verdrängen und das Land zurück unter albische Herrschaft zu bringen. Viel mehr noch – die Drachen sollten ihn in seiner kranken Idee unterstützen, darüber hinaus noch weitere Ländereien an sich zu reißen. Niemals würde sie dem zustimmen!

„Du hast große Pläne“, krächzte sie und ballte die Hände. Das selbstgefällige Grinsen ihres Gegenübers löste erneut Übelkeit in ihr aus, sie hatte Mühe, sich zu beherrschen. Ein schneller Blick zu Rorek verriet ihr, dass auch ihr Gefährte vor Wut schäumte. Vermutlich fehlte nicht viel und er würde sich auf Brestur stürzen. „Das sind ganz schön viele Informationen auf einmal.“

Brestur legte eine besorgte Miene auf. „Ich kann mir gut vorstellen, dass dich das Gehörte ein wenig überfordert. Bitte entschuldige, ich wollte dich eigentlich nicht am ersten Abend schon mit meinen Plänen überfallen." Er hob die Hand und schnippte zweimal mit den Fingern. Sogleich eilte einer der Kammerdiener mit einer Karaffe und zwei Bechern heran, die er auf dem Eichentisch neben Marla abstellte. „Ich versichere dir, du brauchst dir keine Sorgen zu machen, du bist nicht allein!" Brestur füllte die beiden Becher mit Wein, drückte Marla einen davon in die Hand und hob seinen eigenen feierlich in die Höhe. „Ich werde dir immer zur Seite stehen und jede deiner Handlungen leiten."

„Natürlich wirst du das!", knurrte Rorek. Steifen Schrittes lief er um den Tisch herum, nahm Marla den Weinbecher aus der Hand und stellte ihn mit einem lauten Knall auf dem Tisch ab, sodass der dunkelrote Inhalt über den Rand schwappte. „Du siehst müde aus … *Liebes* … war ein langer Tag." Er legte den Arm um ihre Schulter und sie ließ sich ohne Widerstand an seine Seite ziehen. „Wenn du erlaubst, Brestur", presste Rorek zwischen zusammengebissenen Zähnen hervor. „Ich glaube, für heute hat sich Marla sichtlich verausgabt. Es ist an der Zeit, dass wir uns zurückziehen."

„Oh. Aber natürlich. Ich wollte nicht … Marla – ich danke dir für diesen wundervollen Abend. Ich freue mich sehr auf unsere Zusammenarbeit."

„Ich … ja." Mehr brachte Marla nicht heraus, bevor Rorek sie auch schon aus dem Raum bugsierte.

Den gesamten Rückweg über sprach er kein Wort und Marla hatte Mühe, mit seinem Tempo Schritt zu halten.

Die Wachen, die vor dem Salon gewartet hatten, folgten nur stumm, holten aber zu ihnen auf, als sie die Gemächer erreichten. Als sie Anstalten machten, einzutreten, warf Rorek ihnen abermals einen derart grimmigen Blick zu, dass einer der Krieger in abwehrender Geste die Hände hob und der andere einen erschrockenen Satz nach hinten machte. Bevor einer von ihnen auch nur dazu ansetzen konnte, etwas zu sagen, hatte Rorek die Tür schon vor ihrer Nase ins Schloss gedonnert.

Kapitel 18 – Wut in Worte gefasst

Marla fror. Was sich auch nicht änderte, als sie ihre Arme um ihren Körper schlang und mit den Daumen über die Oberarme rieb, denn ihr Frösteln kam aus ihrem Inneren. Sie stand noch immer inmitten der Wohnstube, unfähig, sich zu rühren. Mit einem Mal fühlte sie sich unglaublich allein und mehr denn je wünschte sie, Philipe wäre an ihrer Seite.

Auch seit sie in ihr privates Quartier zurückgekehrt waren, hatte Rorek noch nicht mit ihr gesprochen. Nachdem er sich fluchend und vor sich hin schimpfend umgesehen und die Räume vor einem möglichen Hinterhalt abgesichert hatte, begann er rastlos in der Wohnstube auf- und abzulaufen. Hatte sie in seinen Augen etwas falsch gemacht? War er wütend auf *sie*? In seiner jetzigen Stimmung traute sie sich nicht einmal, ihn anzusprechen. Noch nie hatte sie ihn derart gereizt gesehen. Und das wollte etwas heißen.

Ihre Gedanken kehrten zurück zu dem, was Brestur ihr in dem kleinen Besprechungszimmer offenbart hatte. Selbstverständlich war es falsch gewesen, wie die Alben behandelt worden waren und der Albenkönig hätte die Höfe besser vor Übergriffen schützen müssen. Aus Menschensicht gesehen lag die Vertreibung der Alben mittlerweile jedoch mindestens zwei Generationen zurück. Konnte man die Menschen jetzt für die Schandtaten ihrer Vorfahren verantwortlich machen? Und rechtfertigte ein vergangenes Unrecht das Blutvergießen weiterer Unschuldiger? Hob die eine Ungerechtigkeit die andere auf?

Ein dumpfer Schlag ließ Marla hochschrecken. Ihr Kopf fuhr herum. Die Scherben eines Wandspiegels fielen klirrend zu Boden, Rorek stand vor dem leeren Rahmen und schüttelte fluchend seine Hand.

„Was zum Teufel tust du denn?“, platzte Marla hervor. Sie lief ins Schlafzimmer, schnappte sich ihren Medizinbeutel und kehrte zu ihrem Gefährten in die Wohnstube zurück. Rorek hatte sich abgewendet und als sie um ihn herumtrat, versteifte sich seine Körperhaltung, sein Blick war grimmig und abweisend. Dennoch ließ sich Marla nicht beirren. „Verdammt, warum hast du das gemacht? Zeig das mal her!“

„Es ist nichts!“, brummte er mehr, als dass er sprach. Erst als sie ihre Aufforderung in dringlichem Ton wiederholte, stieß der Krieger kraftvoll den Atem aus und hielt ihr seine rechte Hand hin, die er bis dahin schützend vor seine Brust gedrückt hatte.

Dünne Blutfäden liefen von seinen Knöcheln seitlich über den Handrücken. Marla packte Rorek am Arm und zog ihn mit sich zur Sitzecke, damit sie die kleinen Schnittwunden im Schein mehrerer Öllampen besser beurteilen konnte. „Eine bescheuerte Idee, findest du nicht?“, tadelte sie ihn und kramte eine Pinzette aus ihrer Tasche. „Du hast Glück gehabt, es sind alles nur oberflächliche Verletzungen. Aber du hättest dir die Finger brechen können, Sehnen und Adern durchtrennen. Warum tust du so etwas?“ Sie schaute ihn nicht an, bemerkte aber aus dem Augenwinkel, dass Rorek mehrfach ansetzte, um etwas zu sagen. Sorgfältig besah sie sich jeden Schnitt und entfernte mehrere winzige Glassplitter.

„Entschuldigung“, hob er schließlich steif an. „Ich … hätte mich besser unter Kontrolle haben müssen.“

„Du musst dich nicht *unter Kontrolle haben*. Zumindest nicht vor mir. Du kannst ganz du selbst sein, musst dich nicht verstellen.“ Er schnaubte, doch entging ihr nicht, dass er daraufhin hart schlucken musste. „Aber vielleicht wäre es gesünder für dich, wenn du einen anderen Weg finden würdest, deinen Zorn zu kanalisieren?“

Roreks Kiefer mahlten aufeinander. „Wie denn?“ Seine Stimme klang rau, als wäre nicht nur seine Haut mit Spiegelscherben gespickt worden. Marla schaute überrascht auf. Die Hilflosigkeit in den Augen ihres Gefährten schnürte ihr derart die Kehle zu, dass sie sich nicht in der Lage fühlte, ihm sofort zu antworten. Es war nicht das erste Mal, dass der Krieger vor ihr Emotionen zeigte, doch traf es sie immer wieder direkt ins Herz, ihn so verletzlich zu sehen. Zwar hatte sich Rorek bei ihrem allerersten Kennenlernen unzugänglich und schroff gezeigt, aber im Laufe der vergangenen Monate war es ihr mehrfach gelungen, seine harte Schale zu durchbrechen. In seiner Gegenwart fühlte sie sich stets sicher, konnte sich bei ihm anlehnen, sich fallen lassen. Sie wünschte, er würde in ihr den gleichen Halt finden können wie sie in ihm.

Konzentriert entfernte sie die restlichen Glassplitter, desinfizierte anschließend die kleinen Wunden und räusperte sich. „Du könntest stattdessen mit mir reden. Deine Wut in Worte fassen und mit mir teilen.“ Ihre Stimme hatte längst den tadelnden Unterton verloren, war sanfter geworden. Behutsam trug sie eine heilende Kräutersalbe auf seine Handknöchel auf und kramte einen sauberen Verband aus dem Beutel. Vielleicht würde er über seine Gefühle sprechen, wenn sie sich ihm zuerst öffnete?

„Ich weiß nicht, warum Brestur glaubt, die Drachen würden geradezu auf meinen Befehl warten“, überlegte sie laut, während sie anfing, die Bandage um seine Handknöchel zu wickeln. „Er vergisst wohl, dass die Alben den Drachen ebenfalls den Lebensraum genommen haben. Auch sie wurden bedroht und systematisch verdrängt. Und einige von ihnen anschließend sogar gefangen genommen und für die egoistischen Zwecke der Alben missbraucht. Die Alben sind nicht so unschuldig, wie Brestur vorgibt. Beide Völker, die Menschen und die Alben, haben schlimme Gräueltaten begangen, aber irgendwie finde ich die der Alben fast noch grausamer. Brestur hat die schrecklichen Folterkammern in der Roten Burg nur nicht gesehen.“ Sie wickelte den Verband noch ein letztes Mal um Roreks Hand und befestigte das Ende dann mit einem lockeren Knoten um sein Handgelenk. „Natürlich sind weder du noch er noch ich dafür verantwortlich, es war doch eine vergleichsweise kleine Gruppe gewesen, die die Drachen unter ihre Herrschaft gezwungen hat. So wie auch nicht alle Menschen am Leid der Alben Schuld tragen. Warum sieht Brestur die Parallelen nicht? Wir können nur hoffen, dass die Drachen nicht einfach die Höfe unschuldiger Alben abfackeln, um sich das Land zurückzunehmen, auf dem sie einst gelebt haben, so wie er es mit den Menschen plant.“

„Marla, Brestur möchte nicht nur einfach das Land zurückerobern, das uns einst genommen wurde. Es geht ihm um so viel mehr!“ Rorek sprang von seinem Platz auf und begann in alter Manier, unruhig auf und ab zu laufen. „Es geht um einen gnadenlosen Rachefeldzug, um die Unterwerfung des menschlichen Volkes – wer nicht spurt oder zur falschen Zeit am falschen Ort ist, wird rigoros ausgelöscht! Und es geht um Macht! Du hast ihn doch gehört: Ist er erst einmal im Besitz der wertvollen Bodenschätze, will er noch mehr Waffen schmieden lassen. Weitere Waffen, deren einziger Zweck ist, zu drohen, zu töten und zu unterwerfen. Eines Tages wird ihm auch die neu gesetzte Grenze nicht mehr genügen, er wird weitermachen. Aber ich werde es nicht zulassen, dass er dich und deine Drachen zu seinem blutigen Werkzeug macht, niemals, das schwöre ich!“ Marla starrte Rorek mit großen Augen an. Sie hatte ihn gebeten, sich ihr zu öffnen, doch die Intensität seiner Emotionen und die Vehemenz, mit der er diesen Ausdruck verlieh, überwältigten sie beinahe. „Hass. Krieg. Tod. Ich habe es so satt! Ich bin ein Krieger, habe früh gelernt, das Schwert zu führen und ich bin auch verdammt gut darin. Aber ich habe mein Leben doch nicht dem Krieg verschworen, sondern dem Frieden!“ Seine Hände ballten sich abermals zu Fäusten. „Brestur sitzt bequem an seinem Schreibtisch und denkt sich immer neue Listen aus, liest in alten Schriften und malt die Grenze unseres Reiches auf der Landkarte kurzerhand da, wo er sie gern sehen würde. So einfach ist das. Und wer führt die blutigen Befehle aus? Niemand fragt uns Krieger, ob wir in die Schlacht ziehen und unzählige Seelen auslöschen wollen, Feinde hin oder her. Krieger haben zu gehorchen, ohne Rücksicht auf Verluste und selbstverständlich auch völlig ungeachtet der Risiken, die wir dabei eingehen müssen. Unsere Leben haben anscheinend keinen Wert.“ Marla schluckte hart. *Welch ergreifende Rede!*

Rorek liebte den Schwertkampf und ging in strategischen Planungen auf, aber natürlich hieß das noch lange nicht, dass ihm das Töten Freude bereitete. Bresturs Vorhaben würde so viel Unheil, so viel Verderben über sämtliche Beteiligte bringen – konnte es dabei überhaupt einen Gewinner geben … außer ihm selbst?

Eigentlich sollte sie Wut darüber empfinden, dass Brestur sie und ihre Drachen für seine Zwecke nutzen wollte, aber stattdessen kroch kalte Angst ihren Nacken hinauf. Was, wenn er versuchen würde, sie zu erpressen? Eyvindirs Leben im Austausch für ihren Befehl zum Angriff? Oder wenn er einen Weg fand, die Drachen auch ohne sie als Sprachrohr dazu zu bewegen, gegen die Menschen in die Schlacht zu ziehen? Denn in einem hatte Brestur Recht: Den Fallen der Menschen waren in der Großen Schlacht viele Drachen zum Opfer gefallen und sie waren als ein rachedurstiges Volk bekannt. *Blutige Rache … Vernichtung eines Clans*, fielen ihr die Worte ein, die sie damals auf der Notiz im Bucheinband gefunden hatte. Vielleicht war es ein Fehler gewesen, Philipe in die Berge zu schicken, um die Drachen hierherzuholen!

Rorek hielt inne und drehte sich zu Marla um. Als sein grimmiger Blick auf ihre Gestalt traf, wurde sein Ausdruck weich. „Es tut mir leid, ich wollte dich nicht ängstigen!“

„Wir müssen Brestur unbedingt aufhalten!“, rief sie aufgebracht. „Es wird ein großes Unglück geben, er darf die

Drachen nicht dazu bringen, am Menschenvolk Rache zu nehmen. So viele Unschuldige –“

„Hey, ganz ruhig!“ Er setzte sich ihr zugewandt neben sie auf das Sofa und schaute sie eindringlich an. „Ich habe das ernst gemeint – ich werde niemals zulassen, dass Brestur dich und deine Drachen missbraucht. Wir werden ihm Einhalt gebieten, sobald Eyvindir in Sicherheit ist. Und wenn ich ihm eigenhändig die Kehle durchtrennen muss!“ Kurz hielt sie seinem Blick noch stand, dann stieß sie kräftig die Luft aus und ließ ihre Stirn gegen seine Brust sinken. Seine Finger strichen ihr sanft übers Haar. „Mach dir keine Sorgen!“ Marla nickte und genoss die Trost spendende Wärme ihres Gefährten. *Rorek und Philipe würden ihr zur Seite stehen, sie war nicht allein!*

Nach ein paar Minuten hob sie den Kopf und schenkte ihm ein schiefes Lächeln. „Danke.“

„Wofür?“

„Dafür dass du mir einen Einblick in deinen Kopf gegeben hast. Gerne jederzeit wieder, das habe ich dir schon einmal gesagt, vergiss das nicht!“

Er nickte. „Ich werde es mir merken. Aber ich glaube, es ist jetzt Zeit, dass wir schlafen gehen. Es war ein verdammt langer und anstrengender Tag und wir werden einen wachen Geist bitter nötig haben. Du kannst es dir nebenan bequem machen, ich bleibe hier, um den Eingang im Auge zu behalten.“

Die Vorstellung, jetzt mit ihren Gedanken allein zu sein, widerstrebte ihr, doch wollte ihr beim besten Willen keine passende Ausrede einfallen, mit der sie den Krieger bitten könnte, bei ihr zu bleiben, ohne sich nicht in ihren eigenen Ohren anzuhören wie ein weinerliches Kind.

„Gute Nacht“, murmelte sie, während sie langsamen Schrittes ins Schlafgemach lief. Dort angekommen legte sie sich aufs Bett, starrte in die Dunkelheit und lauschte in die absolute Stille. Wenn sie es sich recht überlegte, konnte sie sich gar nicht mehr daran erinnern, wann sie das letzte Mal allein eingeschlafen war, ohne zumindest Philipe, wenn nicht gar mehrere ihrer Gefährten, neben sich atmen zu hören. Wenngleich ihr die Augen bereits vor Müdigkeit brannten, war sie unfähig, die schrecklichen Bilder von blutigen Schlachten aus ihrem Kopf zu verbannen, sobald sie die Lider schloss. Ein paar weitere Minuten verstrichen, ehe sie endlich aufstand und in die Wohnstube zurückkehrte. Rorek saß in seinem Sessel und schaute ihr mit hochgezogenen Augenbrauen entgegen.

„Eigentlich bin ich noch gar nicht so müde“, erklärte sie und biss sich verlegen auf die Unterlippe. Zurück auf ihrem alten Platz auf dem Sofa, zog sie die Beine auf die Sitzfläche und schlang ihre Arme um die Knie.

„Soso …“ Schmunzelnd stand Rorek auf, lief ins Schlafzimmer und kehrte mit der Bettdecke und einem Kopfkissen zurück. „Ich fühle mich zutiefst geehrt, dass du deine allererste Nacht in einer äußerst bequemen königlichen Schlafstätte aufgibst, nur um mir nahe zu sein.“ *Ertappt!* Sie ignorierte die Hitze, die ihr in die Wangen stieg und nahm dankbar Decke und Kissen entgegen.

Sehr bald nachdem sie sich auf dem Sofa eingekuschelt hatte, wurden Marlas Lider schwer. „Du, was du vorhin gesagt hast“, murmelte sie im Halbschlaf. „Dein Leben … mir ist dein Leben unheimlich viel wert.“

Kapitel 19 – Palastleben

Ein sanftes Klopfen an der Tür riss Marla aus dem Tiefschlaf. Im blassen Dämmerlicht, das zum Fenster hereinfiel, brauchte sie einen Moment, um sich zu orientieren. Rorek war bereits aufgesprungen, die Hände scheinbar lässig in die Hüften gestemmt, doch aus dem Hosenbund in seinem Rücken ragte der Griff seines Dolches.

„Herein“, rief er laut.

Olafur streckte den Kopf durch den Türspalt. „Ich grüße euch. Entschuldigung, wenn ich störe. Ich dachte, ihr möchtet vielleicht in euren eigenen Gemächern frühstücken?“

„Gern. Danke.“ Rorek nahm Marlas Tasche mit den Heilmitteln vom Sofatisch und legte ihn auf den Sessel. Dabei steckte er die Klinge unauffällig unter den Beutel.

Der Kammerdiener schob einen kleinen Servierwagen herein, beladen mit einer Kanne voll dampfendem Tee, frischem Obst und Säften, Gebäckstücken und kleinen Schalen mit unterschiedlichen Aufstrichen, dazu je zwei Teller, Becher und Besteck. Falls es ihn wunderte, dass Marla ganz offensichtlich nicht im Bett, sondern auf dem Sofa geschlafen hatte, so hütete er sich zumindest, es anzusprechen.

Während der Kammerdiener die Speisen und Getränke vom Wagen auf den Tisch umlud, warf er mehrfach verstohlene Blicke über seine Schulter zur offenen Tür, wie um sich zu vergewissern, dass ihm niemand ins Zimmer gefolgt war. „Marla, ich wurde von Brestur beauftragt, dir auszurichten, dass er dir gerne eine Führung durch den Palast geben möchte“, sagte Olafur lauter, als es eigentlich notwendig gewesen wäre. „Wann auch immer du bereit bist, kannst du gern einer der Wachen Bescheid geben, dass sie dich zu ihm bringen soll. Er wird den ganzen Morgen mit seiner Korrespondenz beschäftigt sein, freut sich aber schon auf die Zeit mir dir.“ Das Gleiche konnte Marla von sich nicht behaupten, doch behielt sie das besser für sich. Olafur schien zwar auf ihrer Seite zu sein, aber ob sie ihm wirklich voll und ganz vertrauen konnten, wussten sie nicht. „Falls euch vorher noch nach etwas frischer Luft zumute sein sollte, würde ich euch den Steingarten im Ostflügel empfehlen. Es handelt sich um einen hübsch angelegten Innenhof und ich habe gehört, besonders die Grotte soll bei jungen Pärchen sehr beliebt sein.“ Noch einmal schaute er kurz zur Tür und senkte seine Stimme dann kurz zu einem Flüstern. „Sorin erwartet euch dort.“ Von der unteren Etage des Wagens nahm er einen großen Wasserkrug und saubere Tücher. „Hier habe ich euch außerdem frisches Wasser für die Waschschüssel mitgebracht. Wenn ihr sonst noch etwas braucht, zögert bitte nicht, es mir zu sagen.“ Rorek und Marla nickten ihm dankbar zu. Nachdem er den Krug ins Schlafgemach gebracht hatte, verbeugte er sich knapp und zog sich samt Servierwagen aus den Gemächern zurück.

„Warum kommt Sorin denn nicht selbst?“, flüsterte Marla, nachdem die Tür ins Schloss gefallen war. Ganz offensichtlich traute Olafur den Wachen nicht, die draußen Posten bezogen hatten und sie wollte nicht riskieren, dass einer von ihnen ihr Gespräch mithörte.

„Ich weiß es nicht“, brummte Rorek. „Aber ein lauschiges Treffen in der Grotte klingt für mich nach dem Inbegriff der Romantik … dann wird Sorin es uns schon erklären.“

Nachdem sie sich mit leckerem Obst und Gebäck gestärkt hatten, machten sie sich in aller Eile frisch und zogen sich um. Rorek schob wieder die Klinge unter seinen Gürtel und schwang sich seinen Umhang um die Schultern. Dann hielt er Marla ihren Dolch entgegen. „Den solltest du unbedingt mitnehmen. Nicht ideal, aber sollte es sich bei dem Treffen um eine Falle handeln, ist es besser als nichts.“ Marla schaute ihn erschrocken an. Diese Möglichkeit hatte sie bislang nicht in Betracht gezogen, allerdings blieb ihnen wohl kaum eine andere Wahl, als herauszufinden, ob Olafur die Wahrheit gesagt hatte. Sie nahm die Waffe entgegen und befestigte die Lederscheide am Gürtel unter ihrer Tunika.

Unter den eingeteilten Wachen vor ihren Gemächern hatte es über Nacht ganz offensichtlich einen Schichtwechsel gegeben. Ein junger Krieger und eine entschlossen dreinblickende Kriegerin nahmen dienstbeflissen Haltung an, als sie in den Gang hinaustraten. Auf Roreks Wunsch, zum Steingarten im Ostflügel geführt zu werden, reagierten die beiden eher unwillig, aber als Marla versicherte, sie wollten nicht zu lange bleiben und anschließend Bresturs Einladung annehmen, nickten sie und liefen voraus.

Die kühle Morgenluft, die ihnen entgegenschlug, als sie den Innenhof betraten, ließ Marla frösteln. Die Lage in den Ausläufern der Berge barg viele Vorteile, wie die Tatsache, dass die Stadt von der Ostseite her nahezu uneinnehmbar war und zudem eine spektakuläre Aussicht über die umliegenden Ländereien bot. Doch gleichzeitig sorgte die Barriere der Gebirgskette dafür, dass die Sonnenstrahlen gerade zu dieser frühen Jahreszeit erst spät am Morgen bis zum Boden hinabreichten. Trotz der milden Frühlingstemperaturen, die mittlerweile tagsüber herrschten, glitzerte der Raureif auf den Steinen und exotischen Gräsern. An drei Seiten war der Innenhof vom Palastgebäude umgeben, während die vierte direkt durch den schroffen Felsen begrenzt wurde.

„Danke für das Geleit, von hier aus übernehme ich“, bestimmte Rorek, in dem Versuch, die Wachen fortzuschicken, doch diese ließen sich nicht beirren und folgten den beiden Gefährten den angelegten Pfad hinab. Das knirschende Geräusch der Schuhsohlen auf dem weißen Kies erinnerte Marla unwillkürlich an ihre Flucht aus der Bibliothek in Skrindjavikh, die Schritte der Wachen hinter ihr beschleunigten ihren Herzschlag und ließen ihr die Nackenhaare hochstehen. Dennoch bemühte sie sich, nicht allzu zielstrebig auszuschreiten und heuchelte hier und da Interesse an den dargebotenen Pflanzen vor.

Am hintersten Ende des Innenhofs zeichnete sich schließlich eine dunkle Öffnung im Gestein ab – *die Grotte*. In wenigen Augenblicken würde sich zeigen, ob Olafur die Wahrheit gesagt hatte und Sorin wirklich auf sie wartete oder ob sie kurz davor waren, in einen Hinterhalt zu tappen.

„Es ist nicht nötig, dass ihr mitkommt, hier droht uns keine Gefahr“, versuchte Rorek es noch einmal, als sie auf den Höhleneingang zugingen. Die Kriegerin schüttelte nur entschieden den Kopf. „Diese Exemplare sind ja besonders ehrgeizig“, knurrte er mit einem grimmigen Blick über seine Schulter. Völlig unvermittelt blieb er stehen, schlang seine Arme um Marlas Gestalt und zog sie in einer innigen Umarmung an sich. „Spiel mit. Das hat schon einmal funktioniert, vielleicht werden wir sie auf diese Weise los“, flüsterte er ihr ins Ohr.

Marlas Hände wanderten seinen Rücken hinauf. „Und darf ich dich dann hinterher auch bestrafen, so wie du mich?“, wisperte sie zurück.

Langsam schob er ihren Körper vor sich her in Richtung der Grotte, noch immer eng an sie geschmiegt. „Ich hatte nicht vor, dich zu küssen. Außerdem hast du damit angefangen, jetzt kannst du dich kaum beschweren.“

Sie kicherte. „Touché!“

Er löste seine Wange einen Fingerbreit von ihrer und drehte leicht den Kopf, sodass es so aussehen musste, als ob er sie auf ihr Ohrläppchen küsste oder daran lutschte. Sanft pustete er ihr ins Ohr, was ihr eine Gänsehaut vom Nacken bis zu den Armen bescherte. Quietschend und kichernd wand sie sich in seiner Umarmung.

Mittlerweile hatten sie den Eingang der Höhle erreicht. Rorek hob den Kopf und drehte sich zu den Wachen um. „Habt ihr eigentlich schon mal was von Privatsphäre gehört?“, blaffte er. „Es wird ja wohl möglich sein, ein paar ungestörte Momente zu genießen, ohne dass ihr Marla dabei mit den Augen auszieht, oder?“ Der junge Krieger hielt abrupt inne, sein Gesicht nahm einen hochroten Farbton an. Auch die Kriegerin blieb betroffen stehen. „Na also, geht doch. Lasst euch bloß nicht einfallen, uns zu unterbrechen! Haltet euch fern, verstanden?“ Rorek zwinkerte Marla zu, nahm sie bei der Hand und zog sie mit sich in die Grotte.

Das Tageslicht, das durch die Öffnung hereinfiel, brach sich glitzernd auf der Oberfläche eines kleinen unterirdischen Sees, der durch ein stetes Rinnsal aus einer Felsritze gespeist wurde. Marla vermutete, dass es irgendwo einen natürlichen Ablauf gab, der den Stand des Gewässers konstant hielt. Das leise Plätschern hallte wie eine liebliche Melodie von den Felswänden und der hohen Höhlendecke wider und schien von überall zugleich zu kommen.

Nicht nur das Plätschern, sondern auch das Licht verblasste jedoch mit jedem Schritt, den sie vordrangen, aber ein flackerndes orangenes Leuchten tief aus dem Inneren der Höhle wies ihnen den Weg. Ob es wirklich Sorin war, der die Öllampe oder Fackel entzündet hatte? Was, wenn sie doch geradewegs in einen Hinterhalt liefen? Marlas Herzschlag beschleunigte sich. Angestrengt lauschte sie in die Dunkelheit hinein, hörte aber nichts als den Widerhall ihrer zögerlichen Schritte und ihre eigenen Atemzüge, die in ihren Ohren unnatürlich laut klangen. Erst die Lichtreflexion in Roreks Hand machte Marla bewusst, dass der Krieger seinen Dolch gezückt hatte. Hastig zog auch sie ihre Waffe aus dem Gürtel.

Hinter einem Felsbrocken stand die Öllampe, deren Licht sie gefolgt waren, auf dem Boden. Zu sehen war niemand. Waren sie zu spät gekommen? Hatte Sorin vergeblich auf sie gewartet und war bereits wieder gegangen? Dabei hatten sie sich so sehr beeilt. Und warum hätte er dann die Lampe dagelassen?

Ein leises Kratzen hinter ihrem Rücken ließ sie alarmiert herumwirbeln – mit der Geschwindigkeit von Roreks Reflexen hätte sie sich allerdings niemals messen können. Die Klinge seines Dolches ruhte bereits am Hals seines Gegenübers.

„Du kannst froh sein, dass ich dir nicht die Kehle durchgeschnitten habe!“, knurrte er. „Schleiche dich nie wieder an!“

Marla stieß erleichtert die Luft aus. „Sorin, verdammt, du hast mich zu Tode erschreckt! Was soll dieses Versteckspiel? Und wo kommst du so plötzlich her?“

„Geheimgang. Es tut mir leid, aber ich musste erst sichergehen, dass euch niemand folgt. Im Moment ist es besser, wenn man uns nicht zusammen sieht.“ Als Rorek endlich seinen Dolch sinken ließ, nahm auch Sorin die Arme herunter, die er in abwehrender Geste nach oben gerissen hatte. „Die Augen und Ohren von Bresturs Lakaien sind überall und er scheint ohnehin schon den Verdacht zu hegen, dass ich Eyvindir treu ergeben bin und von Anfang an nicht auf seiner Seite gestanden habe. Obwohl ich mit meinem Dienstgrad über Maltje stehe, hat Brestur mich seit meiner Rückkehr schon mehrfach übergangen.“ Er schnaubte wütend. „Schiebt vor, dass ich eine Auszeit verdient hätte … aber ich fürchte, er vertraut mir nicht mehr.“

„Zurecht, oder nicht?“, schob Rorek trocken ein.

Sorin überging seinen Einwurf. „Es ist schlimmer, als ich befürchtet hatte. Wie es scheint, haben sich während meiner Abwesenheit weitere Krieger gegen unseren König gewandt. Allerdings bin ich mir sicher, dass viele von ihnen nur aus Angst handeln."

Marla konnte nicht länger an sich halten. „Weißt du, wie es Philipe geht?", platzte sie hervor. „Hält er sich noch in der Stadt auf?" Beim bloßen Gedanken an Philipe pochte ihr Herz ein bisschen schneller.

„Ja, er befindet sich noch hier in Eskjillrod. Gestern hat er die anderen fünf Mitglieder der Manantena aufgespürt, jene, die mit euch in der Schlucht der Giganten waren." *Dabei musste es sich um Freydis, Fridtjof, Matej, Njola und Nharvik handeln!*, fuhr es Marla durch den Kopf. In den vergangenen Wochen hatte sie sich sehr oft gefragt, was aus ihren Gefährten geworden war. Ob sie die Revolte hier im Palast alle unbeschadet überstanden hatten. Ob sie in der Hauptstadt geblieben waren oder zurück in die Siedlung der Widerstandsgruppe geritten waren. „Kjell und Jahvis wollen ihn ebenfalls begleiten und ich habe noch zwei weitere treue Krieger für diese Mission abgestellt. Sie alle sind derzeit noch mit den Vorbereitungen beschäftigt, werden aber so bald wie möglich aufbrechen."

Prompt fühlte sich der Druck auf Marlas Brustkorb, der sie seit gestern stetig begleitete, ohne dass sie sich dessen bis jetzt bewusst gewesen war, ein wenig erträglicher an. Wenngleich sie versucht hatte, die Erinnerung an die gefährliche Reise, der sich Philipe nun erneut stellen musste, so gut es ging zu verdrängen, hatte sie sich tief in ihrem Inneren große Sorgen um ihn gemacht. Was, wenn er abermals von menschlichen Kriegern aufgegriffen wurde? Wenn er beim Auf- oder Abstieg in die Berge verunglückte? Der Gedanke, dass ihn ein paar der erfahrenen

Gefährten unterstützen würden, war zumindest ein kleiner Trost.

„Ich möchte mich bei euch entschuldigen“, riss Sorin sie ins Hier und Jetzt zurück. „Es ist mir bislang unter einem Vorwand gelungen, die Wachschichten vor Eyvindirs Kerkerzelle mit meinen Vertrauten auszuwechseln, aber ich hatte Angst, Misstrauen zu erwecken, wenn ich auch noch die Wachen vor euren Gemächern ausgetauscht hätte. Allerdings besteht bei euch wohl weniger die Gefahr, dass euch … *ein Unglück* zustößt. Zumindest nicht Marla – nicht solange Brestur einen Nutzen in ihr sieht …“

Rorek gab ein entschlossenes Grunzen von sich. „An Marla kommen Bresturs Vasallen nur über meine Leiche heran!“

„Eben, du bist auch noch da. Ich werde heute versuchen, eure Schwerter vom Geheimgang in eure Gemächer bringen zu lassen. Ihr könnt die Waffen zwar nicht offen tragen, aber so könnt ihr euch zumindest dort besser verteidigen, sollte es zu einem Übergriff kommen.“

„Sorin, da ist noch etwas, vielleicht kannst du uns helfen“, wechselte Marla das Thema. „Wir haben uns gefragt, warum sich Svala nach so vielen Jahren gegen Eyvindir gewandt hat, obwohl die beiden, wie es scheint, ein inniges Verhältnis hatten. Er war sich sicher, dass sie seine Aussage bestätigen würde. Warum also hat sie ihn verraten?“

Der Krieger der Königsgarde nickte ihr respektvoll zu. „Ich werde mich der Sache gerne annehmen. Sobald ich etwas in Erfahrung bringe, gebe ich euch Bescheid.“ Sein Blick wanderte in Richtung des Höhleneingangs. „Vielleicht solltet ihr jetzt besser zurückgehen, bevor eure

Wächter noch ungeduldig werden.“ Nach einer knappen Verabschiedung wandten sich die beiden Gefährten bereits zum Gehen, doch dann hielt Sorin sie noch einmal zurück. „Eine Sache noch. Brestur hat uns aufgetragen, heute zum Sonnenhöchststand die Tore zum Palasthof zu öffnen. Ich weiß nicht, was er plant, aber es macht den Anschein, als wolle er heute Nachmittag eine wichtige Ansprache halten oder irgendetwas kundgeben und wünscht sich dafür ein möglichst großes Publikum.“

Marla sog erschrocken die Luft ein. „Meinst du, er wird Eyvindirs Schuldspruch verkünden?“

„Das glaube ich nicht“, warf Rorek sogleich ein. „Seinem eigenen Wort offen zu widersprechen würde seinen sorgfältig erschaffenen Ruf kaputt machen, was für ein Mann von Ehre er ist, das passt nicht zu ihm. Gerade vor dir würde er nicht das Gesicht verlieren wollen, damit würde er riskieren, all seine Bemühungen zunichte zu machen, dich für seine Sache zu gewinnen.“

„Leider hat er nicht durchblicken lassen, um was es sich handelt“, fügte Sorin hinzu. „So oder so wird die Garde alle Hände voll damit zu tun haben, den Palast abzusichern und die Schaulustigen hinterher wieder aus dem Hof zu scheuchen. Also passt gut auf euch auf!“

„Du auch auf dich!“, entgegnete Marla. Rorek nickte Sorin grimmig zu, dann machten sie sich endgültig auf den Rückweg.

„Bereit, *Liebes*?“, fragte Rorek, kurz bevor sie den Ausgang erreichten, seine Augen blitzten dabei schelmisch. Marla atmete einmal tief durch und bemühte sich, mit einem aufgesetzten Lächeln all ihre Sorgen von ihrem Antlitz zu verbannen.

Als Rorek und Marla Arm in Arm aus der Höhle traten, atmeten die beiden Wachen sichtlich erleichtert auf. Vermutlich hatte Brestur sie beauftragt, Marla keine Sekunde aus den Augen zu lassen – um gut auf sie aufzupassen oder um sie zu bespitzeln, war dabei allerdings fraglich.

Es war noch immer früher Vormittag, als der junge Krieger ihre Ankunft mit einem Klopfen an einer weiß getünchten Holztür ankündigte.

„Herein", ertönte Bresturs Stimme aus dem Inneren und die Wache öffnete die Tür. „Marla, ich grüße dich!" Er schenkte ihr ein herzliches Lächeln. „Ich hoffe, du hattest eine erholsame Nacht?"

„Das hatte ich, danke der Nachfrage", gab sie höflich zurück.

Eine tiefe Falte zeigte sich auf Bresturs Stirn. „Selbstverständlich sind die Gemächer für dich eigentlich nicht angemessen und das tut mir aufrichtig leid! Aber das wird sich sehr bald ändern, versprochen." Marla schaute ihn verblüfft an. *Nicht angemessen?* Selbst ihr Schlafgemach zuhause am Hof ihres Vaters war nicht so großzügig geschnitten gewesen wie die Wohnstube ihrer Unterkunft und immerhin war sie hier nur zu Gast. Vermutlich hätten ihre kleine Hütte in der Siedlung der Manantena und die gemütlich eingerichtete Höhle, die ihr im Tal zugewiesen worden war, nebeneinander darin Platz gefunden, das Schlafzimmer mit dem ausladenden Bett noch nicht einmal mitgerechnet. „Wie ich hörte, hast du bereits gefrühstückt", sprach Brestur auch schon weiter.

„Richtig. Olafur hat uns ein paar leckere Speisen auf unsere Gemächer gebracht. Frühstück im Bett sozusagen." Marla hakte sich breit lächelnd bei Rorek unter. Es bereitete ihr eine gewisse Genugtuung, dass Brestur die Anwesenheit des Kriegers somit nicht länger ignorieren konnte.

Der kurze Blick, den er diesem zuwarf, war alles andere als herzlich, doch als er seine Aufmerksamkeit zurück auf Marla lenkte, hatte er sich schon wieder unter Kontrolle. „Und anschließend gleich ein Spaziergang an der frischen Luft … löblich, sehr gesund! Ich wünschte, ich hätte ebenso die Zeit dafür gefunden."

Das Lächeln auf Marlas Lippen erstarb. Obwohl weder sie noch die beiden Wachen es erwähnt hatten, war Brestur über ihren kleinen Abstecher in den Steingarten bereits bestens informiert. Sorins Vorsicht war also durchaus begründet gewesen. Blieb zu hoffen, dass zumindest ihr geheimes Treffen mit dem Anführer der Königsgarde unentdeckt geblieben war.

Sie räusperte sich. „Ja, in der Tat. Der Steingarten ist wirklich entzückend. Wer hätte das gedacht, so mitten im Palast. Aber vielleicht sollte mich das nach dem wunderschönen Ausblick gestern nicht wundern. Tatsache ist, ich kenne mich einfach viel zu wenig im Palast aus."

„Wie Recht du hast! Es verstecken sich noch einige Juwelen, die darauf warten, von dir entdeckt zu werden. Und genau deswegen möchte ich dich heute ein wenig herumführen – es ist mir sehr wichtig, dass du dich hier wohlfühlst!" Er streckte ihr seinerseits galant den Arm hin. Eigentlich eine Unverschämtheit, wenn man bedachte, dass sich Marla bereits bei ihrem vermeintlichen Geliebten untergehakt hatte. Alles billige Machtspiele, die vermutlich dazu dienen sollten, Rorek zu provozieren. *Aber ja –* wenn der Krieger so sehr gereizt wurde, dass er aufbrausend reagierte oder Brestur bedrohte, hatte dieser einen Grund, ihn des Palastes zu verweisen oder sogar einsperren zu lassen. Marla knirschte unwillig mit den Zähnen.

Doch statt sich von Bresturs Respektlosigkeiten ködern zu lassen, überraschte Rorek sie mit seiner Besonnenheit. „Marla, Liebes, ich weiß doch, wie sehr du darauf brennst, dir alles im Palast anzusehen.“ Er senkte seine Stimme weit genug ab, sodass Brestur ihn noch mühelos verstehen musste, es aber gleichzeitig den Eindruck erweckte, als seien seine Worte allein für sie bestimmt. „Geh du nur voraus. Ich folge dir.“ Er tätschelte ihr ein paar Mal die Hand, die sie unter seinem Arm hindurchgeschoben hatte und löste sich dann von ihr. Marla begriff, was Rorek ihr sagen wollte und er hatte Recht – ihre Vereinbarung lautete, dass er sich möglichst zurückhalten würde und sie Brestur das Gefühl geben würde, auf seiner Seite zu stehen. Roreks letzter Satz, so kurz und unscheinbar er auch war, bestärkte sie. *Ich folge dir.*

Brestur führte sie durch den gesamten Palast und Marla musste sich insgeheim eingestehen, dass sie die Führung durchaus genoss. Er wechselte zwischen wissenswerten Fakten über die Historie des Bauwerks, bedeutsamen Ereignissen in der Geschichte der Alben und interessanten Anekdoten aus dem Leben am Hof miteinander ab. Sie besuchten weitere entzückende Innenhöfe, von denen aus Marla den malerischen Wasserfall sehen konnte, mehrere Besprechungszimmer und Sitzungssäle, eine Bibliothek, in der sie gerne länger verweilt hätte, Speisezimmer und Ballsäle für Festlichkeiten. Es ging Treppen rauf, Treppen runter und Marla schwirrte bald der Kopf. Wenn man sie im Nachhinein auf einen Botengang in einen dieser Säle zurückgeschickt hätte, da war sie sicher, hätte sie sich hoffnungslos verlaufen.

„Von hier aus hat Eyvindir seine tägliche Korrespondenz erledigt", erklärte Brestur, als sie ein weiteres Zimmer betraten, das bis auf lange dunkle Vorhänge und einem schweren, fast maskulin wirkenden Schreibtisch in der Mitte des Raumes nur spärlich eingerichtet war. Auf der wunderschön gemaserten Holzplatte des Tisches befand sich nichts außer einigen leeren Stücken Pergamentpapier und einer hübschen Schreibfeder neben einem Tintenfass, doch Marla hatte sofort ein Bild von Eyvindir vor ihrem inneren Auge, wie er bis spät in die Nacht hinein hier saß und arbeitete. „Er stand in ständigem Kontakt mit Stadträten und Ordnungshütern im ganzen Land, mit der Heilerin Aywed bei den Manantena sowie mit anderen Königreichen – es gibt immer wichtige Angelegenheiten zu klären. Das meiste davon habe ich in der Zwischenzeit übernommen … das Leben muss ja weitergehen“, erzählte Brestur selbstgefällig, Marla tat ihm jedoch nicht den Gefallen, darauf zu reagieren.

Ob Eyvindir derartige Verpflichtungen wohl genoss? Mit Sicherheit war sie nicht die Einzige, die als Kind romantisierte Vorstellungen vom Dasein eines Königs gehabt hatte – rauschende Feste, auf gelegentlichen Reisen durchs Reich vom Volke bejubelt. In Wahrheit verbrachte ihr Großvater vermutlich die meiste Zeit in Audienzen, Ratsversammlung und mit seiner Korrespondenz.

Als Brestur sie schließlich durch eine Tür zu einer angrenzenden imposanten Wohnstube winkte, wurde Marla sofort bewusst, dass er sie in die privaten Gemächer des Königs geführt hatte. „Der Durchgang dort führt zu einem kleinen Speisezimmer, dort geht es in das Umkleidezimmer mit einem riesigen Badezuber und das dort ist das Schlafgemach. Möchtest du dich ein wenig umsehen?“ Marla schüttelte den Kopf. Ein flaues Gefühl breitete sich in ihrem Magen aus. Es war in ihren Augen respektlos, dass Brestur sie herumführte, als stünden die Gemächer leer, während Eyvindir unten im Kerker hockte und auf seine Verhandlung wartete. Als hätte der König überhaupt keine Rechte mehr in seinem eigenen Palast. „Gefällt es dir?“, fragte Brestur unbedarft. „Wenn du möchtest, kannst du bald in diese Gemächer umziehen. Du hättest mehr Platz, ein wenig mehr Komfort … das hättest du verdient und es würde deinem Titel eher gerecht werden! Was sagst du dazu?“ Erneut schüttelte Marla energisch den Kopf. Was fiel Brestur eigentlich ein? Sehr bald schon würde Eyvindir zurückkehren, dies waren *seine* Privaträume! Und überhaupt, warum sollten ihr solch prunkvolle Räumlichkeiten *zustehen*, nur weil sie eine Auserwählte war? Sie war mit der Gabe, mit den Drachen kommunizieren zu können, geboren worden. Und? Bedeutete das, dass sie in Glanz und Fülle leben und von Kammerdienern bedient werden musste? Gerade die vergangenen zwei Tage hatten ihr wieder deutlich gezeigt, dass sie einfach nicht für das Leben am Hof gemacht war – ob es sich nun um das gräfliche Schloss ihres Vaters bei den Menschen handelte oder um den königlichen Palast im Reich der Alben. Sie hatte sich derart daran gewöhnt, an gemütlichen Lagerfeuern zu sitzen, beim Klang einer Laute, umgeben von guten Freunden. Ein sehnsuchtsvolles Ziehen in der Brust machte ihr bewusst, wie sehr sie die

Siedlung der Manantena und ganz besonders die magische Atmosphäre oben im Tal vermisste. „Du kannst es dir ja in Ruhe überlegen, ich will dich nicht drängen“, fuhr Brestur fort. „Allerdings *drängt* die Zeit nun tatsächlich zu etwas anderem.“ Seine Augen funkelten vor Freude. „Ich habe noch eine Überraschung für dich, bitte folge mir.“

Marla tauschte einen schnellen Blick mit Rorek. Ein ungutes Gefühl machte sich in ihr breit, doch tat sie, wie ihr geheißen. Hinter Brestur her liefen sie den Gang entlang und folgten ihm dann breite Steinstufen hinab zwei Stockwerke tiefer. Vor einer mit kunstvollen Schnitzereien verzierten, doppelflügeligen Holztür erwarteten sie mehrere Kammerdiener sowie sechs Krieger der Königsgarde. Sorin war nicht zu sehen, dafür schaute Maltje ihr mit stechendem Blick entgegen. Ein kaltes Schaudern lief ihr über den Rücken, aber sie ließ sich nicht anmerken, welchen Effekt er auf sie hatte und hob ihr Kinn ein wenig höher. Als sie näher traten, öffneten zwei der Kammerdiener die Türflügel mit einer geradezu feierlichen Verbeugung. *Was zum Teufel kam jetzt?*, schoss es Marla durch den Kopf. Ihr Herzschlag beschleunigte sich.

Marla blinzelte in helles Sonnenlicht. Was auch immer sie im Inneren des Raumes erwartet hatte, dies war es nicht gewesen: Es befand sich kein einziges Möbelstück darin, strahlend weiße Wände standen in krassem Kontrast zu den riesigen quadratischen Bodenfliesen in mattschwarzer Farbe. Silbrig schimmernde Gardinen wallten vor geöffneten Verandatüren und das Stimmengewirr einer großen Ansammlung von Personen wehte zu ihnen herauf.

Aha! Vom Balkon aus würde Brestur also die Rede halten, von der sie seit dem geheimen Treffen mit Sorin bereits wusste, und ganz offensichtlich wollte er, dass Marla Zeugin dieser Ansprache wurde. Blieb nur zu hoffen, dass er nicht so dreist war, ihr eine Überraschung anzukündigen, wenn es sich dabei um ein unangenehmes Ereignis handelte. Sie atmete ein paar Mal tief durch, um sich innerlich zu wappnen, und betrat den Raum. Die Krieger, die vor der Tür gewartet hatten, drängten hinterher und versperrten ihr dadurch den Rückweg, sodass es ihr beinahe vorkam, als würde sie von einer Mauer aus Fleisch und Blut vorangetrieben.

„Komm nur“, ermutigte sie Brestur, während er auf die geöffneten Türen zuging. Die Vorstellung, auf diesem Balkon vor eine Menge zu treten, widerstrebte ihr. Nicht nur verabscheute sie es im Allgemeinen, im Mittelpunkt der Aufmerksamkeit zu stehen, sondern es war ihr besonders unangenehm, dass die Umstände den Eindruck erweckten, als würden sie und Brestur eine Einheit bilden und die gleichen Interessen vertreten. Unsicher drehte sie sich um und suchte den Blick ihres Gefährten. Rorek stand mit grimmigem Gesichtsausdruck im Türrahmen und wirkte, als würde er jeden Moment gewaltsam durch die Reihe der fremden Krieger brechen, um zu Marla zu gelangen.

In einer auffordernden Geste streckte sie den Arm lang nach ihm aus. Grummelnd schob er sich an den Wachen vorbei, durchquerte mit langen Schritten den Raum und ergriff ihre Hand. Gemeinsam traten sie hinter Brestur her auf die Veranda.

Kapitel 20 – Die Verkündung

Von der Veranda aus konnte man das Tor und den Palasthof überblicken, auf dem sich bei ihrer Ankunft vor einigen Wochen die Krieger der Königsgarde im Training duelliert hatten. Es war nicht nur eine kleine Ansammlung von Alben, die sich dort in Erwartung von Bresturs Rede eingefunden hatte, der gesamte Palasthof war zum Bersten gefüllt. Aufgebrachtes Gemurmel erfüllte die Luft.

Erst jetzt entließ Marla Roreks Hand und zupfte verlegen ihren Umhang zurecht, von plötzlicher Befangenheit erfasst. Auch wenn das Hauptaugenmerk der Anwesenden nicht ihr galt, sondern Brestur, fühlte sie sich wie auf dem Präsentierteller.

Brestur trat an das Geländer und ließ seinen zufriedenen Blick einmal über die Menge schweifen, bevor er die Augen schloss und das Gesicht der Sonne entgegenreckte. „Ich grüße euch“, hob er schließlich feierlich an. Seine kräftige Stimme hallte weit über den Palasthof, Gespräche verstummten nach und nach, alle sahen erwartungsvoll zu ihm auf. „Ich freue mich, dass ihr gekommen seid, um Zeugen dieses historischen Ereignisses zu werden.“ *Aufgeblasener Wichtigtuer!*, schoss es Marla durch den Kopf. „Wie ihr wisst, unterstütze ich unseren König, Eyvindir den Großen, seit vielen Jahren in meinem Amt als Rechte

Hand. Ich habe mich stets aufgeopfert und alles getan, dem Reich zu dienen, habe Befehle ausgeführt und dem König meine Treue gehalten.“ Marla entfuhr ein ungläubiges Schnaufen. *Treue? Was für eine bodenlose Frechheit!* Brestur hatte Eyvindirs Vertrauen seit Jahren missbraucht und seine Herrschaft untergraben! „Doch so sehr ich auch an meinen König glauben und die Augen vor der Wahrheit verschließen wollte, so musste ich mir doch irgendwann eingestehen, dass er und ich nicht mehr die gleichen Interessen vertreten – die Interessen unseres Reiches. Ich wünschte, es wäre niemals so weit gekommen“, fuhr Brestur betrübt fort. Auf gewisse Weise war Marla beeindruckt, wie gut er seine Rolle zu spielen vermochte. „Es ist längst kein Geheimnis mehr, dass Eyvindir das Wohl seines Volkes aus den Augen verloren hat – ob aus Demenz und Unfähigkeit oder aus Boshaftigkeit und purem Egoismus wird sich spätestens in einigen Tagen zeigen, wenn der Rat über seine Vergehen richten wird.“ Kurz kam Unruhe im Publikum auf. Marla presste die Kiefer fest aufeinander und ihre Fingernägel gruben sich schmerzhaft in ihre Handballen. *Wie konnte er es wagen, so über Eyvindir zu sprechen?* Brestur legte beide Hände auf das Geländer, ließ den Kopf hängen und schloss kurz die Augen, als hätte er Mühe weiterzusprechen. Doch Marla durchschaute sein geheucheltes Spektakel sofort – weder versank er in tiefer Trauer noch war er von Fassungslosigkeit ergriffen. In Wahrheit genoss er einfach nur die ungeteilte Aufmerksamkeit der lauschenden Menge. „Es bricht mir schier das Herz, es auszusprechen,“, wagte er nach einem Moment tatsächlich zu sagen, „aber Eyvindir hat sich gegen sein eigenes Volk gewandt!“

Marla sog scharf die Luft ein. *Nie, niemals hätte sich Eyvindir gegen sein Volk entschieden!*

Rorek beugte sich zu Marla hinab. „Ruhig bleiben“, flüsterte er ihr ins Ohr. „Ich verspreche, er wird damit nicht durchkommen, aber jetzt ist der falsche Zeitpunkt, sich einzumischen!“

Marla schob zornig den Unterkiefer nach vorne, ihre Unterlippe bebte leicht. „Ich ertrage seine Lügen nicht!“, wisperte sie zurück.

„Wenn ich es aushalte, dann schaffst du das erst recht“, raunte er. Mit der Rückseite von Zeige- und Mittelfinger strich er ihr zärtlich über die Wange, wohl um den Eindruck zu erwecken, ihre getuschelten Worte wären gänzlich anderer Natur. „Ich stelle mir einfach ein ums andere Mal vor, wie ich ihm ein Messer in die Brust ramme, das macht es wesentlich erträglicher. Probier es doch auch mal aus.“ Als er ihre groß aufgerissenen Augen bemerkte, zwinkerte er ihr schelmisch zu, seine Mundwinkel zuckten sacht. Trotz der Schwere der Situation fühlte Marla eine erdrückende Last von sich abfallen. Sie rollte mit den Augen und schenkte ihm ein kurzes Lächeln, bevor sie ihr Augenmerk zurück auf die Menge im Palasthof lenkte.

Ihr Herz machte einen mächtigen Satz. *Philipe? Tatsächlich!* Sein pechschwarzer Haarschopf hob sich deutlich von der Haarpracht der umstehenden Alben ab. Neben ihm standen Jahvis und Kjell, die beide zu ihr emporschauten – Kjell nickte ihr ernst zu, während Jahvis sie anlächelte und ihr allein mit seiner unverwechselbar aufgeschlossenen Miene Mut einflößte. Philipes Augen blieben jedoch stur auf Brestur gerichtet, egal wie lange und wie eindringlich Marla ihn fokussierte. Konnte er denn nicht ihren Blick auf sich spüren? Selbst als Jahvis ihm mit dem Ellenbogen in die Seite stieß und etwas zuflüsterte, schaute er nicht zu ihr hinüber. Warum ignorierte er sie, warum weigerte er sich, sie anzusehen?

Brestur war längst mit seiner Rede fortgefahren, doch Marla hatte Mühe, sich darauf zu konzentrieren. „… weshalb wir jetzt gemeinsam nach vorne sehen müssen. Für viele von euch mag das ein beängstigender Gedanke sein, aber ob wir wollen oder nicht: Eine neue Ära bricht an …“

In Marlas Hals hatte sich solch ein dicker Knoten gebildet, dass es ihr schwerfiel zu schlucken. Noch immer war es ihr nicht gelungen, mit Philipe Blickkontakt aufzunehmen – ganz eindeutig mied er sie. Hatte er etwa die geflüsterte Unterhaltung zwischen Rorek und ihr beobachtet? Sie musste daran denken, mit welch intimer Geste ihr der Krieger über die Wange gestrichen hatte und wie Rorek und sie zuvor Hand in Hand auf die Veranda getreten waren. Wie mochte das wohl auf Philipe gewirkt haben? Gestern der Kuss und ihre vermeintliche Liebesbekundung, und nun musste er mit ansehen, wie Rorek sie vor aller Augen liebkoste! Ganz unwillkürlich hob sie die Hand an ihren Magen, der sich zu einem schweren Klumpen geformt hatte. *Verdammt*, wenn sie sich ihm doch nur erklären könnte!

Sie drehte sich ihrem Gefährten zu und zog ihn an der Schulter zu sich hinab. „Philipe … warum schaut er mich nicht an?“, wisperte sie aufgebracht. „Er ignoriert mich einfach. Meinst du, er ist wütend auf mich?“

Rorek legte erst verwirrt die Stirn in Falten, dann schossen seine Augenbrauen in die Höhe, als er begriff, wovon sie redete. „Denkst du, es wäre hilfreich, wenn ihr euch gegenseitig anschmachtet? Philipe würde niemals deine Sicherheit riskieren, indem er preisgibt –“ Er brach abrupt ab und auch Marla horchte auf. Hatte Brestur gerade ihren Namen genannt?

Erschrocken wandte sie sich um. Brestur streckte seinen Arm in einer präsentierenden Geste in ihre Richtung aus und strahlte übers ganze Gesicht. „Darf ich vorstellen? *Marla die Auserwählte.*“ Nun waren wirklich restlos alle Augenpaare auf sie gerichtet. Marla schluckte hart. Neugierde aber auch Zweifel und Argwohn schlugen ihr entgegen. Sie spürte Röte in ihre Wangen steigen und ihre Ohren brannten heiß. „Ihr habt richtig gehört, dieser Titel ist keine leere Floskel! Sie hat sich bereits als Auserwählte unter Beweis gestellt, sie ist in der Lage mit Drachen zu kommunizieren!“ Ein Raunen ging durch die Menge. „*Drachen!* Wisst ihr, was das bedeutet?“ Brestur legte eine Pause ein, um die Spannung unter den Zuhörenden gekonnt zu steigern. „Drachen bedeuten Kraft, sie bedeuten Macht, sie bedeuten *Zukunft*. Und Marla die Auserwählte versteht es wahrhaftig, die Drachen zu kontrollieren!“ Die Haltung der Menge verschob sich spürbar, plötzlich wurde sie auf eine gänzlich andere Art betrachtet. Die Blicke wurden stechender, eindringlicher, prüfender. Marla fühlte sich völlig überrumpelt, ganz und gar bloßgestellt. Gleichzeitig war sie unfähig, sich zu rühren, stand wie zu Stein erstarrt da und lauschte Bresturs Worten mit wachsendem Unbehagen. „Aber ihre nachweislichen Errungenschaften als Auserwählte sind längst nicht alles, was ihr über sie wissen solltet“, fuhr er fort. Ehrlicher Stolz schwang in seiner Stimme mit, was ihren inneren Widerwillen nur noch schürte – Stolz zeugte von einem gewissen Besitzdenken, von Verbundenheit und Nähe, aber auch von Zufriedenheit. Keine dieser Empfindungen waren in Marlas Augen gerechtfertigt. Davon abgesehen gingen Bresturs und ihre Anschauungen so weit auseinander, dass sie die Vorstellung, ihm mit ihrer Gabe in die Karten zu spielen, sowohl erboste als auch beängstigte. „Vielleicht seht ihr es ihren lieblichen Zügen an: Nicht nur stammt sie von einer äußerst vielversprechenden albischen Blutlinie ab, die schon viele Könige hervorgebracht hat, ihre Wurzeln gehen zu einem geringen Anteil auch auf menschliche Abstammung zurück.“ *Zu einem geringen Anteil?* Ihr Vater war ein Mensch, das hieß, die Hälfte ihres Stammbaumes war menschlich, *die Hälfte!* Wollte er ihre Herkunft verleugnen? „Das Blut des Feindes fließt in ihren Adern, werden manche von euch denken, keinesfalls ein begehrenswertes Attribut – aber ihr liegt falsch. Wenn man weiß, wie man sich diesen Umstand zunutze machen kann, ist er kein Makel, sondern sogar von bedeutendem Vorteil! Marla hat unter den Menschen gelebt, hat deren Denkweise von klein auf studiert. Dadurch kann sie sich in unsere Gegner hineinversetzen, kann deren Pläne vereiteln und unlauteren Machenschaften sinnvoll entgegenwirken!“ *Wie bitte?* Marla blieb bei solch einer Dreistigkeit die Luft weg. „Aber genug der Vorreden, es geht hier ja schließlich nicht um das, was *ich* denke. Viel wichtiger ist es mir, dass ihr euch nun persönlich ein Bild von unserer Auserwählten macht. Marla, vielleicht möchtest du selbst noch etwas hinzufügen?“

Marla klappte den Mund auf und wieder zu. Sie sollte … *was?* Ihr Hirn war plötzlich wie leergefegt. Mit jeder Sekunde, die verstrich, ohne dass sie sich rührte, wuchs ihre Anspannung weiter an. Wo sollte sie anfangen? Mit einem Knicks vielleicht? *Aber nein …* diese ritualisierte Geste der Menschen wäre in dieser Situation wohl genau das Falsche gewesen. „Ich …“, krächzte sie. Ihre Zunge war wie am Gaumen festgeklebt. Ein dünner Schweißfilm trat auf ihre Stirn, ihre Handflächen kribbelten. „Ich grüße euch.“ Unsicher ließ sie den Blick über die Menge schweifen. Sie sah in skeptische und grimmige Mienen, aber auch viele Mienen voller Hoffnung und Zuversicht. Was sollte sie sagen, was wurde von ihr erwartet? Und warum fühlte sich ihre Kehle plötzlich so eng an?

„Atme, Marla! Erinnere dich daran, wer du bist!“, raunte Rorek ihr von hinten ins Ohr. Sie sog scharf die Luft in ihre Lungen und versuchte, die aufsteigende Panik zu unterdrücken. *Wer sie war?* Eine Kriegerin! Eine Auserwählte! Eine Grafentochter! Eine Geliebte und eine Freundin! Eine Albe … aber auch ein Mensch! Eigentlich hatte sie sich fest vorgenommen, Brestur bis zu Eyvindirs Freispruch Loyalität vorzuheucheln, aber ganz sicher würde sie sich nicht dazu drängen lassen, ihre Stellung als Auserwählte zu missbrauchen, um von Krieg und Hass zu predigen.

Abermals sah sie zu Philipe und dieses Mal erwiderte er ihren Blick mit solch einer Intensität, dass ihr Herzschlag für einen Moment ins Stolpern geriet. Ganz sacht nickte er ihr zu und selbst auf die Distanz konnte sie innere Ruhe, Vertrauen und Stärke aus seinen kräftig grünen Augen schöpfen.

Sie atmete noch einmal tief durch und räusperte sich. „Ich danke euch, dass ihr mir zuhört. Bitte verzeiht, leider hatte ich keine Gelegenheit, eine große Rede vorzubereiten. Es war ja nicht einmal geplant, dass ich überhaupt hier in der Hauptstadt sein würde. Aber es stimmt. Ich bin tatsächlich in der Lage mit den Drachen zu kommunizieren und vor wenigen Wochen ist es mir und einigen treuen Gefährten gelungen, eine größere Gruppe dieser majestätischen Wesen aus der Gefangenschaft des uralten Verbundes der Evantheos zu befreien. Dadurch hat eine erste Annäherung zwischen den Völkern stattgefunden, der erste Grundbaustein für eine erneute Verbrüderung ist gelegt. Aber ich möchte euch nicht belügen – das heißt noch lange nicht, dass ich die Drachen kontro–"

„Erfrischend, absolut erfrischend, wie bescheiden sie ist!", unterbrach Brestur sie mit einem bewundernden Lächeln. „Marla lässt es so klingen, als wäre es ein Kinderspiel gewesen, sich mit den Drachen zu verständigen. Dabei gibt es niemanden, der besser bezeugen kann als ich, welche Strapazen und Risiken Auserwählte auf sich nehmen und welch große Schmerzen sie dabei teilweise ertragen müssen. Marla verdient unsere uneingeschränkte Hochachtung für ihre Verdienste, findet ihr nicht auch?" Überall wurden tuschelnd die Köpfe zusammengesteckt, vereinzelte Jubelrufe wurden laut. So sehr Marla Bresturs Art und seine verdrehten Halbwahrheiten hasste, so musste sie ihm eines lassen: Die Grundregeln der charismatischen Rhetorik beherrschte er wesentlich besser als sie.

Sie straffte ihre Schultern und drückte den Rücken durch. „Drachen sind stolze Wesen, mit eigenen Wünschen und Bedürfnissen. Es wird nicht ganz einfach werden, aber solange beide Seiten bereit sind, Kompromisse einzugehen, bin ich zuversichtlich, dass in der nahen

Zukunft eine erneute Freundschaft entstehen kann und ein friedliches Zusammenleben möglich sein wird.“ Ihre Stimme klang nun wesentlich fester und bestimmter als noch am Anfang ihrer Rede. „Ist es nicht das, was wir uns alle schon so lange wünschen? Frieden zwischen den Völkern?“ Erneute Jubelrufe hallten über den Palasthof, lauter dieses Mal, wenngleich längst nicht alle Anwesenden einen erfreuten Eindruck machten. „Ich bin mir der Verantwortung meiner Rolle durchaus bewusst und verspreche euch hiermit, dass ich mein Bestes geben werde, um ein harmonisches Nebeneinander zu ermöglichen! Das gilt jedoch nicht nur für die Völker der Alben und der Drachen … sondern auch für das der Menschen.“ Jegliches Getuschel verstummte auf einen Schlag, das Publikum hing gebannt an ihren Lippen. Manch Alb und manche Albe schauten verwirrt bis gebannt zwischen Brestur und Marla hin und her. „Mein Traum von einem Friedensschluss zwischen den Völkern muss kein Wunschdenken bleiben.“

„Was ist mit Vergeltung?“, rief eine Frau aus den Reihen der Zuhörenden. „Wir lassen uns nicht länger von den Menschen unterdrücken!“

„Du hast Recht! Die Ungerechtigkeiten müssen endlich ein Ende finden! Ohne Gleichberechtigung würde es sich um keinen echten Frieden handeln, sondern lediglich um Unterwerfung. Der König muss es sich zur obersten Priorität machen, für eine friedvolle Verständigung und für Chancengleichheit im freien Handel zu sorgen. Das bedeutet aber nicht –“

„Oder *Königin*, meine Liebe, nicht so bescheiden!“, warf Brestur ein und wandte sich dann der Menge zu. „Ihr habt sicherlich noch viele weitere Fragen an Marla, aber für heute ist es wahrlich genug, schließlich ist sie gestern erst in der Hauptstadt angekommen und hat eine anstrengende Reise hinter sich. Es war mir lediglich ein wichtiges Anliegen, die Gerüchte über die Sichtungen der Drachen vor ein paar Wochen offiziell zu bestätigen, aber gleichzeitig auch zu entschärfen. Mit *Marla der Auserwählten* an unserer Spitze droht uns kein Unheil mehr von außen, sondern es erwartet uns eine Zukunft voller Wohlstand, Macht … und *Frieden.*“ Für einen winzigen Moment noch herrschte absolute Stille, so als hätten sämtliche Anwesenden die Luft angehalten. Stockend kam Beifall auf, zunächst verhalten, dann immer enthusiastischer, und vermischte sich mit allgemeinem Jubelgeschrei, über dessen Lautstärke hinweg sich einzig die Rufe *Frieden*, *Marla* und *Auserwählte* deutlich abhoben.

Brestur ließ Marla mit einer einladenden Geste den Vortritt ins Innere des Gebäudes. Als sie an ihm vorbeiging, musste sie fest die Lippen aufeinanderpressen, um sich einen bissigen Kommentar zu verkneifen. Ganz offensichtlich gingen seine und Marlas Auffassungen des Wortes *Frieden* weit auseinander und die Art und Weise, wie er ihre Ansprache in seine eigene Rede integriert hatte, erzürnte sie.

„Das hast du großartig gemacht“, lobte Brestur sie, sobald die Verandatür hinter ihnen geschlossen worden war. „Du hast die Menge geradezu in deinen Bann gezogen.“

„Warum hast du mich nicht vorgewarnt, dass ich vor so vielen Leuten würde sprechen müssen?“, fuhr sie ihn an.

„Oh. Aber Marla, eine solch tiefgründige Rede hat doch niemand erwartet. Eine einfache Vorstellung deiner Person wäre völlig ausreichend gewesen."

Marla schnaubte. „Tatsächlich? Ich grüße euch. Mein Name ist Marla von Wallingen, ich bin Enkeltochter von Eyvindir dem Großen und Tochter der Auserwählten Alva. Ich bin im Schloss meines Vaters im Reich der Menschen aufgewachsen und freue mich, hier zu sein?" Ihre Stimme troff vor Hohn.

Brestur hingegen schürzte kurz die Lippen, als würde er sich ihren Vorschlag ernsthaft durch den Kopf gehen lassen. „Hm, das wäre doch ein guter Anfang gewesen." Er trat an ihr vorbei Richtung Tür, ohne ein weiteres Wort zu dieser Angelegenheit zu verlieren, was Marlas Wut nur noch mehr schürte. Im Türrahmen blieb er jedoch stehen und drehte sich noch einmal zu ihr um. „Kommst du, meine Liebe? Ich habe einen kleinen Umtrunk organisiert. Ein paar wichtige Persönlichkeiten, die in zwei Wochen im Rat sitzen werden, befinden sich bereits in der Stadt. Ich dachte, es wäre nur höflich, wenn wir ihnen einen passenden Empfang bereiten." *Und dabei versuchen, sie von Eyvindirs Schuld zu überzeugen, nicht wahr?*, fügte Marla gedanklich hinzu. Ihre Hände ballten sich zu Fäusten, sie hatte sich nur mühsam unter Kontrolle.

Als sie sich nach Rorek umsah, fuhr sie erschrocken zusammen. Maltje stand keine drei Schritte hinter ihr und betrachtete sie aus stechenden Augen und mit einem kaum merklichen Schmunzeln auf den Lippen. Ihre Nackenhaare stellten sich auf und ein altbekanntes Kribbeln machte sich in ihrer Magengegend breit – nur sacht, aber dennoch unverkennbar. Ob die Gefahr direkt von Maltje ausging, vermochte Marla jedoch nicht zu sagen.

Ihr Gefährte machte mit einem Räuspern auf sich aufmerksam und die beiden Männer sahen sich finster an. Bis er Marla durch die Tür und damit aus Maltjes Sichtfeld bugsiert hatte, hielt Rorek grimmig Blickkontakt.

Kapitel 21 – Unerwarteter Besuch

Immer wieder spürte Marla die neugierigen Blicke auf sich. Sie gab höflich Antwort, wann immer sie von Bresturs Gästen angesprochen wurde, hielt sich aber ansonsten zurück und beteiligte sich kaum an den Gesprächen – ganz so, wie sie es jahrelang bei den Festen auf dem Hof ihres Vaters geübt hatte. Sie lauschte darauf, welche Lügen Brestur ihnen auftischen würde, doch dieser beschränkte sich auf gelegentliche abfällige Kommentare auf Eyvindirs Kosten.

Offenbar war es ihm noch nicht gelungen, die Anwesenden auf seine Seite zu ziehen und so zu beeinflussen wie die Ratsmitglieder des Vortages, weswegen er sich sichtlich bemühte, sie nach allen Regeln der Kunst zu umgarnen. Er musste sich über jeden Einzelnen im Vorfeld informiert haben, stellte ihnen interessiert Fragen über ihre Familien oder ihre Ämter innerhalb der Städte und überschüttete sie mit Komplimenten und Schmeicheleien. Brestur war wahrlich ein Meister des Blendens und Manipulierens!

Rorek hatte sich währenddessen neben der Eingangstür positioniert, wo auch andere Wachen ihre Posten bezogen hatten, und betrachtete die Szene mit verschränkten Armen. Viel lieber hätte sich Marla zu ihrem Gefährten gesellt, aber es kam ihr in dieser Situation unangemessen vor. Von den Gästen hätte sich garantiert niemand getraut, sie an der Seite des hünenhaften Kriegers mit seiner grimmigen Miene anzusprechen, und sie wollte keinesfalls signalisieren, dass ihr die Bekanntschaften gleichgültig waren. Also harrte sie an einem der Stehtische inmitten der vornehmen Runde aus und nippte gelegentlich an ihrem Weinbecher.

Ein Seufzen unterdrückend fragte sie sich, wie lange sie diesen offiziellen Empfang wohl noch erdulden musste, bevor sie sich endlich unter einem Vorwand zurückziehen konnte. Sie sehnte sich nach einer Pause, einer ruhigen Minute, in der sie über die Erlebnisse reflektieren konnte, ohne sich von fremden Heuchlern beobachtet zu fühlen.

Marla die Auserwählte, hatte Brestur sie genannt. Wenngleich dies nicht das erste Mal war, dass sie so oder so ähnlich genannt worden war, hörte es sich aus seinem Mund gänzlich anders an als von ihren Gefährten, ohne dass sie genau zu sagen vermocht hätte, woran das lag. Irgendwie klang es bei ihm weniger wertschätzend, weniger bewundernd und weniger liebevoll, eher wie ein offizieller Titel, an den allerhand Erwartungen geknüpft waren. Außerdem waren derartige Betitelungen ihres Wissens nach normalerweise den königlichen Ämtern vorbehalten, aber wenn sie es sich recht überlegte, war seine gesamte Ansprache und die Vorstellung ihrer Person genau darauf ausgelegt gewesen: um Marla als Eyvindirs Nachfolgerin zu präsentieren – ein Umstand, der sie selbst jetzt im Nachhinein vor Wut mit den Zähnen knirschen ließ. Eyvindirs Freispruch war nur eine Frage der Zeit, er benötigte keinen Nachfolger! In wenigen Wochen würde er seinen alten Platz einnehmen, während Brestur für seine Vergehen bestraft werden würde – darauf musste sie einfach vertrauen!

Sie erwiderte den Gruß eines Alben, der ihr von der anderen Seite des Salons mit erhobenem Becher zuprostete und hing weiter ihren Gedanken nach. Philipe von der Veranda aus zu sehen, aber nicht mit ihm sprechen zu können, hatte ihr deutlich gemacht, wie sehr sie ihn vermisste. Zwar waren sie bis gestern noch zusammen gewesen, aber es war in den letzten Tagen so schrecklich viel passiert, ohne dass sie die Gelegenheit gefunden hatten, sich darüber auszutauschen.

Ihr Herz verdrehte sich schmerzhaft in ihrer Brust. Was, wenn ihm auf dem Weg zu den Drachen etwas zustieß und sie ihn vorhin zum allerletzten Mal in ihrem Leben gesehen hatte? Wenn sie niemals wieder die Gelegenheit bekommen würde, ihm zu sagen, wie sehr sie ihn liebte? Sie hatten sich nicht einmal voneinander verabschieden können! Angestrengt blinzelte sie ihre Tränen weg und nahm einen weiteren Schluck Wein, um ihr Gesicht wenigstens für einen winzigen Moment vor unliebsamen Blicken verstecken zu können.

Aus dem Augenwinkel bemerkte sie, wie einer der Wächter sich zu Rorek hinüberbeugte und ihm etwas zuflüsterte, doch trat zum gleichen Zeitpunkt eine Albe in einem eleganten Kleid auf Marla zu und zog deren Aufmerksamkeit auf sich.

„Marla, ich grüße dich. Ich heiße Talvi.“ Die Frau trug einen straff nach hinten gebundenen Zopf und selbst die kecken Sommersprossen auf Nase und Wangen vermochten ihren strengen Zügen nicht die Härte zu nehmen. „Ist es wirklich wahr, dass du den Großteil deiner Kindheit im Reich der Menschen verbracht hast?"

Marla schluckte hart und wappnete sich innerlich gegen die menschenfeindlichen Sprüche der Fremden, die ihr vermutlich nun bevorstanden. „Ja, das stimmt. Ich bin erst im letzten Herbst durch einen unglücklichen Umstand ins Reich der Alben gekommen. Aber ich fühle mich sehr wohl hier."

„Mein Urgroßvater war ein Mensch", offenbarte Talvi. „Ich interessiere mich schon sehr lange für meine Herkunft. Vielleicht könntest du mir irgendwann mehr von deinem Leben dort erzählen?"

„Das mache ich sehr gerne", stimmte Marla überrascht zu und entlockte Talvi ein freudiges Lächeln. Sie nickte Marla höflich zu, bevor sie sich wieder einer kleinen Gruppe von Frauen anschloss und tuschelnd Bericht erstattete. Vielleicht war es gar keine so schlechte Idee, die Vorurteile der Alben gegenüber dem Menschenvolk auf diese Weise zu entkräften.

Dennoch atmete Marla erleichtert auf, als sich die Gäste endlich nach und nach verabschiedeten. Sie freute sich auf ihre privaten Gemächer und darauf, zum ersten Mal an diesem langen Tag ihre sorgfältig errichtete innere Schutzmauer fallenzulassen.

„Ich hoffe doch sehr, dass du dich uns zum Abendmahl anschließt, Marla?", vernahm sie Bresturs verhasste Stimme, als sie gerade zu Rorek hinübergehen wollte.

„Abendmahl?", fragte sie überrascht zurück und unterdrückte ein Stöhnen. *Noch ein förmlicher Anlass?* Würde dieser Tag denn niemals ein Ende finden? „Und wer ist *uns*?"

„Maltje schuldet mir einen Bericht über unsere jüngst erweiterte Armee. Viele Städte haben einen Teil ihrer Stadtwache entsendet, um uns zu unterstützen, aber es haben sich uns auch viele Bauern angeschlossen, die in den nächsten Wochen erst noch eine Einführung in die Schwertkampfkunst genießen werden."

„Oh." Marla war nicht sicher, was ihr mehr den Appetit verdarb – die Tatsache, dass sich die Bauersleute mit einer derart überhasteten Grundausbildung in einer Schlacht kaum gegen erfahrene Krieger würden behaupten können, oder schlicht die Aussicht, mit Maltje zu Abend zu speisen. „Ich … natürlich, gern."

„Hervorragend. Lass dich bitte von deinen Leibwächtern hinführen. Ich habe noch schnell etwas zu erledigen und werde dann unverzüglich nachkommen." Er tätschelte ihr gütig den Arm. „Siehst du, so schnell hast du dich an den Alltag im Palast gewöhnt. Ich bin stolz auf dich." *Alltag?* Beinahe hätte sich Marla verschluckt. Sie hustete verhalten. Wenn die rasanten Entwicklungen von heute nur ein vager Indikator dafür waren, wie die nächsten Wochen ablaufen würden, musste sie sich auf einiges gefasst machen.

„Danke. Glücklicherweise habe ich jemanden an meiner Seite, der mir hilft, sicher durch meine Aufgaben zu navigieren", presste sie mit einem gezwungen Lächeln auf den Lippen hervor und brachte Brestur damit zum Strahlen.

Sobald sie aus dem Salon getreten waren, griff Rorek nach ihrer Hand. Die Geste überraschte sie, doch war sie zu müde, um sie zu hinterfragen, und ließ sich von dem Gefährten führen. Um zwei Ecken und eine Treppe hinauf folgte er der Wache, dann bugsierte er Marla plötzlich in einen abzweigenden Nebengang.

„He, das ist der falsche Weg, es geht hier entlang“, beschwerte sich die Kriegerin, die ihnen nachfolgte.

Auch der Alb, der vorausgelaufen war, kehrte um und lief aufgeregt hinter ihnen her. „Der Salon, in dem das Abendmahl serviert wird, liegt in der anderen Richtung.“ Rorek ignorierte ihn, beugte sich zu Marla hinab und küsste sie seitlich gegen die Schläfe. „Entschuldigung, dies ist die falsche Richtung“, versuchte es der Krieger der Königsgarde noch einmal.

„Nicht, wenn wir zu unseren Gemächern wollen“, gab Rorek zurück und zwinkerte Marla verheißungsvoll zu.

„Aber Brestur erwartet euch doch und wir sollen –“

„Ich glaube, du vergisst, dass wir hier zu Gast sind und keine Gefangenen!“, unterbrach Rorek ihn unsanft. Kurz darauf erreichten sie die Eingangstür zu ihren Privaträumen. „Richtet Brestur aus, dass Marla ihre Meinung geändert hat. Wer es wagt, uns zu stören, bekommt es mit mir zu tun!“ Er zog Marla in die Wohnstube und drückte von innen die Tür ins Schloss. Was war nur in ihn gefahren? Was gab es so Wichtiges zu besprechen, dass es nicht bis nach dem Abendessen warten konnte?

„Kannst du mir bitte endlich erklären, was das soll?“, flüsterte sie. Der Krieger ignorierte ihre Frage, entließ aber ihre Hand, warf einen prüfenden Blick durch die Wohnstube und betrat dann das Schlafgemach. Mit verschränkten Armen und dem Anflug eines Grinsens auf den Lippen, lehnte er sich dort gegen die Wand. Erlaubte er sich abermals einen Scherz mit ihr?

Leise seufzend folgte sie ihm in den Nebenraum. „Rorek … Was –?“ Ihr Herz setzte für einen Moment aus, machte dann einen mächtigen Satz und hüpfte flatternd in ihrer Brust auf und ab.

Philipe!

Mit wenigen langen Schritten hatte sie die Distanz überwunden und landete in den ausgebreiteten Armen ihres Geliebten. *Oh Philipe!* Mit allem hatte sie gerechnet, nur nicht damit, ihn hier und jetzt anzutreffen! Er wickelte sie in Geborgenheit und küsste sie von oben auf ihren Scheitel, während sie sich eng an seine Brust schmiegte und seine Vertrautheit in sich aufsog.

„Du bist gekommen! Ich kann gar nicht glauben, dass du wirklich da bist!“, murmelte sie.

„Natürlich bin ich gekommen! Ich konnte doch nicht abreisen, ohne mich vorher von dir zu verabschieden!“ Wärme breitete sich in ihrem Brustkorb aus. Als sie ihren Kopf hob, um ihn anzusehen, verhakten sich ihre Blicke ineinander und er legte zärtlich seine Hand an ihre Wange. Ohne den Blickkontakt zu brechen, beugte er sich zu einem einzelnen süßen Kuss zu ihr hinab und entlockte Marla ein leises Seufzen.

Rorek schnaubte. „Na toll, musst du mir unbedingt unter die Nase reiben, was für einen miserablen Liebhaber ich abgebe?“

Marla verdrehte die Augen und lächelte flüchtig, wurde jedoch sogleich wieder ernst. „Dann … dann bist du mir nicht böse?“

„Böse?“ Philipe hob überrascht die Augenbrauen. „Aber warum sollte ich denn böse auf dich sein?“

„Nun … weil … weil kein Platz mehr für dich war im Boot und ich ohne dich in den Palast gekommen bin. Weil ich dich fortgeschickt habe, ohne das vorher mit dir zu besprechen und weil … Rorek …“

„Was denkst du denn für Sachen?“ Liebevoll schob Philipe ihr eine Haarsträhne hinters Ohr. „Ich sehe es als meine Aufgabe, dich zu beschützen. Als ich dann unten am Fluss erkannt habe, dass ich dieses Mal nicht an deiner Seite sein würde, wenn du dich in Gefahr begibst, hat mir das zugegebenermaßen einen gehörigen Stich versetzt.“ Seine tiefgrünen Augen strichen über ihr Antlitz und blieben schließlich an ihrem sinnlichen Mund hängen. „Davon, dass du so provokativ andere Männer küsst, mal ganz zu schweigen …“ Er zwinkerte amüsiert und dennoch konnte Marla nicht verhindern, dass sie unter seinen Worten leicht zusammenzuckte.

„Aber du wusstest, dass ich gelogen habe, als ich sagte, es würde niemals gut mit uns gehen, ja? Dass ich es nicht so gemeint habe?“

Sein Daumen streichelte zärtlich über ihre Wange, sein Blick wurde weich. „Nun, wie du weißt, kann ich keine Lügen erkennen wie mein Ziehvater … aber deine Gefühle für mich konnte ich bei unserer Berührung ganz deutlich spüren.“ Marla stieß erleichtert die Luft aus. Obwohl sie mit ganzem Herzen darauf gehofft hatte, dass er auch unter der enormen Anspannung und unter Zeitdruck in der Lage gewesen war, ihre Emotionen zu deuten, hatte die Ungewissheit seither schwer an ihr genagt. Nun wanderte auch seine zweite Hand an ihr Gesicht und er sah ihr eindringlich in die Augen. „Marla, meine Liebe für dich ist so viel stärker als das, solche Hindernisse übersteht sie mit

Leichtigkeit! Du bist für Großes bestimmt, wirst noch viel bewegen in deinem Leben. Denke bitte niemals, dass du dich zwischen meiner Liebe und deinem Schicksal entscheiden musst. Meine Gefühle für dich kann nichts erschüttern, mein Vertrauen ist absolut. Ganz egal, wohin dich dein Weg führt oder vor welche Prüfungen dich das Leben stellt – ich werde immer hinter dir stehen und dich unterstützen!"

Marlas Herz hämmerte gegen ihre Brust und der Atem stockte ihr im Hals vor Ergriffenheit. In diesem Moment war eine besondere Gabe, die wahr und gelogen voneinander unterschied, völlig unnötig, sie konnte die Aufrichtigkeit und die gesamte Tragweite seiner Worte deutlich in seinen Augen ablesen.

Heißes Verlangen kribbelte durch ihren gesamten Körper, als er sich zu ihr hinabbeugte und sein warmer Atem sich mit ihrem vermischte. Und als sich ihre Lippen erneut berührten und ihre Zungen wie von selbst zueinanderfanden, zählten nur noch sie beide, alles andere um sie herum schrumpfte für einen kurzen Augenblick zur Nichtigkeit zusammen.

„Dauert das noch länger?", riss Roreks Stimme sie unsanft ins Hier und Jetzt zurück. „Ich meine, ich kann gerne draußen warten und euch ein wenig mehr Privatsphäre geben, aber ich dachte, es gebe vielleicht einiges zu besprechen und unsere Zeit sei knapp bemessen …"

Ernüchtert lösten sie sich voneinander. Marla biss sich verlegen auf die Unterlippe, während Philipes Blick noch einen Moment lang intensiv über ihr Antlitz huschte, so als wolle er sich ihr Erscheinungsbild genauestens einprägen.

„Wie kommst du denn überhaupt hierher? Und Rorek, woher wusstest du, dass Philipe hier auf uns warten würde?“, fragte Marla.

„Sorin hat mich durch die Geheimgänge in den Palast geschmuggelt und hierhergeführt“, erklärte Philipe.

„Und mir hat er es vorhin über einen seiner Krieger ausrichten lassen“, fügte Rorek hinzu.

Philipe nickte. „Bei der Gelegenheit haben wir eure Schwerter aus dem Versteck mitgebracht und unter dem Bett deponiert. Für alle Fälle.“

Sogleich ging Rorek neben dem Bett in die Hocke, zog seine Klinge aus der Scheide und wiegte sie prüfend in der Hand, als fürchtete er, sie würde sich plötzlich anders anfühlen. Oder als hätte er das vertraute Gewicht des Schwertes so sehr vermisst, dass er es kaum hatte erwarten können. Unwillkürlich fragte sich Marla, wann das letzte Mal ein ganzer Tag verstrichen war, ohne dass er seine Waffe in der Hand gehalten hatte – wenn das überhaupt jemals der Fall gewesen war.

„Sorin möchte euch noch einmal eindringlich davor warnen, irgendjemandem zu vertrauen“, hob Philipe an. „Nachdem er euch gestern in der Grotte getroffen hat, wurde er beinahe von Bresturs Leuten gestellt. Zum Glück kennt er sich in den Gängen gut aus und konnte sich unbemerkt an ihnen vorbeistehlen. Nur wenige Personen wussten davon, dass ihr euch dort verabredet hattet, er hegt also den Verdacht, dass es unter seinen Vertrauten einen Verräter gibt.“

„Stimmt, Brestur wusste genau Bescheid, dass wir aus dem Steingarten gekommen sind. Aber was wäre so schlimm daran gewesen, wenn sie Sorin erwischt hätten?“, wollte Marla wissen. „Wir wollen möglichst verheimlichen, dass wir zusammenarbeiten, ja, aber es wäre doch nicht verboten gewesen mit uns zu sprechen, oder?"

„Nein, nicht direkt. Aber seinen Posten am Tor zu verlassen wäre Befehlsverweigerung gewesen. Er glaubt, dass Brestur die Beweise fehlen, um ihn wegen Verrates zu überführen und jetzt sucht er schier nach einem Grund, ihn des Ungehorsams zu bezichtigen."

Marla riss ungläubig die Augen auf. „Seinen Posten am Tor? Der Anführer der Königsgarde sollte das Tor bewachen? Ist das normal?"

Rorek schnaubte. „Nein, das ist ganz und gar nicht normal! Und ich weiß nicht, warum Sorin sich das gefallen lässt! Er muss von Brestur keine Befehle annehmen!"

„Tut er ja auch nicht!", unterbrach ihn Philipe. „Aber er möchte so lange wie möglich den Schein wahren, dass er ihm treu ergeben ist."

„Bleibt die Frage, wer ihn verraten hat", überlegte Rorek grimmig.

„Sinha und er stehen sich sehr nahe", erklärte Philipe. „Sorin sagt, sie würde ihn niemals hintergehen." *Bis sie erfährt, dass er sich während seiner Reisen mit unschuldigen Bauerntöchtern vergnügt und ihn doch verrät*, schoss es Marla durch den Kopf. „Er glaubt, dass er den Kriegern Esben und Igjor trauen kann, aber er ist wie gesagt vorsichtig geworden."

„Aber natürlich kann er den beiden trauen!", begehrte Marla auf. „Sie haben uns doch geholfen – Igjor während unserer Flucht am Tag der Revolte und Esben auf dem Hof von Jahvis' Eltern! Welchen Grund hätten sie, ihn zu verraten? Olafur hat es ebenfalls gewusst, schließlich hat er uns von dem geheimen Treffen erzählt und davor gewarnt, unseren Wachen zu vertrauen. Vielleicht haben die beiden uns doch belauscht und die Information weitergegeben?“

„Leider lässt sich das jetzt und hier nicht klären. Aber wie dem auch sei – bitte seid vorsichtig, besonders, bis wir wissen, wer uns in Bresturs Namen bespitzelt.“ Philipe schaute Marla direkt in die Augen. „Ich weiß, es ist nicht einfach, sich hier am Hof zu behaupten, aber ich fürchte, du musst noch eine Weile durchhalten und deine Rolle weiterspielen. Schaffst du das?“

„Natürlich werde ich durchhalten! Für Eyvindir.“ Sie seufzte leise. „Obwohl ich zugeben muss, dass mir das nicht gerade leichtfällt. Es sind noch nicht mal zwei Tage vergangen, aber wie es scheint, ist Brestur uns immer einen Schritt voraus und wir müssen ständig improvisieren. Mit meiner unvorbereiteten Ansprache habe ich mich vor all diesen Leuten bestimmt total lächerlich gemacht!“

„Überhaupt nicht!“, widersprach Philipe heftig. „Natürlich hat man dir deine Nervosität angemerkt, zumindest am Anfang. Aber du bist authentisch rübergekommen, hast allein durch deine Erfahrung als Auserwählte eine gewisse Autorität ausgestrahlt, dabei aber trotzdem nicht unnahbar gewirkt. Das Volk mag dich! Und was am Wichtigsten ist: Du hast deine Haltung verdeutlicht, hast gezeigt, wie viel dir der Frieden zwischen den Völkern bedeutet!“ Erneut durchflutete Wärme ihre Brust, Philipes Worte taten unheimlich gut.

„Jedenfalls bin ich froh, Brestur nicht völlig allein gegenübertreten zu müssen.“ Sie wandte sich an Rorek. „Ich weiß, es fällt dir schwer, immer nur untätig daneben stehen zu müssen. Umso mehr danke ich dir für deine Hilfestellung! Ohne dich würde ich das niemals schaffen!“

Rorek nickte verlegen. „Das kann ich nur zurückgeben“, murmelte er, räusperte sich und wechselte dann das Thema. „Wie kommt ihr mit euren Planungen voran, Philipe?“

„So weit, so gut. Es ist definitiv hilfreich, dass die meisten von uns die Reise zu den Drachen schon einmal gemacht haben und in etwa bereits wissen, was uns erwarten wird. Bleibt nur zu hoffen, dass der Schnee in den Bergen nicht mehr allzu hoch liegt und wir überhaupt bis zu den Höhlen vordringen können. Natürlich werden wir uns beeilen.“ Eine steile Sorgenfalte bildete sich zwischen seinen Brauen. „Aber ich fürchte, egal wie schnell wir sind, die von Brestur gesetzte Frist wird niemals ausreichen.“

„Wir werden unser Bestes tun, um Zeit zu schinden und die Ratsversammlung hinauszuzögern. Wir lassen uns etwas einfallen“, versicherte Rorek.

Für einen kurzen Moment schwiegen die drei Freunde, bis sich das Unausweichliche nicht länger verleugnen ließ.

„Ich fürchte, es wird Zeit für mich zu gehen“, sagte Philipe leise und Marlas Innerstes krampfte sich augenblicklich zusammen. Ihr Verstand wusste, dass kein Weg daran vorbeiführte, aber ihr Herz tat sich schwer damit, jetzt Lebewohl zu sagen.

„Kannst du nicht einfach diese letzte Nacht hier bei uns verbringen?“, fragte sie hoffnungsvoll, obwohl sie die Antwort eigentlich längst kannte.

Philipe kniff bedauernd die Lippen aufeinander, schüttelte dann den Kopf und strich sanft über Marlas Wange.

„Ich wünschte sehr, ich könnte bleiben, glaube mir! Aber wir sind noch nicht ganz fertig mit den Vorbereitungen und wenn wir in den frühen Morgenstunden aufbrechen wollen, drängt die Zeit.“ Marla nickte und lächelte ihrem Geliebten schwach zu. Keinesfalls wollte sie ihm den Abschied noch schwerer machen, sie wollte tapfer bleiben. „Sorin lässt euer Zimmer beobachten. Sobald ihr die Wachen vom Eingang weggelockt habt, wird er mich abholen und durch die Geheimgänge nach draußen geleiten.“

„Vielleicht sollten wir doch noch eine Weile länger warten, sonst hält man mich womöglich für einen miserablen Liebhaber, wenn wir unsere Gemächer schon wieder verlassen“, gluckste Rorek.

„Ich fürchte eher, dass man dich ohnehin schon für einen übereifrigen Liebhaber hält, wenn ich daran denke, wie oft wir uns allein heute unserer Leibwachen entledigt haben unter dem Vorwand, wir würden … also …“ Wenngleich Marlas Ohren glühten, stimmte sie in das leise Lachen der beiden Männer ein.

Dankbar hatte Marla Roreks Vorschlag angenommen, in den Steingarten zurückzukehren und sich dort ein wenig die Füße zu vertreten, statt sich verspätet doch noch Brestur und Maltje zum Abendmahl anzuschließen. Vermutlich konnte der Krieger spüren, wie nahe ihr der Abschied von Philipe gegangen war und sobald sie das gleichmäßige Knirschen ihrer Schuhsohlen auf den steinbedeckten Pfaden einhüllte, versuchte sie nicht länger, ihre Trauer zurückzuhalten.

Während es für ihre Wachen so aussehen musste, als ob das verliebte Paar Arm in Arm zwischen den exotischen Pflanzen und Steinformationen entlangschlenderte, sog Marla die tröstende Wärme ihres Gefährten auf und vertraute darauf, dass die schnell einsetzende Dämmerung die Tränen, die lautlos über ihre Wangen liefen, verbergen würde.

Bald aber wischte sie ihr Gesicht mit den Fingern trocken und atmete tief durch. Sie durfte nicht zulassen, dass sie sich durch die Sorge um Philipe und den Gedanken an das *Was-wäre-wenn* lähmen ließ. Wenn sie nicht wollte, dass Philipe und ihre anderen treuen Gefährten ganz umsonst ihr Leben riskierten, musste sie sich ihrerseits auf ihre Rolle konzentrieren und durfte sich von Bresturs Intrigen nicht unterkriegen lassen.

Als eine angemessene Zeitspanne verstrichen war und sie sicher sein konnten, dass Sorin Philipe mittlerweile unbeobachtet aus ihren Gemächern geführt hatte, ließen sie sich von ihren Wachen zu Olafur bringen und baten diesen um ein kleines Abendmahl in ihren Privaträumen.

Nach dem Essen wickelte Marla Roreks Verband ab und stellte erleichtert fest, dass die kleinen Schnittverletzungen bereits zu heilen begonnen hatten und es nicht von Nöten war, seine Hand noch einmal zu verbinden. Behutsam trug sie lediglich die Heilsalbe neu auf und machte es sich wie schon in der vorherigen Nacht auf dem Sofa bequem.

Eine Weile schaute sie Rorek dabei zu, wie er mit seinem Schwert in der Luft ein paar Hieb- und Stichfolgen ausführte, und merkte dabei kaum, wie ihre Lider immer schwerer wurden.

Erst als vom Gang her aufgeregte Stimmen in ihr Bewusstsein drangen, wurde ihr klar, dass sie irgendwann eingeschlafen sein musste. Die Tür flog auf und die Kriegerin Sinha stürzte keuchend in den Raum. „*Drachen!*“

Kapitel 22 – Der Tag der Wahrheit

Noch nie zuvor war Marla derart schnell aus dem Bett gesprungen. „Drachen? In Eskjillrod?“ Schon war sie in ihre Stiefel geschlüpft und griff nach ihrem Umhang.

„Hier im Palast!“, bestätigte die junge Kriegerin. „Sorin versucht, die Wachen zu beruhigen, aber die Situation ist ... besorgniserregend. Er braucht deine Hilfe!“

Rorek und Marla wechselten einen schnellen Blick und endlich ließ der Krieger sein Schwert sinken, das er in Kampfstellung gezückt hatte. Niemand hinterfragte in diesem Moment, woher er die Waffe hatte. Er schob die Klinge zurück in die Scheide und hielt Marla ihren Schwertgurt sowie ihren Dolch hin. Kurz darauf hasteten sie hinter Sinha her aus dem Zimmer.

Drachen! Auf dem Palastgelände waren Drachen gelandet! Es war natürlich nicht gesagt, dass es sich um *ihre* Drachen handelte, aber ein unbestimmtes Gefühl, das mit jedem weiteren Schritt zur sicheren Gewissheit heranwuchs, verriet Marla, dass sie in wenigen Augenblicken tatsächlich Fjolta und Bleykh wiedersehen würde. Sie fühlte sich an die Situation erinnert, als die Drachenmutter nach dem Anschlag auf Philipe Marlas Angst und Trauer gespürt und ihren Sohn ins Albental geführt hatte – blieb nur die Frage: Warum waren sie heute gekommen? Und wie um alles in der Welt hatten sie gewusst, wo sie Marla finden konnten?

Immer zwei Stufen auf einmal nehmend, versuchte sie mit Roreks ausladenden Schritten mitzuhalten, als sie die Treppe ins Erdgeschoss hinabstürmten. Dieses Mal hätte es keiner Führung bedurft, die aufgebrachten Rufe, die vom Palasthof zu ihnen hereindrangen, wiesen Marla den Weg. Der markerschütternde Schrei eines Drachen ließ sie zusammenfahren und brachte sie ins Straucheln, nur in allerletzter Sekunde holten ihre Füße zum Rest ihres Körpers auf und bewahrten sie somit vor dem Sturz.

Was würde sie draußen erwarten? Standen die Drachen und die Krieger der Königsgarde etwa kurz vor einem Kampf? Schreckliche Bilder von verkohlten Leichen und zerfetzten Körpern drängten sich vor Marlas inneres Auge und trieben sie noch mehr zur Eile an.

Endlich erreichten sie den Durchgang zum Hof, doch musste sich Rorek unter Einsatz seiner Ellenbogen erst eine Schneise durch eine Traube von Palastbewohnern nach draußen bahnen. Die beiden jungen Frauen hielten sich dicht hinter seinem breiten Rücken, bis der Krieger unter freiem Himmel abrupt stehenblieb. Marla schob sich mit klopfendem Herzen an ihm vorbei.

Der erste blasse Schimmer des anbrechenden Tages vermochte den dunklen Nachthimmel noch nicht ausreichend zu erhellen. Stattdessen hob das unruhig flackernde Licht- und Schattenspiel unzähliger Fackeln jede Bewegung der Umstehenden auf gespenstische Weise hervor. Einige Wachen hasteten kopflos hin und her, andere hatten in bedrohlichen Posen ihre Schwerter erhoben. Ganz offensichtlich befand sich das Tor, das den Palasthof von der

Stadt abtrennte, nicht länger unter der Kontrolle der Königsgarde, mehr und mehr Neugierige strömten herein und drückten dabei die vorderen Reihen stetig voran in Richtung des Hofzentrums, wo sich drei ausgewachsene Drachen zusammengerottet hatten.

Marlas Gefährten Philipe, Jahvis und Kjell standen mit ausgebreiteten Armen wie eine Art lebende Barriere vor den Drachen, doch war sofort ersichtlich, dass sie dem Ansturm der Stadtbewohner nicht lange würden standhalten können. Selbst in den wenigen Augenblicken, seit Marla und Rorek den Hof betreten hatten, war die Menge weiter angewachsen. Die schreckensbleichen Gesichter und ängstlich aufgerissenen Augen der Alben in vorderster Front zeugten davon, dass diese längst begriffen hatten, in welcher Gefahr sie sich befanden. Verzweifelt stemmten sie ihre Fersen in den Erdboden, doch sie wurden unaufhaltsam vorangedrückt. Als die ersten Schaulustigen zu Boden gingen, schlug die Neugier endgültig in Schrecken um.

Alle drei Drachen machten schnaufend ihrem Unmut Luft und scharrten mit den krallenbesetzten Pranken, während einer von ihnen, eine Drachin in mattgrauem Schuppenkleid und mit goldviolett schimmernden Augen, die gehörnte Stirn gegen die Menge richtete und zur Abschreckung wiederholt nach vorne ruckte. *Fjolta.*

Marlas Beine setzten sich ganz ohne ihr Zutun in Bewegung, ihr Herz pochte aufgeregt gegen ihre Brust. *Fjolta, Bleykh, Sjarth – ihre Drachen waren tatsächlich gekommen!* „Warum ist das Tor geöffnet?“, rief sie ihren Gefährten zu, während sie ihren Blick nur mühsam von den majestätischen Wesen losreißen konnte.

„Marla … ein Glück!“ Philipe stieß erleichtert die Luft aus. „Sorin hat uns hereingelassen, direkt nachdem die Drachen gelandet waren. Er und die anderen versuchen, die Menge aufzuhalten, aber der Andrang ist zu groß und wir haben nicht genügend Leute“, erklärte er gehetzt und bestätigte damit, was Marla längst beobachtet hatte – zwar hielten sich zahllose Krieger der Königsgarde im Palasthof auf, aber aus irgendeinem Grund griffen nur die wenigstens in das Geschehen ein, sondern standen lediglich mit gezückten Schwertern in Kampfposition bereit.

Eines stand jedenfalls fest: Die Drachen fühlten sich bedrängt und wenn Marla nicht sofort dazwischenging, würde ein schlimmes Unglück geschehen! Es würde Tote geben, daran zweifelte sie keine Sekunde – auf Seiten der Alben, aber vielleicht auch auf der der Drachen, wenn die Wachen die Situation missverstanden und angriffen. Gleichzeitig wäre jegliche Hoffnung darauf, mit Hilfe der Drachen Eyvindirs Unschuld zu beweisen, ebenfalls dahin. Wer würde nach einem Blutbad im Palasthof noch etwas auf die Meinung der geflügelten Wesen geben? Auch eine erneute Verbrüderung der Völker würde dadurch in weite Ferne rücken, bevor sie überhaupt die Gelegenheit bekommen hatten, sich anzunähern.

„Haltet mir diese lebensmüde Meute vom Hals, ich werde mit Fjolta sprechen“, forderte Marla ihre Gefährten entschlossen auf.

„Machen wir!“, gab Philipe sogleich zurück. „Aber sei vorsichtig! Die Drachen sind zuerst auf dem Marktplatz gelandet und Fjolta hat dort mehrere Wachen verletzt, die ihnen zu nahe gekommen sind.“

„Sie wird mir nichts tun!“, versicherte Marla. „Sie verteidigt nur ihre Sippe.“

Prickelnde Vorfreude strömte durch Marlas Venen, ihre Handflächen waren feucht vor Aufregung. Doch obwohl sie es kaum erwarten konnte, mit Fjolta in Kontakt zu treten, nahm sie sich einen kurzen Moment Zeit und neigte respektvoll das Haupt. Gerade als Marla im Begriff war, ihre Hand auf den Hals der Drachin zu legen, stieß der einäugige Sjarth einen Drohlaut aus, der so tief war, dass Marla ihn mehr durch ihren Körper vibrieren *spürte*, als dass sie ihn über die aufgeregten Schreie der Umstehenden *hören* konnte. Die Menge schien einen Moment erschrocken die Luft anzuhalten, dann erfüllten panische Schreie den Palasthof. Was zum Teufel war nur in den Drachenbullen gefahren, die Alben derart zu bedrohen?

„Senke die Klinge, Maltje, du machst es nur noch schlimmer!“, rief Philipe in diesem Moment und Marla wirbelte herum. Das war es also, was den Drachenbullen so reizte!

„Maltje, ich bitte dich – stecke deine Klinge ein, du machst sie nur nervös!“, beschwor nun auch sie den Krieger.

„Warum sollte ich mein Schwert ablegen, wenn meine Feinde ebenfalls bewaffnet sind und die Sicherheit des Palastes bedrohen?“, zischte Maltje.

„Deine Feinde? Aber nein, die Drachen kommen in Frieden! Außerdem hat niemand von dir verlangt, dass du deine Waffe ganz ablegen sollst, bitte stecke sie nur ein, dann werden die Drachen ebenso keinen Grund mehr haben, euch zu drohen.“

„Ich habe nicht von den Drachen gesprochen.“ Seine Augen blitzten gefährlich auf. „Was für ein Spiel spielst du eigentlich, Marla?“ Eisige Gänsehaut lief ihren Rücken hinab und wie schon am Vortag verspürte sie ein verheißungsvolles Kribbeln in ihrer Magengegend, das dieses Mal ganz eindeutig von Maltje ausgelöst wurde. Ihr Mund war plötzlich so trocken, dass ihr das Schlucken schwerfiel. Hatte er sie durchschaut? Waren die niederträchtigen Intentionen, die ihn umgaben wie eine dunkle Aura, tatsächlich gegen sie gerichtet, weil ihm bewusst geworden war, dass sowohl ihr Streben nach dem königlichen Thron als auch ihr Interesse an Bresturs Plänen geheuchelt gewesen waren? Oder glaubte er etwa, Marla hätte die Drachen gerufen, um den Palast anzugreifen?

Ehe sie die Gelegenheit fand, auf die lauernde Frage zu reagieren, senkte Sjarth seine Stirn mit den abgesägten Hornstummeln in Maltjes Richtung. Ein erneutes tiefes Knurren entwich seiner Kehle. Bedrohlich kam er ein paar Schritte näher, doch Fjolta schob sich schnaubend vor ihn. Marla fiel sofort auf, dass die Zacken, die den Rücken der Drachin bis zur Schwanzspitze hinab zierten, steiler aufstanden als sonst. Bevor die Situation gänzlich eskalieren konnte, legte Marla ihr die Hand auf den Hals.

Die Unmengen an Farbimpulsen, die wie eine Druckwelle durch ihren Körper rollten, sobald sie den Nebel durchdrungen hatte, pressten ihr auf einen Schlag die Luft aus den Lungen und dröhnten so intensiv in ihrem Kopf, dass sie meinte, ihr Schädel würde jeden Moment zerbersten. Dies war nicht Fjolta allein, deren Psyche sie berührte, nein, auch die beiden Drachenbullen hatten sich über die Verbindung mit der Drachin in Marlas Kopf gedrängt.

Gepeinigt keuchte die junge Frau auf. Die unterschiedlichsten Emotionen prasselten von allen Seiten auf sie ein – da waren Fjoltas blutrote Blitze der Wut, die zischend durch Sjarths dunkelblau wabernde Angst schnitten, während ihr violett pulsierendes Misstrauen aufdringlich gegen Marlas Schläfen pochte. Die Wiedersehensfreude des jungen Drachenbullen Bleykh wehte ihr kräftig gelb entgegen und für einen kurzen Moment hüllte seine hellrosafarbene Zuneigung sie in watteweiche Klänge – doch was alle anderen Emotionen mit einem kräftig türkisblauen Echo überlagerte, war eine überwältigende Sorge um Marla.

Bitte beruhigt euch, niemand wird euch etwas tun! Und mir geht es auch gut, warum denkt ihr, ich sei in Gefahr? Abermals hallte die türkisblaue Sorge durch Marlas Kopf, vermischt mit braun raschelnder Geschäftigkeit. Und endlich verstand sie. *Es stimmt, es gab einen erneuten Anschlag. Derselbe Alb, der mit dem vergifteten Pfeil auf Philipe geschossen hatte, ist auch der Mörder meiner Mutter. Er hat uns bedroht, aber Rorek hat uns beschützt, er hat ihn erstochen.* Marla war sich nicht sicher, ob sie den Drachen auch den Grund für Yorems Verhalten verraten wollte. Selbstverständlich war sie in keinster Weise für dessen Missbrauch von Drachenblut verantwortlich, aber dennoch schämte sie sich irgendwie stellvertretend dafür. *Du hast also intuitiv meine Angst spüren können. Aber wie habt ihr mich dann hier gefunden?* Der klappernde und polternde Braunton, mit dem alle drei Drachen gleichzeitig von den Ereignissen berichteten, wuchs so rasant an, dass der Druck hinter Marlas Schläfen schnell unerträglich wurde. Als sie gepeinigt aufstöhnte, wies die

Drachin ihre Begleiter mit einem einzelnen roten Hieb zurecht. Mit rosafarbenen Tupfern der Entschuldigung zogen sich die beiden Drachenbullen bis an den Rand von Marlas Psyche zurück. Verblüfft empfing sie die knisternden Ausführungen der Drachenkuh. *Ich bin so stolz auf euch! Es zeugt von viel Vertrauen, dass ihr* – völlig unvermittelt explodierten kobaltblaue Sterne der Angst hinter ihrer Stirn und ein kräftiger Ruck fuhr durch den Körper der Drachenkuh. Marla stolperte orientierungslos zurück, sodass ihre Finger von den rauen Schuppen rutschten und damit auch die spirituelle Verbindung zu Fjolta abrupt abbrach.

Augenblicklich wurde Marlas Geist von dichtem Nebel verschluckt und haltlos umhergewirbelt, als würde sie einen Salto nach dem anderen rückwärts schlagen. Das Schwindelgefühl und unangenehme Herzrasen wurden noch verstärkt durch Fjoltas Wut sowie die bis an Todesangst grenzende Furcht des Drachenbullen Sjarth, die noch durch ihre Venen pulsierten. Panisch riss Marla die Hände in die Höhe, um die unumgänglich harte Landung abzufangen, ohne überhaupt zu wissen, wo oben oder unten, links oder rechts waren.

Statt dass sie tatsächlich aufschlug, schlang sich jedoch ein starker Arm um ihre Taille und zog sie stabilisierend gegen einen warmen Körper. Wie durch Watte drangen Rufe und wütendes Gebrüll an ihre Ohren, aber so sehr sie sich auch anstrengte, die weißen Schleier vor ihren Augen ließen sich nicht einfach wegblinzeln.

„Das gilt auch für dich, Brestur, halte dich fern!“, rief eine wohlvertraute Stimme direkt an ihrem Ohr. *Philipe.*

Nur langsam nahm ihre Umgebung wieder Konturen an. Das Bild, das sich buchstäblich vor Marlas Augen abzeichnete, hatte sich in der kurzen Zeit, in der sie mit den Drachen gesprochen hatte, drastisch verändert: Zwar war der Palasthof noch immer voller Alben, doch war es Sorin und seinen Leuten mittlerweile gelungen, die schaulustigen Städter zurückzudrängen und das Tor zu schließen – vermutlich hatte die panische Angst davor, von den Reißzähnen oder Krallen der gewaltigen Wesen zerfetzt zu werden, ihren Teil dazu beigetragen und viele hatten in der Flucht ihr Heil gesucht. Auch die Palastbewohner hatten den Hof geräumt, doch beobachteten einige Neugierige von dem Balkon aus, wo Marla am Vortag ihre Rede gehalten hatte, die Szene von oben.

Um Marla geschart standen ihre Gefährten, inklusive Freydis, Njola, Fridtjof, Matej und sogar Nharvik, die sie alle seit dem Tag der Revolte nicht mehr gesehen hatte. Ihnen gegenüber wie eine verfeindete Front standen in weitem Halbkreis die bewaffneten Krieger der Königsgarde, deren Anzahl sich inzwischen vervielfacht hatte. In vorderster Reihe erkannte sie Brestur, dessen geordnetes Haar und knitterfreier Umhang trotz der frühen Stunde niemals hätten erahnen lassen, dass er vor Kurzem erst aus dem Schlaf hochgeschreckt war. Allerdings vermochte selbst das triumphierende Grinsen, das sein Antlitz zierte, die knautschigen Schlaffalten um seine Augenpartie nicht zu vertuschen.

„Marla, das ist … ich bin beeindruckt!“, hauchte er mit unverhohlener Gier und trat einen Schritt auf sie zu.

„Brestur, ich warne dich! Bleib zurück!“, wiederholte Philipe. Auch Fjolta stieß eine erneute Drohung aus, die wie eine Mischung aus Fauchen und Brüllen klang, während über die kleinen flexiblen Schuppen an Sjarths Hals ein Beben lief. *Was jagte ihm eine solche Angst ein?* Waren es wirklich die Krieger mit ihren Schwertern oder war es eher Brestur, der sich, Philipes Warnung ignorierend, ein weiteres Stück näherte? Zu gerne hätte Marla sich umgedreht und sofort wieder den Kontakt zu den Drachen gesucht, aber es gab etwas, das sie unbedingt weitergeben wollte.

„Sorin, die Drachen sind zuerst zum Hof von Jahvis' Familie geflogen, um mich an einem ihnen bekannten Ort zu suchen." Der Anführer der Königsgarde stand mit seinen Verbündeten ein wenig abseits. Noch steckte sein Schwert in der Scheide, doch seine Hand lag kampfbereit auf dem Griff. Während Marlas Ausführungen verschwand sein grimmiger Ausdruck schlagartig. „Lijan hat sie den weiten Weg allein hierhergeführt. Die Drachen mussten sie zurücklassen, als sie über die Stadtmauer geflogen und auf dem Marktplatz gelandet sind. Sie muss sich irgendwo vor dem Stadttor aufhalten."

Sorins Augen weiteten sich. „Lijan ist *hier*?" Schon befand er sich auf dem Weg Richtung Tor, hielt dann jedoch ernüchtert inne, als sein Blick auf Maltje traf. „Ich bleibe besser hier", murmelte er. „Jahvis, würdest du …?" Dieser ließ sich das nicht zweimal sagen und löste sich sogleich aus der Gruppe der Gefährten. „Esben, begleite Jahvis hinab in die Stadt! Bringt die Wachen dazu, das Stadttor zu öffnen. Findet Lijan und bringt sie her, beeilt euch!" Die beiden Krieger nickten ergeben, drehten sich um und sprinteten über den Palasthof davon.

Während Maltje den Wortwechsel lauernd beobachtet hatte, war Bresturs Aufmerksamkeit noch immer auf die Drachen gerichtet. „Seht ihr das?“ Er reckte theatralisch die Arme in die Höhe und strahlte die Zuschauer auf der Veranda an. „Seht ihr, wie Marla die Drachen beherrscht?“ *Wie bitte?* Marlas Hände ballten sich zu Fäusten. *Die Drachen beherrschen?* Weder ließen sich die Drachen etwas vorschreiben, noch war es jemals Marlas Ziel gewesen, über sie zu bestimmen. Sie waren kein Werkzeug, kein Mittel zum Zweck! Es fiel ihr schwer, den lang unterdrückten Zorn, der tief in ihrem Inneren brodelte, zu zügeln. Aber musste sie das überhaupt? Gab es einen Grund, Brestur jetzt noch nach dem Mund zu reden? Die Drachen waren hier und ganz gleich, ob sie helfen würden, Eyvindirs Namen reinzuwaschen oder nicht, es war an der Zeit, deutlich Stellung zu beziehen. „Ich habe von Anfang an das Potenzial in dir gesehen, Marla! Mit solch mächtigen Verbündeten ist uns der Triumph gegen unsere Feinde gewiss! Einfach großartig!“ Seine siegessichere Pose schürte Marlas Wut noch mehr.

Obwohl sie sich noch immer leicht schwummrig fühlte, löste sie sich aus Philipes stützender Umarmung. „Spar dir dein falsches Lob! Wenn ich es irgendwie verhindern kann, wird es keine Schlacht geben!“

„So?“ Brestur runzelte die Stirn.

„Die Drachen sind nicht gekommen, um unseren Krieg zu führen!“

„Was ist dann der Grund für ihr Kommen?“

„Ihre Sorge um mich. Freundschaft. Treue. Alles Dinge, von denen du nichts verstehst! Glaubst du, wir haben dich nicht längst durchschaut? Seit Jahren hintergehst du deinen

König, dem du zu dienen geschworen hast!“ Plötzlich konnte Marla nicht mehr an sich halten, die Worte sprudelten nur so aus ihr hervor. „Du konntest ihn nicht mehr beeinflussen, wie du dir das vorgestellt hast und nun erhoffst du dir, dass ich eine bessere Marionette abgeben werde.“

„Siehst du, du darfst ihr nicht vertrauen!“, zischte Maltje. „Wie ich es dir schon die ganze Zeit –“ Brestur brachte den Krieger mit einer herrischen Geste zum Schweigen.

Seine Augen verengten sich zu lauernden Schlitzen. „Bitte, Marla, sprich doch weiter. Ich finde deine abstrusen Überlegungen höchst interessant, allerdings mache ich mir ernsthaft Sorgen über deine geistige Gesundheit. Ich fürchte, der Kontakt mit den Drachen hat deine Sinne verwirrt, davon hat man bei Auserwählten schon häufiger gehört.“

Aus den Augenwinkeln sah sie, wie Rorek und Kjell kampfbereit links und rechts an ihre Seite traten, und sogleich fühlte sie sich etwas wohler. Zwar beflügelten Wut und bittere Empörung die junge Frau zu ungeahntem Mut, aber ihr Inneres wand sich geradezu aus Furcht vor den Konsequenzen ihrer Offenheit. Brestur würde ihr nichts antun, schließlich war sie die Einzige, die mit den Drachen kommunizieren konnte. Aber bei Maltje war sie sich da nicht so sicher.

„Ist das dein Plan?“, fragte sie wütend. „Mir Wahnvorstellungen anzudichten, sobald du mich loswerden willst? So wie du den Alben einreden willst, Eyvindir hätte sich gegen sein Volk gewandt, obwohl ihm immer nur an Frieden und Gerechtigkeit gelegen ist? So wie du Unruhen unter der Bevölkerung gestiftet hast, in der Hoffnung, der

König würde gestürzt werden? So wie du die menschlichen Krieger provoziert hast, obwohl unsere Armee einem Angriff womöglich nicht gewachsen gewesen wäre?“

Brestur lachte leise auf. „Marla, meine Liebe … du hast keinerlei Beweise für deine haarsträubenden Behauptungen.“

„Es gibt genügend Zeugen.“ Sie erhob die Stimme, sodass ausnahmslos alle Anwesenden im Palasthof sie deutlich hören konnten und suchte den Augenkontakt mit den bewaffneten Wachen vor ihr. Ein paar mieden ihren Blick, aber viele hingen gebannt an ihren Lippen. „Auch die Krieger der Königsgarde haben sich dem König verschworen. Blinder Gehorsam und grenzenlose Treue sind ein zweischneidiges Schwert, wenn man an einen Herrscher gerät, der seine Macht ausnutzt und das Gefolge als Werkzeug missbraucht. Aber wer sich bei der kleinsten Gefahr aus dem Staub macht oder derart beeinflussen lässt und bei der erstbesten Gelegenheit die Seiten wechselt, ist nicht nur untreu, sondern auch feige und hätte wohl eher den Titel Söldner verdient als den des königlichen Gardisten!“ Sie ließ ihre schroffen Worte einen Moment wirken, ehe sie fortfuhr. „Mit was auch immer Brestur und Maltje euch unter Druck setzen, ihr braucht ihren Anweisungen keine Folge mehr zu leisten! Sie haben keine Macht über euch! Euer rechtmäßiger Anführer steht vor euch“, sie wies mit dem Finger auf Sorin, „und euer König wurde zu Unrecht eines Verbrechens bezichtigt und sitzt im Kerker. Aber ich bin überzeugt davon, dass die Wahrheit sehr bald ans Tageslicht treten wird. Wer von euch hält zu ihm?“ Einige Krieger starrten schuldbewusst auf ihre eigenen Füße, viele senkten ihre Schwerter um ein paar Handbreit.

„Haltung!“, donnerte Maltje und die Wachen zuckten erschrocken zurück in Position. Blanker Hass sprühte Marla aus seinen Augen entgegen.

„Ich warne dich!“, knurrte Rorek bedrohlich Richtung Maltje. „Wenn du das Schwert gegen Marla erhebst, werde ich dich töten!“

Maltjes Antlitz verhärtete sich zu einer hässlichen Grimasse, aber zu Marlas Überraschung, wusste er sich tatsächlich zu beherrschen. Er sprach leise, als er sich an Brestur wandte, aber seine Stimme durchschnitt die angespannte Stille wie eine scharfe Klinge. „Ich habe es dir gesagt, aber du wolltest nicht auf mich hören. Sie hat von Anfang an versucht, dich zu überlisten!“

„Schweig, du Idiot!“, zischte Brestur. Das Lächeln, das er Marla nur Sekunden später schenkte, überrumpelte sie geradezu. *Wie konnte eine Person nur so falsch sein?* „Du bist eine intelligente junge Frau, Marla, denke nach … es ist noch nicht zu spät, zusammenzuarbeiten!“, säuselte er. „Im Endeffekt haben wir doch beide das gleiche Ziel: Gerechtigkeit, Frieden und Wohlstand für Alben und Drachen gleichermaßen.“

„Falsch! Mein Traum bezieht auch das Volk der Menschen mit ein, falls du das noch nicht verstanden hast!“

„Natürlich …“ Brestur nickte gedankenverloren vor sich hin und machte einen Schritt auf Marla zu. „Hör zu, ich mache dir ein Angebot –“ Bevor er noch näher treten konnte, ließ ein markdurchdringend schriller Ton sämtliche Anwesenden zusammenzucken und die Hände an die Ohren reißen. Bevor irgendjemand reagieren konnte, setzte der Drachenbulle Sjarth mit raubtierhafter Eleganz zum Sprung an. Fridtjof und Freydis konnten den Dornen an seinem mächtigen Schädel nur knapp mit einem Hechtsprung zur Seite entgehen, da landete Sjarth auch schon direkt vor Brestur, das Maul weit aufgeklappt. Der Alb stolperte japsend rückwärts und ging zu Boden. Noch im Fall rollte er sich zusammen und verbarg den Kopf hinter den in Abwehr emporgerissenen Armen. *Als ob ihn das vor Drachenfeuer schützen würde!* Doch statt dem vernichtenden Feuerstrahl stieß der Drache einen weiteren ohrenbetäubenden Schrei aus, begleitet von dem panischen Kreischen der Zuschauer auf der Veranda. Geiferfäden zogen sich zwischen den langen, spitzen Zähnen des Drachen, die nur wenige Handbreit von Bresturs Körper entfernt in der Luft hingen.

„Nein, nicht!“, schrie Marla auf. Sie wusste zwar, dass Sjarth nicht in der Lage war, Feuer zu speien, doch bedeutete das nicht, dass es nicht mindestens ein halbes Dutzend weitere Varianten gab, wie er den Alb vernichten konnte – mit den scharfen Pranken den Leib aufschlitzen oder mit dem zackenbesetzten Schwanz erschlagen, mit den Hornstummeln auf seiner Stirn durchbohren oder in die Luft wirbeln, den Kopf abbeißen oder schlicht und einfach mit purer Körpermasse zertrampeln und zerquetschen. Doch abgesehen davon, dass es noch immer kein gutes Bild abgeben würde, wenn der Drache den Alben scheinbar grundlos hinrichtete, wollte sie gar nicht erst abwarten, was passieren würde, wenn die Krieger der Königsgarde aus ihrer Erstarrung erwachten.

Darauf vertrauend, dass ihre Gefährten ihr Rückendeckung geben würden, sprang sie auf Sjarth zu und legte ihre Hand auf seinen Schuppenpanzer. Weißer Nebel hüllte sie ein – rauer, kratzender, scharfkantiger Nebel, so undurchdringlich und dicht, dass er bei jedem Atemzug in der Kehle schmerzte. Der Dunst riss an ihrem Geist, schnitt tief in ihre Seele, zwang sie beinahe in die Knie. Wenn es nicht so ungeheuer wichtig gewesen wäre, zu Sjarth durchzudringen, hätte sie aufgegeben und sich zurückgezogen. *Öffne dich, vertraue mir!* Beharrlich tastete sie sich vorwärts bis an den Rand seiner Psyche. Sie erwartete Wut und Empörung, vielleicht sogar Hass. Aber als dann kräftig blaue Impulse durch den Nebel dröhnten, begriff Marla, dass Sjarth von quälender Angst beherrscht wurde. Und dann machte endlich alles Sinn.

Sich von der Psyche des Drachenbullen zu lösen war genauso qualvoll, wie sie zu berühren, so als krallte Sjarth sich verzweifelt an ihre Nähe und Zuneigung. Keuchend wartete sie, bis sich der Nebel lichtete und sie ihre Umgebung zumindest schemenhaft erkennen konnte.

Ihre Gefährten und die Krieger der Königsgarde standen sich kampfbereit gegenüber, lediglich Sorin hatte zwischen den beiden Fronten Stellung bezogen, seine Arme links und rechts in schlichtender Haltung erhoben. Mehrere blutige Nasen und Augenbrauen sowie aufgeplatzte Lippen zeugten davon, dass es zu einem kurzen Gerangel gekommen sein musste, aber zumindest gab es keine ernsthaft Verletzten oder gar Toten. Jetzt waren sämtliche Blicke erwartungsvoll auf Marla gerichtet.

„Das ist es also!“, spuckte sie Brestur giftig entgegen, der noch immer blass wie die Wand und starr vor Schrecken unter der Schnauze des Drachenbullen auf dem Rücken lag. Darauf bedacht, den Drachen nicht versehentlich mit der Hand zu berühren und zu riskieren, einen erneuten – dieses Mal ungewollten – Kontakt herzustellen, schob Marla ihre Schulter vor Sjarths mächtigen Schädel. Wenngleich er unwillig schnaufte, gab der Drachenbulle dem sanften Druck nach, mit dem sie ihn zurückdrängte.

Brestur atmete erleichtert auf. „Danke, Marla!“ Darum bemüht, keine hektische Bewegung zu machen, brachte er sich in eine sitzende Position. „Ich weiß gar nicht, was –“

„Aber *ich* weiß es!“ Ihre Knie zitterten noch aufgrund der körperlichen Anstrengung, ihre Stimme hingegen zitterte vor purem Zorn. Bevor Brestur oder einer seiner Lakaien reagieren konnte, beugte sie sich über ihn und fasste in die weite Außentasche seines Umhangs. Ein plötzlicher scharfer Schmerz hielt sie nicht davon ab, ihre Hand um die kühlen, glatten Gegenstände zu schließen, die sie darin fand, und diese blitzschnell herauszuziehen. Frisches Blut quoll aus einer tiefen Schnittwunde an ihrem Finger und vermischte sich mit einer schwarzen, klebrigen Flüssigkeit, die nun ihre Haut besudelte. *Tatsächlich! Drachenblut!*

„Was fällt dir ein?“, empörte sich Brestur, doch der alarmierte Unterton in seiner Stimme war dabei nicht zu überhören. Geschwind richtete Marla sich auf, um die Glasfläschchen in ihrer Hand aus seiner Reichweite zu bringen. Eine der insgesamt drei Ampullen war vermutlich bei Bresturs Sturz zerbrochen, eine zweite war randvoll gefüllt mit schwarzem Drachenblut, während in der dritten schwarze, erbsengroße Kügelchen leise gegen die Glaswand klirrten.

Marla nahm sich die Zeit für einen tiefen Atemzug und schloss für einen kurzen Moment die Augen. Nicht etwa, weil sie das Drachenblut anekelte, sondern weil Sjarths Erinnerungen an die jahrelange Folter, die noch in ihrem eigenen Geist nachhallte, sie zu übermannen drohten. Vermutlich hatten die Drachen das Blut in Bresturs Tasche gewittert, sobald er den Hof betreten hatte.

Entschlossen hielt sie die Ampullen in die Höhe. „Seht ihr das?“ Sjarth gab einen gequälten Ton von sich, Fjolta schnaubte. Das Publikum auf der Veranda reckte die Hälse, um bloß nichts zu verpassen. „Das ist Drachenblut! Blut, das die Drachen nicht freiwillig gegeben haben. Die Alben haben es sich gewaltsam angeeignet.“ Ein Raunen ertönte vom Balkon. Marla wandte sich Brestur zu. „Woher stammt dieses Blut? Wie kommt es, dass du es in deiner Tasche trägst?“ Er saß noch immer auf dem Boden zu ihren Füßen und starrte ausdruckslos zu ihr empor. Zum ersten Mal, seit sie ihn kannte, schienen ihm die Worte zu fehlen.

„Marla, wenn ich darf?“ Sorin verbeugte sich knapp. „Du hast mich gebeten in Erfahrung zu bringen, warum Svala sich gegen unseren König gewandt haben könnte und stattdessen Bresturs falsche Behauptungen bestätigt.“ Es überraschte Marla, dass der Krieger so unverhohlen redete, aber vermutlich war er zum gleichen Schluss gelangt wie sie – der Tag der Wahrheit war gekommen, die Zeit der Versteckspiele und Heucheleien hatte ein Ende gefunden. Mit einem Nicken gab sie ihm zu verstehen, weiterzusprechen. „Ich habe mich umgehört. Zum jetzigen Zeitpunkt sind es natürlich nur Mutmaßungen, aber es hört sich durchaus plausibel an, finde ich. Du erinnerst dich, dass Eyvindir den Auftrag gegeben hatte, in der Stadt nach den Lagern der Evantheos zu suchen? Anscheinend hat die

Königsgarde schon am Tag nach der Revolte zwei verschiedene Gebäude voller Drachenblutpräparaten ausfindig machen können und die Vorräte in Verwahrung genommen. Mit anderen Worten: Brestur hat freien Zugang. Wäre es nicht denkbar, dass er Svala mit dem Versprechen auf eine großzügige *Spende* aus dem sichergestellten Drachenblut überredet hat, ihre Aussage zu ändern?“

Marla reflektierte über seine Worte. *Aber ja!* Brestur musste den Brief, in dem der König um Svalas Unterstützung als Zeugin gebeten hatte, abgefangen haben, genau wie von Eyvindir vermutet. Die Alte hatte behauptet, noch über ausreichende Vorräte an Drachenblut zu verfügen, mit denen sie sich begnügen würde – aber konnte man dem wirklich Glauben schenken? Wie naiv von Marla zu denken, dass jemand, der einmal einen kleinen Vorgeschmack auf ein nahezu unendlich langes Leben bekommen hatte, diese Macht freiwillig abgeben würde! Es war gewiss nicht leicht für Svala gewesen, Yorems Verfall mitansehen zu müssen, zumal sie unweigerlich früher oder später dasselbe Schicksal erwartete. Um ebensolchen qualvollen Entzugserscheinungen bis hin zum Tod zu entkommen, hatte sie sich die Gelegenheit gewiss nicht entgehen lassen und Brestur zugestimmt.

„Sorin hat Recht, du hast Svala mit Drachenblut bestochen, hast dir ihre Stimme kurzerhand erkauft!“, stellte sie entrüstet fest. „Wen hast du damit noch alles auf deine Seite ziehen können?“ Ein Schauer lief ihr über den Rücken bei dem Gedanken daran, dass Cirdin kurz vor ihrem Tod erwähnt hatte, die Evantheos hätten Verbindungen zum Hof. Wie vielen nach Drachenblut lechzenden Wahnsinnigen würden sie in Zukunft noch begegnen?

„Marla, nein, du siehst das ganz falsch.“ Brestur war endlich aus seiner Erstarrung erwacht und schüttelte entschieden den Kopf. „Bitte lass es mich erklären.“ Ächzend rappelte er sich in die Höhe. Das unangenehme Kribbeln in ihrer Magengegend überkam Marla mit solch einer plötzlichen Vehemenz, dass sie erschrocken nach Luft japste. Ihre Hand flog zu ihrem Schwertgriff, doch es war bereits zu spät.

Kapitel 23 – Auserwählte

Eben gerade noch hatte sie geglaubt, absolute Herrin der Lage zu sein – einen Sekundenbruchteil später konnte sie sich kaum noch rühren. Mit einer Kraft, die sie Brestur gar nicht zugetraut hätte, hatte er sie von hinten gepackt und hielt ihr linkes Handgelenk in eisernem Griff, ihr Schwertarm war dabei zwischen seinem Arm und ihrem Körper eingeklemmt. Seine Linke presste einen scharfen Gegenstand an ihre Kehle, womit er ihren Kopf weit in den Nacken und gegen seine Schulter drängte. Ein warmes Rinnsal an ihrem Hals verriet ihr, dass er sie bereits damit verletzt hatte.

Das Blut rauschte in Marlas Ohren. Wie aus weiter Ferne hörte sie Philipes Stimme. Dann erklangen Schreie und das vertraute Klirren von Stahl auf Stahl. Um sie herum wurde gekämpft, doch so sehr sie es auch versuchte, aus ihrer Position wurde ihr die Sicht auf das Geschehen verwehrt. Lediglich zwei ihrer Drachen, die sich sogleich in die Luft erhoben haben mussten und knapp über dem Palast ihre Kreise drehten, tauchten immer wieder kurz in ihrem Blickfeld auf und verschwanden dann wieder.

Wenn sie doch nur etwas sehen könnte! Die Angst um ihre Gefährten ließ ihr Herz zu einem Eisklumpen gefrieren. Tjarven saß noch immer im Kerker, Jahvis und Esben waren auf dem Weg, um Lijan zu suchen, Nharvik konnte überhaupt nicht kämpfen und auch Philipe war kein ausgebildeter Krieger. Sie hatten die Drachen auf ihrer Seite, aber diese würden weder Feuer spucken noch wild mit dem Schwanz um sich schlagen können, ohne zu riskieren, gleichzeitig einen ihrer Verbündeten zu erwischen. Damit verblieb nur eine Handvoll ihrer Gefährten auf der einen Seite gegen eine riesige Gruppe von Bresturs Wachen auf der anderen. *Sie musste ihnen irgendwie helfen* – doch als Brestur sie rückwärts mit sich zog, wurde ihr schlagartig bewusst, dass sie sich lieber erst um ihre eigene Sicherheit Gedanken machen sollte als um die ihrer Freunde. Hatte Brestur den Verstand verloren?

„Wir wissen beide, dass du mir nichts tun wirst!“, keuchte sie. „Du brauchst mich!“

„Bist du dir da sicher? Ich brauche dich als lebendes Schutzschild, mehr nicht“, säuselte er ihr ins Ohr.

„Was ist mit den Drachen? Ich bin die Einzige, die mit ihnen kommunizieren kann.“

„Wieder falsch. Du überschätzt deinen Wert und den deiner Fähigkeiten, Marla! Du bist nicht die Einzige!“ Brestur lachte gehässig. „Ich selbst bin ein Auserwählter, ich brauche dich nicht.“ *Ein Auserwählter. Er ist ein Auserwählter. Brestur ... ein Auserwählter. Was?* Die Nachricht fuhr wie ein Blitz durch Marlas Körper, für einen Moment setzte ihr Denkvermögen völlig aus. „Damit hast du nicht gerechnet, was?“ Er klang ehrlich belustigt. „Das Buch, das ich dir in der Siedlung der Manantena habe zukommen lassen, ist eine autobiografische Niederschrift meines Großvaters. Er hat diese Gabe an mich weitervererbt."

Marla vergaß völlig, sich gegen Bresturs Griff aufzulehnen und ließ sich Schritt um Schritt rückwärts ziehen. Sie kniff kurz die Augen zusammen, während sie ihre Gedanken ordnete. „Nur weil dein Großvater ein Auserwählter war, macht dich das nicht zwingend auch zu einem!"

„Das stimmt. Aber ich habe es bereits ausprobiert und es hat auf Anhieb funktioniert."

„Wann?"

„Das erste Mal schon vor Jahren mit einem der Drachen, die deine Mutter vor der Großen Schlacht für unsere Sache gewonnen hatte. Das zweite Mal letzten Sommer in den Bergen, während der Reise mit deinem Großvater."

„Aber … warum hast du das geheim gehalten? Ihr habt so verzweifelt nach jemandem gesucht, der mit den Drachen in Verbindung treten kann. Wozu der Aufwand, wenn du doch wusstest, dass du selbst dazu im Stande bist?"

„Je mehr desto besser! Mir war von vornherein klar, wie schwierig es sein würde, die Drachen aus ihrer Isolation zu locken und wie du dir mittlerweile denken kannst, ist es auch mir nicht gelungen, wenngleich ich mit einem der Drachen gesprochen habe." Brestur schnaubte wütend. „Er hat meine Psyche beiseitegewischt wie eine lästige Fliege! Das hat mich unglaublich viel Kraft gekostet, beinahe wäre ich daran in dieser stinkenden Höhle verreckt!" Marla hörte, wie Philipe Brestur dazu aufforderte, sie gehen zu lassen, aber dieser reagierte nicht darauf und zog sie nur immer weiter mit sich.

„Und niemand hat davon etwas mitbekommen?“, fragte sie ungläubig. Trotz der ernsten Lage brannten ihr dutzende Fragen auf der Zunge. „Der König weiß nichts von deiner Fähigkeit?“

„Niemand hat es bemerkt, ich habe es vor den anderen verbergen können“, bestätigte Brestur. „Und nein, Eyvindir hat keine Ahnung. Ich mag ja nicht über so ein praktisches Hilfsmittel verfügen wie er mit seinen grünen Augen, aber wie man seinen Geist zum richtigen Zeitpunkt öffnet und verschließt, das habe ich durch die Kommunikation mit den Drachen gelernt.“ Das also war der Grund, warum er es beherrschte, Eyvindirs Sehende Gabe so geschickt zu umgehen! Ganz so wie Philipe vor wenigen Tagen hatte Brestur gelernt, seine innere Tür im richtigen Moment zu verriegeln.

„Du brauchst mich also tatsächlich nicht“, stellte Marla tonlos fest. Die gellenden Schreie und das metallische Klirren der aufeinandertreffenden Schwerter drangen mit einem Mal umso deutlicher in ihr Bewusstsein. Ihre Gefährten kämpften gerade selbst um ihr Leben, niemand würde ihr zu Hilfe kommen, sie war Brestur machtlos ausgeliefert.

„Nun, anfangs schon! Du hast geschafft, was ich nicht bewerkstelligen konnte. Du hast die Drachen aus den Bergen gelockt, hast ihr Vertrauen errungen. Und nun hast du sie direkt zu mir geführt. Irgendwie wird es mir schon gelingen, sie von meinen Plänen zu überzeugen, die Drachen und mich verbindet schließlich der gleiche Wunsch nach Rache.“ Brestur seufzte leise. „Ich hätte dich zur Königin gemacht, Marla, das Volk liebt dich! Alles hat sich perfekt gefügt … nun, fast perfekt zumindest.“ Er zog

Marla weiter rückwärts, bald müssten sie den Durchgang erreicht haben, der vom Hof in den Palast führte. Und dann? Was hatte er vor? Würde er einen der unzähligen Geheimgänge nutzen, um zu flüchten? Wie lange brauchte er Marla als lebendes Schutzschild noch und wann würde er beschließen, dass er ohne sie schneller vorankam und sich ihrer entledigen? „Ich muss zugeben, ich habe dich und deine schauspielerische Leistung unterschätzt“, fuhr Brestur fort. „Wahrscheinlich bist du doch zu sehr von den niederträchtigen Genen der Menschen durchtrieben. Selbst ich wusste nicht immer zu unterscheiden, was wahr war und was nur vorgespielt – dabei bin ich der Meister der Täuschung! Rorek und du, ihr seid kein Paar, richtig?“ Er wartete ihre Reaktion gar nicht erst ab, doch war Marla in diesem Moment ohnehin noch zu schockiert, um etwas zu erwidern. *Von niederträchtigen Genen der Menschen durchtrieben?* Und das ausgerechnet aus dem Munde dieser boshaften Person? „Gratuliere, ich habe es nicht sofort durchschaut! Eine andere Sache ist mir allerdings sehr schnell klar geworden: Du wirst niemals gegen die Menschen in die Schlacht ziehen. Dabei hättest du das auch gar nicht müssen. Du hättest hier im Palast ein friedliches Leben genießen und die Bevölkerung mit deiner bezaubernden Art einlullen können. Ich brauchte nur die Drachen und jetzt hast du sie zu mir geführt. Es hätte so schön werden können!“ *Schön? Ein friedliches Leben?* Natürlich, sie hätte nur die Augen vor der Wahrheit verschließen müssen, mehr nicht … Sie schluckte die sarkastische Antwort hinunter, die ihr auf der Zunge lag.

Konzentriere dich, Marla! Es musste eine Möglichkeit geben, sich Brestur zu entziehen. Ihr blieb nicht mehr viel

Zeit, bis sie das Gebäude erreicht hatten und damit jegliche Hoffnung auf Hilfestellung ihrer Gefährten dahinschmolz.

„Warum kann nicht immer noch alles so werden? Rufe deine Leute zurück, Brestur! Hast du es nicht selbst gesagt? Es ist nicht zu spät für einen gemeinsamen Neuanfang, wir –“

„Mach dich nicht lächerlich!“, schnauzte er. „Es wird kein *Wir* geben!“ Mit seiner Rechten hielt er sie noch immer so unerbittlich umklammert wie eine Schraubzwinge, aber er lockerte den Druck, den er mit seiner Linken gegen ihren Hals ausübte immerhin genug, um ihr eine bessere Sicht auf das Geschehen zu gewähren.

Der junge Drachenbulle Bleykh, der sich als einziger der drei Drachen noch auf dem Boden befand, drückte sich unterhalb der Veranda gegen die Mauer und schaute lauernd in ihre Richtung. Um ihn herum tobte ein erbarmungsloses Gefecht, doch hielten die Kämpfenden gebührenden Abstand.

Ganz offensichtlich waren einige Krieger der Königsgarde endlich zur Besinnung gekommen, denn nicht wenige der Kontrahenten, die gegeneinander das Schwert erhoben hatten, waren in identische schimmernd blaue Umhänge gekleidet. Für Marla war aus der Ferne nicht zu unterscheiden, wer auf wessen Seite kämpfte. Hektisch huschte ihr Blick über das Schlachtfeld, bis sie endlich ihre Gefährten entdeckte. Die beiden Kriegerinnen Njola und Freydis hatten den Waldläufer Fridtjof und den Gelehrten Nharvik in ihre Mitte genommen und wehrten gemeinsam einen ganzen Pulk an Angreifern ab, allerdings ließ die Art und Weise, wie Njola ihren linken Arm an den Körper presste, vermuten, dass sie verwundet worden war.

Kjell, Igjor und Matej kämpften ebenfalls Seite an Seite. Gerade in diesem Moment wich ein feindlicher Krieger Matejs Vorstoß aus, revanchierte sich mit einem Gegenangriff und brachte den Widerstandskämpfer schließlich mit dem Schlag seines Schwertknaufs aus dem Gleichgewicht. Sofort setzte er ihm nach, holte aus und stieß Matej die Klinge bis zum Anschlag in die Brust.

„Nicht! Matej!“, kreischte Marla und bäumte sich in Bresturs Umklammerung auf. Alles, was sie jedoch dadurch bewirkte, war, dass er ihr mit seinem unbarmherzigen Griff die Luft aus den Lungen presste und ihr erneut in den Hals ritzte, sodass sie ihre Bemühungen resigniert aufgab. Kjells erbostes Gebrüll, als er herumwirbelte und den gefallenen Freund mit einem einzelnen gezielten Stich seines Schwertes rächte, hallte selbst über den allgemeinen Kampflärm bis zu Marla herüber. Ihr Hals war wie zugeschnürt.

„Das hier, das hätte nicht passieren müssen, Marla, das ist deine Schuld!“ Bresturs Worte fuhren ihr wie Messer ins Herz. *Ihre Schuld. Waren die vielen Toten, deren Blut die Erde im Palasthof tränkte, wirklich ihre Schuld?* Viel zu oft schon waren geliebte Personen für sie zu Schaden gekommen.

Durch einen Tränenschleier hindurch blinzelnd, entdeckte sie Sorin und Maltje. Die beiden Krieger waren in einen Zweikampf verwickelt, der so ausgeglichen wirkte, dass einem unbeteiligten Beobachter auf den ersten Blick nicht ersichtlich gewesen wäre, ob es sich tatsächlich um einen Kampf auf Leben und Tod handelte, oder lediglich um eine einstudierte Trainingspartie.

Hektische Bewegungen in unmittelbarer Nähe erweckten ihre Aufmerksamkeit. Ganz offensichtlich versuchten Rorek und Philipe, sich zu ihr durchzukämpfen. Rorek wehrte gleich zwei Angreifer auf einmal ab, um dem Gefährten den Rücken freizuhalten.

„Brestur, lass sie gehen oder ich schwöre bei meinem Leben, dass du dafür bezahlen wirst!“, drangen Philipes Worte zu ihnen herüber. Für einen winzigen Moment trafen sich Philipes und Marlas Blick, bevor er sich der wütenden Schlagfolge eines neuen Gegners ausgesetzt sah, die er nur mit Mühe parieren konnte. *Philipe!* Ihr Herz schien Zentner zu wiegen und Verzweiflung machte sich in ihr breit.

Verdammt, irgendwie musste sie sich doch aus Bresturs Griff befreien können! In einem gerechten Zweikampf hätte er keine Chance gegen sie, davon war sie überzeugt. Allein seine überlegene Körperkraft und die Tatsache, dass er sie in ihrem geschwächten Zustand überrumpelt hatte, waren die Gründe, warum sie sich in dieser misslichen Lage befand!

„Diese Vorfälle zu erklären, wird gewiss keine leichte Aufgabe – zu viele Zeugen!“, fuhr Brestur schimpfend fort, als hätte er von Philipes Drohung erneut keinerlei Kenntnis genommen. „Aber mir wird schon etwas einfallen …“

Wut kochte in Marla hoch. *„Die Vorfälle erklären?“* Ihre Stimme überschlug sich beinahe. „Du glaubst doch nicht im Ernst, dass dir jetzt noch irgendjemand Glauben schenken wird!“

„Aber natürlich werden sie das, Marla. Ich bin die Rechte Hand des Königs, diene dem Reich bereits seit

Jahren. Für das Volk bin ich die einzig verbliebene Konstante, seit ihr König sie verraten hat. Vielleicht werde ich ihnen sagen, dass du es auf den Thron abgesehen hattest und deine wildgewordenen Drachen auf mich hetzen wolltest. Ich habe mich nur verteidigt …“

„Damit wirst du niemals durchkommen!“, zischte sie böse.

Brestur lachte leise. „Oh doch, das werde ich!“ Als hätte Fjolta gewusst, welchen niederträchtigen Plan Brestur ausheckte, stieß sie genau in diesem Augenblick über ihren Köpfen einen schrillen Schrei aus und entsendete anschließend einen lodernden Feuerschwall in die Luft. „Siehst du ihre Drohgebärden?“ Er löste seine Waffe von Marlas Hals und deutete hinauf in den Himmel. „Diese Bestien sind unberechenbar!“ Auf diesen Moment hatte Marla gewartet.

Mit aller Kraft rammte sie ihren Hinterkopf in Bresturs Gesicht, was dieser mit einem schmerzerfüllten Grunzlaut kommentierte. Gleichzeitig trat sie ihm rücklings mit der Ferse gegen das Schienbein – nicht mit ausreichend Schwung, als dass er sie deswegen gänzlich losgelassen hätte, aber allein seine winzige Unaufmerksamkeit reichte aus, um sich aus seiner Umklammerung zu winden. Marla wirbelte herum. Sie wusste, dass ihr keine Zeit bleiben würde, die lange Klinge ihres Schwertes aus der Scheide zu ziehen. Stattdessen riss sie noch in der Drehung ihren Dolch aus der Halterung am Gürtel – und keine Sekunde zu früh. Brestur machte einen Ausfallschritt und hieb mit seiner Waffe nach ihr.

Jetzt erkannte sie auch, was der Gegenstand in seiner Hand war, mit der er sie bedroht hatte: Er nutzte den verkorkten Flaschenhals der zerbrochenen Glasampulle als Griff, während sich am spitzen Ende schwarzes Drachen- und rotes Albenblut zu einem glänzenden Schwarzbraun vermischten. Behände wich sie seinem Vorstoß aus, schlug seinen Arm mit ihrer Linken zur Seite und zog ihren Dolch in einer flüssigen Bewegung quer über seine Brust.

Wenngleich der Schnitt nicht sonderlich tief gewesen sein konnte, schrie er gepeinigt auf, sein Antlitz eine wutverzerrte Maske. „Das wirst du mir büßen, du Miststück!"

Marla ließ sich von seinen Worten nicht beirren und setzte ihm mit einem Rückhandschlag nach. Bei dem Versuch, ihrer Klinge zu entgehen, bog Brestur seinen Oberkörper weit nach hinten. Seine fehlende Deckung wusste Marla jedoch gut zu nutzen: Blitzschnell verlagerte sie das Gewicht, ihr rechtes Bein schnalzte regelrecht nach vorne. Der Tritt war perfekt platziert und ließ ihn schwungvoll zurücktaumeln.

Im nächsten Moment brachte ein gleißender Feuerstrahl plötzlich die Luft vor ihren Augen zum Flimmern. Um sich gegen die sengende Hitze zu schützen, vergrub sie ihr Gesicht unter ihren hochgerissenen Armen und sprang rückwärts. Als sie sich traute, vorsichtig zwischen ihren Armen hindurchzulugen, war der unnatürlich hohe Kreischton aus Bresturs Mund längst verhallt. Sein Körper – oder vielmehr das, was davon noch übrig geblieben war – lag schwelend auf dem Boden. Der Geruch von verbranntem Fleisch stieg Marla in die Nase und drehte ihr beinahe den Magen um. Ihr Kopf fuhr herum, gerade noch rechtzeitig, um zu sehen, wie sich nun auch der junge Drachenbulle Bleykh mit triumphierendem Gebrüll in die Lüfte schwang.

Verdutzt blinzelte sie in den hellen Morgenhimmel, wo die drei Drachen nun gemeinsam ihre Bahnen zogen. Wie lange schon waren Marla und ihre Gefährten, aber besonders Eyvindir und die Krieger der Königsgarde, von Brestur hintergangen worden, ohne seine wahre Natur zu erkennen? Die Drachen hingegen hatten Bresturs niederträchtige Wesensart nicht nur sofort durchschaut, sondern hatten daraufhin auch nicht lange mit ihrer Bestrafung gezögert. Und wenn Marla ehrlich in sich hineinlauschte, konnte sie nicht gerade behaupten, dass sie Bleykhs Vorgehen bedauerte … Entschlossen schüttelte sie den Gedanken ab – die Gefahr war schließlich noch nicht vorüber, sie durfte keine weitere kostbare Zeit verschwenden. Sie wirbelte herum, wechselte den Dolch in ihre Linke und zückte ihr Schwert.

Philipe und Rorek waren noch immer in ein Gefecht verwickelt, waren jedoch schon deutlich näher gekommen. Mit wenigen langen Schritten hatte sie die beiden erreicht.

„Brestur ist tot! Es ist vorbei!“, rief sie so laut sie konnte, kurz bevor sich ihre Klinge mit der ihres ersten Gegners kreuzte. Nicht nur wollte sie ihren Gefährten damit mitteilen, dass sie Brestur entkommen war, sie hoffte außerdem, dass weitere Krieger der Königsgarde dadurch endlich zur Besinnung kamen und ihre Schwerter niederlegten.

„Verdammt, Marla, warum hast du dich nicht sofort in Sicherheit gebracht?“, stieß Rorek zwischen zwei Hieben aus. *In Sicherheit bringen?* Wohl eher fliehen und verstecken, während ihre Freunde um ihr Leben kämpften … *ganz bestimmt nicht!* Allerdings war sie nicht in der Lage, ihren Gedanken laut auszusprechen. Anders als Rorek musste sie sich voll und ganz auf den Zweikampf konzentrieren, schließlich handelte es sich bei ihrem Gegner um einen gut ausgebildeten Krieger.

Der Mann parierte ihren Vorstoß mit Leichtigkeit, doch statt ihr nachzusetzen, machte er plötzlich mit dem linken Bein einen Kniefall. „Ich kämpfe nicht gegen dich, Auserwählte!“ Er senkte ergeben das Haupt, sein Schwert glitt lautlos zu Boden. Irritiert hielt Marla inne.

Als Philipes und Roreks Gegner bemerkten, dass sich ihr Mitstreiter ergeben hatte, verfuhren sie auf ähnliche Weise und legten ihre Schwerter nieder.

„Ernsthaft? Wir hätten es alle wesentlich einfacher gehabt, wenn ihr euch das früher überlegt hättet!“, knurrte Rorek. „Aber gut …“ Er bückte sich nach den Waffen und beförderte sie schwungvoll außer Reichweite der Krieger. „Setzt euch auf dem Boden auf eure Hände! Wenn ihr euch rührt, bevor es euch erlaubt ist, seid ihr tot, verstanden?“ Die beiden jungen Männer und die Frau nickten hastig.

Philipe zog Marla an sich und lehnte keuchend seine Stirn an ihre. „Marla, ich bin so froh! Wenn dir etwas passiert wäre, hätte ich mir das niemals verziehen!“

„Du bist verletzt!“, rief sie besorgt, als ihr die blutende Wunde an seiner Schulter auffiel.

„Das kann warten, es ist nichts Ernstes! Komm, wir müssen den anderen helfen!“

Rorek stieß zischend die Luft aus. „Ich hatte eigentlich gehofft, du würdest sie zur Vernunft bringen. Ihr könntet im Palast Zuflucht suchen und –“ Sein Blick fiel auf Marlas entschlossene Miene. „Hmpf … vergiss es“, brummte er. „Bleib einfach in meiner Nähe … *bitte!*“

Marla nickte zustimmend und richtete ihre Aufmerksamkeit auf den Palasthof. Das Bild, das sich ihr darbot, war erschreckend. Gekämpft wurde zwar kaum noch, denn trotz der Übermacht hatten sich die meisten Wachen ergeben. Die vielen Verwundeten, die auf dem blutgetränkten Boden zwischen den Toten saßen oder lagen, verdrehten Marla jedoch das Herz in der Brust. *So viel Tod! So viel Leid!*

Die Kampfgeräusche waren gemurmelten Worten, schmerzerfülltem Stöhnen und leisen Schluchzern gewichen. Lediglich vom Zentrum des Hofes her, von dort, wo zuvor die Drachen gelandet waren, wehte weiterhin das Klirren von aufeinanderschlagenden Schwertern zu ihnen herüber. Versperrt wurde die Sicht von einem Ring aus Kriegern, die sich um die Kämpfenden geschart hatten.

Während die drei Freunde auf das Geschehen zueilten, registrierte Marla erleichtert, dass ihre restlichen Gefährten nicht ernsthaft verletzt zu sein schienen. Freydis und Nharvik assistierten Njola dabei, die Wunde an ihrem Arm notdürftig zu verbinden. Kjell, der mit Igjor und ein paar weiteren Kriegern eine Gruppe von Bresturs Anhängern in Schach hielt, nickte ihnen zu und Fridtjof starrte gedankenverloren vor sich hin.

Als die Schaulustigen Marla und ihre beiden Begleiter bemerkten, rückten sie ehrfurchtsvoll beiseite und gaben den Blick frei auf Maltje und Sorin, deren Zweikampf unverändert anhielt, so als ob seit dem Ausbruch des Kampfes nur wenige Sekunden verstrichen wären.

„Brestur ist tot, Maltje!“, rief Philipe. „Leg dein Schwert nieder, das macht doch keinen Sinn mehr!“

Keuchend hielten die Kontrahenten inne. „Du hast es gehört, Maltje! Es ist vorbei!“ Sorin ließ seine Klinge um ein paar Handbreit sinken, wohl darauf hoffend, dass sein Gegner es ihm gleichtun würde.

Maltjes Kiefer mahlten aufeinander. „Ich soll dich dieses Gefecht also einfach so gewinnen lassen, wie?“

Sorin schüttelte langsam den Kopf. „Nein, besiegt habe ich dich in diesem Gefecht nicht. Du warst schon immer ein ausgezeichneter Schwertkämpfer! Dein Verhängnis war von jeher dein Autoritätsproblem und deine fehlende Loyalität … und dein Hang zur Brutalität. Gib auf, Maltje!“

Für einen kurzen Moment machte es tatsächlich den Eindruck, als würde Maltje sich geschlagen geben, doch dann breitete sich ein teuflisches Grinsen auf seinem Antlitz aus, das die wulstige Narbe zum Zucken brachte. „Weißt du was? Ich habe es mir überlegt. Wir werden es jetzt zu Ende bringen, ein für alle Mal! Nur wir beide, du und ich, in einem gerechten Zweikampf. Wer von uns beiden am Ende noch steht, ist der bessere Kämpfer. Na, was meinst du?“

„Ich meine, dass du wahnsinnig bist, Maltje. Ich werde mich nicht mit dir duellieren. Für mich ist ein tödlicher Kampf kein Spiel, sondern allenfalls ein Mittel zum Zweck. Lass es gut sein, leg dein Schwert nieder.“

„Hört ihr das? Der ach so mutige Anführer der Königsgarde, bei allen beliebt, ist in Wahrheit der größte Feigling aller Zeiten. Wovor hast du Angst? Dass ich dich bloßstelle?“

Sorin blieb ganz ruhig. „Das ist Unsinn und das weißt du.“

„Nun gut.“ Maltje zuckte gleichgültig mit den Schultern. „Wenn du nicht gegen mich antreten willst, werde ich mich wohl mit jedem anderen messen müssen, der versucht, mich zu überwältigen. Es liegt an dir – wer mir zu nahe kommt, der wird dafür büßen müssen.“

„Lass den Blödsinn! Es ist vorbei“, wiederholte Sorin eindringlich.

„Es liegt an dir. Messe dich ein letztes Mal mit mir und niemand sonst wird zu Schaden kommen.“

Sorin schob grimmig das Kinn nach vorne. *Zog er es tatsächlich in Betracht, auf Maltjes Provokation einzugehen?*, schoss es Marla durch den Kopf. *Das war doch Wahnsinn!*

Maltje nahm demonstrativ die Kampfposition ein. „Und, traust du dich?“

Knurrend verlagerte Sorin das Schwert und begab sich ebenfalls in Kampfstellung. „Ganz sicher werde ich nicht meine Leute vorschicken, um mich selbst vor einem Gefecht zu drücken!“

Die Menge schien gebannt die Luft anzuhalten, es war mucksmäuschenstill.

Marla hätte erwartet, dass sich die Kontrahenten zunächst lauernd umkreisen würden, wie sie es selbst bei Trainingskämpfen erlebt und beobachtet hatte, stattdessen zögerte Maltje nicht lange und stach mit der Schwertspitze nach seinem Gegner. Sorin zischte gepeinigt, eine blutige Schramme zierte seinen linken Oberarm. Dennoch ließ er sich nicht zu einem Angriff hinreißen. Überhaupt wurde schnell ersichtlich, dass der Narbige nicht nur eine wesentlich offensivere Taktik an den Tag legte als Sorin, sondern auch riskante Vorstöße wagte, ohne Rücksicht auf seine eigene Sicherheit zu nehmen, während Sorin sich auf die Abwehr beschränkte.

Marlas Herz raste. Wie konnten alle seelenruhig danebenstehen, obwohl es für Sorin um Leben und Tod ging? „Ich kann mir das nicht länger mitansehen!“, flüsterte sie aufgeregt. „Wir müssen doch irgendetwas tun! Vielleicht könnten wir Maltje von hinten überwältigen!“

„Du weißt, dass das nicht geht“, erwiderte Philipe traurig. „Sorin hat dem Duell zugestimmt. Sich jetzt einzumischen verstößt gegen albische Gesetze …“

„Eure verdammten Regeln!“, schimpfte Marla leise. „Maltje hat nichts mehr zu verlieren, er wird ungeahnte Risiken eingehen und es ist nur eine Frage der Zeit, bis er eine Lücke in Sorins Deckung findet.“

Rorek schien zu überlegen. Grimmig schaute er zwischen Philipe, Marla und den Kämpfenden hin und her. „Mir gefällt es ja auch nicht … aber wäre es denn noch ein fairer Kampf, wenn wir eingreifen?“

„Ein fairer Kampf? Maltje war auch nie fair! Außerdem sage ich ja nicht, dass du ihn hinterrücks niederstechen sollst, sondern ihn einfach nur überrumpeln und gefangen nehmen.“

Bevor Rorek eine Entscheidung treffen konnte, wurde Marlas Aufmerksamkeit zurück auf das Gefecht gelenkt. Maltje wechselte sein Schwert von der rechten in die linke Hand. Wollte er Sorin etwa mokieren? Ungestüm warf er sich Sorin entgegen, doch konnte dieser den eher schlecht als recht platzierten Stich mühelos zur Seite wischen, kurz bevor ihre Körper aufeinanderprallten.

Sorin schubste seinen Gegner kraftvoll von sich. „Lass den Unsinn und gib endlich –“ Er brach abrupt ab. Einen keuchenden Atemzug lang starrte er Maltje reglos an, dann schaute er ungläubig an sich hinab auf den Griff des Messers, der plötzlich aus seinem Bauch ragte.

Mit einem triumphierenden Grinsen wechselte Maltje seine Waffe zurück in die Schwerthand. Während das Entsetzen Marla noch in Beschlag nahm, hatte Rorek die Situation längst erfasst und sprang mit gezücktem Schwert aus den Reihen der Zuschauer auf die Kämpfenden zu.

Er würde zu spät kommen!, fuhr es Marla mit ernüchternder Gewissheit durch den Kopf. Sorin schwankte leicht, dann vermochten seine Beine sein Gewicht nicht länger zu tragen und er knickte in den Knien ein. Maltje holte zu einem letzten vernichtenden Schlag aus. *Rorek würde zu spät kommen ...*

Wie aus dem Nichts sirrte ein Pfeil durch die Luft. Das Geschoss durchschlug Maltjes Hals mit erschreckender Präzision. Mitten in der Bewegung brach er zusammen und kam vor Sorin zu liegen. Ob dieser davon noch etwas mitbekam, war fraglich. Lautlos kippte er zur Seite und traf direkt neben seinem Erzfeind auf dem Boden auf.

Marlas Kopf fuhr herum in die Richtung, aus der der Pfeil abgeschossen worden sein musste. Ihr Blick fiel auf drei Gestalten, die oben auf dem Wehrgang über dem Palasttor standen. Jahvis und Esben ... allerdings war es eine junge Frau, die soeben ihren Bogen sinken ließ. *Lijan.*

Kapitel 24 – Das Urteil der Drachen

Für den Bruchteil einer Sekunde lag eine erdrückende Stille über dem Palasthof, dann brach ein wahrer Tumult los. Von der Veranda her ertönte ein Schrei, die Menge der Schaulustigen erwachte aus ihrer Erstarrung. Jahvis, Esben und Lijan stürmten eine überdachte Treppe vom Wehrgang hinab in den Hof und Rorek, Igjor und Kjell bellten Befehle.

„Heiler! Wir brauchen einen Heiler!“, rief Marla, während sie auf Sorin zurannte. Sie verfluchte sich innerlich dafür, ihren Beutel mit den Heilmitteln in ihren Gemächern zurückgelassen zu haben. Noch bevor sie den Gefährten erreichte, landete die junge Kriegerin Sinha neben ihm auf den Knien.

„Nein, Sorin, nein! Bitte lass mich nicht allein!“ Tränen strömten ihr über das Gesicht. „Tu etwas, Marla, bitte!“ Ein würgendes Engegefühl in ihrer Kehle hinderte diese daran zu sprechen. Was konnte sie ohne Nadel und Faden, ohne Verbände und Heilsalben schon ausrichten? Würde sie einfach die Klinge herausziehen, riskierte sie noch schlimmere innere Verletzungen und Sorin würde womöglich innerhalb weniger Minuten verbluten. Mit zitternden Fingern tastete sie nach seiner Halsschlagader. Noch pulsierte das Leben kräftig durch seine Venen … *noch.*

„Beeilt euch!“, schrie Philipe einer Gruppe von Heilern zu, die auf sie zugehastet kamen. „Er stirbt sonst!“ Sinha schluchzte auf.

Jahvis’ Schwester Lijan traf zeitgleich mit den Heilern ein, die sofort alle Umstehenden zur Seite drängten, um Sorin zu untersuchen.

„Du bist Lijan, nicht wahr?“, fragte Sinha mit tränenerstickter Stimme. „Mein Bruder hat mir schon so viel von dir erzählt!“ *Bruder ... natürlich!* Die beiden jungen Frauen fielen sich in die Arme, als würden sie sich seit Jahren kennen.

Angesichts der flinken Hände der Heiler, die Sorins Wunde bereits freigelegt und desinfiziert hatten und nun die Klinge fachkundig entfernten, fühlte sich Marla plötzlich überflüssig, gleichzeitig aber auch unendlich erleichtert, dass Sorins Überleben nicht von ihren vergleichsweise kläglichen Heilkünsten abhing. Erfüllt von der Hoffnung, dass der Gefährte wieder genesen würde, ließ sie ihren Blick über den Palasthof gleiten.

Bresturs Anhänger wurden abgeführt, Helfer huschten hierhin und dorthin, kümmerten sich um Verwundete und untersuchten die reglosen Körper auf dem Boden auf Zeichen von Leben.

Gerade wollte sie zu Philipe treten, der sich anbot, einer Heilerin beim Versorgen einer Wunde zu assistieren, aber dann überlegte sie es sich anders. Stattdessen lief sie zu ihrem gefallenen Gefährten Matej, dessen Augen, im Tod weit aufgerissen, ins Leere starrten. Eine Mischung aus Trauer und Schuldgefühlen schnürte Marla die Kehle zu und dieses Mal versuchte sie gar nicht erst, ihre Tränen zurückzuhalten. *Treuer Matej!* Von ihrer ersten Reise zu den Drachen an hatte er sie begleitet, hatte ein ums andere Mal sein Leben riskiert, um ihres zu schützen. Sie kniete sich neben ihn, deckte seinen Umhang über die grässliche Wunde in seiner Brust und strich ihm sanft ein paar Haarsträhnen aus dem Gesicht.

„Er war ein Krieger …“ Eine Stimme direkt hinter Marla ließ sie heftig zusammenzucken, sie hatte nicht bemerkt, dass sich ihr jemand genähert hatte. Schnell wischte sie über ihre feuchten Wangen. Als sie sich aufrichtete, sah sie sich Talvi gegenüber, der Albe, mit der sie flüchtig auf Bresturs Empfang für die Ratsmitglieder Bekanntschaft gemacht hatte.

„Er war ein *Freund*!“, berichtigte Marla streng. War sein Leben entbehrlich und sein Tod als Selbstverständlichkeit hinzunehmen, nur weil er ein Krieger gewesen war?

„Bitte entschuldige, so war das nicht gemeint!“ Talvi verneigte sich knapp. „Ich meinte bloß, dass er einen sehr ehrenhaften Tod gestorben ist, seine Seele wird in uns weiterleben.“ Marla wusste darauf nichts zu erwidern. *Ein ehrenhafter Tod?* Sie war sich nicht sicher, ob sie darin Trost finden konnte. Der unwiderrufliche Verlust wog schwer auf ihren Schultern. Talvi räusperte sich und wechselte abrupt das Thema. „Marla, Auserwählte, ich bin gekommen, um dir meine Hochachtung auszusprechen! Wir haben dir so viel zu verdanken. Einige von uns aus dem Rat hatten schon länger den Verdacht, dass Brestur ein falsches Spiel trieb, aber die heutigen Ereignisse haben uns Gewissheit gegeben. Es wäre interessant gewesen, was eine Verhandlung gegen ihn alles über seine Machenschaften zu Tage befördert hätte.“ Ihr Blick zuckte kurz zu der

Stelle, an der Bresturs verkohlter Leichnam lag. „Aber das ist unter den gegebenen Umständen natürlich unmöglich."

„Die Drachen sind nicht gefährlich!", beeilte sich Marla zu erklären. „Normalerweise mischen sie sich nicht in die Angelegenheiten der Alben, es ist nur so, dass sie sich mir sehr verbunden fühlen und sie die Gefahr erkannt hatten, in der ich schwebte. Und dann war da noch das Drachenblut, das –"

„Wir haben gesehen, was passiert ist." Talvi zeigte mit dem Kinn in Richtung der Veranda, von wo aus noch immer einige Palastbewohner auf das Geschehen im Hof hinabsahen. „Von dort oben haben wir alles genau beobachten können. Ich persönlich war sehr beeindruckt, wie gut sich die Drachen unter Kontrolle hatten, wenngleich sie wussten, dass Brestur das Drachenblut bei sich trug. Ihr Verhalten war sehr respektvoll gegenüber den albischen Gesetzen." Marla hob überrascht die Augenbrauen und Talvi nickte bekräftigend. „Sie haben sich durch Drohgebärden verteidigt, aber erst nachdem Brestur dich bedroht hatte, haben sie tatsächlich eingegriffen. Hätte einer deiner Gefährten Brestur dafür ein Schwert in die Brust gestoßen, hätte wohl auch niemand angezweifelt, ob die Tat gerechtfertigt gewesen wäre."

Marla fiel ein Stein vom Herzen. Erst jetzt war ihr bewusst geworden, wie sehr sie befürchtet hatte, Bleykhs Eingreifen könnte von den Alben verurteilt werden und einer Verbrüderung der Völker im Wege stehen. „Talvi, wäre es möglich, Eyvindir aus dem Kerker zu holen?"

Die Albe betrachtete Marla einen Moment nachdenklich. „Du hast Recht. Ich werde sogleich veranlassen, dass König Eyvindir bis zur Ratssitzung in seinen Gemächern verweilen darf.“ Marla setzte an, um etwas zu erwidern, klappte den Mund dann aber wieder zu. Eigentlich hatte sie mit ihrer Bitte erreichen wollen, dass ihr Großvater in den Hof geführt wurde, aber sie zögerte, dies laut auszusprechen. Ganz plötzlich überkamen sie Zweifel, ob es richtig war, die Drachen in die Angelegenheit der Alben mit hineinzuziehen. War es jetzt, wo Brestur tot war und Eyvindir keine direkte Gefahr mehr drohte, nicht besser, die Ratsversammlung abzuwarten? „Marla? Alles in Ordnung?“, fragte Talvi mit besorgter Miene.

„Oh, ich … ja. Es ist nur …“ Sie atmete einmal tief durch. *Verdammt, Marla, wann lernst du endlich, auf deine innere Stimme zu hören?* Nach allem, was sie in den letzten Tagen erreicht hatte, gab es keinen Grund, ihre ursprüngliche Idee jetzt infrage zu stellen. Entschlossen drückte sie die Schultern durch. „Ich habe in der Vergangenheit selbst miterlebt, wie die Drachen an einem Alben … ähm, geschnüffelt und dadurch dessen … wünschenswerte Charaktereigenschaft festgestellt haben. Ich dachte, da dem König vorgeworfen wird, die Folter an den Drachen wissentlich hingenommen und dadurch indirekt auch das Volk der Alben in Gefahr gebracht zu haben, wären die Drachen selbst doch die besten Zeugen, um seine Unschuld zu beweisen.“ – Zumindest hoffte sie, dass ihre Theorie richtig und es den Drachen tatsächlich möglich war, das Wesen eines Alben einzuschätzen, statt sich lediglich auf die Bestimmung von günstigem Erbgut zu beschränken. Nervös kaute sie auf ihrer Unterlippe und wartete auf Talvis Reaktion.

„Ich muss sagen, du bist voller Überraschungen“, hob die Ältere an und Marla legte fragend den Kopf schief.

„Einmal von deiner Begabung als Auserwählte abgesehen, bewundere ich deinen Mut und deine Stärke, deinen Einfallsreichtum, deine Intelligenz …“ Sie deutete auf Matej. „… und deine Empathie. Brestur wollte dich uns als Eyvindirs Nachfolgerin schmackhaft machen, aber ich glaube, er hat dich gewaltig unterschätzt.“ Ein Lächeln huschte über ihr Gesicht. „Also gut, du hast mich neugierig gemacht. Ich werde sogleich mit den anwesenden Ratsmitgliedern sprechen und darüber abstimmen.“

Talvi verneigte sich erneut und wendete sich schon zum Gehen, aber Marla hielt sie zurück. „Bitte, da ist noch etwas.“

„Ja?“

„Mein Gefährte Tjarven – er ist kein Pferdedieb!“ Aus irgendeinem Grund hatte sie das Gefühl, dass sie Talvi vertrauen konnte. „Wir hatten nie vor, die Pferde zu behalten. Eyvindir wollte, dass Sorin und die anderen mich vor Brestur in Sicherheit bringen und wir brauchten dringend Reittiere …“

Talvi schmunzelte. „Ich werde sehen, was ich machen kann.“ Damit eilte die Albe über den Palasthof davon.

Marla sah sich um. Ihre drei Drachen schienen aus der Luft zu beobachten, wie sich der Palasthof zusehends leerte. Die restlichen Verletzten wurden vom Hof gebracht, die Toten nach und nach abtransportiert. Philipe unterhielt sich gerade unweit von ihr mit zwei Heilern, doch war sofort ersichtlich, dass er dem Gespräch nur halbherzig folgte, denn es vergingen kaum mehr als ein paar Sekunden, ohne dass er zu ihr herüberschaute. Auch Rorek hielt sich in der Nähe auf und beobachtete Marla mit verschränkten Armen. Nach den heutigen Ereignissen konnte sie den beiden Männern kaum verdenken, sie nicht aus den Augen lassen zu wollen, gleichzeitig wusste sie es sehr zu schätzen, dass sie versuchten, ihr den nötigen Freiraum zu geben. Jetzt sehnte sie sich nach der Nähe ihrer Gefährten.

Sie erreichte Rorek als Erstes. Prüfend ließ sie ihren Blick über sein Antlitz gleiten. Die blutige Schramme an seiner Stirn war ihr zuvor gar nicht aufgefallen und sie bezweifelte, dass er sich der Verletzung überhaupt bewusst war. „Danke, dass du dein Leben für mich riskiert hast!"

„Dafür bin ich da", entgegnete Rorek ernst. „Ich schwöre, ich hätte Brestur für seine Taten büßen lassen, wenn dein Drache mir nicht zuvorgekommen wäre! Effektives Vorgehen, das muss ich Bleykh lassen …", brummte er und klang dabei fast ein wenig beleidigt. „Feuer spucken muss ich erst noch lernen." Der Krieger verzog keine Miene, aber das schalkhafte Funkeln in seinen Augen sorgte dafür, dass eine angenehme Wärme durch Marlas Brustkorb sprudelte, die die schrecklichen Erlebnisse dieses Tages ein wenig erträglicher werden ließ. Womit hatte sie solch gute Freunde verdient?

„Sag, bezieht sich dein Kussverbot eigentlich nur auf deinen Mund oder auch auf andere Körperstellen?", fragte sie keck. Die Augenbrauen des Kriegers schossen in die Höhe. „Ich würde dich jetzt nämlich gerne küssen, wenn ich darf?" Seine zuckenden Mundwinkel als Zustimmung wertend, stellte sie sich auf die Zehenspitzen und hauchte ihm einen Kuss auf die Wange.

Mittlerweile hatte sich ihnen auch Philipe angeschlossen.

„Wo sind die anderen?", wollte Marla wissen.

„Jahvis, Lijan und Sinha haben Sorin in die Krankenstation begleitet“, erklärte Philipe. „Njola, Fridtjof und Nharvik lassen selbst ihre Wunden behandeln und Freydis hilft Igjor und Kjell, die Gefangenen in die Kerker zu bringen.“

„Wie geht es Sorin?“, fragte sie besorgt weiter.

„Er ist wieder zu Bewusstsein gekommen, aber er leidet unter starken Schmerzen. Mehr kann ich nicht sagen.“

Marla nickte gedankenverloren vor sich hin. Blieb zu hoffen, dass die Heiler ihre Arbeit verstanden. „Und was wird nun mit all den Kriegern im Kerker geschehen?“

Philipe überlegte einen Moment. „Letztendlich ist es Eyvindirs und Sorins Entscheidung, aber ich könnte mir vorstellen, dass jene Krieger, die spätestens ab dem Zeitpunkt, als Brestur dich gepackt hatte, an unserer Seite gekämpft haben, in niedrigen Rängen der Garde eine zweite Chance bekommen werden, sich zu beweisen. Diejenigen, die bis zum Schluss Bresturs und Maltjes Befehlen gehorcht haben, werden garantiert aus der Königsgarde entlassen und teilweise sogar bestraft werden. Oh, und eines wisst ihr ja noch gar nicht – anscheinend hat Sorin erst gestern Abend herausgefunden, dass einige seiner Leute von Brestur wegen Ungehorsam eingesperrt und andere schlicht und einfach der Stadt verwiesen wurden. Natürlich werden sie sofort wieder in die Garde aufgenommen werden.“

„Gut zu wissen, dass es doch noch einige treue Kriegerinnen und Krieger gibt, auf die Eyvindir zählen kann“, erwiderte Marla. „Das lässt mich auf ein gutes Ende hoffen.“

„Ganz bestimmt wird alles gut werden!“ Philipe strich ihr eine Haarsträhne hinters Ohr. „Und allen voran hat Eyvindir das dir zu verdanken! Ich bin so stolz auf dich!“ Als er sich zu einem einzelnen zärtlichen Kuss zu ihr hinabbeugte, geriet ihr Herz ins Stolpern. Sie schmiegte sich gegen seine harte Brust und genoss das Gefühl der Sicherheit, das sie dabei durchströmte.

Rorek räusperte sich. „Ich unterbreche euch Turteltauben nur ungern, aber wie es aussieht, bekommen wir Besuch.“

Esben führte eine Gruppe von Kriegern der Königsgarde in den Palasthof, gefolgt von einigen Palastbewohnern. Marla erkannte unter ihnen Talvi und die anderen Ratsmitglieder, die am Empfang teilgenommen hatten, sowie weitere Alben in eleganten Umhängen, aber auch einige der Bediensteten waren darunter. Der Kammerdiener Olafur nickte freundlich in ihre Richtung. *Was ging hier vor?* Nun betraten auch ihre Gefährten den Hof – Freydis, Njola, Fridtjof und Nharvik gesellten sich zu ihnen und Jahvis erschien mit Sinha. Ihre Augen waren noch gerötet, aber das zuversichtliche Lächeln, das sie Marla schenkte, machte deutlich, dass es Sorin den Umständen entsprechend gut ging. Erleichtert lächelte Marla zurück.

Talvi gab den Ratsmitgliedern die Anweisung, sich halbmondförmig aufzustellen, während sich alle anderen Anwesenden entlang der Außenseiten des Hofes positionieren sollten.

„Wer ist Talvi eigentlich?“, fragte Marla leise. „Sie scheint die Führung übernommen zu haben, dabei ist sie gar nicht die Ratsälteste.“

„Gut beobachtet“, flüsterte Philipe zurück. „Talvi ist eine hochgeachtete Gelehrte. Sie unterrichtet unter anderem Menschenwissenschaften und hat nebenbei eine Unmenge an altalbischen Schriften übersetzt und interpretiert. Auf ihre Meinung wird in offiziellen Ratsversammlungen stets viel Wert gelegt – daher war es umso ungeheuerlicher, dass Brestur die Verhandlung gegen Eyvindir ohne sie durchführen wollte.“ *Oh.* Marla war nicht bewusst gewesen, um was für eine wichtige Persönlichkeit es sich bei Talvi handelte. Unwillkürlich musste sie daran denken, wie sehr es ihr geschmeichelt hatte, als die Albe auf dem Empfang Interesse an Marlas Kindheit bei den Menschen gezeigt hatte. Jetzt fragte sie sich aber, wer wohl mehr über die Geschichte, die Traditionen und die Kultur der Menschen Bescheid wusste – sie oder Talvi. Allerdings war theoretisches Wissen wohl kaum mit Marlas Erfahrungen aus erster Hand vergleichbar.

Ihre Überlegungen wurden jäh unterbrochen, als weitere Personen den Palasthof betraten, und ihr Herz hüpfte vor Freude, als sie unter ihnen auch Tjarven entdeckte. Mit langen Schritten eilte er auf die Gefährten zu – seine Kleidung wirkte leicht schmuddelig, doch ansonsten schien er völlig unversehrt. Noch bevor Marla die Gelegenheit bekam, ihn zu begrüßen, fuhr ein Raunen durch die Menge.

Eyvindir! Der König war durch das Tor getreten, flankiert von Kjell und Igjor, wobei die Krieger eher wie seine Leibgarde wirkten und nicht wie seine Bewacher. Eyvindir schien keine äußerlichen Verletzungen zu haben, aber sein aschfahles Gesicht und die Sorgenfalten auf seiner Stirn ließen ihn um Jahre gealtert aussehen.

Talvi trat vor und räusperte sich, sämtliche getuschelten Worte verstummten und wichen einer gebannten Stille. „Marla, Auserwählte, du bist mit einer Bitte an mich herangetreten“, hob sie förmlich an. „Die drei Drachen, die heute hier in Eskjillrod gelandet sind, sollen stellvertretend für das geschädigte Drachenvolk beurteilen, ob Eyvindir der Große ihr Vertrauen verdient oder nicht. Die anderen anwesenden Ratsmitglieder und ich haben uns besprochen und sind zu der Entscheidung gelangt, deinem Anliegen zuzustimmen. Allerdings gab es Bedenken, dass du die Drachen in ihrer Meinung beeinflussen oder sie bestechen könntest. Nach den kürzlichen Erfahrungen mit Brestur kannst du diese Sorge vielleicht nachvollziehen. Daher werden wir dir nur einen kurzen Moment einräumen, in dem du den Drachen erklären kannst, was wir von ihnen erwarten, eine längere Kontaktaufnahme wird dir jedoch nicht gestattet. Bist du mit diesen Bedingungen einverstanden?“

„Ja, das bin ich“, beeilte sich Marla zu sagen. Dass das Übermitteln von Emotionen wesentlich schneller vonstattenging als eine mündliche Erklärung und sie durchaus die Möglichkeit hätte, ihre Meinung, ihre Erinnerungen und ihre Wünsche mit den Drachen zu teilen, indem sie ihnen freien Zugang zu ihrem Geist gewährte, behielt sie lieber für sich, um niemanden zu verunsichern. Ihr selbst war daran gelegen, auch den letzten Funken Zweifel an Eyvindirs Aufrichtigkeit aus ihrem Herzen zu tilgen. Sie würde den Drachen so neutral wie möglich gegenübertreten, damit diese sich selbst ein Urteil bilden konnten.

„König Eyvindir, bist du damit einverstanden, dich dieser Prozedur zu unterziehen?“, wollte Talvi wissen.

Der Angesprochene schaute überrascht auf, als hätte er gar nicht damit gerechnet, dass jemand nach seiner Meinung fragen würde. „Selbstverständlich. Ich habe nichts zu verbergen."

„Gut. Marla, du kannst jetzt die Drachen rufen und beginnen." Mit diesen Worten drehte Talvi sich um und gesellte sich zu den restlichen Ratsmitgliedern. Marla schluckte hart. *Sie konnte jetzt beginnen?* Wie sollte sie die Aufmerksamkeit der Drachen erlangen? Sie konnte sie ja schlecht bei den Namen rufen, die sie ihnen einfachheitshalber für ihre Gefährten gegeben hatte.

Wie sich herausstellte, war das jedoch gar nicht nötig, denn die Drachen hatten längst bemerkt, was sich im Palasthof abspielte. Als Marla zu ihnen aufschaute und ihren rechten Arm lang nach oben ausstreckte, landeten erst Fjolta und dann die beiden Drachenbullen im Zentrum des Hofes. Ein erneutes Raunen ging durch die Zuschauer. In einigen Gesichtern las Marla Furcht, doch die meisten spiegelten Respekt und Entzückung wider.

Sie warf ihrem Großvater einen letzten Blick zu und er versicherte ihr mit einem Kopfnicken, dass er bereit war. Wie mittlerweile schon dutzende Male zuvor legte sie ihre Hand auf Fjoltas Schuppenpanzer.

Beinahe begierig lenkte Fjolta Marlas Psyche durch den Nebel. Der Albe war es, als wäre sie in einen Sog geraten, der sie umherwirbelte und ihr die Luft aus den Lungen presste. Aufgeregt klopfend schallte ihr die kräftig türkisfarbene Sorge der Drachenkuh entgegen. Auch die beiden Drachenbullen hatten über den körperlichen Kontakt mit Fjolta wieder in Marlas Geist gefunden und sie sah sich konfrontiert mit gelb huschender Freude und pink wispernder Zuneigung. Marla ging jedoch nicht darauf ein, sie wusste, wie sehr die Zeit drängte. Es fiel ihr schwer, sich vor den Drachen bedeckt zu halten und ihren Geist nicht gänzlich zu öffnen, so wie sie es schon oft getan hatte. Einerseits fühlte sie sich jedes Mal entblößt und ausgeliefert, andererseits war dies wohl einer der Gründe, warum die Bande zwischen ihr und den Drachen so stark waren – die majestätischen Wesen konnten bis auf den Grund ihrer Seele sehen und wussten, dass sie ihr voll und ganz vertrauen konnten.

Jetzt aber bemühte sie sich, einen Schutzwall zu errichten, der ihre Gefühle für Eyvindir und ihr eigenes Verständnis der Geschehnisse vor ihnen abschottete. Mit Sicherheit hätten die Drachen ihre mentale Blockade mühelos beiseite wischen können, aber sie taten es nicht. Stattdessen zuckte Sjarths Geist in tiefschwarzer Trauer vor ihr zurück wie eine Schnecke, die die Fühler einzog. *Nein, bitte, ich wollte euch nicht kränken! Ich danke euch von ganzem Herzen, euer Eingreifen bedeutet mir so viel! Die Zeit rinnt uns davon ...* Darum bemüht, nicht mehr als ihre Dankbarkeit und Zuneigung durchdringen zu lassen, öffnete sie ihren Geist ein kleines Stück, spürte aber sogleich, wie viel Kraft es sie kostete: Wie bei einem Damm, durch dessen Ritzen bereits die ersten Tropfen rannen, baute sich der Druck ihrer Emotionen immer weiter auf und drohte, die Barriere ganz einzureißen. Wenn sie jemals dem mentalen Ansturm eines fremden Drachen standhalten wollte, brauchte sie darin unbedingt Übung, so viel stand fest.

Marla atmete erleichtert auf, als ihr Verständnis und Vertrauen in Form von orangefarbenen Impulsen entgegenflackerten. Nach einer letzten Beteuerung ihrer Verbundenheit versiegelte sie ihren Geist wieder so gut sie konnte. *Der Mann, der vor euch steht, wird bezichtigt, über die ungeheuren Schandtaten in der Roten Burg informiert gewesen zu sein und dieses Wissen für sich genutzt zu haben.* Sjarth winselte pechschwarz auf. *Er bestreitet das jedoch und behauptet, ihm hätte immer nur das Wohl der Drachen und die erneute Verbrüderung unserer Völker am Herzen gelegen. Ist es euch möglich, die Wahrheit zu erkennen?*

Der Moment des farb- und geräuschlosen Vakuums, der folgte, während sich die Drachen untereinander berieten, streckte sich zu einer qualvollen Ewigkeit. Lange würde sie die Verbindung nicht mehr aufrechterhalten können, ihr Körper begann vor Erschöpfung zu zittern. Doch dann, endlich, hallte die Zustimmung ihrer Drachen in dreifachen Orangeschattierungen durch ihren Geist, gefolgt von einem forschen tiefroten Hämmern, das Marla erschrocken die Luft einsaugen ließ. Alles in ihr sträubte sich dagegen, der Forderung der Drachen nachzugeben, gleichzeitig bewiesen diese damit jedoch, dass sie den Ernst der Lage begriffen, und ihre Aufgabe geflissentlich erfüllen wollten – auf Drachenart. *Einverstanden*, stimmte Marla widerwillig zu. Bevor sie den Kontakt unterbrach, versorgte Fjolta sie mit einem Schub gleißender Energie.

Während sich der Nebel in ihrem Kopf auflöste, fragte sich Marla, ob die vielen Zuschauer überhaupt noch anwesend waren, so still war es um sie herum geworden. Ehrfurcht und erwartungsvolle Anspannung schlugen ihr entgegen, als sie wieder klar sehen konnte.

„Ich habe erklärt, was wir von ihnen erwarten. Sie haben zugestimmt, aber …“ Marla atmete tief durch, um ihre zittrige Stimme zu festigen. „Ihre Bedingung war, dass sie Eyvindir, sollte sich herausstellen, dass er dem Volk der Drachen gegenüber niederträchtige Hintergedanken hegt, eine gerechte Strafe zukommen lassen werden – jetzt sofort an Ort und Stelle. Alles hängt jetzt vom Urteil der Drachen ab.“ Sogleich erfüllte ein aufgeregtes Getuschel den Hof, als die Zuschauer begriffen, was Marla ihnen eröffnet hatte: Sollte Eyvindir gelogen haben, würde Brestur nicht der einzige Alb bleiben, der heute dem Drachenfeuer zum Opfer fiel.

Plötzlich hatte Marla Mühe zu schlucken. Hatte sie soeben das sichere Todesurteil ihres Großvaters unterschrieben? Würde er der kritischen Begutachtung der Drachen standhalten können? Sie musste all ihren Mut zusammennehmen, um ihm in die Augen zu sehen. Statt Todesangst und Verachtung schenkte er ihr jedoch ein anerkennendes, wenn auch knappes, Nicken.

Sie trat ein paar Schritte zur Seite, um den Weg für die Drachen freizugeben. Fjolta näherte sich dem König als Erste – das gefährliche, doch durchaus elegante Heranpirschen einer Jägerin an ihre Beute. Eyvindir hielt sein Haupt respektvoll gesenkt, seine Arme hatte er locker links und rechts von sich gestreckt. Seine Handflächen zeigten nach vorn, um zu beweisen, dass er unbewaffnet war. Als die Drachin ihre gigantische Schnauze gegen Eyvindirs Brust drückte, hielt Marla unwillkürlich die Luft an. Sie hatte den Drachen gegenüber absichtlich verschwiegen, in welchem Verhältnis sie zu Eyvindir stand, weil der Verwandtschaftsgrad keinen Einfluss auf ihre Meinung haben sollte, aber sie war sich sicher, dass Fjolta die genetische Ähnlichkeit nicht verborgen blieb.

Es dauerte nicht lange, bis die Drachenkuh ihr Urteil gefällt hatte. Schnaubend ruckte sie vom Albenkönig ab, schwang sich in die Lüfte und der einäugige Sjarth drängte sich an ihre Stelle. Dieser verharrte wesentlich länger in seiner lauernden Position, seine Nüstern blähten sich ein ums andere Mal auf. Eyvindir stand regungslos da, lediglich sein schwerer Atem und der glänzende Film auf seiner Stirn zeugten davon, dass ihm nicht ganz wohl in seiner Haut war. Blieb zu hoffen, dass der Auslöser dafür schlicht die Nähe der riesigen Kreaturen war und er nicht doch etwas zu verbergen hatte.

Endlich löste sich der Drachenbulle von Eyvindir. Mit pochendem Herzen erwartete Marla Sjarths Urteil. Er schüttelte sein hornbesetztes Haupt, Geifer flog links und rechts davon. Sein durchdringendes Grollen vibrierte durch Marlas Körper und einige der Zuschauer sogen derart erschrocken die Luft ein, als hätte er soeben einen vernichtenden Feuerstrahl entfesselt. Dann stieß sich der Drache vom Boden ab und schloss sich Fjolta an, die über dem Palasthof kreiste.

Als Letztes näherte sich der junge Drachenbulle Bleykh. Er senkte seine Schnauze gegen Eyvindirs Brust, verweilte nur für wenige Sekunden, schaukelte einmal zurück und wieder nach vorn und versetzte dem Alben einen leichten Stoß, der ihn zwei Schritte rückwärts taumeln ließ. Die Menge japste erneut nach Luft, während Bleykh kräftig schnaubte und sich in den Himmel schwang. Marla musste sich ein Grinsen verkneifen. Es war für sie nicht nötig, eine körperliche Verbindung zu dem jungen Drachenbullen herzustellen, um zu verstehen, dass es ihm eine diebische Freude bereitet hatte, die Alben derart zu erschrecken.

Talvi trat vor und verneigte sich erst ehrfurchtsvoll vor Marla, dann vor Eyvindir. „Wie es scheint, haben die Drachen ihr Urteil gesprochen – du bist unschuldig. Zwar ersetzt das nicht die offizielle Ratsversammlung, aber nach all den Ereignissen, derer wir heute Zeugen geworden sind, dürfte es sich eher um eine Formalität handeln. Eyvindir, du darfst dich bis dahin frei bewegen, aber ich bitte dich, den Palast inklusive seiner Gärten nicht zu verlassen."

Eyvindir erwiderte die knappe Verbeugung. „Selbstverständlich. Ich danke dir, Talvi!"

Länger hielt Marla es nicht mehr aus. Mit schnellen Schritten überwand sie die Distanz zu ihrem Großvater. Von ihrer schwungvollen Begrüßung schien er zunächst völlig überfordert, dann aber zog er sie doch in eine liebevolle Umarmung.

Kapitel 25 – Die Entscheidung

Zwei Tage nach dem Kampf im Palasthof wurde das traditionelle Feuerfest zelebriert, um die gefallenen Kriegerinnen und Krieger zu ehren und ihren Seelen den Austritt aus ihren vergänglichen Körpern zu vereinfachen. Es war das zweite Feuerfest, dem Marla beiwohnte, seit sie in das Reich der Alben gekommen war, doch waren die beiden Rituale kaum miteinander zu vergleichen. Bei dem Feuerfest in der Siedlung der Manantena hatte es sich um einen zwanglosen Abend gehandelt, an dem die Verbliebenen zusammengefunden und mit liebevoll vorgetragenen Anekdoten der verlorenen Seelen gedacht hatten, an dem Freunde enger zusammengerückt und an dem Kummer und Frohsinn auf wundersame Weise Hand in Hand gegangen waren.

Das Feuerfest im königlichen Palast hingegen wirkte erzwungen zeremoniell und nüchtern, was Marla aber auch nur so vorkommen mochte, weil sie und ihre Gefährten niemanden der Toten, außer Matej, persönlich gekannt hatten. Sorin hielt trotz der starken Schmerzen, unter denen er noch immer litt, eine ergreifende Rede, in der jede und jeder Einzelne seiner gefallenen Kriegerinnen und Krieger namentlich erwähnt wurde.

In den darauffolgenden Tagen ging es mit Sorin zusehends bergauf, doch bekam Marla ihn kaum zu Gesicht. Die Folgen der Revolte und der Führung Maltjes und Bresturs waren nicht spurlos an den Kriegern der Königsgarde vorübergegangen und da Eyvindir offiziell noch auf seine Verhandlung wartete, hatte er die Aufgabe, die Königsgarde neu zu strukturieren, allein Sorin übertragen. Der Hauptmann verbrachte daher endlose Stunden in Sitzungen mit seinen Vertrauten. Unterstützung fand er dabei außerdem in Kjell und Nharvik, und auch Lijan wich ihm dabei kaum von der Seite. Marla war überrascht, wie erwachsen Jahvis' Schwester wirkte und wie sehr sie in den letzten Wochen aufgelebt war.

Täglich trafen weitere Ratsmitglieder ein und die Vorbereitungen für die Unterbringung und Verpflegung der vielen Gäste nahm die Palastangestellten in Beschlag. Für die Mitglieder der Manantena hingegen gab es kaum etwas zu tun.

Marla und Philipe führten diverse Gespräche mit Eyvindir, in denen er ihnen mehr über seine Vergangenheit anvertraute, über die Sehende Gabe und über seinen Wunsch, die Völker neu zu vereinen. Dabei blieb es Marla nicht verborgen, dass es etwas gab, das ihrem Großvater schwer auf der Seele lastete, aber nicht zuletzt hing die bevorstehende Ratsversammlung noch über ihren Köpfen wie eine dunkle Wolke, weswegen sie nicht versuchte, ihn deswegen zu bedrängen.

Nur wenige Male zog es sie aus dem Palast hinaus in die Stadt. Zwar waren viele der Bauern in ihre Heimat zurückgekehrt, nachdem sie erfahren hatten, dass Eyvindir nicht tot war und auch kein Schlachtzug gegen die Menschen bevorstand, doch Eskjillrod war noch immer heillos überfüllt mit Schaulustigen. Die Neuigkeiten über die Ereignisse im königlichen Palast vor einigen Tagen hatten sich verbreitet wie ein Lauffeuer. Marla konnte kaum einen Schritt tun, ohne dass ihr neuer Titel *Marla die Auserwählte* wie der Klang raschelnden Laubes in der Luft hing und wildfremde Alben ehrfürchtig vor ihr auf die Knie fielen. Die Tatsache, dass sich die drei Drachen in ständiger Nähe der Stadt aufhielten und zwischendurch immer wieder in den Palastgärten landeten, sorgte für die wildesten Gerüchte.

Allerdings waren nicht alle Reaktionen, die ihr entgegenschlugen, positiv. Bei ihrem letzten Besuch auf dem Markt war sie auf offener Straße von einem Stadtbewohner beschimpft und für ihre Entscheidung, den Kontakt mit den Drachen neu aufleben zu lassen, verurteilt worden. Philipe, Rorek und Tjarven, die ihr bei diesen seltenen Ausflügen nie von der Seite wichen, hatten sie vor etwaigen Handgreiflichkeiten abgeschirmt, aber die Lust, die Stadt weiter zu erkunden, war ihr daraufhin gründlich vergangen.

Stattdessen hatten Marla und ihre Gefährten den Steingarten als ihren bevorzugten Aufenthaltsort auserkoren. Der Garten mit der angrenzenden Grotte war kaum mit dem idyllischen Tal in den Bergen zu vergleichen, gab ihnen jedoch die Möglichkeit, dem geschäftigen Treiben innerhalb der Palastmauern zu entkommen.

Bis auf Njola, die es regelmäßig für Kampfübungen in den Palasthof und für jede Mahlzeit in die Speisehalle der Königsgarde zog, bevorzugten die Gefährten, unter sich zu bleiben. Sorins Schwester Sinha bot sich häufiger an, ihnen weitere Führungen durch den Palast zu geben, aber bis auf Jahvis, der Schwierigkeiten hatte, lange Zeit stillzusitzen, lehnten die Gefährten dankend ab. Keiner von ihnen hielt es für notwendig laut auszusprechen, wie sehr sie sich nach ihrem Zuhause bei den Manantena sehnten.

Marla war froh, dass die Drachen beschlossen hatten, bis nach der Ratsversammlung in Eskjillrod zu verweilen. Es hätte ihr das Herz zerrissen, wenn die Drachen nach ihrem Urteilsspruch davongeflogen wären, ohne dass Marla die Gelegenheit gehabt hätte, ihnen erneut ihren Dank und ihre Zuneigung auszusprechen. Glücklicherweise zeigten alle drei der majestätischen Wesen Verständnis für Marlas seltsames Verhalten und waren nicht nachtragend, im Gegenteil: Ihre Bande schienen nach den kürzlichen Ereignissen noch stärker geworden zu sein – eine Gegebenheit, die Brestur nicht mit einkalkuliert hatte, als er Marla für entbehrlich befand, denn die Drachen hätten ihren Tod niemals einfach so hingenommen.

Für die Nacht zogen sich die Drachen stets an einen abgeschiedenen Ort außerhalb der Stadt zurück, aber tagsüber suchten sie regelmäßig Marlas Nähe im Steingarten. Von ihnen hatte sie erfahren, wie mutig Lijan gewesen war, sich ganz allein mit den Drachen auf die lange Reise nach Eskjillrod zu begeben, wenngleich sie nicht in der Lage war, mit ihnen zu kommunizieren. Außerdem hatte Fjolta erklärt, dass die Sippe zu dem Zeitpunkt, als die Drachin Marlas Not gespürt hatte, das Reich der Alben noch gar nicht verlassen hatte. Einige der geschundenen Kreaturen aus der Roten Burg waren nicht in der Lage gewesen, zu den Höhlen im Hochgebirge zu fliegen und hätten auch nicht die Kraft für einen Aufstieg zu Fuß gehabt. Daher hatte Fjolta beschlossen, die Sippe in die Sümpfe nördlich der Berge zu lenken, wo sie ausreichend Platz und Nahrung fanden. Für die Dauer ihrer Abwesenheit hatte sie dem Drachenbullen Rhoyd die Führung über die Sippe übertragen.

Der Gedanke, den Drachen bald Lebewohl sagen zu müssen, bereitete Marla Bauchschmerzen. Wie sehr wünschte sie, die Drachen und die Alben könnten sich wie früher einen Lebensraum teilen! Ihr Reich war so weitläufig, die Drachen mussten sich nicht länger in Höhlen in den Bergen verkriechen, es war genug Platz für alle da. Aber ihr war natürlich auch bewusst, dass es nicht allein die Entscheidung ihrer Drachen war, schließlich war Fjolta für eine ganze Sippe verantwortlich und ob ihre Artgenossen überhaupt Interesse an einer friedlichen Verbindung hatten, war nach ihren Erlebnissen in der Schlucht der Giganten mehr als fraglich. Es war durchaus möglich, dass sie ein zurückgezogenes Dasein weitab der albischen Zivilisation bevorzugten – und im schlimmsten Fall sannen sie sogar auf Rache.

Nachdem Talvi sowohl Marla als auch Philipe nahegelegt hatte, wegen Verdachts auf Befangenheit nicht an der Verhandlung teilzunehmen, trafen sie sich auch am Tag der Ratsversammlung mit ihren Gefährten im Steingarten, wo jeder auf seine Art nach einer Zerstreuung suchte. Jahvis und Sinha sowie Rorek und Tjarven übten sich in Zweikämpfen. Zunächst hatte Tjarven als ihr Schwertkampflehrer auch Marla zu einem freundschaftlichen Duell herausgefordert, aber sie war nicht bei der Sache gewesen und hatte sich innerhalb kürzester Zeit mehrere blaue Flecken eingefangen. Jetzt saß sie im Schatten gegen einen großen Felsen gelehnt und las bereits zum dritten Mal denselben Absatz eines Buches. *Verdammt, wie lange dauerte das denn noch?* Philipe lag mit dem Kopf auf ihren Schoß gebettet und studierte ebenfalls ein Schriftstück, allerdings strafte die Tatsache, dass er seit einer gefühlten Ewigkeit nicht umgeblättert hatte, seine entspannte Pose Lügen – vermutlich konnte er sich ebenso wenig konzentrieren wie sie.

Als knirschende Schritte auf dem Kies die Ankunft einer Person ankündigten, schreckten alle in die Höhe.

„Sorin, gibt es etwas Neues?“, rief Marla, während sie dem Gefährten entgegeneilte.

Der Hauptmann der Königsgarde trat ihr mit ernstem Gesichtsausdruck entgegen, der sich aber schnell in ein breites Grinsen verwandelte. „Der Rat hat entschieden – beinahe einstimmig für Eyvindir. Er ist freigesprochen!“ Marla entfuhr ein Jubelschrei. Sie wirbelte herum und fiel Philipe in die Arme, der sich ergriffen an ihr festhielt. „Ich wurde geschickt, um euch Bescheid zu geben, dass Eyvindir gleich eine Rede halten wird“, erklärte Sorin. „Marla und Philipe, er bittet euch, ihm auf der Veranda Gesellschaft zu leisten, wir anderen sollen hinunter in den Palasthof gehen.“ Ausgesprochen gut gelaunt begab sich die Gruppe auf den Weg durch das Gebäude. „Da ist noch etwas“, hob Sorin an. „Esben und die anderen sind vor Kurzem zurückgekehrt – von Svala gibt es noch immer keine Spur.“ Marla nickte nur, sie hatte nichts anderes erwartet. Die Alte hatte sich an dem Tag, an dem die Drachen in Eskjillrod gelandet waren, klammheimlich aus dem Staub gemacht und war seither unauffindbar. Sämtliche Nachforschungen waren erfolglos geblieben und

Sorins Leute, die er regelmäßig zu ihrem Hof schickte, kehrten jedes Mal mit leeren Händen zurück.

Auch Marla war der Meinung, dass Svala für ihre Lügen und für die Vertuschung eines schlimmen Verbrechens zur Rechenschaft gezogen werden sollte, allerdings war sie überzeugt davon, dass der grauenvolle Tod, der die Alte ohne Drachenblut früher oder später ereilen würde, weit schlimmer war, als die Strafe, die sie von den Alben zu erwarten gehabt hätte.

Während ihre restlichen Gefährten hinab zum Palasthof eilten, ließ Rorek es sich nicht nehmen, Philipe und Marla zu begleiten. Als sie den Durchgangsraum mit den riesigen mattschwarzen Fliesen und den silbern schimmernden Gardinen erreichten, fanden sie die Palasttüren weit geöffnet vor. Offenbar hatte Eyvindir den Balkon bereits betreten, Hochrufe und Beifall ebbten soeben ab. Schnell durchquerten sie den Raum und schlossen sich dem König an. Als die Menge Marla erkannte, ertönten erneute Jubelschreie, aber Talvi brachte die Zuschauer zum Schweigen.

„Ich grüße euch“, begann sie feierlich. „Danke, dass ihr dem Ruf gefolgt seid, um der Verkündung unseres Urteils beizuwohnen. Ich möchte euch nicht lange auf die Folter spannen: Die Ratsversammlung hat König Eyvindir den Großen für unschuldig befunden.“ Wieder brandete Jubel auf, aber Talvi verschaffte sich mit erhobenen Armen Gehör. „König Eyvindir möchte sich jetzt mit einer Rede an euch wenden.“ Erneuter Applaus und Freudenrufe erfüllten den Hof.

„Ich grüße euch“, wiederholte Eyvindir die traditionelle Anrede. „Ihr ahnt nicht, wie viel es mir bedeutet, dass ihr alle erschienen seid.“ Beifall aus der Menge. „In den vergangenen Wochen gab es Momente, in denen alles verloren schien, aber das Wissen, dass es selbst in meiner dunkelsten Stunde Personen gab, die an mich geglaubt und mir treu zur Seite gestanden haben, hat mich die Hoffnung niemals ganz aufgeben lassen." Er drehte den Kopf und schaute Marla, Philipe und Rorek in die Augen, bevor er sich wieder dem Publikum zuwandte. „Dafür danke ich euch von ganzem Herzen. Hiermit möchte ich noch einmal betonen, dass ich euch niemals verraten hätte und wie wichtig mir das Wohl unseres Volkes immer gewesen ist …" – Jubelschreie – „… auch wenn es mir über die Jahre zunehmend aus dem Fokus geraten ist." Marla hob angesichts der ungewöhnlichen Wortwahl seiner Rede überrascht die Brauen. *Aus dem Fokus geraten?* Das klang beinahe so, als ob das Wohl des Albenvolkes nicht immer in seinem Mittelpunkt gestanden hätte. Auch einige Zuschauer schienen zu stutzen. „Das zeigt wohl, dass auch ein König nicht unfehlbar ist. Manchmal liegen zwischen Wunschbild und Realität ganze Welten … und manchmal trennt Ausdauer und Besessenheit nur ein feiner Grat." Der Applaus in den Zuschauerreihen ebbte nun gänzlich ab, verunsicherte Gesichter schauten zur Veranda empor. Marla drehte sich fragend zu Philipe, der ihren Blick mit gerunzelter Stirn erwiderte. *Was war das für eine seltsame Dankesrede?* Glaubte Eyvindir etwa, er könne das Volk auf diese Weise von sich überzeugen? „Ich gebe offen zu, dass ich viele Fehler gemacht habe, dass ich das, was wirklich zählt, viel zu oft aus den Augen verloren habe: *euch!* Dabei habt ihr einen Herrscher verdient, der eure Bedürfnisse kennt, sich für euch einsetzt." Er schenkte Marla ein kurzes, aber herzliches Lächeln und sie spürte, wie alle Farbe aus ihrem Gesicht wich.

„Marla die Auserwählte!“, rief plötzlich jemand und Eyvindir nickte versonnen. *Was zum Teufel sollte das? Was tat Eyvindir da?*

„Was ich euch zu sagen habe, fällt mir nicht leicht, bitte glaubt mir, aber ich habe es mir lange und gut überlegt.“ Eine dunkle Vorahnung stieg in Marla auf, die ihr augenblicklich den Schweiß auf die Stirn trieb. „Ich liebe euch alle mehr als mein Leben und aus genau diesem Grund verkünde ich hiermit offiziell meinen Rücktritt. Ihr habt mich als euren Herrscher gewählt, aber ich fürchte, ich kann die Aufgabe, euch zu dienen und zu beschützen, nicht länger erfüllen. Es gibt andere Personen, die das weitaus besser können als ich …“ Grabesstille schlug über dem Palasthof zusammen. *Er hatte es tatsächlich getan!* Marla fühlte sich in ihrem Bauchgefühl bestätigt, aber wirklich fassen konnte sie es nicht.

„Königin Marla die Auserwählte!“, tönte es in die Stille und Marla sog erschrocken die Luft ein. *Bitte was? Sie* sollte den König ersetzen? *Das war doch lachhaft!* Jubelrufe brandeten auf, wodurch sich die Umstehenden angestachelt fühlten, den Aufruf zu wiederholen. „Marla die Auserwählte! Marla die Auserwählte!“ Wieder und immer wieder schallte die Forderung über den Palasthof, bis sich die individuellen Stimmen zu einem einzigen rhythmischen Singsang miteinander vereinten. *Marla die Auserwählte! Marla die Auserwählte!*

Marla stolperte rückwärts, ihr Herz pochte ihr bis zum Hals. Philipes Lippen bewegten sich, aber sie konnte nicht verstehen, was er sagte, so laut und bedrohlich hallte der

Sprechchor in ihren Ohren – in ihrem Kopf. *Marla die Auserwählte!*

Talvi und Eyvindir versuchten, die Menge mit Handbewegungen zu besänftigen, aber sämtliche Augenpaare auf dem Hof waren nur auf Marla gerichtet. *Marla die Auserwählte!* Panik stieg in ihr auf. Würde eine erneute Rede von ihr erwartet werden? Und was sollte sie schon sagen? Ihr Hirn fühlte sich an wie völlig überladen und leergefegt zugleich. *Marla die Auserwählte!*

Weitere Schritte rückwärts ließen sie vom Balkon in den Saal taumeln. Dann drehte sie sich um und fing an zu rennen. Fort von den fordernden Rufen und fort von den erwartungsvollen Blicken. Sie durchquerte den Saal mit langen Sätzen, passierte die verdutzten Kammerdiener an der doppelflügeligen Tür und stürzte den Gang entlang. Ihre Flucht führte sie eine Treppe hinauf und selbst als die Klauen des Schreckens sie längst schon losgelassen hatten, lief sie ziellos weiter durch den königlichen Palast.

Alles fühlte sich so unwirklich an. *Was hatte Eyvindir nur getan? Und warum?* Jetzt wäre doch alles wieder gut geworden! Stattdessen hatte er ihre Welt abermals von einem Tag auf den anderen auf den Kopf gestellt! Warum hatten sie sich solche Mühe gegeben, seine Unschuld zu beweisen, wenn er dann mir nichts, dir nichts abdankte? Gut, natürlich war es um weit mehr gegangen als nur um seine Integrität, aber dennoch fühlte sich sein Rücktritt an wie ein Schlag ins Gesicht.

Als sie aufschaute, fand Marla sich vor dem Salon im Westflügel wieder, wo sie mit Rorek und Brestur zu Abend gegessen hatte. Ohne zu zögern drückte sie die breite Tür auf und betrat den Raum. Wie auch schon beim letzten Mal raubte ihr die Aussicht über die Stadt und die umliegende Landschaft schier den Atem. Sie trat an die Glasfront und ließ den Blick in die Ferne schweifen. Wie eine Königin hatte sie sich gefühlt, als sie bei ihrem ersten Besuch hier gestanden hatte. Jetzt schickte ihr dieser Gedanke unwillkürlich eine Gänsehaut den Rücken hinab, die sie ihre Arme um den Oberkörper schlingen ließ.

Ein leises Klopfen an der Tür bestätigte ihre Vermutung, dass ihr mindestens einer ihrer Gefährten gefolgt war, aber sie machte sich nicht die Mühe, sich umzudrehen.

Sie sollte Königin werden? Über dieses Land regieren, Entscheidungen fällen, die das gesamte Volk betrafen? Marla schnaubte abfällig. Bis vor einigen Monaten hatte sich ihr Wissen über ihre eigenen Wurzeln auf wenig mehr als ihre spitzen Ohren beschränkt! Und dennoch rief das Volk draußen *ihren* Namen.

Albische Regeln, Gesetze und Traditionen – all das war für sie komplettes Neuland. Wie sollte sie wissen, was von einer Herrscherin überhaupt erwartet wurde? Doch plötzlich kamen ihr Roreks Worte wieder in den Sinn: *Lasse dich nicht von irgendwelchen eingestaubten Traditionen abschrecken,* hatte er gesagt. Sie solle auf die *aufmüpfige Stimme in ihrem Kopf* hören. Vielleicht war sie ja genau das, was das Volk brauchte? Jemand, der neue Ideen hatte, der frischen Wind mit sich brachte. Jemand, der nicht ganz der Norm entsprach und die Dinge aus einem anderen Blickwinkel betrachtete.

Ein Rascheln veranlasste Marla dazu, sich nun doch herumzudrehen und sie stellte überrascht fest, dass ihr nicht nur *einer* ihrer Gefährten gefolgt war. Philipe stand ein paar Schritte von ihr entfernt, seine schönen grünen Augen auf sie gerichtet. Er hob an, um etwas zu sagen, aber die Worte schienen ihm zu entrinnen. Sein Mund klappte zu und er presste verkniffen die Lippen zusammen. Rorek befand sich direkt neben Philipe und starrte mit grimmigem Blick und verschränkten Armen auf einen Punkt vor sich. Jahvis und Tjarven lehnten mit betretenen Mienen an der Wand rechts neben der Tür und Kjell war im Türrahmen stehen geblieben.

Ein flüchtiges Lächeln glitt über Marlas Antlitz. Wie viel sie ihren Freunden doch zu verdanken hatte! All das, was sie in den letzten Monaten erreicht hatte – die Kontaktaufnahme mit Fjolta in den Bergen, Bleykhs Rettung, die Entlarvung der Evantheos und die Befreiung Sjarths und der vielen anderen Drachen aus der Schlucht der Giganten, der Beweis von Eyvindirs Unschuld – all das hätte sie nicht ohne die Hilfe ihrer Gefährten geschafft … allerdings ihre Gefährten auch niemals ohne sie! Vielleicht zollte sie sich selbst viel zu wenig Anerkennung?

Auf dem Gang wurden Schritte laut. Kjell drehte sich um. „Bei allem Respekt, Eyvindir, vielleicht ist jetzt nicht der rechte Zeitpunkt. Ich denke, Marla möchte –“

„Es ist schon gut“, unterbrach ihn Marla. „Lass ihn ruhig herein.“

Ihr Großvater erschien im Durchgang zum Salon. „Marla, ich …“ Er trat nervös vom einen Bein aufs andere und wies dann mit der rechten Hand auf den Tisch in der Mitte des Raumes. „Darf ich …?“ *Ernsthaft?* Der König fragte sie in seinem eigenen Palast um Erlaubnis, sich setzen zu dürfen?

Sie räusperte ihre belegte Stimme. „Natürlich … bitte.“

Eyvindir ließ sich auf einem Stuhl an der Tafel nieder. Marla gab sich einen Ruck und setzte sich ihm gegenüber. Sie brauchte Antworten, wollte verstehen, was ihn zu seiner Entscheidung bewogen hatte. Während die restlichen Gefährten stehenblieben, nahm Philipe neben Marla Platz.

„Ich weiß, das kam jetzt etwas überraschend für dich", begann Eyvindir. *Etwas* war reichlich untertrieben! „Wie ich bereits vorhin erwähnte, hatte ich viel Zeit zum Nachdenken. Und du hast es vor ein paar Tagen selbst gesagt: Meine Amtszeit geht zur Neige."

Marla runzelte verwirrt die Stirn. „*Ich* soll das gesagt haben? Wovon redest du?" Ein Verdacht drängte sich ihr auf. „Sprichst du etwa von meinen Abschiedsworten, als Rorek und ich die Ratsversammlung unterbrochen haben, kurz bevor du wieder hinab in den Kerker geführt wurdest?" *Die Zeit seiner Herrschaft neige sich dem Ende zu*, hatte sie behauptet. Eyvindir nickte. „Aber das habe ich doch nicht so gemeint!", begehrte sie auf. „Ich wollte dir lediglich Mut zusprechen, dir versichern, dass wir an deine Unschuld glauben und dich nicht aufgeben werden. Konntest du denn nicht spüren, dass diese Worte gelogen waren?"

„Doch, doch, das konnte ich durchaus spüren. Wirklich geschickte Wortwahl, Respekt! Die meisten deiner Aussagen waren in der Tat gelogen und haben ihre Wirkung nicht verfehlt. Allerdings war nicht alles, was du gesagt hast, eine Lüge gewesen, in mancherlei Hinsicht hast du auch die Wahrheit gesagt."

„Und was soll das gewesen sein?"

„Alter Mann."

Marla starrte ihn verständnislos an. „Wie bitte?"

„Die Worte *alter Mann* waren keine Lüge gewesen, die hast du genau so gemeint, wie du sie ausgesprochen hast."

Marlas Mund klappte auf, ihre Wangen wurden heiß. „Ich … bitte entschuldige, das wollte ich nicht! Ich meine … natürlich bist du viel älter als ich, aber das sollte doch nicht heißen, dass du *zu alt* bist, um zu regieren!"

„Es mag sein, dass das nicht dein Hintergedanke war, aber mir hat es zu denken gegeben. Seit Jahrzehnten herrsche ich über dieses Reich. Es ist so vieles passiert, alles hat sich geändert, nur ich … ich habe irgendwie vergessen, mit der Zeit zu gehen. Das Verbot, unsere Waren auf den menschlichen Märkten anzubieten, hat uns schwer getroffen, doch nach der Niederlage in der Großen Schlacht hatte ich solche Angst vor weiteren Konfrontationen, dass ich irgendwie erstarrt bin. Die Bauern haben um ihre Existenz gekämpft und die allgemeine Unzufriedenheit ist stetig gewachsen, aber ich stand dem allem völlig hilflos gegenüber. Stattdessen haben sich Frederik und die Manantena für das Volk eingesetzt, haben gegen die Ungerechtigkeiten protestiert. Eigentlich hätte das meine Aufgabe sein sollen. Ich gebe zu, ich habe immer mehr den Bezug zu meinem Volk verloren … nicht zuletzt vielleicht auch, weil ich mich nach Alvas Tod zum einen so gegrämt und zum anderen zu sehr auf die Aufklärung des Rätsels um das Drachenblut konzentriert habe, während die Bevölkerung täglich vor sich hinlitt." Er atmete tief ein und aus. „Ich habe viele Fehler gemacht. Niemals böswillig – es war keine Lüge gewesen, als ich sagte, das Wohl unseres Volkes läge mir am Herzen! Aber vielleicht bin ich falsch an die Sache herangegangen." Er seufzte. „Die Bevölkerung ist gespalten und das ist meine Schuld. Und das Schlimmste ist: Ich weiß nicht einmal, wie ich das wieder in Ordnung bringen könnte! Als du mich leichtfertig einen alten Mann nanntest, da ist mir endlich bewusst geworden, wovor ich so lange die Augen verschlossen hatte: Es ist Zeit für mich zu gehen, Zeit für einen neuen König … oder *eine Königin*!“

Es war mucksmäuschenstill im Raum. Die verschiedenen Emotionen drohten erneut, Marla zu überwältigen. Einerseits schnürte ihr das Schwächebekenntnis des mächtigen Königs die Kehle zu, andererseits wollte sie ihn anschreien, nicht einfach aufzugeben. Allerdings wusste sie, dass das keinen Sinn hätte. Eyvindir hatte seine Entscheidung längst getroffen und vermutlich war das auch der Grund, warum er ihnen seine Pläne nicht bereits vor seiner Rede offenbart hatte: Jetzt, da er dem Volk gegenüber einmal seine Fehler eingestanden hatte, gab es kein Zurück mehr. Sein Rücktritt war endgültig.

Langsam erhob sich Eyvindir und wandte sich zum Gehen. An der Tür drehte er sich noch einmal zu Marla um. „Ich möchte dich nicht drängen, es soll deine Entscheidung bleiben. Aber ich glaube, du hast, was es braucht, um Königin zu sein.“ Seine Worte pressten Marla die Luft aus den Lungen. *Königin.* Königin Marla die Auserwählte?

Aber sie war doch viel zu jung, zu unerfahren! Weder wusste sie etwas über die Sorgen der Bauern, noch über die Bedürfnisse des gemeinen Volkes. Sie wusste nicht, was nötig war, um die Bevölkerung zu schützen, die Sicherheit der Städte zu gewährleisten oder gar die Grenzen gegen feindliche Überfälle abzusichern. Gut, sie würde keine dieser Entscheidungen allein treffen müssen. Sie hätte Philipe an ihrer Seite, ihren Vater, Eyvindir, Rorek und ihre restlichen Gefährten, alles Personen, die ihr mit ihren Erfahrungen und mit Rat und Tat beiseitestehen würden. Aber würde sie das nicht auch wieder zu einer Marionette machen, die sich von anderen lenken ließ, weil sie selbst nicht wusste, was sie tat? Schwungvoll stand sie auf und trat zurück ans Fenster.

Und dann war da noch die Frage, was sie selbst eigentlich wollte. Den Großteil ihres Lebens hatte sie am Hof ihres Vaters verbracht, hatte gelernt, sich als Grafentochter in den adligen Rängen der Menschen zurechtzufinden. Und sie hatte dieses Leben verabscheut. Zwar besaß sie bei den Alben ganz andere Rechte, ihr wurden Anerkennung und Hochachtung entgegengebracht – und dennoch hatten ihr die letzten Wochen hier am königlichen Hof erneut gezeigt, wie wenig ihr Prunk und Glanz, Reichtum und Komfort wirklich bedeuteten. Ihr Herz sehnte sich nach dem Tal der Manantena, nach dem einfachen Leben in der Natur, nach Freiheit … und ja, nach Abenteuern. Aber hatte sie das Recht, sich für ihre eigenen Bedürfnisse zu entscheiden, wenn sie dem großen Ganzen dienen konnte? Wenn sie einen Unterschied in dieser Welt machen konnte, wenn sie dazu beitragen konnte, Frieden zwischen den Völkern zu schaffen?

Philipe und Rorek traten links und rechts an ihre Seite, während ihr Blick erneut über das Albenreich strich. Die Nähe ihrer Gefährten tat unheimlich gut. Ihre Finger verflochten sich mit Philipes und mit der Schulter stupste sie Rorek in die Seite, um ihre Dankbarkeit zu zeigen.

„Wir lassen dich nicht allein, Marla“, hob Philipe heiser an. „Egal, wie du dich entscheidest, wir werden dir beistehen!“

„Bis in den Tod!“, pflichtete Rorek ihm grimmig bei.

„Wir alle!“, meldete sich Tjarven und die anderen murmelten ihre Zustimmung.

Der Drachenbulle Bleykh zog draußen über der Stadt seine Bahnen und ein sehnsuchtsvolles Kribbeln breitete sich in Marlas Brustkorb aus. Durch ihre halbmenschliche und halbalbische Abstammung und die Tatsache, dass sie eine Auserwählte mit starken Banden zu ihren Drachen war, verkörperte sie auf gewisse Weise das Fundament für einen friedlichen Neuanfang dieser drei Völker in ihrer Person. Konnte sie die Augen vor ihren Pflichten verschließen?

„Ich werde Eyvindir sagen, dass du so eine Entscheidung nicht auf die Schnelle fällen kannst“, erklärte Kjell leise. „Er soll die Leute wegschicken und –“

„Nein, das brauchst du nicht.“ Sie drehte sich um. „Ich habe mich entschieden.“ Erwartungsvoll blickten ihre Gefährten ihr entgegen. „Ich kann nicht Königin werden!“

Fortsetzung folgt …

An dieser Stelle möchte ich mich ganz herzlich bei all den lieben Menschen bedanken, die mich bei der Veröffentlichung dieses Buches unterstützt haben:

Danke an meine Alpha- und TestleserInnen, die sich meinen wusten Gedanken in der Rohfassung stellen: Hanni, Heinz, Sarah, Miri, Heike, Lisa – eure Anmerkungen sind goldwert!

Danke an Katja für das akribische Prüfen meiner Grammatikfragen. Du bist wundervoll!

Danke an Mark für die schöne Zusammenarbeit – ich liebe deine Cover!

Danke an Brad für den technischen Support.

Danke für den ständigen Austausch, liebe Miri, fürs Aufbauen und Zuhören. Ich möchte den Kontakt nicht mehr missen!

Und Danke an all die Bücherwürmer, die Marla auf ihre Abenteuer begleiten, für eure Leseleidenschaft und euer Interesse.

<u>Bisher erschienen:</u>

Marla – Das Erwachen (Band 1), 2022
Marla – Das Erbe (Band 2), 2022
Marla – Die Rache (Band 3), 2023
Marla – Die Gefährten (Zwischenband 2.5), 2023
Marla – Die Entscheidung (Band 4), 2024
Marla – (Band 5), vorraussichtlich 2025

Auf den folgenden Seiten präsentiere ich euch jeweils den ersten Band von spannenden Reihen, die ich selbst in den letzten Monaten gelesen und geliebt habe. Klappentext und Coverbild wurden mir von der Autorin bzw. dem Autor zur Verfügung gestellt.

Schattenseele

Vom Licht geküsst

(Äther-Chroniken 1)

Miriam Sperling

Dämonische Enemies to Lovers Romantasy

Regel Nummer 1: Verliebe dich nicht in den Dämon, den du jagst.

Die Physikstudentin Leyra hat ein ungewöhnliches Hobby. Sie jagt seelenlose Dämonen, die unerkannt unter den Menschen leben.
Ihr nächstes Ziel: der reiche und mächtige Alarik Kroiß.
Doch dann missglückt ihre Mission und ehe Leyra sich versieht, wird sie von der Jägerin zur Beute. Immer tiefer wird sie in eine Welt aus Machtspielen, Intrigen und Geheimnissen hineingezogen, in der nichts so ist, wie sie glaubte. Am allerwenigsten Alarik, der mehr zu wissen scheint, als er preisgibt.

Kann Leyra den Dämonen noch entkommen, die es auf sie abgesehen haben?

Schattenseele – Vom Licht geküsst *ist der Auftakt zu einer epischen Fantasy-Trilogie über den Kampf von Licht und Schatten und zugleich der Beginn einer unmöglichen Liebe.*
Werden Leyra und Alarik es schaffen, sämtliche Hindernisse zu überwinden und die Gesetze einer erbarmungslosen Welt neu zu schreiben?

Traumhaft

Die Chroniken der Grenzlande 1

Johannes Freitag

Rose hatte seit zwanzig Jahren nicht mehr geträumt. Jetzt träumte sie wieder, jede Nacht. Traumhaft schön. Von einer Blumenwiese. Beinahe kitschig bunt. Bis der gellende Hilferuf sie hochschrecken lässt. Jede Nacht.
Hinter der Mauer des Schlafs liegt eine fantastische Parallel-Welt: ein Reich der Fantasie und der Freude. Der Dunkelheit, der Angst, der Schatten. Hier sind Träume wahr. Gut für Rose. Aber Alpträume sind auch mehr als verblassende Schatten. Davon ahnt Rose nichts – von den Traumlanden.

Printed in Poland
by Amazon Fulfillment
Poland Sp. z o.o., Wrocław

36947441R00251